Nora Roberts est le plus grand auteur de littérature féminine contemporaine. Ses romans ont reçu de nombreuses récompenses et sont régulièrement classés parmi les meilleures ventes du *New York Times*. Des personnages forts, des intrigues originales, une plume vive et légère… Nora Roberts explore à merveille le champ des passions humaines et ravit le cœur de plus de quatre cents millions de lectrices à travers le monde. Du thriller psychologique à la romance, en passant par le roman fantastique, ses livres renouvellent chaque fois des histoires où, toujours, se mêlent suspense et émotions.

Comme par magie

Du même auteur aux Éditions J'ai lu

Les illusionnistes (n° 3608)
Un secret trop précieux (n° 3932)
Ennemies (n° 4080)
L'impossible mensonge (n° 4275)
Meurtres au Montana (n° 4374)
Question de choix (n° 5053)
La rivale (n° 5438)
Ce soir et à jamais (n° 5532)
Comme une ombre dans la nuit (n° 6224)
La villa (n° 6449)
Par une nuit sans mémoire (n° 6640)
La fortune des Sullivan (n° 6664)
Bayou (n° 7394)
Un dangereux secret (n° 7808)
Les diamants du passé (n° 8058)
Les lumières du Nord (n° 8162)
Coup de cœur (n° 8332)
Douce revanche (n° 8638)
Les feux de la vengeance (n° 8822)
Le refuge de l'ange (n° 9067)
Si tu m'abandonnes (n° 9136)
La maison aux souvenirs (n° 9497)
Les collines de la chance (n° 9595)
Si je te retrouvais (n° 9966)

Lieutenant Eve Dallas :
Lieutenant Eve Dallas (n° 4428)
Crimes pour l'exemple (n° 4454)
Au bénéfice du crime (n° 4481)
Crimes en cascade (n° 4711)
Cérémonie du crime (n° 4756)
Au cœur du crime (n° 4918)
Les bijoux du crime (n° 5981)
Conspiration du crime (n° 6027)
Candidat au crime (n° 6855)
Témoin du crime (n° 7323)
La loi du crime (n° 7334)
Au nom du crime (n° 7393)
Fascination du crime (n° 7575)
Réunion du crime (n° 7606)
Pureté du crime (n° 7797)
Portrait du crime (n° 7953)
Imitation du crime (n° 8024)
Division du crime (n° 8128)
Visions du crime (n° 8172)
Sauvée du crime (n° 8259)
Aux sources du crime (n° 8441)
Souvenir du crime (n° 8471)
Naissance du crime (n° 8583)
Candeur du crime (n° 8685)
L'art du crime (n° 8871)
Scandale du crime (n° 9037)
L'autel du crime (n° 9183)
Promesses du crime (n° 9370)
Filiation du crime (n° 9496)
Fantaisie du crime (n° 9703)
Addiction au crime (n° 9853)
Perfidie du crime (n° 10096)

Les trois sœurs :
Maggie la rebelle (n° 4102)
Douce Brianna (n° 4147)
Shannon apprivoisée (n° 4371)

Trois rêves :
Orgueilleuse Margo (n° 4560)
Kate l'indomptable (n° 4584)
La blessure de Laura (n° 4585)

Les frères Quinn :
Dans l'océan de tes yeux (n° 5106)
Sables mouvants (n° 5215)
À l'abri des tempêtes (n° 5306)
Les rivages de l'amour (n° 6444)

Magie irlandaise :
Les joyaux du soleil (n° 6144)
Les larmes de la lune (n° 6232)
Le cœur de la mer (n° 6357)

L'île des trois sœurs :
Nell (n° 6533)
Ripley (n° 6654)
Mia (n° 8693)

Les trois clés :
La quête de Malory (n° 7535)
La quête de Dana (n° 7617)
La quête de Zoé (n° 7855)

Le secret des fleurs :
Le dahlia bleu (n° 8388)
La rose noire (n° 8389)
Le lys pourpre (n° 8390)

Le cercle blanc :
La croix de Morrigan (n° 8905)
La danse des dieux (n° 8980)
La vallée du silence (n° 9014)

Le cycle des sept :
Le serment (n° 9211)
Le rituel (n° 9270)
La Pierre Païenne (n° 9317)

Quatre saisons de fiançailles :
Rêves en blanc (n° 10095)

En grand format

L'hôtel des souvenirs :
Un parfum de chèvrefeuille

NORA ROBERTS

L'hôtel des souvenirs - 2

Comme par magie

Traduit de l'anglais (États-Unis) par Maud Godoc

J'AI LU

Titre original
THE LAST BOYFRIEND

Éditeur original
The Berkley Publishing Group,
published by the Penguin Group (USA) Inc., New York

À Dan et à Charlotte
Pour la confiance qui vous fait tendre la main l'un vers l'autre.
Pour la générosité et la complicité qui vous unissent.
Pour l'humour qui illumine vos vies.
Et pour l'amour, si riche et radieux, qui cimente l'ensemble.

L'amour qu'on a cherché est bon, mais celui qui se donne
sans qu'on le cherche vaut mieux.

SHAKESPEARE

Le cœur a ses raisons
que la raison ignore.

PASCAL

Centre-ville de Boonsboro

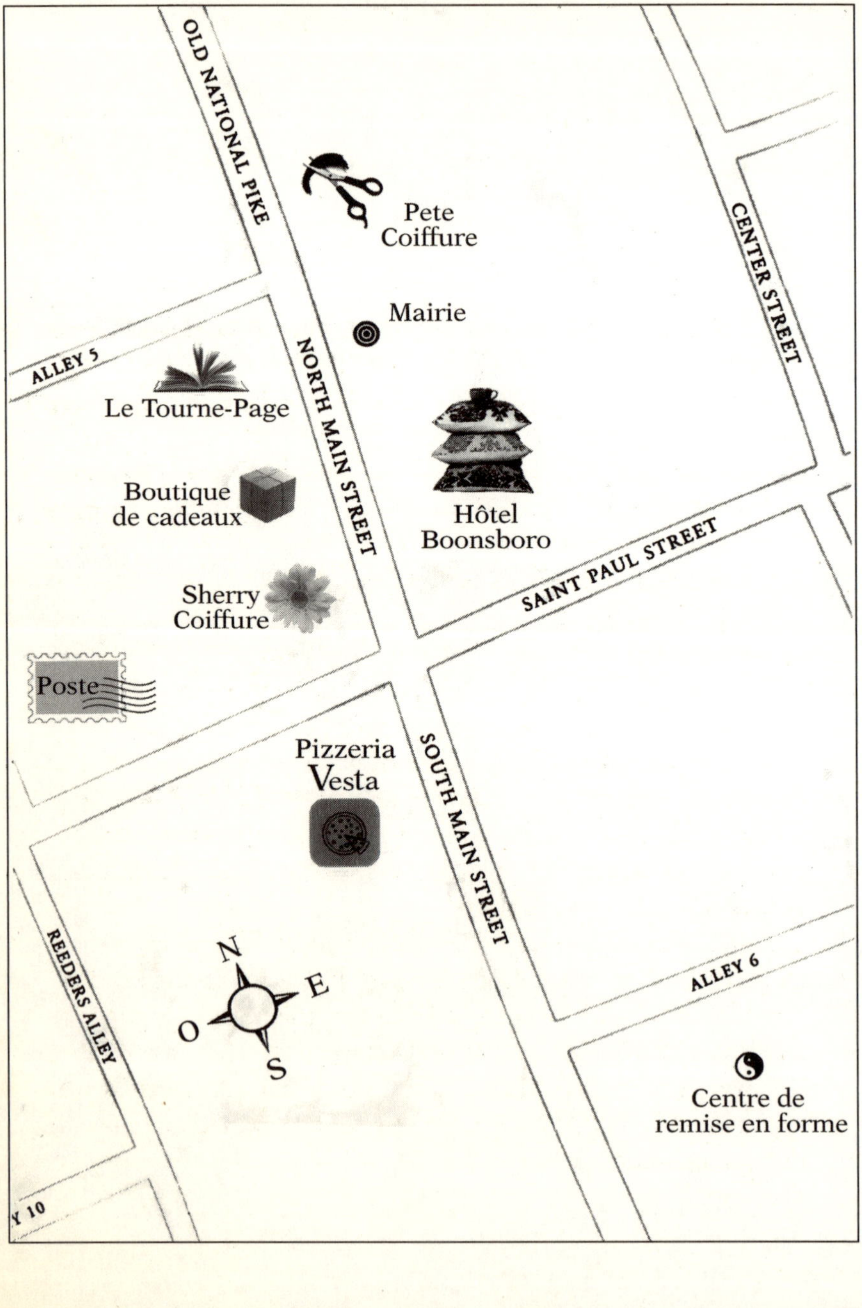

1

La pleine lune baignait de ses rayons laiteux les vieilles pierres de l'Hôtel Boonsboro sur la Grand-Place. Elle auréolait de son halo les nouvelles terrasses avec leurs balustrades blanches et se reflétait sur le cuivre rutilant de la toiture. L'ancien et le neuf – hier et aujourd'hui – se fondaient en un mariage harmonieux et solide.

En cette soirée de décembre, la maison était plongée dans l'obscurité, dissimulant ses secrets. Mais, d'ici à quelques semaines, ses fenêtres seraient éclairées comme les autres le long de Main Street.

Au volant de son pick-up, Owen Montgomery attendait que le feu passe au vert. Il contemplait l'enfilade de boutiques et d'immeubles de la rue principale, parés de leurs décorations de Noël. Les guirlandes lumineuses clignotaient dans la nuit. À sa droite, un magnifique sapin se découpait derrière la grande fenêtre de l'appartement du premier étage. La résidence temporaire de leur future directrice lui ressemblait. Une élégance sans faille teintée de méticulosité.

L'année prochaine, eux aussi décoreraient l'Hôtel Boonsboro de guirlandes et de branches de sapin. Et Hope Beaumont dresserait son arbre de Noël parfait devant la fenêtre de l'appartement réservé à la direction, au deuxième étage.

Owen jeta un coup d'œil à la Pizzeria Vesta, sur sa gauche. La patronne, Avery MacTavish, avait orné la terrasse d'une nuée de lumignons multicolores.

Son appartement au-dessus – anciennement celui du frère d'Owen, Beckett – arborait également un sapin à la fenêtre du salon. Les autres étaient sombres. Sans doute travaillait-elle encore au restaurant, conclut-il.

Lorsque le feu passa au vert, il bifurqua dans Saint-Paul Street, puis à gauche sur le parking derrière l'hôtel. Il s'attarda au volant, pensif. Il pouvait aller boire une bière et manger un morceau à Vesta. Il traînerait là-bas jusqu'à la fermeture. Après quoi, il irait faire son contrôle de routine à l'hôtel.

Ce dernier n'était pas vraiment indispensable, mais il n'avait pas été sur le chantier de toute la journée, occupé qu'il était par des rendez-vous et autres affaires concernant les Constructions Montgomery et Fils. Il n'avait pas envie d'attendre jusqu'au lendemain demain matin pour voir comment les travaux avaient avancé.

En outre, il semblait y avoir du monde à la pizzeria, et il restait à peine une demi-heure avant la fermeture. Non pas qu'Avery risquât de le mettre à la porte – enfin, sans doute. Il était plus que probable qu'elle viendrait boire une bière en sa compagnie.

Tentant, songea-t-il, mais la raison l'emporta. Il allait se dépêcher de faire son état des lieux et rentrer chez lui. Il devait être sur le chantier à 7 heures tapantes.

Il descendit de son pick-up dans l'air glacial, son trousseau de clés à la main. Aussi grand que ses frères, il possédait une silhouette plus élancée. Courbant le dos, il contourna le mur en pierre de la cour pour gagner l'entrée principale.

Il avait institué un code couleurs pour ses clés, une preuve supplémentaire de sa maniaquerie selon ses frères, une idée très pratique selon lui. Quelques secondes plus tard, il s'engouffrait dans le bâtiment, à l'abri du froid.

Il alluma la lumière et resta planté là, un sourire d'enfant émerveillé aux lèvres.

La frise décorative du carrelage mettait en valeur le hall tout en ajoutant une note de charme aux murs pastel décorés de boiseries crème. Beckett avait eu du nez en laissant en l'état les briques nues du mur latéral. Et leur mère avait mis dans le mille avec le lustre qui illuminait l'espace en son centre. Ni trop sophistiqué ni trop traditionnel, il avait un côté végétal avec ses branches couleur bronze et ses globes étroits aux lignes fluides.

Il jeta un coup d'œil sur la droite et remarqua que les toilettes du rez-de-chaussée avec leur élégant carrelage et leurs vasques en pierre veinée de vert avaient été peintes. Après inspection, il sortit son calepin pour noter les quelques retouches nécessaires.

Il passa ensuite sous l'arche en pierre sur la gauche. Les étagères de la buanderie révélaient un sens impitoyable de l'organisation – l'œuvre de Hope sans aucun doute. Dotée d'une volonté de fer, elle avait réussi à chasser son frère Ryder de son bureau improvisé afin de pouvoir commencer à ranger.

Il s'arrêta devant le futur bureau de Hope et y vit la marque de son frère : la planche de contreplaqué sur les tréteaux en guise de bureau rudimentaire, l'épais classeur blanc – leur bible –, quelques outils, des pots de peinture.

Hope n'allait pas mettre longtemps à virer de nouveau Ryder, pronostiqua-t-il.

Il continua sa visite par la cuisine.

L'éclairage avait été installé : l'imposante suspension en inox au-dessus de l'îlot central, des versions plus petites à chaque fenêtre. Le bois chaleureux des placards, les accents couleur crème, le granit lisse des plans de travail offraient un écrin élégant à l'électroménager en inox rutilant.

Owen ouvrit le réfrigérateur à la recherche d'une bière, puis se souvint qu'il devait conduire et opta pour une canette de Pepsi avant de noter de prévoir l'installation des stores et l'habillage des fenêtres.

Il se rendit à la réception. Nouveau coup d'œil, nouveau sourire. Le manteau de cheminée que Ryder avait créé à partir d'épaisses planches d'une ancienne grange s'harmonisait parfaitement avec le large foyer ouvert et les vieilles briques. Après avoir encore griffonné quelques notes, il rebroussa chemin et franchit l'arche. Alors qu'il traversait le hall en direction du futur salon, il entendit des pas au premier étage.

Il s'engagea dans le petit couloir qui menait à l'escalier, constata au passage que Luther avait bien travaillé sur la balustrade en fer forgé, et monta les marches en y passant la main.

— Ryder, tu es là-haut ?

Une porte claqua brusquement, lui arrachant un sursaut. Les sourcils froncés, il déboucha sur le palier. Ses frères étaient du genre à lui faire des blagues et il n'avait aucune envie de leur donner l'occasion de ricaner.

— Ouh, fit-il, feignant d'avoir peur. C'est sûrement le fantôme. Je suis mort de trouille !

Il pivota et constata qu'en effet la porte de la chambre Elizabeth et Darcy était fermée, à la différence de Titania et Oberon en face.

Très drôle, se dit-il avec aigreur.

Il s'avança sur la pointe des pieds jusqu'à la porte dans l'intention de l'ouvrir par surprise et de bondir à l'intérieur, histoire de prendre à son propre piège celui de ses frères qui lui jouait un tour. Il referma la main sur la poignée courbe, l'abaissa sans bruit et poussa.

Le battant ne bougea pas d'un pouce.

— Arrête tes conneries, abruti, lâcha-t-il en riant malgré lui.

Du moins jusqu'à ce que la porte s'ouvre à la volée – de même que les deux portes-fenêtres qui donnaient sur la galerie extérieure.

Un suave parfum de chèvrefeuille flotta jusqu'à ses narines, porté par une bouffée d'air glacial.

— Mince alors, murmura-t-il.

Owen s'était fait à l'idée qu'il y avait une revenante dans la maison. Il y croyait presque. Après tout, il y avait eu plusieurs incidents, et Beckett était catégorique. Assez en tout cas pour la baptiser Elizabeth en l'honneur de sa chambre préférée.

Mais c'était son premier contact personnel. Et incontestable.

Bouche bée, il regarda la porte de la salle de bains battre à plusieurs reprises.

— D'accord… du calme… euh… désolé de déranger. J'étais juste…

Celle de la chambre lui claqua à la figure – ou faillit, car il eut la présence d'esprit de reculer d'un bond.

— Eh, calmez-vous. Vous devriez me connaître maintenant. Je viens ici presque tous les jours. Owen, le frère de Beckett. Je… euh… mes intentions sont pacifiques.

La porte de la salle de bains claqua de nouveau. Le choc le fit tressaillir.

— Doucement avec le matériel, d'accord ? Quel est le problème ? Je voulais juste… Oh, je comprends !

Il se racla la gorge et, ôtant son bonnet en laine, se passa les doigts dans son épaisse tignasse brune.

— Écoutez, ce n'était pas vous que j'insultais. Je croyais que c'était Ryder, mon autre frère, qui me faisait une blague. Il peut être pénible, parfois, il faut bien l'admettre. Et voilà que je me retrouve dans le couloir à m'expliquer avec un fantôme.

La porte s'entrebâilla légèrement. Avec circonspection, Owen l'ouvrit.

— Je vais juste fermer les portes-fenêtres de la galerie. C'est important qu'elles le restent.

Le son de sa voix qui résonnait dans la chambre vide lui flanquait la frousse, il devait l'admettre. Il fourra son bonnet dans la poche de sa veste et traversa la pièce jusqu'à la porte la plus éloignée qu'il referma et verrouilla. Parvenu à la seconde porte, il remarqua que la lumière était allumée dans l'appartement d'Avery, au-dessus du restaurant.

À cet instant, il entrevit un mouvement à la lisière de son champ de vision. Comme une ombre fugace près de la fenêtre.

Le courant d'air glacial s'apaisa et le parfum de chèvrefeuille s'adoucit.

— J'ai déjà senti votre parfum, murmura-t-il sans quitter des yeux les fenêtres d'Avery. Beckett affirme que vous l'avez prévenu le soir où ce salaud de Sam Freemont, excusez mon langage, s'en est pris à Clare. Alors merci à vous. Ils vont se marier – Beckett et Clare. Vous le savez sans doute. Il a le béguin pour elle depuis un bon bout de temps.

Il referma la porte-fenêtre, puis se retourna.

— Encore merci à vous.

La porte de la salle de bains était ouverte, et il aperçut son reflet dans le miroir ovale au-dessus du lavabo. Il devait admettre qu'il avait la mine un peu hagarde, et ses cheveux en bataille n'arrangeaient rien.

Par réflexe, il s'efforça d'aplanir sa tignasse.

— Je faisais juste une visite de routine. Nous en sommes aux travaux de finition. Enfin, pas ici. Cette chambre est achevée. À mon avis, les gars avaient hâte de finir. Certains avaient la trouille. Surtout ne le prenez pas personnellement. Bon, eh bien, je jette un coup d'œil là-haut et je file. Au plaisir de vous revoir… Enfin, façon de parler, marmonna-t-il avant de quitter la pièce.

Pendant plus d'une demi-heure, Owen passa de pièce en pièce, consignant ses remarques dans son calepin. À plusieurs reprises, le parfum de chèvrefeuille flotta dans l'air, et une porte s'ouvrit.

La présence de la revenante lui paraissait plutôt inoffensive, à présent. Mais c'est avec une pointe de soulagement indéniable qu'il verrouilla l'hôtel pour la nuit.

Le sol gelé crissait sous les semelles d'Owen qui jonglait avec le café et les beignets. Une demi-heure avant le lever du jour, il pénétra dans l'hôtel et se rendit tout droit à la cuisine pour poser la boîte de beignets, le plateau de cafés à emporter et son porte-documents. Histoire de réchauffer un peu l'atmosphère, il alluma la cheminée à gaz de la réception. Satisfait par la chaleur et la luminosité produites, il ôta ses gants et les glissa, bien pliés, dans les poches de son anorak.

De retour dans la cuisine, il sortit son écritoire à pince et passa l'ordre du jour en revue – une fois de plus. Le téléphone à son ceinturon sonna pour lui rappeler l'heure de la réunion.

Il avait avalé la moitié d'un beignet nappé de glaçage lorsqu'il entendit Ryder se garer. Une casquette Constructions Montgomery et Fils vissée sur le crâne, engoncé dans une épaisse veste de travail usée, ce dernier affichait l'air bougon de celui qui n'a pas eu sa dose de caféine. Nigaud, son chien, entra à sa suite en trottinant, huma l'air, puis lorgna avec gourmandise sur la deuxième moitié du beignet d'Owen.

Ryder émit un grognement qui devait signifier bonjour et tendit la main vers un gobelet.

— C'est celui de Beckett, l'arrêta Owen avec à peine un regard. Comme l'indique le *B* que j'ai inscrit sur le côté.

Nouveau grognement. Ryder prit le gobelet marqué *R*. Après en avoir bu une longue gorgée, il passa les beignets en revue et opta pour un fourré à la confiture.

Son chien fouettait frénétiquement l'air de sa queue, si bien qu'il finit par lui en lancer un morceau.

— Beckett est en retard, commenta Owen.

— C'est toi qui as eu l'idée lumineuse de cette réunion aux aurores.

Ryder mordit à belles dents dans son beignet et avala une rasade de café. Il ne s'était pas rasé à en juger par le voile de barbe qui ombrait ses traits anguleux. Mais grâce à la caféine et au sucre, ses yeux verts mouchetés d'or avaient retrouvé un peu de leur vivacité.

— Une fois l'équipe au travail, on est trop souvent interrompus. J'ai jeté un coup d'œil hier soir. Vous avez bien avancé.

— Je veux. Ce matin, on boucle les finitions au deuxième étage. Il reste à poser quelques moulures et rosaces, des luminaires et ces maudits sèche-serviette dans deux salles de bains au premier. Luther progresse bien sur la rampe.

— J'ai vu. J'ai quelques remarques à faire.

— J'imagine.

— J'en aurai d'autres, je suppose, quand je finirai le premier et passerai au deuxième.

— Pourquoi attendre ?

Ryder s'empara d'un deuxième beignet et quitta la pièce, Nigaud sur ses talons. Il lui lança un morceau sans même le regarder, et le chien l'attrapa avec la précision d'un champion de baseball.

— Beckett en met du temps.

— Il a une femme et trois enfants, rappela Ryder. Il y a école, ce matin. Il arrivera quand il pourra et prendra le train en marche.

— Il y a besoin de quelques retouches de peinture par ici, commença Owen.

— J'ai des yeux.

— Si le deuxième étage est achevé aujourd'hui, je lancerai l'habillage des fenêtres pour le début de la semaine prochaine.

— Les gars ont nettoyé le chantier. C'est propre, mais pas nickel. Il va falloir astiquer à fond. Demande à la directrice de s'en occuper.

— Je lui parlerai ce matin. Je dois aussi voir le responsable de l'urbanisme pour le certificat d'achèvement des travaux.

Ryder glissa un regard en coin à son frère.

— Il nous reste deux semaines, facile, sans compter les fêtes.

Mais comme à son habitude, Owen avait un plan.

— On peut déjà commencer à aménager le deuxième et descendre au fur et à mesure. Tu penses que maman et Carol-Ann – sans parler de Hope – vont continuer de courir partout pour acheter des tas de trucs une fois que nous aurons mis les affaires en place ?

— On verra bien. On n'a pas besoin d'elles dans nos pattes plus qu'on ne les a déjà.

Une porte s'ouvrit en bas alors qu'ils atteignaient le palier du deuxième étage.

— À l'étage ! cria Owen dans l'escalier. Il y a du café dans la cuisine.

— Merci, mon Dieu.

— Ce n'est pas Dieu qui a acheté le café, plaisanta Owen en promenant les doigts sur la plaque ovale à la finition bronze huilée sur laquelle était gravé *Direction*. Classe comme détail.

— L'hôtel en est truffé, répondit Ryder qui but une nouvelle gorgée de café tandis qu'ils franchissaient le seuil.

Owen fit le tour de l'appartement.

— Ça rend bien, observa-t-il tout en passant en revue la petite cuisine, la salle de bains et les deux chambres. C'est un bel espace confortable. Joli et efficace, comme notre directrice.

— Elle est presque aussi tatillonne que toi.

— N'oublie pas qui te fournit en beignets, frérot.

Au mot beignet, la queue de Nigaud frétilla avec tant d'énergie que son corps tout entier suivit le mouvement.

— Il n'y en a plus, mon vieux, l'avertit Ryder.

Poussant un soupir, le chien s'étendit sur le sol de tout son long.

Owen jeta un regard à Beckett qui venait d'apparaître en haut des marches.

Il était rasé de frais et avait le regard brillant. Peut-être même un peu hagard, comme, imaginait-il, la plupart des hommes avec trois gamins de moins de dix ans après le chaos des préparatifs d'avant l'école.

Il se souvenait de ces matins-là à la maison et se demandait encore comment ses parents avaient résisté aux drogues dures.

— Un des chiens a vomi dans le lit de Murphy, annonça Beckett. Je préfère ne pas en parler.

— J'aime autant, dit Ryder. Owen prévoit de lancer l'habillage des fenêtres et de faire rentrer les meubles.

Occupé à caresser Nigaud, Beckett se redressa.

— Il y a encore des finitions.

— Pas ici, objecta Owen en gagnant la suite. On pourrait très bien aménager le haut et Hope installerait ses affaires dans l'appartement. Où en est-on pour Westley et Buttercup ?

— La chambre est finie. On a posé le miroir de la salle de bains et les éclairages hier.

— Dans ce cas, je vais demander à Hope d'organiser un nettoyage en règle. Elle a la liste des meubles et accessoires, ainsi que leur emplacement. Elle ira chez Bast organiser la livraison.

Owen griffonna quelques notes – expédition de serviettes et de draps, achat d'ampoules, etc. Dans son dos, Beckett échangea un regard avec Ryder.

— Eh bien, j'imagine qu'on y est, lâcha Beckett.

— Qui ça, on ? corrigea son frère. Pas moi ou l'équipe en tout cas. On doit d'abord terminer ces fichus travaux.

— Ne me râle pas dessus. Je dois me dépêcher de revoir les plans de la boulangerie d'à côté si nous voulons y transférer l'équipe là-bas sans trop de retard.

— Un retard m'irait très bien, bougonna Ryder en emboîtant le pas à Owen.

Celui-ci s'arrêta devant la chambre Elizabeth et Darcy.

— Beckett, tu devrais t'assurer auprès de ta copine Elizabeth qu'elle laisse cette porte ouverte et celles de la galerie fermées.

— C'est le cas, non ?

— Maintenant, oui, mais hier soir, elle a piqué une petite crise.

Beckett haussa les sourcils, intrigué.

— Ah bon ?

— J'ai eu droit à ma rencontre personnelle, si on peut dire. Je faisais une petite inspection quand j'ai entendu du bruit à l'étage. J'ai d'abord cru que c'était l'un de vous qui me jouait un tour. Elle a dû s'imaginer que je l'avais insultée et m'a fait comprendre sa façon de penser.

Beckett afficha un large sourire.

— Elle a du tempérament.

— Je ne te le fais pas dire. On est réconciliés, je crois. Mais au cas où elle aurait encore une dent contre moi, je préfère prendre mes précautions.

— Les travaux sont finis ici aussi, lui annonça Ryder. Et dans Titiana et Oberon. Il reste encore la rosace et les plinthes dans Nick et Nora, quelques retouches de peinture dans Eve et Connors, et le plafonnier de la salle de bains ici. Il est enfin arrivé hier. Jane et Rochester sur l'arrière est pleine de cartons. Des lampes, encore des lampes et toujours des lampes. Des étagères aussi, et Dieu sait quoi. Mais là aussi, c'est terminé.

Nigaud vint s'asseoir à ses pieds.

— Tu vois, moi aussi, j'ai une liste, continua-t-il en se tapotant la tête. C'est juste que je n'ai pas besoin d'écrire le moindre détail à dix endroits différents.

— Tant mieux pour toi. Alors, voyons : patères pour les peignoirs, porte-serviettes, dévidoirs à papier toilette, commença Owen tout en descendant.

— C'est prévu pour aujourd'hui.

— Miroirs, écrans plats, interrupteurs et plaques de prises, butées de porte.

— C'est aussi prévu pour aujourd'hui, Owen.

— Tu as la liste de où va quoi ?

— Ça frôle le harcèlement, nunuche.

— Il y a les panneaux de sortie à fixer, poursuivit Owen, imperturbable, en se dirigeant vers la salle à manger. Ici, les appliques murales. Les caches que nous avons fabriqués pour les extincteurs doivent être peints et installés.

— Dès que tu la fermeras, je pourrai enfin m'y mettre.

— Brochures, site Web, publicité, finalisation des tarifs, forfaits, dépliants pour les chambres.

— Pas mon boulot.

— Exact. Estime-toi heureux. Combien de temps pour la révision des plans pour le projet de la boulangerie ? enchaîna Owen à l'adresse de Beckett.

— Je les dépose à l'urbanisme demain matin.

— Parfait, déclara son frère qui sortit son portable et afficha le calendrier. Réglons ça tout de suite. Je vais demander à Hope d'ouvrir les réservations pour le 15 janvier. Nous pouvons organiser la soirée d'inauguration le 13, ainsi nous aurons une journée pour tout mettre en ordre. Et après, c'est parti.

— Ce qui nous laisse moins d'un mois, ronchonna Ryder.

— Tu sais, tout comme Beckett et moi, qu'il y en a pour moins de deux semaines de travail ici. Tu auras fini avant Noël. Si nous commençons l'emménagement cette semaine, nous serons prêts pour le 1er, et il n'y a aucune raison que nous n'obtenions pas le permis d'occupation après les fêtes. Il nous restera donc deux semaines pour fignoler les derniers détails avec Hope qui habitera sur place.

— Je suis d'accord avec Owen, intervint Beckett. C'est la dernière ligne droite.

Ryder fourra les mains dans ses poches avec un haussement d'épaules.

— C'est juste bizarre de se dire qu'on a presque fini.

— Réjouis-toi, le consola Owen. Dans un endroit comme celui-ci, il y aura toujours quelque chose à faire.

Ryder opina. À cet instant, la porte de derrière s'ouvrit et des pas lourds résonnèrent.

— Les gars sont là. Au boulot.

Owen s'affaira avec plaisir à la pose des rosaces. Les interruptions régulières, appels, SMS ou mail, ne le dérangeaient pas. Son téléphone lui servait d'outil tout autant que son pistolet à clous. Dans le bâtiment bruissant d'activité, les voix des ouvriers faisaient écho à la radio de Ryder. Une bonne odeur de peinture, de bois fraîchement coupé et de café fort flottait dans l'air. Une atmosphère qui ne manquait jamais de lui rappeler son père.

Tout ce qu'il avait appris en menuiserie et autres techniques du bâtiment, c'était à lui qu'il le devait. Il descendit de l'échelle pour admirer son travail, songeant combien son père aurait été fier que la combinaison de tous leurs talents eût métamorphosé cette vieille auberge en ruine en un véritable joyau.

Sa mère, en tout cas, possédait un œil affûté. Il devait admettre que son idée de murs bleu pâle avec un plafond chocolat l'avait fait tiquer – jusqu'à ce qu'il voie le résultat. Glamour, telle était la chambre Nick et Nora. Un glamour qui atteignait son apogée dans la salle de bains avec des carreaux bleus qui tranchaient sur le brun d'une partie des murs et du sol, le tout scintillant sous les feux du cristal. Un lustre à pampilles dans les toilettes, il fallait y penser, avoua-t-il en secouant la tête. Et pourtant, ça fonctionnait à merveille.

Rien de banal ou de typique d'un décor d'hôtel dans cet établissement. Pas avec Justine Montgomery aux commandes. Avec sa touche Art déco, cette chambre était sans doute sa préférée, décida-t-il.

L'alarme de son téléphone lui indiqua qu'il avait quelques appels à passer. Il sortit sur la terrasse de derrière où Luther travaillait sur la balustrade, puis, dissuadé par le froid et le vent mordants, se réfugia à la réception où le vacarme de la radio et des pistolets à clous le chassa de nouveau. Il récupéra sa veste et son porte-documents.

— Je vais à Vesta, prévint-il Beckett, qui posait les plinthes dans le salon.

— Il n'est même pas 10 heures. Ce ne sera pas ouvert.

— Justement.

La tête rentrée dans les épaules, Owen battit la semelle au feu en pestant contre la circulation trop dense pour lui permettre de traverser la rue entre deux voitures. Dès que le feu passa au vert, il s'élança en diagonale et, sans tenir compte du panonceau FERMÉ derrière la vitre, tambourina à la porte de la pizzeria.

Il y avait de la lumière, mais personne ne bougea. Il ressortit son téléphone et composa de mémoire le numéro d'Avery.

— Bon sang, Owen, râla celle-ci en décrochant, maintenant j'ai de la pâte sur mon portable.

— Ah, tu es là ! Ouvre-moi avant que j'attrape des engelures.

— Bon sang, répéta-t-elle.

Et elle coupa la communication.

Mais, quelques secondes plus tard, elle apparut en tablier blanc sur un jean et un pull noir, les manches retroussées jusqu'aux coudes. Quant à ses cheveux, de quelle couleur pouvaient-ils bien être ? Très proche de celle de la nouvelle toiture en cuivre de l'hôtel, lui sembla-t-il.

Elle avait commencé à les teindre quelques mois plus tôt, passant par tous les tons de rouge sauf le roux mordoré naturel hérité de ses ancêtres écossais. À un moment, elle avait eu aussi l'idée saugrenue de les couper très court. Un vrai massacre, se souvenait-il. Depuis, ils avaient suffisamment repoussé pour qu'elle puisse les attacher en une petite queue quand elle travaillait.

Elle le foudroya de son regard bleu tandis qu'elle déverrouillait la porte.

— Qu'est-ce que tu veux ? demanda-t-elle, peu amène. Je suis en plein préparatifs.

— J'ai juste besoin d'un peu de calme. Tu ne te rendras même pas compte de ma présence, assura-t-il en se glissant à l'intérieur au cas où elle essaierait de lui fermer la porte au nez. Je ne peux pas téléphoner avec tout ce bruit de l'autre côté et j'ai plusieurs appels à passer.

Elle jeta un regard méfiant à son porte-documents.

Il tenta un sourire engageant.

— D'accord, j'ai peut-être aussi un peu de paperasse. Je vais m'asseoir au comptoir. Je ne ferai pas de bruit.

— C'est bon, vas-y. Mais ne me dérange pas.

— Euh… juste avant que tu retournes en cuisine… tu n'aurais pas de café par hasard ?

— Non, je n'en ai pas, je prépare ma pâte. J'ai fait la fermeture hier soir et Franny m'a appelé à 8 heures ce matin pour m'annoncer qu'elle était malade. À sa voix, on aurait dit qu'on lui avait passé le larynx au papier de verre. J'avais deux serveurs absents pour la même raison hier soir. Bref, je vais être sur le pont jusqu'à la fermeture aujourd'hui encore. Dave ne peut pas venir travailler ce soir parce qu'il se fait dévitaliser une dent à 16 heures et j'ai un car de touristes qui débarque à 12 h 30.

Elle avait débité sa tirade d'un ton si cinglant qu'Owen se contenta d'un hochement de tête compatissant.

— D'accord.

Elle indiqua le comptoir de la main.

— Fais comme chez toi.

Et elle disparut en cuisine dans ses Nike vert vif.

Il aurait volontiers proposé de l'aider, mais à l'évidence, elle n'était pas d'humeur. Il la connaissait par cœur, depuis toujours, et devinait sans peine ses états d'âme.

Elle encaisserait, songea-t-il. Comme d'habitude. La petite rousse impertinente de son enfance, l'ancienne capitaine des pom-pom-girls de Boonsboro High – cocapitaine avec Clare – était devenue une restauratrice qui ne craignait pas de travailler dur. Et confectionnait des pizzas exceptionnelles.

Avery avait laissé dans son sillage un léger parfum de citron très énergisant. Il se percha sur un tabouret au comptoir, tandis que des bruits assourdis – qu'il trouvait apaisants – lui parvenaient des cuisines.

Il sortit son iPad et son écritoire de son porte-documents, puis détacha son portable de son ceinturon. Il passa ses appels, rédigea ses textos et ses mails, révisa son agenda, vérifia ses calculs. Plongé dans son travail, il en émergea lorsqu'une tasse de café apparut sous son nez.

Il releva la tête et découvrit le joli minois d'Avery.

— Merci. Ne t'inquiète pas, je ne serai pas long.

— Owen, tu traînes ici depuis déjà quarante minutes.

— Vraiment ? J'ai perdu la notion du temps. Tu veux que j'y aille ?

Malgré le poing qu'elle avait calé contre ses reins endoloris, elle semblait plus détendue.

— Pas de problème, la situation est sous contrôle.

Une odeur délicieuse parvint aux narines d'Owen qui risqua un coup d'œil du côté de la rangée de réchauds sur lesquels mijotaient ses sauces.

Ses cheveux roux, son teint laiteux et ses taches de rousseur proclamaient haut et fort ses origines écossaises, mais sa *marinara* était aussi glorieusement italienne qu'un costume Armani. Il s'était souvent demandé d'où lui venaient ce talent et cette énergie, mais l'un comme l'autre semblaient faire partie de sa personne au même titre que ses grands yeux bleu vif.

Elle s'accroupit pour ouvrir le réfrigérateur sous le comptoir et en sortit les bacs qui renfermaient les garnitures.

— Je suis désolé pour Franny, murmura Owen.

— Et moi donc. Elle est vraiment mal en point. Et Dave aussi. Il va venir deux heures cet après-midi parce que je suis dans la panade. Je m'en veux de devoir lui demander ce service.

Owen l'observa tandis qu'elle s'affairait. Elle avait des cernes sous les yeux, nota-t-il.

— Tu as l'air fatigué.

Elle lui adressa un regard dégoûté par-dessus le bac d'olives noires.

— Merci. C'est le genre de compliment qu'une fille adore entendre. Mais bon, tu as raison, ajouta-t-elle avec un haussement d'épaules. Je suis fatiguée. Je pensais m'accorder une petite grasse matinée ce matin. Franny aurait fait l'ouverture, et je serais arrivée vers 11 h 30. Depuis que j'habite au-dessus, finis les trajets quotidiens. Du coup, j'ai regardé Jimmy Fallon à la télé et terminé un bouquin. Bref, je ne me suis pas couchée avant 2 heures. Six heures de sommeil, ce n'est pas si mal, sauf quand on a une double journée derrière soi et qu'on s'apprête à en enchaîner une autre.

— Le côté positif, c'est que les affaires marchent.

— Je penserai au côté positif après le passage du car. Enfin bref, changeons de sujet. Comment ça va à l'hôtel ?

— Ça va si bien qu'on va commencer à rentrer au deuxième étage demain.

— Rentrer quoi ?

— Les meubles, Avery.

Elle posa son bac, les yeux écarquillés.

— Sérieux ? *Sérieux ?*

— L'inspecteur passe cet après-midi et nous donnera son feu vert. J'en suis sûr parce qu'il n'a aucune raison de ne pas le faire. Je viens de téléphoner à Hope. Elle va commencer le nettoyage là-haut. Ma mère et ma tante ont prévu de venir donner un coup de main. Du reste, elles sont peut-être déjà là, vu qu'il est presque 11 heures.

— Je voulais participer, moi aussi, mais là, c'est impossible.

— Ne t'inquiète pas, ce ne sont pas les bras qui manquent.

— Je tenais à y ajouter les miens. Peut-être demain, selon l'état de santé de mes employés. Bon sang, Owen, c'est du lourd, et tu as attendu presque une heure avant de m'annoncer cette grande nouvelle ?

— Tu étais trop occupée à me râler dessus.

— Si tu me l'avais dit, j'aurais été trop emballée pour râler. C'est ta faute.

Elle lui sourit, la jolie Avery MacTavish au regard las.

— Et si tu t'asseyais quelques minutes ? suggéra-t-il.

— Impossible, le capitaine doit rester sur le pont.

Elle referma le couvercle du bac, le rangea et alla remuer ses sauces.

Owen aimait la regarder travailler. Elle semblait toujours faire une demi-douzaine de choses à la fois, un peu comme un jongleur qui lance ses balles et en rattrape d'autres en un jeu d'adresse étourdissant.

Un jeu sidérant pour quelqu'un d'aussi organisé que lui.

— Je ferais mieux d'y retourner. Merci pour le café.

— De rien. Si tes ouvriers ont envie de déjeuner ici aujourd'hui, dis-leur d'attendre 1 h 30.

— D'accord.

Il rassembla ses affaires et gagna la porte. Il s'arrêta sur le seuil pour demander :

— Avery ? C'est quelle couleur, tes cheveux ?

— Cuivre rutilant.

Il secoua la tête avec un sourire amusé.

— Je l'aurais parié. À plus tard.

2

Owen boucla sa ceinture à outils autour de sa taille et compara sa liste à celle de Ryder.

— Il y a des femmes partout au deuxième, lui apprit celui-ci avec une pointe d'agacement.

— Elles sont nues ?

— Maman fait partie du lot.

— D'accord. Je retire ma question.

— Maman, Carol-Ann, la directrice. Clare peut-être aussi. Une vraie ruche, mon vieux. Et il y en a toujours une pour se pointer ici et poser des questions, grommela Ryder en attrapant la bouteille de Gatorade qui se trouvait sur l'îlot de la cuisine où il avait étalé ses plans et ses listes depuis que Hope l'avait chassé de son futur bureau. Puisque c'est toi qui as ouvert les vannes, à toi de répondre à toutes ces maudites questions. Au fait, où étais-tu ?

— Je suis allé chez Avery passer quelques appels. J'ai pris rendez-vous avec l'inspecteur pour cet après-midi. Pendant qu'il y est, il jettera un coup d'œil au reste. Pour les meubles, c'est réglé. La livraison est prévue pour demain matin. L'installation des stores commencera cet après-midi. Je continue ?

— Tu me fiches mal au crâne.

— Voilà pourquoi je me charge des appels. Je peux m'attaquer aux moulures au premier, si tu veux

Ryder lui planta l'index sur le torse.

— Non, tu vas au deuxième. Les femmes sont à toi, frérot.

— C'est bon, d'accord.

Owen aurait préféré se mettre au travail, s'abandonner au rythme des pistolets à clous, marteaux et perceuses. Mais il ressortit, maudissant à nouveau le froid glacial, et gravit quatre à quatre l'escalier extérieur.

Il déboucha dans le gynécée du deuxième étage qui s'annonça d'abord sous la forme d'effluves de parfums ressemblant à un nettoyant ménager au citron. Les voix de femmes couvraient le vacarme qui montait du rez-de-chaussée. Il trouva sa mère à quatre pattes dans la salle de bains de la suite, occupée à récurer le bac à douche.

Elle avait attaché ses cheveux bruns et remonté les manches de son sweat-shirt gris. En jean, elle balançait le postérieur de droite à gauche au rythme de la musique qui sortait de ses oreillettes.

Owen contourna la paroi de verre et s'accroupit. Sa mère ne sursauta même pas – il l'avait toujours crue lorsqu'elle prétendait avoir des yeux derrière la tête. Elle se contenta de relever la tête. Avec un sourire, elle s'assit sur ses talons et ôta ses écouteurs.

— Il fait une de ces chaleurs ici.

— Ça va aller ?

— Bien sûr. Nous allons faire reluire ce bijou, même si j'avais oublié à quel point la poussière de chantier est collante. Nous nous sommes partagé la tâche : Carol-Ann est dans Westley et Buttercup, Hope s'occupe de son appartement. Clare nous donnera un coup de main cet après-midi.

— Je reviens juste de Vesta. Avery attend un car de touristes et Franny est malade. Elle tenait à tout prix à participer au grand ménage, lui fit savoir Owen. On se demande bien pourquoi, ajouta-t-il en coulant un regard au seau d'eau savonneuse peu engageant.

— D'une certaine manière, c'est gratifiant. Regarde cet endroit, Owen, dit Justine en jetant un regard à la ronde. C'est l'œuvre de tes frères et toi.

— Et la tienne, corrigea-t-il, ce qui lui valut un autre sourire.

— Tu as parfaitement raison. Puisque tu es là, sors donc les étagères de ce carton. L'une va ici, et l'autre là-bas, expliqua-t-elle, l'index tendu.

— Il y a des étagères ici ? s'étonna-t-il.

— Il y en aura quand tu les auras posées. Ensuite, ce serait bien que tu demandes à l'un des ouvriers de t'aider à fixer le miroir dans la chambre. Quand tu seras prêt, je te montrerai à quel endroit

— Attends, je vais noter.

— Occupe-toi juste des étagères, je te guiderai pour le reste.

Pour finir, il allait quand même utiliser ses outils. Dans ces conditions un peu brouillonnes, certes, mais à la guerre comme à la guerre.

Une fois les étagères décoratives installées, il débaucha l'un des ouvriers pour l'aider à porter l'imposant miroir mural à large moulure dorée et ornementée.

Les mains calées sur les hanches, Justine dirigea la manœuvre – un peu plus à gauche, un peu plus haut. Owen marqua l'endroit et perça le trou pour la cheville, tandis qu'elle retournait à son récurage.

— C'est bon, la prévint-il quelques instants plus tard.

— Une seconde !

Il l'entendit vider son seau, puis elle fit son apparition.

— J'adore !

Elle le rejoignit devant le miroir qui les reflétait tous deux. Le sourire aux lèvres, elle glissa le bras autour de sa taille.

— C'est parfait. Merci, Owen. Va chercher Hope, veux-tu ? Elle sait ce qui doit monter. J'ai des mètres carrés de carrelage à astiquer.

— Je peux faire appel à une entreprise de nettoyage, lui proposa-t-il.

Elle secoua la tête.

— Cette étape, c'est une affaire de famille.

Voilà qui faisait de Hope Beaumont un membre de la famille, supposa Owen en traversant le couloir. Sa mère et lui l'avaient appréciée d'emblée.

Debout sur un petit escabeau, l'ancienne reine de beauté était occupée à astiquer les portes des placards de la cuisine. Elle avait noué un bandana sur ses cheveux bruns, et un chiffon dépassait de la poche arrière de son jean taché de peinture et presque déchiré au genou droit.

Elle se tourna vers lui et laissa échapper un soupir qui souleva les mèches en pointe de sa frange.

— C'était plus sale qu'il n'y paraissait.

— La poussière de chantier s'infiltre partout.

Owen se demanda s'il devait la prévenir qu'elle en avait pour des jours à nettoyer. Des semaines peut-être.

« Elle le découvrira par elle-même », décida-t-il.

— Le ménage avance bien, préféra-t-il dire.

— C'est vrai, confirma-t-elle.

Elle descendit de son escabeau, s'assit dessus et prit la bouteille d'eau sur le plan de travail.

— Je n'arrive pas à croire que les meubles du deuxième arrivent demain.

— Ça semble en bonne voie.

Elle but une gorgée d'eau et lui sourit.

Hope Beaumont avait tout pour elle : une voix de velours grave et chaude en harmonie avec sa beauté sensuelle, de grands yeux noirs langoureux, une bouche pleine au dessin parfait.

Une directrice canon, voilà qui ne gâchait rien, devait reconnaître Owen. Mais, plus important à ses yeux, elle était d'une efficacité redoutable et possédait un sens de l'organisation comparable au sien.

— Si tu as une minute, ma mère m'a dit que tu souhaitais monter plusieurs choses à cet étage.

— Et au premier si on arrive à les caser. Plus nous viderons de cartons, plus le nettoyage en sera facilité – et donc l'emménagement.

Cette fille parlait le même langage que lui.

— Bien vu. Je suis ton homme. Y a-t-il encore des choses à faire ici ?

— Quelques étagères à fixer.

Décidément, c'était le jour.

— Je m'en occupe.

— C'est gentil. Elles sont dans l'autre appartement. J'irai les chercher tout à l'heure.

— Je peux envoyer quelqu'un.

— Tout le monde a fort à faire, il me semble. Occupons-nous pour l'instant de ce qui se trouve sur place. Les affaires dont Justine a besoin sont stockées dans Jane et Rochester.

Le même langage, oui, sans aucun doute.

— Tu veux une veste ? demanda-t-il lorsqu'elle se leva.

— Ça va aller. Ce n'est pas très loin, répondit-elle en baissant les manches de son sweat-shirt. J'ai parlé à Avery ce matin, ajouta-t-elle, tandis qu'ils se dirigeaient vers l'arrière du bâtiment. La pauvre est vannée avec son personnel qui lui fait faux bond. J'espérais lui donner un coup de main ce soir, mais il semble que nous allons passer la majeure partie de la soirée ici.

Lorsqu'ils sortirent, elle plaqua la main sur son bandana que le vent manqua d'arracher.

— Avec le froid qu'il fait, je suis sûre qu'elle va crouler sous les livraisons à domicile. Qui a envie de mettre le nez dehors par un temps pareil ?

Elle s'engouffra dans la chambre Jane et Rochester et frotta ses mains l'une contre l'autre pour les réchauffer.

— On peut commencer par Westley et Buttercup. Ou, puisque nous sommes ici, pourquoi ne pas progresser de l'arrière vers l'avant ? Et attaquer ici, avec les étagères et le miroir de la salle de bains. Le miroir est ici, expliqua-t-elle en tapotant l'un des cartons étiquetés avec soin.

Elle passa les accessoires en revue pièce par pièce.

— Voilà qui devrait m'occuper un moment, commenta Owen. Bon, histoire de gagner du temps, commençons par ici.

— Bien. Et si je te montrais où va quoi, ensuite je te laisserai travailler. Envoie-moi quelqu'un si tu as la moindre question.

Elle sortit un canif de sa poche et ouvrit un carton scellé par de l'adhésif.

— J'aime les femmes qui ont un canif sur elle.

— Depuis mon arrivée, j'ai complété ma trousse à outils. J'ai même failli acheter mon propre pistolet à clous, mais je me suis dit que c'était aller trop loin, répondit-elle en sortant deux étagères en cuivre. Alors j'ai compensé en augmentant les stocks de fournitures de bureau. Quel mal y a-t-il à avoir de nouvelles chemises cartonnées et des Post-it aux coloris coordonnés ?

— Tu prêches un converti.

Tout en bavardant aimablement, elle lui indiqua l'endroit et la hauteur, puis il mesura, vérifia le niveau et perça.

— C'est parfait. Regarde comme la moulure or antique du miroir met en valeur le carrelage, sans parler du cuivre de la baignoire et des étagères. Attends que Justine voie ça, déclara Hope avant de pivoter sur ses talons pour regagner la pièce voisine. J'ai hâte de décorer cette chambre. Toutes les chambres. Avec la cheminée et ce lit spectaculaire, je crois que ce sera l'une des plus appréciées.

Elle sortit un carnet de sa poche, barra plusieurs lignes et griffonna quelques notes.

Owen sourit quand elle le rangea.

— C'est agréable d'avoir un esprit organisé dans mon équipe pour changer.

— Prendre des notes fait gagner du temps à long terme.

— Je me répète, mais tu prêches un converti.

Ensemble, ils rassemblèrent plusieurs cartons et les transportèrent jusqu'à la terrasse. En entrant dans la chambre Eve et Connors, Hope faillit percuter Ryder de plein fouet.

— Maman a besoin du lustre. Où allez-vous avec tout ce bazar ?

— Je lui apporte le lustre justement, répondit Owen.

— Alors tu l'installes.

— C'est ce qui est prévu. Hope a besoin d'affaires pour en haut. Elles sont à son appartement. Tu pourrais aller les chercher ?

— J'irai les prendre plus tard, intervint celle-ci.

— C'est quoi ? Et je les trouve où ?

— Des étagères pour la salle de bains et le salon. Les cartons étiquetés sont rangés dans ma réserve. Enfin, la deuxième chambre, rectifia-t-elle. Je l'utilise comme réserve.

— Je m'en occupe.

— Tu n'as pas la clé, fit-elle remarquer, tandis qu'il s'éloignait.

Elle la sortit de la poche de son jean et la lui tendit.

Il la fourra dans sa poche.

— Y a-t-il par hasard les patères pour les portes dans ces cartons ?

— Certaines, oui, répondit Owen.

— Montez-les, par pitié. Je ne veux plus en entendre parler. Où est celle pour la chambre aux normes handicapés ?

Comme ses bras commençaient à la faire souffrir, Hope posa ses cartons.

— Dans Jane et Rochester, contre le mur qui fait face à Saint-Paul Street. C'est clairement indiqué sur le carton : M & P, barre à vêtements. Pendant que tu y es, tu peux aussi descendre les deux cartons qui contiennent les étagères murales. Mais ne les installe pas sans moi, ou ta mère. Et nous voulons une petite étagère d'angle près du lavabo.

Elle sortit son calepin et tourna les pages.

— Voici le concept de base et les dimensions.

Les sourcils froncés, Ryder y jeta un coup d'œil, puis la dévisagea d'un air bougon.

— À quoi ça sert ?

— Du fait des normes qui s'appliquent à cette chambre et de sa configuration, il n'y a pas la moindre surface de rangement disponible pour un objet aussi basique qu'une brosse à dents. Maintenant, il y en aura une.

— Donne-moi ce maudit papier.

Hope arracha la feuille de son carnet.

— Je suis sûre qu'Owen, Beckett ou quelqu'un de l'équipe pourraient s'en charger si tu es trop occupé.

Il se contenta de fourrer le papier dans sa poche sans un mot et s'en alla.

— C'est ton frère, tu es sûr ? marmonna Hope à l'adresse d'Owen.

— Hé oui ! Il est un peu stressé avec les finitions. Sa hantise, c'est de ne pas tenir les délais, alors qu'il faut avancer en parallèle la maison de Beckett et terminer les travaux de démolition à côté pour la boulangerie.

— Ça fait beaucoup, c'est vrai, concéda Hope. Et toi ? Pourquoi n'es-tu pas stressé ? Tu es pourtant logé à la même enseigne.

— Différence de tempérament, j'imagine. Je n'aime pas mener les gens à la baguette. Je préfère la négociation, expliqua-t-il, posant le carton sur le carrelage de la salle de bains.

Songeuse, Hope déballa elle-même la petite étagère en verre.

— Ce n'est qu'une bricole, le genre de détail que personne ne remarque.

— Sauf quand il manque.

— Exact, approuva-t-elle avec un sourire avant de tapoter le mur de l'index. Juste ici. Si tu n'as pas besoin de moi pour l'instant, je vais remonter.

En chemin, Hope fit un crochet par Westley et Buttercup, et trouva Carol-Ann occupée à nettoyer le parquet de la chambre.

— Mon Dieu, Carol-Ann, quelle splendeur ! Cette pièce est rutilante.

Les joues rosies par l'effort, la sœur de Justine repoussa ses cheveux blonds en arrière.

— Je n'ai pas astiqué aussi dur depuis des années, je le jure. Mais ça en vaut la peine. Je n'arrête pas de me dire que je vais travailler ici ! Avez-vous besoin de mes services, patron ?

Hope éclata de rire.

— Vous devancez mes attentes. Je passe voir où en est Justine, puis je serai dans mon appartement. Mon appartement de *direction*. Oh, j'ai failli oublier ! Si vous avez du temps dans les deux jours qui viennent, je veux revoir avec vous le logiciel des réservations. Parce que nous allons les ouvrir très bientôt.

— Formidable ! s'exclama Carol-Ann qui leva les bras en geste de victoire.

Hope regagna le deuxième étage, en proie au même enthousiasme. Elle n'avait pas été aussi excitée depuis ses débuts au Wickham, à Georgetown. Comparaison mal venue, se rappela-t-elle, vu comment l'affaire avait tourné.

Pourtant la débâcle avec Jonathan Wickham et sa décision de démissionner de son poste de directrice lui avait ouvert la porte de l'Hôtel Boonsboro. Une superbe bâtisse idéalement située au cœur d'une petite ville charmante, avec ses deux meilleures amies à proximité. Non, jamais elle n'avait été aussi excitée par un nouvel emploi.

Au passage, elle jeta un coup d'œil dans la suite, et aperçut Justine assise sur le rebord de la fenêtre du salon qui donnait sur Main Street.

— Je fais une pause, avoua celle-ci. Cette salle de bains est *immense* – et je ne peux m'en prendre qu'à moi-même.

— Je finirai.

— C'est fini mais, à mon avis, il faudra repasser un petit coup de chiffon et de serpillière avant l'inauguration. Quand je pense à l'allure qu'avait cet endroit lorsque j'y ai traîné les garçons pour la première fois ! Dieu que Tommy serait fier. Et sans doute aussi un peu frustré de ne pas avoir pu planter lui-même quelques clous.

— Il a appris à ses fils à les planter, lui rappela Hope. Il est donc autant partie prenante qu'eux à la réalisation de ce projet.

Le regard de Justine s'adoucit.

— C'est gentil. Vous avez tout à fait raison.

Elle tendit la main et serra celle de Hope

— J'aimerais qu'il neige. J'ai envie de voir à quoi cette maison ressemble sous un manteau blanc. Et aussi au printemps, en été, et en automne. Je veux voir ce bijou scintiller à chaque saison.

— Je veillerai sur sa beauté pour vous.

— Je sais. Vous serez heureuse ici, Hope. Je veux que vous le soyez, ainsi que tous les gens qui résideront ici.

— Je le suis déjà.

Plus heureuse qu'elle ne l'avait été depuis bien longtemps, songea Hope tandis qu'elle retournait briquer ses placards de cuisine. Elle avait l'occasion de faire du bon travail pour des gens bien.

La tête inclinée, elle admira le résultat. En récompense, elle passerait à Cadeaux d'Art avant la fermeture et s'achèterait ces sublimes bols qu'elle avait repérés. Un petit présent pour sa pendaison de crémaillère personnelle.

Ryder entra avec des cartons.

— Qu'ont donc les femmes avec les étagères ? Combien de mètres linéaires de surface horizontale faut-il par personne ?

— Tout dépend du nombre d'objets que la personne a l'intention d'exposer, répliqua-t-elle d'un ton froid.

— Des nids à poussière.

— Nids à poussière pour certains, souvenirs et déco personnelle pour d'autres.

— Où veux-tu tes surfaces horizontales pour tes souvenirs et ta déco personnelle ? Je n'ai pas toute la journée.

— Laisse, je m'en occuperai plus tard.

— Très bien.

Il posa les cartons par terre et tourna les talons.

Sur le seuil, les bras croisés, sa mère le gratifia d'un regard réprobateur qui lui donna envie de rentrer la tête dans les épaules comme un petit garçon qu'on réprimande.

— Je vous présente mes excuses au nom de mon fils, Hope. À l'évidence, son humeur de cochon lui fait oublier les bonnes manières.

— Ce n'est rien. Ryder est très occupé. Tout le monde est très occupé aujourd'hui.

— Ce n'est pas une raison pour être grossier, n'est-ce pas, Ryder ?

— Non. Je serais heureux de fixer tes étagères, dit-il à Hope, si tu me montres où tu les veux.

— Voilà qui est mieux, déclara Justine qui lui lança un dernier regard noir avant de retraverser le couloir.

— Alors ? insista Ryder. Je les mets où ?

— La suggestion qui me vient spontanément pour l'instant ne concernerait pas les murs.

Le sourire amusé qui éclaira le visage de Ryder la prit au dépourvu.

— Comme je n'ai pas de souvenirs que j'aimerais me fourrer à cet endroit, j'aimerais autant un second choix.

— Contente-toi de les laisser là. Quant à toi…

Elle pointa l'index vers la porte.

— Je n'ai pas peur de toi, mais d'elle, si, rétorqua-t-il. Si je ne fixe pas ces étagères, j'aurai droit à un savon. Je ne partirai donc pas tant que tu ne m'auras pas montré les emplacements.

— Ils sont déjà marqués.

— Comment ça, marqués ?

— J'ai mesuré les étagères. J'ai mesuré l'espace. J'ai marqué les emplacements, expliqua-t-elle sèchement en indiquant le mur entre les fenêtres en façade, puis la salle de bains. Tu devrais t'en sortir.

Sur ce, elle jeta son chiffon et sortit au pas de charge. Elle allait aider Owen le temps que son insupportable frère en termine.

Les progrès d'en face, Avery les suivit par textos et grâce à une visite de Clare. Une fois le car de touristes reparti et le calme revenu, elle fit une courte pause dans l'arrière-salle pour avaler une assiette de pâtes.

Pour l'instant, les jeux électroniques étaient silencieux. Elle calcula qu'il lui restait une heure ou deux avant que des gamins viennent mettre de l'animation à la sortie de l'école.

Les petits ruisseaux font les grandes rivières, se remémora-t-elle, songeant aux pièces que les enfants laissaient dans les machines.

— J'avais vraiment envie de faire un tour en face, juste une minute, histoire de jeter un coup d'œil. Hope m'a envoyé quelques photos sur son portable.

Elle avala une longue gorgée de Gatorade. De l'énergie en bouteille, se dit-elle. Elle en avait bien besoin pour tenir jusqu'à la fermeture.

— Je n'ai pas pu vraiment leur accorder du temps non plus, avoua Clare. Les touristes ont pris la librairie d'assaut. Qu'ils en soient remerciés, tous autant qu'ils sont, ajouta-t-elle avec un sourire tout en dégustant sa salade. Beckett m'a appris que l'inspecteur de l'urbanisme avait donné le feu vert pour l'emménagement. Pour tout l'hôtel.

— Tout l'hôtel ?

— Il reviendra pour les derniers détails, bien sûr, et Hope n'est pas encore autorisée à emménager, mais toutes les affaires peuvent rentrer.

La mine boudeuse, Avery planta sa fourchette dans ses pâtes.

— Pas question que je reste à l'écart !

— Avery, cela va prendre des jours. Des semaines, en fait.

— Je veux jouer tout de suite. Enfin, corrigea-t-elle avec un soupir, pas tout de suite parce que mes pieds me font un mal de chien. Demain, peut-être, ajouta-t-elle avant d'enfourner une bouchée de pâtes. Regarde-toi. Tu as l'air radieux.

— Je suis un peu plus heureuse chaque jour. Ce matin, Yoda a vomi dans le lit de Murphy.

— Une excellente raison de se réjouir, c'est sûr.

— Pas du tout, mais c'est Beckett que Murphy est allé trouver. C'était merveilleux.

— Ouais, mais si tu pouvais m'épargner les détails sur le vomi de chien.

— C'est un facteur décisif, mais ce qui me rend vraiment heureuse, c'est que les garçons adorent Beckett et lui font confiance. Il fait partie de notre famille maintenant. Je vais me marier, Avery. J'ai tellement de chance d'avoir rencontré et aimé deux hommes incroyables dans une seule vie.

— Je crois que tu m'as piqué ma part. Sincèrement, tu devrais me donner Beckett.

— Pas question, je le garde, protesta Clare en secouant la tête, catégorique. Choisis un des deux autres.

— Je devrais peut-être les prendre tous les deux. Ce soir, deux paires de bras ne seraient pas de trop. Et j'ai encore mes courses de Noël à faire. Pourquoi est-ce que j'imagine toujours avoir le temps ?

— Parce que tu te débrouilles toujours pour en trouver. Tu n'as encore rien dit aux Montgomery au sujet du local en face ?

— Non. Je réfléchis encore. Tu n'en as pas parlé à Beckett ?

— Je t'ai promis d'être muette comme une carpe. Mais c'est dur. Je prends l'habitude de tout lui raconter.

— Ah, l'amour, l'amour qui rend niais ! soupira Avery en faisant jouer ses orteils endoloris. Dans un moment comme celuici, l'idée semble folle de toute façon. Mais…

— Tu y arriverais. Et très bien, j'en suis sûre.

Avery s'esclaffa, et ses traits tirés par la fatigue se détendirent un peu.

— Si tu le dis, c'est que c'est vrai. Et aussi parce que je suis ton amie. Bon, je dois m'y remettre. Tu retournes à l'hôtel ?

— Laurie et Charlene tiennent la boutique. Je pensais leur accorder une heure ou deux. Ensuite, je dois aller chercher les garçons.

— Envoie-moi d'autres photos.

— Promis, lui assura Clare qui se leva, enfonça un bonnet en laine sur ses cheveux blonds et enveloppa sa silhouette svelte dans un manteau. Et toi, ma grande, dors un peu.

— Pas de problème. À la minute où je ferme, je monte m'effondrer dans mon lit pour au moins huit heures d'affilée. À demain. Laisse, je m'en occupe, ajouta-t-elle, comme Clare faisait mine de débarrasser. Je retourne en cuisine de toute façon.

Après un signe de la main, elle fit rouler ses épaules endolories, puis se remit au travail.

À 19 heures, elle était de nouveau sur le pont, glissant des pizzas dans le four et récupérant les cuites qu'elle mettait en boîte si elles étaient à emporter ou confiait aux serveurs.

Le restaurant vibrait d'animation telle une ruche – un bon point, s'encouragea-t-elle. Entre deux assiettes de pâtes ou de hamburgers-frites, elle jetait un coup d'œil au gamin assis au comptoir, qui jouait sur la console Megatouch comme si sa vie en dépendait.

Elle disparut en cuisine au moment où Owen entrait. Il jeta un regard à la ronde et fronça les sourcils.

— Où est Avery ? demanda-t-il à une serveuse.

— Derrière, j'imagine. La chorale du lycée a décidé de venir manger une pizza après la répétition. Nous sommes débordés.

Sans réfléchir, il prit l'un des blocs-notes posés près de la caisse et se dirigea vers l'arrière-salle.

À son retour, Avery avait repris sa place derrière le comptoir. Les joues empourprées par la chaleur du four, elle versait de la sauce tomate sur plusieurs ronds de pâte.

— Voici les commandes de l'arrière-salle, lui annonça-t-il en disposant les fiches à leur place. Je m'occupe des boissons.

Elle parsema les pizzas de mozzarella et ajouta les garnitures en l'observant. Décidément, on pouvait compter sur Owen, songea-t-elle. En toutes circonstances.

Durant les trois heures qui suivirent, elle enchaîna les plats sans souffler une seconde. Gratins de pâtes, pizzas du guerrier, à l'aubergine et jambon de Parme, *calzones*, viandes grillées. À 22 heures, elle avait l'impression d'être en transe tandis qu'elle finissait d'encaisser, nettoyait les comptoirs, éteignait les fours.

— Sers-toi une bière, proposa-t-elle à Owen. Tu l'as bien méritée.

— Et si tu t'asseyais un peu ?

— Quand nous aurons fini.

Après le départ du dernier employé, elle verrouilla la porte et se retourna. Un verre de vin rouge trônait sur le comptoir près d'une tranche de pizza au poivron. Owen était assis sur un tabouret, un verre et une assiette devant lui.

— Et maintenant, assieds-toi, lui ordonna-t-il.

— Maintenant, d'accord. Merci, Owen. Sincèrement.

— C'est plutôt marrant, quand on n'a pas à le faire tous les jours.

— C'est plutôt marrant même tous les jours, enfin la plupart du temps, répondit Avery qui s'assit et but sa première gorgée de vin. Hmm, quel délice ! s'extasia-t-elle avant de mordre dans la pizza. Et ça aussi.

— Personne n'en fait de meilleure.

— On pourrait imaginer que je me lasserais de la pizza, mais c'est encore et toujours mon plat préféré.

Flottant sur l'épuisement comme sur un nuage, elle croqua une nouvelle bouchée avec un soupir d'aise.

— Clare m'a appris que vous aviez le feu vert pour l'emménagement. Comment s'en sort l'équipe de nettoyage ?

— Très bien. Il reste encore un peu à faire, mais c'est vraiment la dernière ligne droite.

— J'irais bien faire un tour si mes pieds pouvaient me porter jusque-là.

— L'hôtel sera encore là demain.

— Aujourd'hui, tous les clients en ont parlé. Vous devez être tellement fiers. Je me souviens encore de ce que j'ai ressenti ici même lorsque j'ai mis la dernière main au décor et que j'ai déballé les ustensiles de cuisine. J'étais fière, impatiente. Et aussi un peu effrayée. Ça m'arrive encore de temps en temps, avoua-t-elle avec un rire las. Mais pas ce soir.

— Toi aussi, tu peux être fière de ta réussite.

— Je sais que pas mal de gens pensaient que ta mère était folle de me louer cet endroit. Comment allais-je être capable de tenir un restaurant ?

Owen secoua la tête. Avery avait le teint si pâle que sa peau paraissait transparente. L'énergie qui pétillait d'ordinaire en elle l'avait désertée, preuve qu'elle était bel et bien épuisée. Au moins elle aurait quelque chose dans l'estomac, se dit-il, content d'y être pour quelque chose. Ensuite, il la raccompagnerait à l'étage, histoire de s'assurer qu'elle allait bien se coucher.

— Je ne l'ai jamais crue folle. Quand tu es décidée, tu peux tout faire.

— Je n'ai pas réussi à devenir une rock star. Et pourtant j'étais décidée.

Il se souvint de l'époque où elle faisait rugir sa guitare électrique. Avec davantage d'enthousiasme que de talent.

— Quel âge tu avais ? Quatorze ans ?

— Quinze. J'ai cru que mon père allait tourner de l'œil quand je me suis teint les cheveux en noir corbeau et que j'ai débarqué avec tous ces tatouages.

— Heureusement, c'étaient des faux.

Elle sourit, but une nouvelle gorgée de vin.

— Pas tous.

— Ah bon ? Je suis curieux de savoir où... Une seconde, fit-il comme son portable sonnait. Qu'y a-t-il, Ryder ?

Il se laissa glisser de son tabouret et se concentra sur sa conversation avec son frère, le regard dirigé vers l'hôtel illuminé en face.

Lorsqu'il raccrocha son portable à son ceinturon et se retourna, il découvrit Avery endormie, la tête posée sur ses bras repliés sur le comptoir. Elle avait avalé la moitié de sa pizza et de son vin, nota-t-il. Il rangea la vaisselle sale, éteignit la lumière des cuisines, puis de la salle, ne laissant que l'éclairage de sécurité.

Puis il réfléchit.

Il pouvait porter Avery à l'étage – c'était un poids plume –, sauf qu'il n'était pas sûr de pouvoir la porter et verrouiller la porte derrière lui en même temps. « Monte-la d'abord et redescends fermer », décida-t-il.

Mais quand il voulut la soulever, elle sursauta si violemment qu'elle faillit lui flanquer un coup d'épaule dans la figure.

— Quoi ? Qu'est-ce qu'il y a ?

— C'est l'heure d'aller se coucher. Viens, je t'accompagne là-haut.

— J'ai fermé à clé ?

— Devant, oui. Je fermerai derrière.

— C'est bon, je m'en occupe.

Elle sortit ses clés, mais il les lui prit des mains. Elle aurait trouvé bizarre qu'il la porte maintenant qu'elle était réveillée, aussi se contenta-t-il de glisser le bras autour de sa taille et de la guider comme une somnambule.

— J'ai juste fermé les yeux une minute.

— Tu devrais continuer au moins huit ou neuf heures.

La serrant contre son flanc, il ferma à clé derrière eux.

— Attention à la marche, la prévint-il au pied de l'escalier.

— Je suis un peu dans le coaltar, admit-elle d'une voix que la fatigue rendait pâteuse. Merci pour tout et le reste.

Il ouvrit la porte de son appartement et s'efforça de ne pas faire la grimace en constatant qu'elle n'avait toujours pas fini de déballer ses cartons alors qu'elle avait emménagé depuis un bon mois. Il posa son trousseau de clés sur la console dans l'entrée.

— Pense à refermer derrière moi.

— Dac, dit-elle avec un sourire, oscillant sur ses jambes. Tu es tellement gentil, Owen. C'est toi que je choisirais.

— En quel honneur ?

— Ma part. Bonne nuit.

— Bonne nuit. N'oublie pas de fermer.

Sur le palier, Owen attendit d'entendre le cliquetis de la clé dans la serrure.

Sa part de quoi ? s'interrogea-t-il, perplexe, tout en regagnant le parking sur l'arrière où était garé son pick-up.

Il leva les yeux vers ses fenêtres avant de se glisser derrière le volant. Il sentait encore les effluves de citron qui parfumaient ses cheveux, ses mains. Et continua de le sentir durant tout le trajet jusque chez lui.

3

À la minute où Avery put se libérer au restaurant, elle s'emmitoufla dans son manteau, enfonça un bonnet de ski sur ses cheveux et fonça en face.

Remarquant le camion de meubles sur le parking, elle pressa le pas, mue autant par l'impatience que par le froid, et s'engouffra dans l'hôtel où régnait l'animation des grands jours. Perchés sur des échelles, des ouvriers faisaient d'ultimes retouches de peinture, les pistolets à clous claquaient en salves nourries en provenance du salon et de la salle à manger, accompagnés par le sifflement strident d'une perceuse.

Elle franchit l'arche et laissa échapper un « oh » admiratif en découvrant la balustrade de l'escalier. Ryder passa la tête dans l'embrasure de la porte qui donnait sur la salle à manger.

— Sois gentille, ne monte pas par là, d'accord ? Luther travaille encore dessus à l'étage.

— Elle est magnifique, murmura-t-elle en effleurant de la main la courbe sombre.

— C'est vrai. Mais Luther est trop poli pour te demander de faire le tour. Pas moi.

— Pas de problème.

Avery franchit le seuil de la salle à manger et leva les yeux au plafond.

— Regarde-moi ces lustres ! s'exclama-t-elle. Quelle splendeur !

— Ces engins pèsent leur poids, crois-moi. Mais ils font leur effet, concéda-t-il.

Il s'arrêta un instant de travailler pour admirer les globes en forme de glands ornés de feuilles de chêne.

— Ils sont extraordinaires, tu veux dire. Et les appliques aussi. Quelques jours sans venir fourrer le nez ici et je ne reconnais plus rien. Je n'ai pas beaucoup de temps, mais je tiens à tout voir. Hope est dans le coin ?

— Sans doute au deuxième à s'occuper des meubles.

— J'y cours !

Avery rebroussa chemin et ressortit par le hall. Soufflant des petits nuages de vapeur, elle grimpa deux à deux les volées de marches de l'escalier extérieur. Elle ouvrit la porte de Westley et Buttercup, y pénétra, et demeura plantée devant le foyer encastré dans le mur qui diffusait une douce chaleur, un sourire béat aux lèvres. Elle mourait d'envie d'explorer, de découvrir chaque détail, mais elle avait encore davantage besoin d'une présence humaine.

Elle ressortit, remonta la galerie jusqu'à la suite d'où provenaient des voix.

Là, elle resta bouche bée.

Justine et Hope étaient en train de disposer en angle deux fauteuils tendus d'un tissu soyeux dont le motif bleu et or était assorti à l'or profond du canapé sur lequel Carol-Ann installait des coussins.

— Je crois que nous devrions... Ah, voilà Avery ! fit Justine qui se redressa en l'apercevant. Pourrais-tu avancer jusqu'à la fenêtre ? Je voudrais vérifier si le passage est assez large.

— Je suis clouée sur place. Mon Dieu, Justine, c'est sublime !

— Certes, mais je ne veux pas que les clients se cognent dans les fauteuils ou soient obligés de manœuvrer pour les éviter. Fais comme si tu étais une cliente qui vient d'arriver. Tu traverses la chambre pour regarder par la fenêtre qui donne sur Saint-Paul Street.

— D'accord, répondit Avery. Eh bien, Alphonse, je suppose que cela suffira pour cette nuit.

— Alphonse ? répéta Hope.

— Mon amant. Nous venons d'arriver de Paris.

Arborant une mine hautaine, elle traversa le salon et jeta un coup d'œil par la fenêtre. Sa moue se mua en sourire, et lorsqu'elle se retourna, elle sautilla sur place.

— Cette vue est géniale. Et il n'y a eu ni heurts ni détours. Allez-vous vraiment laisser les gens s'asseoir dans ces merveilles ?

— Ils sont là pour ça.

Avery passa les doigts sur l'accoudoir du canapé.

— Vous savez, ils risquent de ne pas se contenter de s'y asseoir.

— Il y a certaines choses auxquelles je préfère ne pas penser, répliqua Justine. Je veux une petite lampe sur ce coffre. Un pied fin avec un abat-jour brillant.

— J'en ai vu un chez Bast, lui signala Hope. Je crois qu'il conviendra.

— Prenez-en note, d'accord ? À présent, nous allons remonter quelques accessoires, histoire de voir s'ils fonctionnent dans cette suite.

— Le décor est déjà époustouflant tel qu'il est, fit remarquer Avery.

— Tu n'as encore rien vu, assura Hope avec un clin d'œil. Emmène donc Alphonse dans la chambre.

— Sa pièce favorite. Ah, les hommes !

Elle suivit Hope, et aurait volontiers fait un détour par la salle de bains si son amie ne l'avait attrapée par le bras.

— Ici d'abord.

Face à l'air ébahi d'Avery, Hope arbora un sourire radieux, telle une jeune mère qui présente son nouveau-né.

— Le lit ! s'écria Avery. J'avais vu la photo dans le catalogue, mais en vrai, ça dépasse l'imagination.

— J'adore les sculptures, avoua Hope en caressant du bout des doigts l'un des montants sculptés du lit à baldaquin. Et avec la literie, il paraît encore plus somptueux. Carol-Ann s'est débattue pendant une heure avec la couette, le jeté de lit et les oreillers assortis.

— J'adore. Le beige des oreillers ressort bien sur le blanc de la housse. Et ce jeté…

— C'est du cachemire. Un toucher incomparable.

— Je veux. Tout est superbe. Les tables de chevet, les lampes. Et cette commode !

— Ce reflet doré convient à merveille ici, je trouve. Je compte terminer l'aménagement de cet espace pour ce soir. Le livre d'or, les livres, les DVD, tous les menus détails. Il nous faut des photos pour le site Web.

— J'adore les petits tabourets avec les coussins au pied du lit. Tout ici respire le luxe. Même Alphonse serait impressionné.

— Et Dieu sait qu'il n'est pas facile à impressionner. Les livreurs de chez Bast viennent de partir. Ils vont revenir avec le mobilier de Westley et Buttercup. C'est un sacré boulot de monter les grosses pièces par l'escalier.

— Heureusement, ce n'est pas le mien. Je ne peux pas rester longtemps, mais Dave revient cet après-midi, et j'ai ma soirée de libre. Je peux donner un coup de main.

— Tu es engagée. Je pense déjà apporter quelques affaires de chez moi. Des choses dont je n'ai pas absolument besoin pour l'instant. Il va aussi falloir commencer à choisir les œuvres d'art. J'ai déjà repéré quelques pièces à la boutique de cadeaux.

— Le rêve se réalise enfin.

— J'ai besoin de ton menu pour les dépliants des chambres.

— Tu l'auras, assura Avery avant de passer dans la salle de bains. Hé, tu as déjà disposé les accessoires ! Les porte-savons, les coupelles et même les flacons de shampooing !

— C'est pour les photos – du moins c'est mon alibi. Nous avons vraiment hâte de voir les pièces terminées. Je dois encore sortir les serviettes, suspendre les peignoirs. C'est Ryder qui va prendre les photos. Il est doué, paraît-il.

— C'est vrai, confirma Avery. J'ai encore un instantané qu'il avait pris d'Owen et de moi quand nous étions ados. Une photo très sympa. Figure-toi qu'il est venu m'aider pour le service hier soir.

— Ryder ?

— Non, Owen. Ensuite, il a m'a aidée à monter. Double journée, plus un car de touristes, plus une chorale, plus un pépin avec l'ordinateur, à la fermeture je me traînais comme un zombie.

— C'est un ange.

— Oui, la plupart du temps.

— Beckett aussi. Qu'est-il arrivé à Ryder ?

Avery pouffa de rire. De l'index, elle suivit le bord d'une des vasques de lavabo ovales.

— Il n'a pas un mauvais fond, tu sais. C'est juste qu'il faut creuser un peu.

— À mon avis, il faudrait y aller à la dynamite. Mais il fait du bon travail. La décoration à elle seule ne suffirait pas. Et il est intraitable sur les détails, ce que je respecte. Cela dit, je dois y retourner.

— Moi aussi. Je devrais pouvoir me libérer pour 16 heures, 17 heures au plus tard. Je viendrai aider.

— J'ai cru comprendre que nous devrions pouvoir commencer à aménager la bibliothèque aujourd'hui. Peut-être aussi Elizabeth et Darcy.

— J'y serai. Oh, Hope ! s'exclama Avery qui sautilla sur place avec enthousiasme et étreignit son amie. Je suis si heureuse pour toi. À plus tard !

Elle dévalait les marches de la galerie extérieure quand Owen franchit le portail entre la future boulangerie et la cour intérieure de l'hôtel.

— Salut ! lui lança-t-elle.

— Salut, répondit-il en s'avançant vers elle, son écritoire sous le bras. Tu as l'air mieux.

— Mieux que quoi ?

— Que la morte vivante d'hier soir.

Elle lui décocha un petit coup de poing au creux de l'estomac.

— J'ai pris un peu de retard, mais je te revaudrai ça. J'ai oublié de te demander combien tu as fait de pourboires.

Sans réfléchir, il lui boutonna son manteau.

— Pas mal. J'ai dû ramasser environ vingt-cinq dollars. Dis-moi juste que Franny et Dave sont de retour.

— Dave, oui. Enfin, il ne devrait pas tarder. Quant à Franny, elle va mieux, mais je préfère qu'elle prenne encore une journée. Je viens d'être éblouie par la suite du deuxième. Mon Dieu, Owen, quelle merveille !

— Je ne suis pas encore monté. Ça a bien avancé ?

— C'est pour ainsi dire fini. Ils vont bientôt passer à Westley et Buttercup. Je reviendrai tout à l'heure participer à l'action. Tu seras là ?

— Je crois que nous serons tous plus ou moins là à temps complet jusqu'à la fin des travaux.

— Alors on se verra.

Elle recula comme le camion de meubles s'engageait dans l'allée.

— Mince, j'ai envie de rester. Quelle misère de devoir gagner sa vie.

— Tu ne peux pas rester ici dans le froid de toute façon, décréta Owen.

Il lui prit les mains et les frotta entre les siennes.

— Où sont tes gants ?

— Dans ma poche.

— À mon avis, ils te seraient plus utiles aux mains.

— Certes, mais je n'aurais pas eu droit à un massage, fit-elle remarquer avant de se hisser sur la pointe des pieds pour déposer un baiser sonore sur sa joue. Il faut que j'y aille. À tout à l'heure.

Et elle disparut en coup de vent.

Elle courait comme une gazelle. Elle avait toujours été douée en course, au point qu'il s'était toujours demandé pourquoi elle n'avait pas choisi l'athlétisme au lycée plutôt que les pom-pom-girl. Quand il lui avait posé la question à l'époque, il se souvenait qu'elle avait levé les yeux au ciel comme s'il avait sorti une ânerie. Les uniformes étaient plus jolis, pardi.

Il devait admettre qu'elle était sacrément mignonne dans sa tenue de pom-pom-girl.

Il se demanda si elle l'avait toujours.

Il se demanda aussi ce qui lui prenait de penser à Avery dans sa tenue de pom-pom-girl.

Et pourquoi diable il restait planté dehors par ce froid à se poser des questions bêtes.

Les heures défilèrent, et lorsque l'équipe s'en alla, à la fin de la journée, Owen rêvait d'une bonne bière.

Mais sa mère ne l'entendait pas de cette oreille.

En guise de petite mousse bien fraîche, il dut se coltiner des cartons pleins de livres dans les escaliers.

— Dépose ceux-là directement dans la bibliothèque, lui ordonna Justine du haut des marches, un chiffon au poing. Les filles nettoient la bibliothèque. Je suis retournée avec Carol-Ann dans Nick et Nora.

— À vos ordres, mon commandant.

Un peu essoufflé, il monta péniblement les marches, suivi de Ryder, les bras chargés lui aussi. Beckett fermait la marche.

— Maudits bouquins, il y en a des tonnes, bougonna Ryder quand sa mère fut hors de portée.

— Il y a des tas de maudites étagères à remplir, fit remarquer Owen. Des étagères que nous avons eu la bonne idée de fabriquer, je te rappelle.

La bibliothèque sentait bon la cire. Perchée sur un escabeau au fond de la pièce, Avery astiquait les rayonnages supérieurs d'un des meubles qui flanquaient la cheminée.

L'œuvre de ses frères et lui dans l'atelier familial. Beaucoup d'efforts, se souvint-il, et tellement de satisfaction aujourd'hui de les voir rutiler.

— Beau travail, mesdames, les félicita Beckett en posant son fardeau.

Il s'approcha de Clare par-derrière, l'entoura de ses bras et l'attira contre lui pour l'embrasser dans le cou.

— Lequel est-ce ? plaisanta-t-elle avant de pivoter en riant. Ah, bien sûr, le mien !

— Pas de mamours avant qu'on ait fini, protesta Ryder. Il nous reste encore un chargement, rappela-t-il en indiquant la porte du pouce.

— Il y a aussi deux cartons dans Jane et Rochester, intervint Hope qui, accroupie, faisait reluire les portes des placards sous les rayonnages. Ils sont étiquetés « bibliothèque ».

— J'ai fini avec mon côté, annonça Avery en sautant à bas de son escabeau. Je vais en chercher un. Tu me donnes un coup de main ? demanda-t-elle à Owen.

— Bien sûr.

Dans la chambre, elle remarqua que les piles de cartons avaient diminué et semblaient avoir été réorganisées.

— Tu as rangé, on dirait.

— Les choses sont plus faciles à trouver.

— Tu devrais venir mettre un peu d'ordre dans mon appartement. Je retrouverais peut-être l'écharpe mauve que j'ai achetée à Cadeaux d'Art le mois dernier.

— Il faudrait peut-être que tu finisses d'abord de déballer.

— C'est fait. Enfin, à peu près.

Owen se retint de tout commentaire.

— Les cartons pour la bibliothèque sont par là, dit-il.

Il contourna les piles jusqu'à un angle près de la salle de bains.

— Que feras-tu de tout le temps libre que tu auras quand cet endroit sera fini ? s'enquit Avery.

— Tu veux dire, en dehors de la boulangerie, de la maison de Beckett, de l'entretien des locations et de la nouvelle cuisine de Lynn Barney ?

— Lynn Barney refait sa cuisine ? Je n'étais pas au courant.

— Tu ne sais pas tout.

— Je sais beaucoup de choses. Les gens sont bavards devant une pizza et des pâtes.

Elle voulut soulever un carton sur lequel l'écriture vigoureuse de Hope s'étalait en lettres capitales.

— Il est trop lourd, intervint Owen. Prends plutôt celui-ci.

— Et le local vide sous l'appartement provisoire de Hope ? Que comptez-vous en faire ?

— Nous trouverons bien. Un projet à la fois.

— Parfois, j'aime bien avoir plusieurs projets en route en même temps.

Il s'empara d'un carton et retint la porte ouverte avec sa hanche.

— C'est le meilleur moyen de s'emmêler les pinceaux.

— Mais on atteint son but plus vite.

— Pas si tu t'emmêles les pinceaux, contra-t-il en refermant la porte derrière eux.

— J'ai un bon équilibre. Ce local est super, ajouta-t-elle, tandis qu'il répétait l'opération avec la porte de la galerie.

— La boulangerie et la maison de Beckett d'abord. Il ne va pas s'envoler, ce local.

Avery fut tentée d'insister. Pourquoi garder un emplacement vide dans Main Street quand on peut le rentabiliser ? Puis elle entendit la voix de Justine dans la chambre Nick et Nora. Mieux valait sans doute s'adresser directement à Dieu plutôt qu'à ses saints.

De retour dans la bibliothèque, elle sortit les affaires des cartons avec Hope et Clare, arrangea les livres et les bibelots sur les étagères. Romans sentimentaux, suspenses, ouvrages d'histoire locale, classiques. Une collection de flacons anciens, une maquette d'automobile d'époque ayant appartenu au père d'Owen, des bougeoirs en fer forgé fabriqué par son propre père.

— Je craignais que nous n'ayons trois fois trop de choses, commenta Hope, mais, finalement, il va nous en falloir davantage.

— J'ai encore du stock à la librairie, lui rappela Clare. Et il y a toujours la boutique de cadeaux.

— Nous allons poser le plateau avec la carafe à whisky et les verres ici, sur l'étagère du bas, décida Hope, qui joignit le geste à la parole, puis recula pour juger du résultat. Oui, c'est indéniable, il faudra encore quelques objets. Pour les livres, ça va. Tu as fait un excellent travail, Clare.

— C'était amusant.

— Vous savez ce qui serait chouette ? intervint Avery, qui s'était adossée contre le mur du fond. On devrait rassembler toute l'équipe sur la terrasse et prendre une photo. On l'encadrerait et elle trônerait ici dans la bibliothèque. L'équipe de l'Hôtel Boonsboro vous salue.

— C'est une excellente idée, approuva Hope. Il ne manquera plus que les meubles. Le bureau ici devant la fenêtre, avec l'ordinateur portable réservé à la clientèle et le grand livre d'or relié pleine peau. Là, le spectaculaire canapé en cuir jaune avec les fauteuils, les lampes.

— Je vais chercher Justine et Carol-Ann pour leur demander ce qu'elles en pensent, proposa Clare.

Elle était sur le seuil lorsqu'elle entendit des cris de guerre au rez-de-chaussée.

— On dirait que mes garçons ont envahi les lieux. J'avais dit à Alva Ridenour que je viendrais les chercher pour les emmener manger une pizza, mais, apparemment, elle a décidé de me les amener.

Une cavalcade qui évoquait un troupeau de buffles lancés au galop résonna dans l'escalier. Hope et Avery sortirent à temps pour voir les trois fils de Clare débouler dans le couloir.

— Maman ! Mme Ridenour dit que son mari et elle avaient aussi envie de manger une pizza. On est venus voir l'hôtel, expliqua Harry, l'aîné, qui se jeta dans les bras de sa mère et voulut repartir aussi vite.

— Du calme, du calme, fit Clare.

Elle l'attrapa par la main tout en enlaçant Liam qui lui étreignait les jambes. Après avoir serré brièvement les doigts de Harry, elle souleva Murphy, son petit dernier, et le cala sur sa hanche. Il lui plaqua un gros baiser mouillé sur la joue.

— Bonjour, maman ! On a fait nos devoirs et on a joué aux Bendominos et on a nourri Ben et Yoda et M. Ridenour nous a dit qu'on pouvait avoir *deux* dollars chacun pour jouer au Megatouch parce qu'on a été sages !

— Je suis heureuse de l'apprendre.

— On veut visiter l'hôtel, dit Liam, son petit visage levé vers elle. M. et Mme Ridenour aussi. On peut, maman ?

— Vous ne courez pas et vous ne touchez à rien, répondit-elle en ébouriffant les cheveux en bataille de son fils.

Elle reposa Murphy sur le sol.

— J'ai cru entendre ma petite troupe.

— Mamie !

Comme un seul homme, les garçons se précipitèrent vers Justine qui s'accroupit et les rassembla dans ses bras avec un sourire radieux à l'adresse de Clare.

— Mamie, répéta-t-elle, gratifiant chaque enfant d'un baiser sur la joue. Je suis la plus heureuse du monde.

— On peut voir ton hôtel, mamie ? demanda Murphy avec son sourire d'ange et ses grands yeux bruns. S'il te plaît ! On touchera à rien.

— Il y a intérêt.

— Et si on commençait par le dernier étage ? suggéra Beckett qui apparut à l'angle de l'escalier et prit Clare par la main. Ryder montre la salle à manger aux Ridenour. Ils ne vont pas tarder à monter.

— Tu viens, mamie ? demanda Harry en tirant Justine par la main. On veut que tu viennes avec nous.

— Rien ne pourrait m'en empêcher.

— Beckett dit qu'on pourra rester quand tout sera fini, enchaîna Liam en prenant l'autre main de Justine, tandis que Murphy tendait les bras à Beckett. Et qu'on aura le droit de dormir dans un des grands lits. Tu resteras aussi ?

— C'est prévu. La première nuit, on dormira tous ici.

Tandis qu'ils gagnaient le deuxième étage, Avery se pencha vers Owen.

— Ils sont mignons, tu ne trouves pas ? Clare, Beckett et les garçons. Et ta mère avec eux.

Elle renifla légèrement, la main sur le cœur.

— J'en suis tout émue.

— C'est toujours autant de pression en moins pour Ryder et moi. Je plaisante, ajouta-t-il lorsqu'elle fronça les sourcils, les yeux embués. Ma mère adore ces gamins.

— Quelle chance ils ont d'avoir trois grands-mères désormais.

— Mon père les aurait adorés aussi.

Avec un pincement au cœur, elle lui frotta le dos.

— Je sais. Il a toujours été génial avec les enfants. Je me souviens des barbecues chez toi. Il courait avec nous dans le jardin. J'étais dingue de lui. « Alors la rouquine, ça gaze ? » C'était ce qu'il me disait chaque fois qu'il venait tailler une bavette avec mon père.

Elle laissa échapper un soupir.

— Je suis sentimentale ce soir, on dirait. Viens donc jeter un coup d'œil à notre travail dans la bibliothèque.

— Papa t'a toujours considérée comme sa propre fille, tu sais.

— Arrête.

— C'est vrai. Ton père était comme un frère pour lui. Il m'a toujours demandé de veiller sur toi.

— N'importe quoi.

— Si, je te jure, insista Owen qui tira doucement sur sa courte queue-de-cheval avant d'entrer dans la bibliothèque. Dis donc, beau boulot… Et rapide en plus.

— Grâce à une organisation sans faille, comme tu le sais mieux que quiconque, répondit-elle en riant. Il reste encore quelques vides à combler, et j'ai eu l'idée d'une photo de toute l'équipe sur la terrasse qu'on poserait dans un cadre sur une étagère. Elle fait partie de l'histoire de ce lieu maintenant.

— Tu as raison. Nous allons organiser ça.

— Je peux la prendre – surtout si j'arrive à convaincre Ryder de me prêter son appareil. Préviens-moi quand tout le monde sera disponible et je viendrai. Où est Hope ?

— Avec Carol-Ann, sans doute pour mettre la touche finale à Nick et Nora.

— Avec elle, il n'y aura jamais de touche finale à moins que quelqu'un ne l'arrête. Toi, par exemple, suggéra-t-elle avec un coup de coude. Et dis-lui qu'elle peut venir manger si elle en a envie. Carol-Ann aussi. Ryder et toi avez sans doute envie d'une petite bière et d'un morceau.

— Et comment.

— Va la chercher alors. Toi, elle t'écoutera. Je ferais mieux d'aller prévenir mon équipe que nous allons avoir une grande tablée. Je vais voir si je peux vous réserver l'arrière-salle.

— Nous, rectifia Owen. Il faut que tu manges aussi.

Amusée, Avery inclina la tête de côté.

— C'est ta façon de veiller sur moi ?

— Je suis du genre obéissant.

— Quand ça te chante. À tout à l'heure.

Lorsqu'elle passa devant Elizabeth et Darcy, Avery entendit des voix. Supposant que la visite se poursuivait par là, elle ouvrit doucement la porte.

Dans la chambre, debout près de la porte ouverte qui donnait dans la galerie, Murphy discutait. Tout seul.

— Murphy ?

— Salut !

— Salut. Chéri, il fait froid dehors. Il ne faut pas ouvrir la porte-fenêtre.

— C'est pas moi. J'ai rien touché. Elle aime bien sortir regarder dehors.

Avery s'avança d'un pas prudent jusqu'à la porte-fenêtre et, bravant le froid glacial, regarda à droite et à gauche dans la galerie.

— Qui ça ?

— La dame. Elle a dit que je peux l'appeler Elizabeth, comme Beckett.

— Ah.

Avery fut parcourue d'un frisson qui n'était pas dû au courant d'air.

— Euh… et elle est ici en ce moment ?

— Juste là, contre la balustrade, répondit le garçon, l'index tendu. Elle m'a dit de pas sortir parce que maman s'inquiéterait.

— Elle a raison.

— Elle attend.

— Ah bon ? Quoi donc ?

— Billy, répondit-il simplement. On va manger la pizza ?

— Euh… oui. Une minute.

Avery sursauta violemment quand la porte du couloir s'ouvrit. Puis elle laissa échapper un rire penaud devant la mine perplexe d'Owen.

— Nous étions juste… enfin, je ne sais pas. Murphy, j'entends ta maman et Beckett à l'étage. Va donc les retrouver. Et promets-moi de rester avec eux, d'accord ?

— D'accord. Je voulais juste voir Elizabeth. Elle aime bien avoir quelqu'un à qui parler. Au revoir ! lança-t-il dans le vide avant de se ruer dans le couloir.

— C'est dingue, murmura Avery. Figure-toi que j'ai entendu des voix – je veux dire des gens qui discutaient dans la chambre –, du coup, je suis entrée. Et je suis tombée sur Murphy, tout seul devant la porte-fenêtre ouverte. Il m'a expliqué que la dame – Elizabeth – était là, dehors. Il la voit et il lui parle, Owen ! J'ai entendu des voix ! Pas une seule, plusieurs ! Et…

— Du calme, reprends ton souffle.

Il alla fermer la porte de la galerie.

— Mais elle est là ! Tu n'attends pas qu'elle rentre ?

— À mon avis, elle saura se débrouiller seule.

— Elle est peut-être déjà rentrée, déclara Avery en s'adossant à la porte, les yeux comme des soucoupes. Franchement, c'était… trop génial ! Murphy Brewster, celui qui murmure à l'oreille des fantômes. À l'en croire, elle attendait un certain Billy. Il faut à tout prix que je dorme dans cette chambre. Si ça se trouve, j'aurai droit à une manifestation personnelle – même si ça fiche un peu les jetons. C'est dingue, non ?

Owen s'approcha, posa les mains sur ses épaules.

— Respire encore un bon coup, lui conseilla-t-il.

— Que c'est excitant ! Et en même temps un peu inquiétant… mais dans le genre cool. Comment fais-tu pour rester aussi calme ?

— Tu es excitée pour deux. Alors comme ça, elle attend Billy ?

— C'est ce que Murphy prétend, et il semble être en ligne directe avec elle. Peut-être son mari, ou son amoureux. Elle l'attend ici depuis toutes ces années. Elle attend juste son Billy. Dieu que c'est romantique.

— Plutôt tragique, je trouve.

— Non, enfin si, mais romantique aussi. Un amour éternel, c'est plutôt rare dans la vraie vie, non ?

— Je n'en sais rien.

Avery débordait encore d'enthousiasme.

— Son amour est si fort qu'il la retient ici. C'est magique. C'est ce qui compte le plus. C'est…

La porte s'ouvrit brutalement dans son dos et la précipita contre Owen, qui referma spontanément les bras autour elle pour l'empêcher de tomber. Elle leva la tête, le regarda au fond des yeux.

— … tout, termina-t-elle, interloquée.

Owen ne dit mot. Ils demeurèrent plantés là, serrés l'un contre l'autre tandis que la porte claquait dans le dos d'Avery. Le bruit d'une cavalcade mêlée de rires résonna dans le couloir

« C'est quoi, cette plaisanterie ? » se demanda-t-il.

Puis sa bouche fondit sur celle d'Avery qui enfouit les doigts dans ses cheveux.

Un baiser pétillant et enfiévré – une description qui convenait à merveille à Avery elle-même.

C'était comme s'il avait été emporté dans un tourbillon. Il se sentait grisé, en proie à un désir impérieux qui le consumait. Le monde autour de lui s'était volatilisé, il ne restait plus qu'Avery, le goût délicieux de ses lèvres, les exigences gourmandes de sa bouche, les effluves d'agrumes et de chèvrefeuille qui saturaient soudain l'air.

En équilibre sur la pointe des pieds, plaquée contre lui, Avery se laissait submerger par une passion tumultueuse dont le flot l'entraînait vers l'inconnu tout en la piégeant dans l'instant présent.

Ce fut Owen qui rompit le charme le premier. Il la dévisagea d'un regard effaré comme s'il émergeait d'une transe.

— Qu'est-ce qui se passe ? murmura-t-il. Qu'est-ce qui nous arrive ?

— Je ne sais pas.

Et elle n'était pas sûre de vouloir le savoir. Pas avec les bras d'Owen qui l'enlaçaient au point de lui faire tourner la tête. Émerveillée, elle s'abandonna à ce moment magique.

Soudain, on tambourina au battant.

— Owen ? Avery ? appela Beckett. Pourquoi c'est fermé à clé ? Ouvrez cette porte !

— Une seconde, répondit Owen qui lâcha Avery, inspira un bon coup, puis tourna la poignée de la porte.

Celle-ci s'ouvrit sans difficulté.

— Qu'est-ce qui se passe ici ? demanda Beckett qui aperçut la porte de la galerie ouverte et fronça les sourcils.

— Rien. Tout va bien.

— Murphy a dit que tu étais ici avec Avery, insista Beckett qui, d'un coup d'œil par-dessus son épaule, s'assura que les enfants n'étaient pas dans les parages. Tout va bien, tu es sûr ?

— Mais oui, je t'assure. On va… manger une pizza.

— Bonne idée. Veille à fermer cette porte, fit-il en indiquant la porte-fenêtre qui s'était rouverte.

— Je m'en occupe, dit Avery en joignant le geste à la parole.

— Parfait. On se retrouve à Vesta.

Beckett les gratifia d'un long regard appuyé avant de tourner les talons.

Owen se tourna vers Avery, la main toujours sur le bouton de la porte ouverte.

— Là, c'était franchement bizarre, articula-t-elle. Non ?

— Je ne sais pas.

— C'est comme si en parlant d'amour… j'avais déclenché… quelque chose.

— Euh… oui, peut-être.

Elle prit une profonde inspiration et le rejoignit.

— Je ne veux pas que, du coup, ce soit bizarre entre nous.

— OK.

— On ferait mieux de sortir d'ici. Enfin, je veux dire, de cette chambre.

— OK.

— Je retourne donner un coup de main à Dave.

— OK.

Elle lui décocha un léger coup de poing dans le torse.

— Eh, perroquet, c'est tout ce que tu sais dire ? OK, OK, OK ?

— Pour l'instant, c'est ce qui me semble le plus sûr.

— Le plus sûr, mon œil, objecta Avery avant de laisser échapper de nouveau un long soupir. Pas question que ce soit bizarre entre nous, et arrête de toujours répéter OK.

Elle sortit en coup de vent et dévala l'escalier.

— OK, lâcha Owen entre ses dents.

Il referma la porte, mais alors qu'il remontait le couloir, il lui sembla entendre un rire féminin étouffé derrière le battant.

— Bonne blague, hein ? bougonna-t-il.

Les mains fourrées dans les poches, la mine renfrognée, il descendit à son tour.

4

L'hiver enserrait la ville dans un carcan glacial. Sous le ciel d'un bleu métallique, le froid polaire transformait la moindre respiration en un nuage de givre. Après avoir traversé la cour pavée que le gel avait de nouveau rendue glissante, Owen et ses frères gravirent l'escalier extérieur au pas de charge.

— Je ne veux pas entendre parler de modifications, embellissements et autres fioritures à la noix, grommela Ryder.

— On va commencer par jeter un coup d'œil, déclara Beckett en poussant la porte de la chambre Jane et Rochester.

— C'est quoi encore, tous ces cartons ? s'insurgea Ryder. J'ai l'impression que maman a acheté assez de lampes pour éclairer la moitié de la ville.

— On descendra ce qu'on peut pour Nick et Nora tout à l'heure, intervint Owen. Bon, quel est le problème, Beckett ?

— J'ignore s'il y en a un, mais c'est à peu près le seul endroit tranquille dans la maison pour l'instant. Hier soir, on n'a pas eu un moment entre nous – sans compter que tu as quitté la pizzeria avant que j'aie eu le temps de te coincer. Alors maintenant crache le morceau. Que s'est-il passé avec Elizabeth ?

— Non, mais je rêve ! s'exclama Ryder qui arracha son bonnet et plongea les doigts dans son épaisse tignasse brune. Tu nous as fait monter ici pour nous parler de fantômes ?

— Murphy était dans la chambre, lui rappela Beckett. Seul, avec la porte de la galerie ouverte. Il vient juste d'avoir six ans, bon sang ! Clare n'est plus si effrayée par Elizabeth. Sans son message sur le miroir embué de la salle de bains – on se demande comment elle a réussi ce tour-là – nous ne serions peut-être pas arrivés à temps lorsque Freemont a agressé Clare. N'empêche, Murphy n'est qu'un petit garçon.

Ryder remit son bonnet.

— C'est vrai, tu as raison. Mais toute cette histoire commence à m'énerver.

— Tout t'énerve, je te signale. Même un bête banc dans un parc.

— Ça dépend si j'ai envie de m'asseoir ou non.

— Murphy nous a donné sa version de l'histoire. Soit dit en passant, ce gosse est une vraie pipelette, fit Beckett en secouant la tête. Bref, il a décidé de lui rendre visite dans la chambre. Il lui a parlé de l'école, des chiots. Elle lui a posé des questions sur sa famille.

— Tu veux dire que le gamin a eu une conversation mondaine avec une revenante ? railla Ryder. Il lui faut son émission de télé, il va exploser l'audimat.

— Très drôle, répliqua Beckett. Elle est sortie, mais lui a demandé de rester à l'intérieur pour ne pas inquiéter sa mère, figure-toi. Et elle lui a raconté qu'elle aime regarder dehors. Qu'elle attend un certain Billy. Maintenant que l'auberge est réparée, a-t-elle dit, qu'il y a des gens et de la lumière, elle pense qu'il la retrouvera plus facilement.

— Billy qui ? demanda Ryder.

— Murphy n'en sait pas plus.

— Pourquoi vous me regardez comme ça, tous les deux ? protesta Owen. Moi non plus, je n'en sais pas plus. À mon arrivée, Avery était déjà avec Murphy. Nous l'avons envoyé retrouver Clare.

— Oui, et il a parlé d'Elizabeth en précisant qu'Avery et toi étiez dans la chambre. Et quand j'ai voulu ouvrir la porte, elle n'a pas bougé d'un pouce.

— Et alors ? C'est une facétieuse, plaisanta Owen avec un haussement d'épaules qu'il voulait désinvolte, mais qui ne réussit qu'à trahir sa nervosité. Ce n'est pas la première fois.

— Et ce ne sera pas la dernière, marmonna Ryder.

— C'est sûr, acquiesça Beckett. Mais quand tu m'as ouvert, Owen, tu avais l'air ahuri de quelqu'un qui vient de se prendre un coup sur le crâne. Je veux savoir ce qui s'est passé entre le départ de Murphy et mon arrivée.

— Rien de particulier.

— N'importe quoi, ricana Ryder. Tu ne sais pas mentir. Et s'il ne s'est rien passé de particulier, pourquoi faisais-tu une tête de cent pieds de long à Vesta ? Tu broyais du noir comme une poule sur ses œufs cassés, et tu t'es dépêché de t'éclipser sous le vague prétexte que tu avais de la paperasse en retard. Perso, je suis sûr qu'il s'est passé un truc particulier, conclut-il avec un sourire narquois.

— Crache le morceau, frérot, insista Beckett.

— C'est bon, c'est bon. Avery m'a juste répété ce que Murphy venait de lui raconter. Elle était tout enthousiaste et émue par le romantisme de l'histoire. L'amour par-delà la mort, etc. Enfin, bref, vous connaissez Avery. C'est le genre de sujet sur lequel elle s'emballe facilement.

— Qu'est-ce que j'en saurais ? fit Ryder avec un haussement d'épaules. Je n'ai jamais eu de conversation romantique avec elle. Et toi ? demanda-t-il à Beckett.

— Pas que je me souvienne. Mais Owen était son premier petit ami.

— Laisse tomber, bougonna celui-ci, hésitant entre gêne et agacement. Elle avait cinq ans, six tout au plus. L'âge de Murphy, alors arrêtez de raconter n'importe quoi.

— Elle répétait à qui voulait l'entendre qu'elle t'épouserait, insista Beckett, qui se retenait visiblement de rire. Et que vous auriez trois chiens, deux chats et cinq bébés. Ou peut-être trois bébés et cinq chiens, je ne sais plus.

— Et tu lui avais offert une bague, frérot.

Le dos au mur, Owen gratifia Ryder d'un rictus mauvais.

— Un machin en plastique que j'avais eu dans un distributeur de chewing-gums. Je n'étais qu'un gamin, bon sang.

— Tu l'as quand même embrassée sur la bouche, lui rappela Beckett.

— C'est arrivé comme ça ! Ta revenante caractérielle a brusquement ouvert la porte alors qu'Avery était adossée contre le battant et avant que j'aie eu le temps de dire ouf, elle était dans mes bras et…

Beckett haussa les sourcils et dévisagea son frère, la tête inclinée de côté.

— Je parlais d'avant, quand tu avais cinq ans.

— Ah.

— Mais je t'en prie, mets-nous au parfum. Tu as roulé une pelle au Petit Chaperon rouge ?

— C'est arrivé comme ça, je te dis. La porte l'a poussée dans mes bras.

— Ouais, moi aussi, chaque fois qu'une fille trébuche, c'est plus fort que moi, je lui saute dessus.

— Va te faire foutre.

— Ç'a dû être le palot du siècle, commenta Beckett, vu la tête que tu faisais quand tu as déverrouillé la porte.

— Je ne l'ai pas déverrouillée. Elle n'était pas fermée à clé. C'est elle qui a fait le coup.

— Avery la Rouquine ?

— Non. Elizabeth. Et elle a bien rigolé.

— Avery ?

— Non ! s'exclama Owen, qui se mit à arpenter la pièce. Elizabeth. Et quand Avery est partie fâchée, je l'ai entendue rire.

— Avery s'est fâchée parce que tu l'as embrassée ? s'enquit Beckett.

— Non. Enfin, peut-être. Comment savoir ce qui énerve une femme ? grommela Owen que la frustration commençait à gagner. Personne n'en sait rien parce que c'est un mystère. Un jour, c'est une chose, le lendemain, c'est une autre. Un vrai défi pour l'entendement masculin.

— Il n'a pas tort, approuva Ryder. Et elle t'a rendu ton baiser ? Ça, les hommes s'en rendent compte, hein ?

— Oui, elle m'a embrassé.

— Juste par réflexe ou… plus ?

— Ça n'avait rien d'un baiser amical, je te le garantis, bougonna Owen.

— Avec la langue ?

— Arrête, Ryder !

— Tu n'es pas le seul à apprécier les détails, fit ce dernier à l'adresse de Beckett. Oui, sans aucun doute, avec la langue.

— Je ne vais pas te faire un dessin ! rétorqua Owen. Et voilà que Beckett tambourine à la porte. Complètement surréaliste comme situation. Après, elle ne voulait pas que ce soit bizarre entre nous, vous comprenez ? Je lui ai dit OK. Elle a ajouté qu'elle retournait aider Dave au restaurant. OK, j'ai répondu.

— Tu es un idiot, décréta Ryder, l'air dégoûté. De nous trois, tu es censé être le plus intelligent, je te rappelle. Mais là, tu t'es planté dans les grandes largeurs, mon vieux.

— Ah oui ? Et pourquoi ?

Beckett s'interposa.

— Je t'explique. Tu embrasses une fille au point que les yeux te jaillissent des orbites et, si tes informations sont exactes, elle est dans le même état. Et tu ne trouves rien de mieux à dire que « OK » alors qu'à l'évidence elle te teste ? Tu es un idiot, je confirme.

— Elle ne voulait pas que ce soit bizarre entre nous. J'ai fait de mon mieux pour paraître normal.

— Une revenante pousse une ex dans tes bras, vous vous embrassez goulûment pendant que le fantôme bloque la porte. Dans le genre bizarre, difficile de faire mieux, non ? observa Ryder.

— Une *ex* ? Tu rigoles ? Elle avait cinq ans !

Ryder posa la main sur l'épaule de son frère.

— Les femmes n'oublient jamais. Si tu ne veux pas que ce soit encore plus bizarre entre vous, tu dois lui en parler. Pauvre vieux, je te plains.

— Avery avait raison, réfléchit Beckett. Elizabeth est une grande romantique. La première fois que j'ai embrassé Clare, c'était dans l'hôtel – quant à la suite, je ne serais pas étonné qu'elle y ait mis son grain de sel. Au moins en partie.

— Alors parle-lui, toi, suggéra Owen. Dis-lui de nous laisser tranquilles.

— Ton baiser avec la Rouquine a dû te griller quelques neurones, fit remarquer Ryder. Si tu dis quoi faire à une femme, tu peux espérer que peut-être, je dis bien peut-être, la moitié du temps elle le fera, ou quelque chose d'approchant. Mais là, je parle d'une femme vivante. Pour une revenante, j'imagine que la probabilité frôle le zéro.

— Pas de bol.

— Mieux vaut parler à Avery, lui conseilla Beckett. Et le plus tôt sera le mieux.

— Pas de bol.

— Bon, maintenant qu'on a fini de s'épancher, mesdemoiselles, au boulot, ordonna Ryder en se dirigeant vers la porte. On a un hôtel à terminer.

Impossible d'éviter Avery. Non pas qu'il le voulût. Mais entre les livraisons, le nettoyage, les pauses déjeuner, impossible. En temps normal, il la voyait au moins une fois par semaine. Depuis le début des travaux à l'hôtel, c'était plutôt tous les jours. Et maintenant qu'ils étaient dans la dernière ligne droite, ils avaient tendance à se croiser plusieurs fois par jour.

Et puis, n'étant pas aussi idiot que ses frères le prétendaient, il avait bien conscience qu'aucun de ces moments n'offrait l'intimité requise pour la conversation qu'il leur fallait avoir. Même s'il réussissait à trouver un endroit où il n'y avait pas une demi-douzaine de personnes qui passaient ou traînaient dans les parages, il était interrompu toutes les dix minutes.

Il adopta donc la stratégie qu'il jugeait la meilleure : il se comporta comme si de rien n'était. Deux jours durant, il lui parla avec le plus grand naturel, porta des cartons pour elle, lui commanda à manger.

Comme, de son côté, elle agissait de même, il en conclut que le problème était résolu.

Pour sa dernière corvée de la journée – de la semaine, espérait-il –, il transporta un carton d'ampoules dans la chambre Nick et Nora. Il avait l'intention d'assembler les lampes dans les pièces achevées et de visser les ampoules adéquates.

Sur le seuil, il eut une seconde d'hésitation en apercevant Avery qui accrochait des pampilles en verre à un lampadaire. Elle jeta un coup d'œil dans sa direction.

— Ce modèle exige un peu d'assemblage.

— Il rend bien.

— Je les dispose à ma façon. Je préfère ça au diagramme fourni. Justine est aussi de mon avis.

— Ça me va.

Il nota que les lampes à pied en boules de verre superposées étaient déjà assemblées sur les tables de chevet qui flanquaient le lit ancien.

— Ce soir, je suis la préposée aux lampes, expliqua Avery.

Il faillit lui rétorquer que lui était préposé aux ampoules, mais la boutade étant d'un goût douteux, il s'en abstint.

Bon sang, se dit-il, c'était *bel et bien* devenu bizarre entre eux.

— J'apporte les ampoules. Que la lumière soit.

Il en sortit une du carton.

— Écoute, Avery…

— Regardez ! s'exclama Hope qui fit irruption dans la pièce, toujours en manteau, son écharpe enroulée autour du cou. N'est-elle pas fabuleuse ?

Elle tenait à la main une statuette de style Art déco représentant un couple.

— Superbe ! s'extasia Avery qui se redressa pour l'admirer. Ce sont Nick et Nora Charles.

— Figurez-vous que les incroyables propriétaires de chez Bast nous l'ont offerte !

— Génial ! Maintenant, je l'adore encore plus.

— Elle est parfaite, renchérit Hope en la posant au bout du cache-radiateur en bois sculpté fabriqué par Owen. Et j'adore ce lampadaire. Une lumière discrète, beaucoup de glamour et de style. Oh, et quand tu auras fini ici, Avery, tu pourras peut-être nous donner ton opinion dans Jane et Rochester ! Owen, nous essayons de décider où exposer les pièces au crochet de ta grand-mère que Justine a fait encadrer. Elles sont si belles. C'était une artiste.

— S'il avait eu assez de fil, elle aurait fait le Taj Mahal au crochet.

— Je veux bien te croire. Nous avons restreint notre choix à deux endroits. Il nous faut un regard supplémentaire, Avery.

— Je vous l'accorde volontiers. Voilà, c'est la dernière pampille, dit celle-ci avant d'examiner son œuvre d'un air satisfait.

— Dans ce cas, si tu peux venir tout de suite. Il faut qu'on décide ce soir. Après quoi, la journée sera finie.

— Tant mieux, parce que je dois retourner en face m'occuper d'un ou deux trucs.

— Quand tu auras fini, viens donc chez moi, proposa Hope. Les parents de Clare gardent les enfants ce soir, et Beckett a un dîner d'affaires avec un client. Nous déboucherons une bonne bouteille et je cuisinerai un petit plat.

— Ça marche. Je range ce bazar et j'arrive.

Dès que Hope fut sorti, Avery s'accroupit pour rassembler les emballages du lampadaire.

— Elles sont encore plus jolies éclairées, commenta-t-elle, lorsque Owen essaya les lampes de chevet.

— En effet. Alors, Avery… on est OK ?

Après un silence éloquent, elle lui décocha un regard dur.

— Encore ce mot.

— Voyons, Avery…

Toujours accroupie, elle le gratifia d'un long regard pénétrant, les sourcils en accents circonflexes.

— Oui, je suis OK. Et toi, tu es OK ?

— Oui, c'est juste…

— Alors, on dirait qu'on est tous les deux OK. Ce n'était pas mon premier baiser, Owen.

— Non, mais…

— Pas même avec toi.

— C'était…

— Alors tu vois, pas de problème.

— Pas de problème, acquiesça-t-il, même s'il avait l'impression qu'il y en avait un. Je descendrai les emballages tout à l'heure. Nous en avons tout un chargement à évacuer de toute façon.

— Ça m'arrange, dit-elle en se redressant pour gagner le seuil. Oh, et si tu as le temps, tu peux peut-être suspendre le miroir ! L'étoile, là. Hope a indiqué l'endroit sur le mur.

— D'accord.

— Passe un bon week-end si je ne te revois pas.

— Oui. Toi aussi.

La mine renfrognée, il contempla le miroir, puis tourna la tête vers la porte. Plus d'Avery.

— Bien joué, bougonna-t-il.

Et il sortit chercher sa perceuse.

— On est OK ? le singea Avery en agitant son verre de vin. Abruti, va.

Pelotonnée sur le canapé dans le salon de Hope, Clare sourit à son amie.

— Il ne sait pas comment s'y prendre, c'est tout.

Pas décidée le moins du monde à lui accorder des circonstances atténuantes, Avery ricana.

— Il a su comment s'y prendre l'autre soir, crois-moi.

— Beckett était mal à l'aise et un peu nerveux avec moi après notre première tentative de baiser. C'est peut-être un trait commun aux Montgomery.

— Mais, ça lui est vite passé, je parie.

Le sourire de Clare se fit tendre.

— C'est vrai. Mille fois vrai. N'empêche, vu votre passé…

— Tu parles d'un passé.

Hope sortit de sa petite cuisine avec un plateau de fromages et de fruits.

— Quel passé ? s'enquit-elle avec curiosité. Je n'ai pas eu l'occasion de connaître tous les détails de l'histoire. Juste le coup de pouce de la revenante, le baiser torride, la réaction minable d'Owen.

— Plutôt bien résumé, je dirais, ironisa Avery.

— Quel passé ? insista Hope. Vous vous connaissez depuis toujours, je sais, mais il y a plus que ça ? Clare et Beckett se sont connus des années avant de sortir ensemble.

— J'étais avec Clint, lui rappela l'intéressée. Nous avons très vite été en couple, si bien que mon passé avec Beckett se résume à une amitié plutôt distante.

— Et toi, tu as été plus loin avec Owen ? voulut savoir Hope. Qu'est-ce que j'ai raté ?

— Ils ont été fiancés, figure-toi, annonça Clare qui leva son verre en l'honneur d'Avery avec un grand sourire.

Hope écarquilla les yeux, sous le choc.

— Quoi ? s'écria-t-elle. Quand ? Pourquoi est-ce que je l'ignorais ? C'est un scoop énorme !

— On était gamins, précisa Avery. Je devais avoir cinq ans – presque six. Comme nos pères étaient proches, on faisait beaucoup d'activités ensemble. J'avais le béguin pour lui.

— Alors elle l'a demandé en mariage – ou plutôt elle a annoncé qu'ils se marieraient quand ils seraient grands, ajouta Clare.

— Oh, c'est trop mignon !

Un peu radoucie, Avery haussa les épaules.

— Le pauvre ne devait sans doute plus savoir où se mettre, j'imagine. Si ma mémoire est bonne, il avait dans les huit ans. Mais il a été gentil. Et patient, se souvint-elle, attendrie maintenant. J'ai craqué pour lui pendant au moins deux ans.

— C'est long à cet âge-là, fit remarquer Hope.

— Je suis du genre persévérant. Et c'est alors qu'il a commencé à sortir avec Kirby Anderson, ajouta-t-elle, le regard soudain dur. Une horrible pétasse de dix ans. Owen Montgomery m'a brisé le cœur avec cette sale voleuse de petit ami.

— Pour l'édification de Hope, je me permets de faire remarquer que Kirby Anderson est aujourd'hui mariée, mère de deux enfants et défend la cause écologiste à Arlington en Virginie.

— Bon, d'accord, cette manie lui a passé, concéda Avery. Mais elle est peut-être encore là, à l'état latent. Enfin bref, après ce coup-là, j'ai tiré un trait sur les garçons jusqu'à la puberté.

— Mais tu as pardonné à Owen, n'est-ce pas ? s'enquit Hope.

— Bien sûr. Je n'allais quand même pas me laisser dépérir. Et puis, le premier petit ami d'une fille n'est jamais le dernier, non ? conclut Avery avec un grand geste avant de se couper une tranche de gouda. Surtout quand c'est un gros nul.

— Ne sois pas trop dure avec lui, fit Clare. Il est sans doute déboussolé et se demande comment réagir. Tu comptes beaucoup pour lui, tu sais bien. Pour eux tous, d'ailleurs.

— Ouais, ouais, je sais…

Mais elle laissa échapper un soupir.

— Quel baiser ! Il a beaucoup appris depuis ses huit ans – à moins que ce ne soit moi. S'il voulait remettre ça, je ne serais pas contre.

— Vraiment ? s'étonna Hope en prenant un quartier de pomme.

— Bien sûr. Je suis stupide ou quoi ? Il embrasse comme un dieu, ai-je découvert. Et il est franchement craquant.

— Tu coucherais avec lui ?

Tout en réfléchissant à la question, Avery prit une petite grappe de raisin blanc acidulé.

— Hmm. Nous sommes deux adultes, actuellement sans attaches. Peut-être. Oui, peut-être, à condition d'aborder cette relation avec lucidité. Owen est quelqu'un sur qui on peut compter. C'est important. Et comme je le disais, ajouta-t-elle avec un sourire mutin en croquant un grain de raisin, qu'il soit hyper-craquant en prime ne gâte rien.

— À vous écouter, toutes les deux, je ne suis pas mécontente d'être hors jeu, déclara Hope en se lovant dans son fauteuil, son verre de vin à la main.

— Une fille sublime comme toi, intelligente, intéressante – et humaine –, tu ne le resteras pas longtemps, crois-moi, prédit Avery.

— Je ne suis pas intéressée par une relation pour l'instant. Et pas seulement à cause de Jonathan. En fait, maintenant que j'y réfléchis, ce salaud n'y est pour rien. À l'heure actuelle, je n'ai qu'un seul et unique désir : concentrer toute mon énergie sur l'hôtel. Je veux être la meilleure directrice du monde et gérer ce petit bijou à la perfection. Les hommes, les rendez-vous, les galipettes ? Très peu pour moi en ce moment.

— Méfie-toi, la prévint Clare avec un clin d'œil. Il ne faut jamais dire « fontaine, je ne boirai pas de ton eau ».

Owen passa une mauvaise nuit, ce qui l'agaça prodigieusement. Il dormait *toujours* bien. À ses yeux, c'était un talent, au même titre que la menuiserie ou le calcul mental. Mais au lieu de sombrer dans un sommeil réparateur après une journée de travail bien remplie, une heure entière de sport intensif et un bain relaxant dans son jacuzzi, il n'avait pas arrêté de tourner et de virer dans son lit.

Il s'était promis de ne pas travailler durant le week-end, mais quand un homme se lève avant l'aube, qu'est-il censé faire de sa journée ?

La maison était en ordre. C'était en général le cas, mais avec la pression des travaux ces dernières semaines, il n'était rentré quasiment que pour dormir. Même lui ne voyait pas ce qu'il pouvait faire pour s'occuper.

C'étaient Beckett et lui qui avaient conçu les plans de la maison, à un jet de pierre de celles de sa mère et de Ryder, et de celle que Beckett s'était enfin décidé à terminer. Il aimait cette proximité avec sa famille, tout en appréciant la tranquillité et l'isolement de son terrain boisé.

La spacieuse pièce à vivre convenait à sa nature efficace avec sa cuisine ouverte et la salle à manger qui faisait office d'espace de réception lorsqu'il recevait des amis. Sur la gauche, la buanderie servait aussi de cellier.

La polyvalence était son credo, même en matière d'habitation.

Vêtu d'un simple pantalon de pyjama en flanelle, il se tenait devant la porte-fenêtre qui s'ouvrait sur le large patio pavé, sirotant le café moulu et préparé par la machine haut de gamme au design épuré qu'il s'était offerte pour son dernier anniversaire.

Ryder la surnommait Hilda, affirmant qu'un engin aussi rutilant et sophistiqué ne pouvait être que féminin.

D'ordinaire, ce premier café bien serré le mettait en forme pour la journée. Mais aujourd'hui, il n'eut aucun effet.

C'était la faute d'Avery si c'était devenu bizarre entre eux – comme il se l'était répété en boucle tout au long de sa nuit agitée. Elle prétendait ne pas vouloir que les choses soient bizarres, mais faisait tout pour. Elle voulait qu'il culpabilise, décida-t-il, alors qu'il n'avait rien à se reprocher.

Toute cette histoire était stupide et il devait s'empresser de l'oublier. Pas question de perdre une autre nuit de sommeil à cause d'une ineptie pareille.

Il se serait bien préparé un petit déjeuner, mais il n'était pas d'humeur à se mettre aux fourneaux. Cuisiner n'était pas pour lui déplaire, surtout le week-end lorsqu'il pouvait prendre son temps devant une assiette d'œufs au bacon et jouer avec son iPad, assis dans le coin bar de sa cuisine.

Sauf qu'il n'avait pas non plus envie d'utiliser son iPad, et ça, ce n'était pas normal. Il avait *toujours* envie de s'en servir.

En désespoir de cause, il décida de travailler. Il allait passer un peu de temps à l'atelier sur le manteau de cheminée en châtaignier destiné à la chambre de Beckett. Peut-être même arriverait-il à le terminer afin que son frère puisse entamer les finitions.

À quoi bon rester cloîtré à la maison toute la journée s'il ne pouvait en profiter pour fainéanter. Et puis, sa mère avait l'habitude de se lever tôt, songea-t-il en se dirigeant vers l'escalier central que ses frères et lui avaient fabriqué. Elle lui préparerait un petit déjeuner, et peut-être pourrait-il lui soutirer quelques infos sur Avery – en toute discrétion, bien entendu.

Il allait de soi qu'il ne lui raconterait pas toute l'histoire – c'était franchement trop… bizarre –, mais personne n'était aussi perspicace que Justine Montgomery.

Owen entra dans sa chambre, alluma le petit foyer au gaz encastré dans le mur et emporta son café dans la salle de bains. Une fois douché et rasé, il enfila des vêtements de travail et des chaussures de sécurité à bout ferré.

Après avoir lissé sa couette blanche et rangé les oreillers dans leurs casiers en wenge, il attrapa son téléphone, l'accrocha à son ceinturon, récupéra son canif, sa monnaie et son portefeuille dans le vide-poches sur sa commode, ainsi qu'un bandana propre dans un tiroir.

Il resta immobile un moment, la mine renfrognée. Trop calme, décréta-t-il. Il aimait sa maison et la propriété, il avait une vie professionnelle gratifiante. Seul ce silence de cathédrale lui pesait.

L'heure était venue de réfléchir sérieusement à adopter un chien. Peut-être un croisement entre un labrador et un retriever, comme celui de sa mère. Ou un fidèle corniaud comme celui de Ryder.

Mieux valait sans doute attendre le printemps, réfléchit-il dans l'escalier. Il était plus facile d'apprendre la propreté à un chien à la belle saison. À moins qu'il ne recueille un chien adulte – si seulement il pouvait avoir la moitié de la chance de Ryder avec Nigaud. Il passerait peut-être au refuge après le petit déjeuner chez sa mère et quelques heures à l'atelier.

Satisfait de son plan, il grimpa dans son pick-up. Il sortit en marche arrière du garage, passa devant la petite grange qu'il avait construite pour abriter la Jeep équipée d'un chasse-neige qu'il utilisait dans la propriété et descendit jusqu'à la route principale. Il s'y engagea et bifurqua un peu plus loin dans l'allée de la maison de sa mère, perchée sur la colline.

Les chiens bondirent à sa rencontre. Atticus serrait dans sa gueule une de ses nombreuses balles déchiquetées, les yeux hagards de joie. Son frère Finch l'arrêta dans sa course et tous deux dévalèrent la pente en un joyeux roulé-boulé.

Owen sourit. Oui, décidément, il lui fallait un chien.

Au détour de l'allée, il s'étonna d'apercevoir le pick-up de Willy B garé près de la voiture de sa mère.

Matinale comme visite, se dit-il, même pour le père d'Avery. D'un autre côté, Willy B passait souvent, et maintenant qu'il était l'un des artistes distribués par sa mère à la boutique de cadeaux, il était possible qu'il soit venu déposer une nouvelle pièce.

Coup de bol, songea Owen en se garant. Il pourrait peut-être soutirer aussi quelques informations à Willy B sur Avery – là encore en toute discrétion, bien entendu.

Il fit une pause le temps de ramasser la balle qu'Atticus avait lâchée à ses pieds, le regard suppliant. Il la lança de toutes ses forces à l'autre bout de la pelouse, et les chiens s'élancèrent à fond de train à sa poursuite tandis qu'il s'empressait de gagner l'arrière de la maison.

Arrivé à quelques mètres de la porte, il entendit de la musique et secoua de la tête. Typique de sa mère – elle n'avait jamais demandé à ses fils de baisser le son lorsqu'ils écoutaient de la musique, car elle-même avait tendance à monter le volume à fond.

En poussant la porte, il fut accueilli par une bonne odeur de bacon et de café. Bon timing, songea-t-il, satisfait.

Dans la seconde qui suivit, il se pétrifia.

Sa mère se tenait devant la cuisinière.

La dominant de son mètre quatre-vingt-dix, Willy B lui faisait face, vêtu en tout et pour tout d'un caleçon blanc. Les mains plaquées sur les fesses de sa mère, il l'embrassait à pleine bouche.

5

Malgré la musique tonitruante, Owen dut trahir sa stupéfaction d'une manière ou d'une autre. Peut-être même avait-il crié. Il espérait que non.

Quoi qu'il en soit, sa mère – peignoir ouvert sur un short de pyjama rouge et un haut blanc bien trop vaporeux à son goût – interrompit l'embrassade goulue et recula d'un pas. Son regard croisa celui de son fils.

Elle cligna des yeux, puis s'esclaffa.

Willy B eut la bonne grâce de rougir.

— Qu'est-ce que... ?

Owen était tellement interloqué qu'il ne trouvait plus ses mots.

— Je prépare le petit déjeuner, annonça Justine d'un ton rieur, l'air tout à fait détendu. Je vais devoir casser davantage d'œufs, j'ai l'impression.

— Vous... mais... maman.

— Efforce-toi de faire une phrase complète, mon garçon. Tiens, prends donc un café.

Elle lui sortit une tasse.

Toujours écarlate, Willy B se balançait d'un pied sur l'autre.

— Euh... je devrais peut-être... aller enfiler un pantalon.

— Oui ! s'exclama Owen. Un pantalon, s'il vous plaît. Bonne idée.

Grommelant dans sa barbe, Willy B battit en retraite, tel un ours regagnant sa tanière.

— *Maman.*

— Oui, c'est bien moi, pépia Justine, tout sourires. Assieds-toi, mon chéri. Bois ton café.

— Mais…

Justine prit la pince à bacon et mit les tranches à égoutter.

— Essaie donc de terminer ta phrase cette fois.

Owen tenta d'avaler la boule qui lui obstruait la gorge. Elle eut du mal à passer.

— Qu'est-ce que tu fais ici avec lui ? Nue.

Les sourcils en accents circonflexes, Justine baissa les yeux sur sa tenue.

— Je ne suis pas nue.

— Presque.

Avec un sourire à l'évidence forcé, Justine ferma son peignoir et en noua la ceinture.

— C'est mieux ?

— Oui. Enfin, non. Je ne sais pas. J'ai l'impression que mon crâne a explosé, bredouilla-t-il en se tapotant ledit crâne.

Sans se laisser démonter, Justine sortit les œufs et le lait de l'imposant réfrigérateur.

— J'allais préparer des œufs brouillés, mais vu les circonstances, ce sera du pain perdu. Tu as un faible pour le pain perdu. Tu n'as pas encore déjeuné, n'est-ce pas ?

— Non. Maman, je ne comprends pas.

— Qu'est-ce que tu ne comprends pas ?

— Tout ça. Cette situation.

— D'accord, laisse-moi t'expliquer. Lorsque deux personnes se rapprochent, c'est mieux s'ils s'apprécient vraiment et se respectent. Dans une telle relation, le sexe joue un rôle important, ce qui implique…

Une onde de chaleur inonda le cou d'Owen, sans qu'il sache trop quelle émotion l'avait déclenchée.

— Maman, arrête.

— Cela, tu le comprends. Bref, c'est le cas pour Willy B et moi. Nous nous apprécions et nous respectons. Et parfois nous couchons ensemble.

— Par pitié, ne prononce pas ce mot lorsque tu parles de Willy B et de toi.

Sa mère lui servit une tranche de bacon.

— Encaisse, Owen.

— Mais…

Son cerveau embrumé l'empêchait de rassembler ses idées.

— J'adorais ton père. J'avais dix-huit ans quand je l'ai vu pour la première fois – mon tout premier jour chez Wilson Constructions. Il était sur une échelle, avec son jean déchiré, ses grosses chaussures de sécurité, sa ceinture à outils. Torse nu. Mon Dieu, soupira-t-elle, la main sur le cœur, j'ai flotté sur un nuage le reste de la journée. Tom Montgomery. Mon Tommy.

Elle sortit une jatte et entreprit de battre les œufs et le lait avec une fourchette.

— Je n'ai même pas fait semblant d'être une prude jeune fille lorsqu'il m'a invitée à sortir. Après ce premier rendez-vous, je n'ai plus accepté la moindre invitation de la part d'un autre. Je n'avais d'yeux que pour ton père.

— Je sais, maman.

— Nous avions une belle vie. Il était si bon. Intelligent, fort, drôle. Un bon mari et un bon père. Nous avons fondé l'entreprise ensemble car nous tenions à être nos propres patrons. Et cette maison, cette famille – tout ici porte son empreinte. Chacun de vous a quelque chose de lui. Tu as sa bouche, Beckett ses yeux, Ryder ses mains. Et tellement plus encore. Quel trésor c'est pour moi.

Sa mère était si visiblement émue qu'Owen en eut le cœur serré.

— Excuse-moi, maman. Je suis désolé. Ne pleure pas.

— Ce ne sont pas des larmes de tristesse, mais de reconnaissance, fit-elle remarquer, ajoutant du sucre, une pointe de vanille et une dose de cannelle généreuse. Nous avions une vie merveilleuse, et voilà qu'il est mort. Tu n'imagines comme je lui en ai voulu de me lâcher ainsi. Pendant des semaines, des mois. Il n'avait pas le droit de m'abandonner. Nous étions censés rester ensemble pour toujours. Et maintenant il est parti, Owen. Il me manquera jusqu'à mon dernier souffle.

— À moi aussi.

Elle pressa brièvement la main de son fils par-dessus le plan de travail, puis se retourna et s'empara du pain.

— Willy B adorait Tommy. Ils étaient aussi proches que des frères.

— Je sais.

— Au décès de Tommy, nous nous sommes raccrochés l'un à l'autre. Nous avions chacun besoin de quelqu'un qui l'avait aimé, qui pouvait raconter des anecdotes sur lui. D'une épaule sur laquelle s'épancher. C'est ce que nous avons fait – et rien d'autre – pendant longtemps. Puis, il y a deux ans, nous… disons juste que j'ai commencé à lui préparer le petit déjeuner de temps à autre.

— Deux ans ? répéta-t-il, stupéfait.

— J'aurais peut-être dû vous en parler, reconnut Justine avec un haussement d'épaules. Sans doute n'avais-je pas envie de discuter de ma vie intime avec mes fils adultes. Et le fait est que Willy B est un grand timide.

— Es-tu… amoureuse de lui ?

— Je l'aime, bien sûr. Depuis des années, comme Tommy l'aimait. C'est un homme bien, tu le sais. Et un bon père, qui a dû élever Avery seul quand sa femme les a abandonnés. Cet homme est la gentillesse incarnée. Amoureuse ?

Elle déposa dans la poêle les tranches de pain après les avoir trempées dans le mélange lait et œufs.

— Nous apprécions d'être ensemble quand nous en avons le temps, Owen. Nous avons chacun notre domicile, notre vie, notre famille. Cette situation nous convient parfaitement. À présent, puis-je lui proposer de descendre déjeuner ?

— Oui, bien sûr. Je ferais peut-être mieux d'y aller.

— Reste. J'ai de quoi faire du pain perdu pour une armée.

Elle sortit de la cuisine et s'immobilisa au pied de l'escalier, les mains sur les hanches.

— Willy B, si tu as ton pantalon, descends donc déjeuner !

Puis elle revint à ses fourneaux, retourna les tranches de pain, les laissa cuire quelques instants avant de les disposer avec le bacon sur des assiettes qu'elle déposa sur le plan de travail.

— Assieds-toi, ordonna-t-elle, quand Willy B arriva de son pas traînant. Allez, mangez, tous les deux. Ça va refroidir.

Il prit place sur le tabouret près d'Owen.

— Ça m'a l'air délicieux, Justine, dit-il de sa voix de basse.

Celle-ci adressa à son fils un regard d'encouragement.

— Euh… alors… comment ça va, Willy B ?

— Bien, bien.

Le dos au mur, Owen versa du sirop d'érable sur son pain perdu.

— Euh… l'hôtel avance bien, commenta Willy B. Il embellit la place, c'est sûr. Ton père en serait heureux et fier.

— C'est sûr, soupira Owen. Certaines de vos œuvres ont déjà été installées. Elles rendent bien.

— Tant mieux.

Devant la cuisinière, Justine retourna une nouvelle série de tranches de pain avec un sourire, tandis que les deux hommes s'efforçaient tant bien que mal de converser.

Owen ne savait trop que penser de la situation mais, en dépit de son embarras, il tint bon jusqu'à la fin du petit déjeuner. Après quoi, les chiens l'escortèrent jusqu'à l'atelier. Plein d'espoir, Atticus tenait une de ses balles dans sa gueule.

Owen alluma les lumières, la radio et poussa le chauffage. Au bout d'une demi-heure d'efforts maladroits, il renonça. Impossible de se concentrer. S'il s'obstinait, il risquait une catastrophe avec ce délicat travail d'ébénisterie.

Il éteignit les lumières, la radio, le chauffage. Les chiens le suivirent docilement à l'extérieur. Pour faire plaisir à Atticus, il lança la balle avec vigueur avant de s'installer au volant de son pick-up.

« Ce qu'il me faut, décréta-t-il, c'est de la menuiserie basique qui fait transpirer. » Destination : la propriété de Beckett. Il était tout juste en état de travailler sur les cloisons des chambres qu'ils ajoutaient pour les fils de Clare.

En découvrant les véhicules de ses frères, derrière la maison, il ne put décider s'il en éprouvait du soulagement ou de la nervosité.

Qu'allait-il leur dire ? Allait-il seulement leur annoncer la nouvelle ?

Bien sûr que oui. Pas question de garder un secret aussi lourd pour lui tout seul. Tandis qu'il sortait sa ceinture à outils du pick-up, un duo de marteau et de scie lui parvint, accompagné par l'iPod de Beckett.

Les travaux avançaient étonnamment bien, dans la mesure où il leur fallait jongler avec ceux de l'hôtel. Ils s'occupaient de l'aménagement intérieur de l'extension dont le toit au moins était achevé – une chance, vu les conditions météorologiques. Les baies vitrées étaient de belle taille, jugea-t-il, et permettraient de profiter de la nature environnante. Les terrasses et patios devraient attendre le printemps, mais s'ils parvenaient à boucler le reste d'ici à avril, Beckett et sa nouvelle famille pourraient y emménager juste après le mariage.

Il entra par la porte de la future cuisine et fit un tour rapide avant de monter à l'étage par l'escalier de chantier. C'était immense. Logique, sans doute, pour une famille de cinq personnes. La spacieuse suite parentale possédait une imposante cheminée – les garçons avaient confié à Beckett que leur mère rêvait d'en avoir une dans la chambre depuis toujours. Deux autres chambres étaient séparées par une salle de bains. Et si sa mémoire était bonne, une autre, plus deux chambres supplémentaires occuperaient les combles.

Alors qu'il se dirigeait vers l'endroit où s'activaient ses frères, Nigaud vint l'accueillir. Il s'assit et remua la queue, les yeux rivés sur le visage d'Owen.

— Je n'ai rien pour toi, mon vieux, fit ce dernier, évitant avec soin de prononcer les mots *nourriture* ou *manger* afin de ne pas lui donner de faux espoirs.

Il montra ses mains vides, lui caressa la tête, puis pénétra dans une des chambres où Beckett maniait la scie sauteuse tandis que Ryder montait le châssis d'une penderie.

Le sourire aux lèvres, Beckett se redressa et ôta ses lunettes de protection.

— Ryder vient juste d'arriver. J'aurais dû me douter que tu ne serais pas loin derrière. Merci, j'apprécie.

— Pas de beignets ? s'enquit Ryder.

Nigaud fouetta l'air de sa queue.

— Pas de mon côté, en tout cas.

— Clare ouvre la librairie ce matin. Elle a prévu de passer chercher les enfants chez ses parents vers midi. Elle peut acheter un truc à manger en route. Ils viennent nous aider de toute façon.

— Je te plains.

Beckett haussa les épaules.

— Quand nous étions gamins, papa nous confiait des tas de petits travaux sur ses chantiers, si tu te souviens.

— À l'époque, j'étais trop jeune pour le plaindre. À propos de gamins, vous auriez pu faire de sacrées économies en réduisant le nombre de chambres. Pourquoi cinq ? À moins que Clare ne fasse chambre à part.

— Une par enfant, répondit Beckett. Plus la suite parentale et une chambre d'amis.

— Un canapé pliant dans le séjour ou dans le bureau suffirait amplement.

— En fait, il va nous en falloir cinq parce que nous comptons avoir un autre enfant.

Owen, qui ôtait sa veste, suspendit son geste.

— Clare est enceinte ?

— Pas encore. Nous attendons d'être mariés.

Ryder abaissa son marteau.

— Quatre enfants ? Sérieux ?

— Ça ne fait qu'un de plus.

Owen secoua la tête.

— À mon avis, en ce qui concerne les enfants, le nombre a une croissance exponentielle. Mais qu'importe. Vous êtes heureux avec trois, vous le serez aussi avec quatre.

— Maman va être folle de joie à l'idée d'être de nouveau grand-mère, commenta Ryder.

— En parlant de maman, j'avais dans l'idée de travailler à l'atelier ce matin et je suis donc passé chez elle, commença Owen.

— Pour lui taxer un petit déjeuner, devina Ryder.

— C'était un argument, j'avoue. Enfin bref, Willy B était là.

— Un autre taxeur de petit déjeuner, lâcha Beckett en rechaussant ses lunettes de protection.

— Ne remets pas ta scie en marche tout de suite, lui conseilla Owen.

Il risquait d'y laisser un doigt, songea-t-il.

Avec un froncement de sourcils, Beckett releva ses lunettes.

— Il y a un problème avec maman ?

— Non. Enfin, je ne sais pas. Pour elle, ce n'en est pas un, en tout cas.

— Qui a un problème ? intervint Ryder.

— Laissez-moi finir, bon sang. Quand je suis entré dans la cuisine, maman préparait déjà le petit déjeuner. Willy B était là, seulement vêtu d'un caleçon, et ils… Vous comprenez.

Ryder posa carrément son marteau.

— Ils faisaient quoi exactement ?

Tout gêné, Owen tenta de mimer la scène.

— Willy B avait les mains sur les… fesses de maman. Elle avait un peignoir, mais il était ouvert, et elle ne portait pas grand-chose dessous. Je préfère ne pas m'étendre sur ce point.

— Il la pelotait ? insista Ryder d'une voix calme qui n'augurait rien de bon. Il est costaud, mais plus tout jeune. Je vais de ce pas lui montrer de quel bois je me chauffe.

Beckett retint son frère d'une main.

— Attends. Tu veux dire que maman et Willy B…

— C'est ce que je dis, oui. Et depuis deux ans, figure-toi.

— Maman et Willy B couchent ensemble, articula Ryder.

— Ne prononce pas ces mots dans la même phrase, par pitié, lança Beckett. Je ne veux pas associer ce verbe avec eux dans ma tête.

Il s'empara de la bouteille de Coca, en but une longue gorgée au goulot avant de reprendre :

— On se calme, d'accord ? Alors comme ça, tu dis que maman et Willy B ont… une liaison.

— Ils se voient de temps en temps, acquiesça Owen. Elle m'a expliqué la situation pendant qu'il était monté enfiler un pantalon. Ce sont des amis de toujours. Ils adoraient papa tous les deux. Vous savez que Willy B et papa étaient les meilleurs copains du monde.

— Ouais, ouais.

— Ryder, murmura Beckett.

— Bon d'accord, ils étaient proches, c'est vrai. Mais si maman ne trouve rien à redire à cette relation, alors pourquoi toutes ces cachotteries ?

— Par souci de discrétion, j'imagine. Elle m'a parlé de ses sentiments à la mort de papa et en a pleuré.

— C'est pas vrai, grommela Ryder qui alla se planter devant la fenêtre, le regard lointain.

— Ils se sont raccrochés l'un à l'autre à l'époque, reprit Owen. Et avec le temps…

— Ils se sont raccrochés l'un à l'autre dans le plus simple appareil.

Beckett pressa les doigts sur ses paupières.

— Bon sang, Ryder, arrête de me mettre ces images en tête !

— Elles sont dans la mienne, alors je ne vois pas pourquoi tu devrais y échapper. J'ai encore envie d'aller lui coller un pain – au moins un. Pour le principe.

— Maman n'apprécierait pas, fit remarquer Owen. Et connaissant Willy B, il te laisserait le frapper si tu en éprouvais le besoin.

— Tu as raison, ce n'est pas la solution. Je dois y réfléchir.

Les mâchoires crispées, Ryder ramassa son marteau et un clou de charpentier sur lequel il asséna un coup puissant.

— Comme nous tous, j'imagine, dit Beckett qui remit ses lunettes de protection et remit sa scie en marche.

De son côté, Owen boucla sa ceinture à outils.

Mieux valait essayer d'oublier cette étrange journée, et pour cela, rien de tel que le boulot.

Lorsque Clare et les enfants arrivèrent avec les provisions, ils avaient terminé les cloisons du premier étage et s'étaient attaqués à celles du rez-de-chaussée.

— Vous travaillez si vite ! s'exclama-t-elle en arpentant son futur bureau – un bureau pour elle seule, à la maison ! – qui jouxtait la cuisine.

— C'est toute une organisation, expliqua Beckett en lui entourant les épaules du bras, tandis que les garçons marchaient d'un pas pesant sur le sous-plancher.

— Elle fonctionne sacrément bien. Bon, nous sommes ici pour aider – dans la mesure du possible. En remerciement, j'ai préparé un ragoût de bœuf à la cocotte pour ce soir. Un repas viril pour des ouvriers virils.

— J'en suis, déclara Owen.

— Ça m'embête de rater un bon repas, mais j'ai un rendez-vous, dit Ryder avant de lancer un morceau de pain en l'air.

Nigaud le rattrapa au vol avec l'habileté d'un voltigeur professionnel au base-ball.

— Tu pourrais dresser Ben et Yoda à faire ça ? voulut savoir Liam. Le plus souvent, ils se prennent tout sur le museau.

— Nigaud le fait depuis qu'il est tout petit. Mais, oui, on pourrait leur apprendre.

— Pas dans la maison, précisa distraitement Clare, penchée sur les plans.

Ryder sourit au garçon et lui tendit un autre morceau de pain.

— Tiens, entraîne-toi déjà avec Nigaud.

— Nigaud, ça veut dire bête, fit remarquer Murphy. Il y a d'autres façons de dire bête, mais maman veut pas qu'on dise des gros mots.

— Ce ne sont pas forcément des gros mots, répliqua Ryder.

Il sortit un crayon de sa ceinture à outils et fit un dessin sur le contre-plaqué du sous-plancher.

— Qu'est-ce que c'est ? s'enquit-il.

— Un cheval. Tu dessines drôlement bien.

— Mais non, c'est un âne.

— Maman ! Ryder a dessiné un âne par terre ! Moi aussi, j'aime bien dessiner. Je peux dessiner par terre ?

Ryder lui tendit son crayon.

— Vas-y, bonhomme.

Murphy s'assit en tailleur et traça un carré avec un triangle au sommet.

— Ce sera notre maison quand on sera mariés.

Liam se précipita vers Owen.

— Il me faut encore du pain pour Nigaud.

Owen s'exécuta obligeamment.

— Tu seras notre oncle.

— Il paraît, oui.

— Alors tu devras nous acheter des cadeaux de Noël.

— J'imagine.

— J'ai fait une liste.

— Un homme selon mon cœur. Où est-elle ?

— Sur le frigo à la maison. Plus que dix jours avant Noël.

— Alors je ferais mieux de m'y mettre.

Liam s'approcha de Beckett qui montrait à Harry comment enfoncer un clou à grosse tête.

— Moi aussi, je veux apprendre à me servir du marteau.

— Alors tu vas m'aider à finir la cloison du cellier.

— C'est quoi, le cellier ?

— L'endroit où ta maman va ranger la nourriture.

— C'est le frigo.

— Tout ne va pas au frigo, mon grand. Et les conserves de soupe ?

— J'aime bien celle au poulet.

— Qui n'aimerait pas ? Allez, on se remet au travail.

Malgré le flot incessant de questions et de commentaires, Beckett aimait travailler avec les garçons. Et ils le lui rendaient bien, car même Liam tint presque une heure avant de rejoindre Murphy par terre avec une collection de figurines.

Clare aussi mettait activement la main à la pâte – tout en gardant les enfants à l'œil. Ce qui était tout à son honneur. Elle lui rappelait leur mère qui agissait de même quand ils étaient gamins. Leur père avait toujours un projet en route.

À la fin de la journée, Owen se sentit flatté que Liam lui demande de venir en voiture avec lui. Ils fixèrent le rehausseur à l'arrière et y installèrent le garçon.

— C'est où ta maison ? voulut savoir ce dernier.

— Juste au bout de cette route. Ou de l'autre côté de ces arbres si tu viens à pied.

— Je peux la voir ?

— Euh… bien sûr.

Ce n'était pas un grand détour. Après quelques virages, Owen remonta son allée. Il avait suspendu des guirlandes lumineuses, et un sapin joliment décoré ornait une fenêtre – avec un éclairage sur minuterie, si bien que son décor de Noël illuminait la nuit de décembre.

— Notre maison est plus grande, fit remarquer Liam.

— C'est vrai. Mais vous êtes plus nombreux.

— Tu vis ici tout seul ?

— Oui.

— Pourquoi ?

— Parce que… c'est chez moi.

— Tu n'as personne pour jouer ?

Il n'avait pas considéré la situation sous cet angle.

— J'imagine que non, mais Ryder habite à côté, et quand votre maison sera terminée, vous serez tout à côté aussi.

— Je pourrai venir jouer chez toi ?

Une autre situation qu'il n'avait pas envisagée, mais, après tout, ce serait peut-être amusant.

— Bien sûr.

Owen fit demi-tour.

— Je vais adopter un chien, annonça-t-il en repartant vers la route.

— Les chiens, c'est bien, déclara Liam d'un ton docte. On peut jouer avec, et il faut les nourrir et leur apprendre à rester assis. Ils font peur aux méchants. Un méchant monsieur est venu chez nous, mais les chiens étaient tout petits.

Owen médita sa réponse. Il ignorait ce que les garçons savaient de Sam Freemont.

— Vous avez des bons chiens.

— Ils sont plus grands maintenant, mais ce sont encore des chiots. Plus tard, ils feront fuir les méchants. Le méchant qui est venu a fait peur à maman.

— Je sais. Mais tout va bien maintenant, et le méchant est en prison.

— Beckett est venu la sauver. Ryder et toi aussi.

— C'est vrai.

Si Liam avait besoin d'en parler, conclut Owen, c'était que l'agression l'angoissait encore.

— Tu n'as pas à t'inquiéter, Liam. Nous sommes là pour vous protéger.

— Parce que maman et Beckett vont se marier ?

— Pas seulement.

— Si le méchant essaie de revenir et que Beckett n'est pas là, Harry et moi, on lui sautera dessus. Et Murphy appellera la police et Beckett juste après. On en a parlé. On s'est entraînés.

— Futé.

— Et quand les chiens seront grands, s'il revient, ils lui mordront les fesses.

— Bonne idée, approuva Owen qui lui tapota la tête en riant.

Après le dîner, tandis que Clare montait donner leur bain aux garçons, Owen rapporta la conversation à Beckett.

— Ces enfants ne manquent pas de ressource, s'amusa celui-ci avant de retrouver son sérieux. Clare et moi leur avons parlé après l'agression. On a joué franc jeu avec eux tout en dédramatisant. Mais à l'école, ils ont entendu des trucs. Du coup, Harry a convoqué un conseil de guerre et ils sont venus me voir.

— Sans en parler à leur mère.

Beckett jeta un regard vers l'escalier.

— Ce n'est peut-être pas très politiquement correct, ni même correct tout court, mais, vu les circonstances, ça semble approprié. Ils doivent savoir que nous sommes couverts. Et que je leur fais confiance pour aider à protéger leur mère.

— Nous aurions eu la même réaction envers la nôtre.

— C'est vrai. À propos, j'ai réussi à parler à Clare sur le chemin du retour. On monte le son de l'autoradio, on baisse un peu la voix, histoire que notre conversation ne porte pas jusqu'à la banquette arrière. Et nous utilisons beaucoup de codes.

— Alors, qu'est-ce qu'elle a dit ?

— Les trucs prévisibles. Maman a le droit d'avoir sa vie. Willy B est un homme bien. Bla-bla-bla. Elle a raison, certes, mais quand même.

— Ce n'était pas sa mère qui était presque nue dans sa cuisine pendue au cou de Willy B.

Beckett ferma les paupières avec un soupir.

— Merci pour cette image toute neuve qui vient s'ajouter à ma collection.

— On pourrait se les échanger, comme des cartes de base-ball.

Beckett s'esclaffa en secouant de la tête.

— Sinon, quand j'ai annoncé la nouvelle à Clare, elle n'a pas semblé vraiment surprise.

— Tu veux dire qu'elle était déjà au courant ? fit Owen en reposant sa bière.

— Possible. À moins que ce ne soit cette histoire d'antennes qu'ont les femmes. En la matière, ce sont de vraies chauves-souris. Enfin, bref, j'ai tenté d'en avoir le cœur net, mais Harry et Murphy ont commencé à se disputer, ce qui a marqué la fin de notre conversation entre adultes.

Owen eut une brusque révélation.

— Si Clare le savait, alors Avery… Nom de Dieu !

— C'étaient peut-être juste les antennes.

— Avery doit en avoir autant que les autres. Et puis, c'est *son* père qui pelote notre mère.

— Arrête, ordonna Beckett en se bouchant les oreilles.

— Si elle savait, elle aurait dû m'en parler, marmonna Owen. Moi, je l'aurais fait.

Maintenant que l'idée avait germé dans son esprit, elle y proliférait telle une mauvaise herbe.

— Nous sommes au courant, à présent. Et il va falloir s'y faire, j'imagine.

Owen ouvrait la bouche pour répondre quand Harry fit irruption dans la salle à manger, propre comme un sou neuf dans son pyjama X-Men, et annonça un tournoi de Wii. Il se laissa entraîner et y consacra une heure. Il aimait les garçons de Clare et la Wii, mais la pensée qu'Avery avait pu se montrer si cachottière ne le quittait pas.

Il rumina durant tout le trajet jusque chez lui, puis, parvenu devant la maison, fit demi-tour et retourna en ville. Il se gara sur le parking de Vesta, derrière l'immeuble, et entra dans la pizzeria par la porte de service.

— Salut, Owen ! lança Franny qui découpait une grande pizza derrière le comptoir. Que puis-je pour toi ?

— Avery est là ?

— Tu l'as ratée de quelques minutes. Elle est partie faire des livraisons. Ce soir, il y a davantage de commandes par téléphone que de clients. C'est moi qui fais la fermeture. À son retour, elle montera directement chez elle. Je peux la joindre si c'est important.

— Non, rien d'important. Ça peut attendre. Comment te sens-tu ?

— J'ai retrouvé la forme, merci. C'est vrai que l'hôtel ouvre le mois prochain ?

— Eh oui.

— Dans ce cas, je vais répandre la bonne parole.

— Je t'en prie, ne te gêne pas. À plus tard, Franny.

Owen ressortit par où il était entré et, après une brève réflexion, grimpa à l'étage.

Avery finirait bien par rentrer.

Il se rappela qu'il avait les clés de son appartement – après tout, il en était le propriétaire –, mais les utiliser, ce serait franchir la ligne blanche.

Il s'assit donc sur le paillasson et sortit son portable. Histoire de passer le temps, il lut ses mails et ses textos, y répondit.

Au bout d'un moment, il jeta un coup d'œil à sa montre. Mais où livrait-elle donc ses pizzas ? Au Portugal ? Il regretta de ne pas avoir invité Franny à boire un café et tenta de se distraire avec quelques parties d'Angry Birds.

Alors qu'il fermait les yeux – juste pour se reposer une minute –, la fatigue de la nuit précédente le rattrapa. Il s'endormit sur le paillasson, son téléphone encore à la main.

6

Les bras chargés de sacs de courses, Avery poussa la porte de son immeuble. Par habitude, elle fit une pause devant la porte de service de Vesta pour vérifier qu'elle était fermée à clé, puis rejoignit son appartement.

Débouchant sur le palier de l'étage, elle fronça les sourcils à la vue d'Owen appuyé contre la porte, les paupières closes, son téléphone à la main.

— À quoi tu joues ? demanda-t-elle.

Comme il ne répondait pas, elle réalisa qu'il dormait à poings fermés.

— Non mais je rêve, bougonna-t-elle.

Elle s'approcha et lui flanqua un coup de pied.

— Aïe ! Qu'est-ce que… ? fit-il en tressaillant.

— Je peux savoir ce que tu fais là ?

— Je t'attendais, figure-toi. Où étais-tu passée ?

Agacé, Owen se frotta la hanche à l'endroit où la chaussure d'Avery – jaune canari ce soir – l'avait touché.

— J'avais des livraisons et j'ai fait un crochet par le supermarché. Là, j'ai croisé une amie et…

Elle s'interrompit et le foudroya du regard.

— Depuis quand dois-je te fournir des explications ? Et pourquoi es-tu endormi sur mon paillasson ?

— Parce que tu n'étais pas là, tiens. Et je ne dormais pas. J'étais juste en train de… réfléchir.

Il se releva et la dévisagea en clignant les yeux.

— Tu as les cheveux mouillés.

— Il tombe de la neige fondue. Pousse-toi, tu veux ? Ces sacs commencent à peser.

L'esprit encore embrumé, Owen eut quand même le réflexe de la décharger de ses sacs. Elle déverrouilla la porte et le précéda dans l'appartement.

Owen traversa le séjour et se rendit droit à la cuisine où il déposa les sacs sur le plan de travail. Sans le quitter des yeux, Avery ôta son manteau et dénoua son écharpe. Elle jeta le tout sur le dossier d'une chaise et entreprit de ranger ses courses. À la différence de son salon, qu'elle considérait comme une pièce à vivre au sens propre du terme, ses placards et son réfrigérateur étaient organisés avec méticulosité.

— Depuis combien de temps dors-tu sur le pas de ma porte ?

— Je ne dormais pas, je te dis. Je me suis peut-être assoupi une minute ou deux. Mais là n'est pas la question.

— Ah bon ? Et quelle est-elle ?

— Tu savais. Tu savais ce qui se passait et tu ne m'as rien dit.

Un par un, elle entreprit de sortir les œufs de la boîte pour les ranger dans la porte du réfrigérateur.

— Il y a beaucoup de choses que je ne te dis pas, riposta-t-elle en le regardant, les yeux étrécis. Sois plus précis.

— Tu savais que ton père couchait avec ma mère.

L'œuf échappa à Avery et explosa sur le carrelage.

— *Quoi ?*

— Bon d'accord, tu l'ignorais, admit Owen en fourrant les mains dans ses poches. Maintenant tu sais.

— Qu'est-ce que tu racontes ? fit Avery, effarée.

— Ma mère, ton père… se contenta-t-il de répondre, embarrassé.

— Tu rigoles. Vraiment ? Non !

Avery pouffa de rire, puis arracha quelques feuilles d'essuie-tout qu'elle humidifia pour nettoyer les dégâts.

— Tu as dû rêver pendant que tu campais devant ma porte.

— Je te jure que c'est vrai.

Elle secoua la tête d'un air amusé et poursuivit son nettoyage.

— Où es-tu allé pêcher ça ? Un peu trop forcé sur la bouteille, Owen ?

— Je les ai vus de mes propres yeux. Je suis passé chez ma mère ce matin et je les ai surpris.

Avery se redressa lentement, bouche bée.

— Tu as surpris mon père et ta mère ? Au *lit* ?

— Non, Dieu merci ! Ils étaient dans la cuisine.

Elle recula d'un pas, la mine effarée.

— Seigneur ! Ils faisaient l'amour dans la cuisine ?

— Mais non ! Arrête ! protesta Owen. Maintenant je sais ce que Beckett voulait dire avec son histoire d'images dans la tête.

— Tes propos sont d'une incohérence totale.

— Je suis allé là-bas, je te dis. Ils étaient dans la cuisine. Ton père en caleçon et ma mère en… pas grand-chose sous son peignoir. Bref, ils étaient dans les bras l'un de l'autre et s'embrassaient à pleine bouche.

Avery le dévisagea un instant, puis leva l'index. Elle tourna les talons, ouvrit un placard et en sortit une bouteille de Glenfiddish avec deux verres à whisky. Sans un mot, elle versa deux doigts dans chaque et en tendit un à Owen.

Elle vida le sien d'un trait et prit une inspiration prudente.

— Encore une fois. Nos parents couchent ensemble, c'est ça ?

— C'est ce que je viens de te dire, non ?

Ce fut au tour d'Owen de vider son verre.

Lorsque Avery éclata de rire, il soupçonna une crise d'hystérie, mais il ne lui fallut que quelques secondes pour reconnaître un franc amusement.

— Tu trouves ça drôle ?

— La partie où tu les surprends, oui, avoua-t-elle. Comme j'aurais aimé être là pour voir ta tête ! Je parie que ça donnait quelque chose comme ça…

Elle afficha une expression exagérée où le choc se mêlait à l'effroi, puis s'esclaffa de nouveau.

Le pire, se dit-il, c'était qu'elle avait sans doute tapé en plein dans le mille. En guise de vengeance, il la gratifia d'un rictus narquois.

— Toi, tu aurais sûrement dit un truc du genre : « Eh, quand vous aurez le temps, rajoutez donc une tranche de bacon sur le gril pour moi ! »

— Elle préparait le petit déjeuner. Mignon.

— Mignon ? Tu trouves ça mignon ?

— Oui. Pas toi ?

— Je ne sais pas quoi penser.

Avec un hochement de tête, Avery reprit ses rangements.

— Laisse-moi te poser une question. Crois-tu que ta mère devrait rester seule jusqu'à la fin de ses jours ?

— Elle n'est pas seule.

— Owen.

Avery tourna la tête vers lui avec un regard éloquent.

— Je ne sais pas. Non, non. C'est juste que je n'y ai jamais réfléchi sous cet angle, se défendit-il.

— Maintenant que tu le fais, ne penses-tu pas qu'elle a le droit d'avoir quelqu'un dans sa vie ?

— Je… oui, je suppose.

— As-tu un problème avec mon père ?

— Tu sais bien que non. Willy B est… la crème des hommes.

— C'est le meilleur, approuva, Avery. Alors, tu n'es pas heureux que ta mère ait le meilleur ?

Il commença à bredouiller, s'interrompit, puis :

— Si tu tiens absolument à incarner la raison…

— Désolée. Dans le cas présent, je n'ai pas le choix. Ce sont de bons amis. Des amis de longue date. Ils s'entendront très bien.

Elle plia ses sacs à provisions avec un sourire.

— J'ai essayé de le caser une ou deux fois, confia-t-elle. Ça n'a rien donné. L'idée qu'il était seul ne me plaisait pas. Ma mère lui en a fait tellement voir.

« À vous deux », songea Owen.

— Maman m'a dit qu'ils… enfin… depuis deux ans.

— Deux ans ?

Avery secoua la tête et resservit deux whiskies.

— Willy B, quel cachottier ! Je n'avais pas le moindre soupçon. Comment ai-je pu être aussi aveugle ?

— Nous l'avons tous été. Je pensais même que tu savais et ne m'en avais rien dit.

— Je te l'aurais dit, voyons. À moins qu'ils ne m'aient demandé de me taire.

— Je sais.

Owen prit son verre et fixa le fond sans mot dire.

— Qu'a dit mon père quand tu as débarqué ?

— Qu'il ferait mieux d'aller enfiler un pantalon.

Elle pouffa, puis partit d'un éclat de rire sonore qui le fit sourire.

— C'est un peu plus facile de voir l'humour de la situation à présent.

— As-tu fait cette tête-là ? s'enquit-elle, singeant sa mimique horrifiée. En bafouillant un truc du genre : Maman ! Comment ? Mais enfin !

Il s'efforça de lui décocher un regard froid, agacé qu'elle ait mis dans le mille une fois de plus.

— J'ai eu, disons, un moment de stupeur passagère. Mais je n'ai pas eu envie de tabasser ton père, contrairement à Ryder qui était prêt à en découdre quand il l'a appris.

— Ryder a le sang chaud, reconnut Avery, mais jamais il ne s'en prendrait à papa. Il tabasse les abrutis ou les petites frappes, pas Willy B qu'il adore.

— Il m'adore aussi et pourtant il m'a déjà collé un coup de poing.

— Il faut dire à sa décharge que, parfois, tu es un abruti, Owen, fit-elle remarquer avec un sourire suave. À nos parents ! ajouta-t-elle en cognant son verre contre le sien

— À nos parents, répéta-t-il avant de siroter son whisky. Quelle étrange journée, tout de même. Tu n'es plus fâchée contre moi, on dirait ?

— Je n'étais pas fâchée. Enfin, pas trop. Et maintenant j'ai découvert que tu avais un problème avec le sexe.

Une expression horrifiée proche de celle qu'Avery avait imitée se peignit sur les traits d'Owen.

— Pardon ? Mais pas du tout ? Qu'est-ce que tu racontes ?

Elle pointa l'index vers lui.

— Tu vois. Il me suffit de prononcer le mot et tu ne sais plus où te mettre.

— N'importe quoi, je n'ai pas de problèmes avec le sexe. J'aime le sexe. Beaucoup même.

— Bizarre. Tu m'embrasses et, hop, voilà ton cerveau qui se pétrifie. Tu vois nos parents s'embrasser, et c'est panique à bord.

— Mais non. Enfin, si, peut-être. Mais ça n'a rien d'un problème. N'importe qui aurait...

— Un moment de stupeur passagère.

Comme à son habitude, elle ne pouvait s'empêcher d'ironiser. Elle avait la langue bien pendue depuis toujours.

— ... réagi comme moi devant sa mère en train de rouler une pelle à un vieil ami de la famille, continua-t-il. Quant à toi et moi, admets que c'était pour le moins inattendu.

— Inattendu ? Je n'ai pas eu vraiment cette impression. Cela dit, je n'ai pas de problèmes sexuels.

— Je n'ai pas de problèmes sexuels.

— Hmm.

Elle sirota son whisky et s'avança jusqu'à la fenêtre.

— Tiens, il neige. Joli. Zut, c'est vrai, il faut que je termine mes courses de Noël. Tu ferais mieux d'y aller avant que la neige ne commence à tenir.

— Bon sang, Avery, tu ne peux pas me sortir un truc pareil et me dire de rentrer chez moi dans la même phrase.

— J'exprimais juste une opinion.

Lorsqu'il contourna le plan de travail pour la rejoindre, elle lui prit le verre de la main.

— Tu devrais arrêter. Tu tiens bien l'alcool, je sais. N'empêche, le whisky, la conduite et la neige ne font pas bon ménage.

— Je n'ai pas de problèmes sexuels, répéta-t-il, s'efforçant de se montrer à la fois patient et persuasif.

— Tu en es encore là ? D'accord, je me trompe. Tu n'en as pas.

— Tu dis ça pour me rassurer.

— Bon sang, Owen, qu'attends-tu de moi à la fin ?

Ses yeux lancèrent des éclairs quand il l'agrippa par les coudes et la hissa contre lui sur la pointe des pieds.

— Attention, le prévint-elle.

— Cette fois-ci, ce ne sera pas inattendu.

Avery s'entendait à le manipuler et devait admettre qu'elle avait cédé à la tentation. Elle n'avait eu aucun scrupule à l'énerver afin qu'il l'embrasse. D'une manière ou d'une autre, elle voulait un *bis*, histoire de voir comment chacun réagirait.

Elle noua tranquillement les mains derrière la nuque d'Owen.

— D'accord. Maintenant nous savons à quoi nous attendre.

Elle prit l'initiative avant qu'il se ravise.

Pas une explosion cette fois, songea-t-elle. Plutôt une longue glissade lente de plus en plus vertigineuse. Owen lui lâcha les coudes et remonta doucement les mains le long de ses flancs. Tandis que leur baiser s'enfiévrait, il la plaqua contre le plan de travail.

Avery l'avait manipulé, il en avait conscience, mais s'en moquait royalement. La saveur du whisky sur sa langue, le parfum citronné dans ses cheveux, son corps brûlant contre le sien se mêlaient en une pelote de désir inextricable.

Des paumes, il lui effleura le côté de ses seins, les caressa du bout des doigts – et sentit le cœur d'Avery s'emballer, tandis que leurs bouches s'activaient avec une fougue grandissante.

Il mit fin à leur baiser, et faillit perdre l'équilibre tandis qu'Avery levait vers lui un regard un peu égaré.

— Des problèmes sexuels ? Tu parles.

Une lueur joyeuse s'alluma dans les yeux bleus d'Avery avant qu'elle s'esclaffe.

— Au temps pour moi.

— Alors... et maintenant ?

Avec un soupir, elle encadra le visage d'Owen de ses mains un instant.

— Owen, murmura-t-elle avec tendresse.

— Quoi, Owen ?

— Et maintenant, tu dis ?

Elle reprit son verre de whisky. Après tout, elle n'avait pas à conduire.

— Nous pourrions nous arracher nos vêtements et nous ruer dans le lit. Si je suis bon juge, nos ébats seraient exceptionnels. Mais si tu poses cette question, c'est que tu réfléchis déjà aux implications. Autrement dit, tu choisis la voie de la raison en adulte responsable. Tu vas donc rentrer chez toi et réfléchir à tout ça. Quand tu auras tes réponses, on en reparle.

— Les implications, c'est important, Avery.

— Tu as raison. Absolument raison.

— Tu comptes beaucoup pour moi. Toi et moi. Toi et tous les autres.

— Je sais. Le fait que tu te poses toutes ces questions au lieu de m'arracher mes vêtements, c'est tellement toi, Owen. Et ça explique aussi en partie pourquoi je te laisserais m'arracher mes vêtements.

Maintenant que ces nouvelles images se gravaient dans son esprit, il n'avait plus tellement envie d'agir en adulte responsable.

— Tu es une femme déroutante, Avery.

— Pas vraiment. C'est juste que d'un côté j'apprécie que tu réfléchisses aux implications, et de l'autre, je regrette que tu n'attendes pas que nos ébats exceptionnels aient eu lieu pour le faire.

— Je t'aime.

— Je sais, murmura-t-elle en se détournant aussi nonchalamment que possible, terrifiée à l'idée que les larmes lui montent aux yeux. Moi aussi, je t'aime.

— Là, je ne suis pas pris au dépourvu, je sais comment réagir et quoi penser. Ce qui me trouble au plus haut point, c'est le désir dévorant que j'éprouve pour toi.

Avery inspira lentement, puis se retourna et sourit.

— C'est une grande adaptation. Tu ne m'as jamais considérée sous cet angle.

— Je ne dirais pas jamais.

Avec davantage d'assurance, elle observa Owen par-dessus le bord de son verre.

— Vraiment ?

— Voyons, Avery, évidemment que j'y pensais, à l'occasion. Tu es une fille superbe.

— Non, c'est faux. Hope est superbe. Moi, je suis mignonne, nuance. Avec du temps et quelques artifices, je peux pousser le curseur jusqu'à sexy. Mais merci du compliment. Alors, et maintenant ?

Elle s'assit sur l'accoudoir d'un fauteuil et dévisagea Owen.

— Tu vas rentrer chez toi avant que les intempéries ne s'aggravent et réfléchir à tout ça. Pareil de mon côté.

Il la rejoignit et se pencha vers elle pour effleurer ses lèvres d'un baiser.

— D'accord. Si c'était n'importe qui d'autre, je resterais. Enfin, ce n'est pas ce que je veux dire. En fait…

— Par chance, je comprends ce que tu veux dire. Rentre chez toi, Owen.

Il se dirigea vers la porte, jeta un regard par-dessus son épaule en l'ouvrant.

— À bientôt.

— À bientôt.

Avery écouta le bruit de ses pas décroître dans l'escalier. Elle se leva et alla à la fenêtre regarder la neige tomber.

L'espace d'un instant, à travers le rideau floconneux, elle crut distinguer à une fenêtre de l'hôtel la silhouette d'une femme qui regardait dehors comme elle.

Elle semblait attendre. Comme elle, songea-t-elle. Pourtant, elle n'avait jamais été du genre à attendre, toujours dans le présent et l'action.

N'empêche… peut-être avait-elle, dans un recoin de son cœur, attendu tout ce temps. Attendu Owen. Ce fut comme une révélation, tout à la fois douce, agaçante et déconcertante.

Et maintenant ? se répéta Avery. Il semblait y avoir bien plus matière à réflexion qu'elle ne l'avait imaginé.

Il neigea toute la nuit jusque dans la matinée. Owen occupa une grande partie de sa journée à déneiger son allée, puis celles de sa mère et de ses frères. Il appréciait cette tâche, du moins en début d'hiver – le ronronnement sourd de la Jeep, les cahots du chasse-neige, le choix de la stratégie la plus efficace pour former les tas et remblais.

Alors qu'il s'affairait dans l'allée de Ryder, il aperçut ce dernier qui dégageait son entrée à l'aide de sa souffleuse à neige. Avec la Jeep, il ouvrit un passage de la terrasse de devant jusqu'à l'endroit où Ryder garait son pick-up, puis un autre sur l'arrière, afin que Nigaud puisse sortir faire ses besoins à l'écart de la maison. Tous deux se consacrèrent à leurs tâches respectives sans même un salut de reconnaissance jusqu'à ce qu'Owen se gare dans l'espace dégagé près du pick-up de son frère et coupe le contact.

— Voilà qui devrait faire l'affaire.

— Beau travail, approuva Ryder tout en rangeant la souffleuse sous un appentis. Tu veux une bière ?

— Avec plaisir.

Owen suivit son frère vers l'entrée latérale qui donnait sur une vaste pièce aménagée en salle de jeux et de gym. Après avoir pris soin d'ôter la neige de leurs après-ski sur la terrasse, ils se déchaussèrent sur le carrelage et suspendirent leurs vêtements d'extérieur aux patères.

Nigaud arriva en trottinant. Il se pressa un instant contre la jambe d'Owen, puis leva un regard implorant vers son maître.

— Oui, oui, ton passage est dégagé, dit Ryder avant de lui ouvrir la porte. Ce chien gambade et se roule dans la neige, va même jusqu'à en manger, mais impossible de le faire marcher dedans pour aller faire ses besoins. Si je ne dégage pas un passage, il se soulage juste devant la porte. Il faut le faire, non ?

— Il mérite bien son nom.

— C'est vrai. Sauf que c'est moi qui me retrouve dehors comme un nigaud à déblayer.

Ils montèrent à la cuisine où Ryder sortit deux bières du réfrigérateur.

— Alors, comment s'est passée ta soirée hier ? s'enquit Owen.

— Elle est avocate. Une fille intelligente. Ça me plaît. Avec un corps de rêve, précisa Ryder avant de boire une longue gorgée. Elle s'y connaît même en sport, ce qui ne gâte rien. Du coup, je me demande pourquoi je n'ai pas envie d'aller plus loin.

— Et la réponse est… ?

— Les gloussements. J'ai eu le déclic hier soir. Elle glousse. Beaucoup. C'est censé être adorable, mais moi, ça m'agace furieusement. Si tu savais à quel point ça me tape sur les nerfs. Pire qu'un grincement de craie sur un tableau noir. Tu imagines au lit ? Aucune envie de m'infliger une torture pareille.

— Et les bouchons d'oreille ?

— Bonne idée, mais non, merci. Je *sentirais* les vibrations de ses gloussements ou je serais toujours à me demander si elle ne va pas le faire.

— Sévère, mais juste.

Aussi à l'aise que chez lui, Owen se laissa choir sur une chaise à la table de la cuisine.

— Tu as à manger ?

— Des Hot Pockets, ça te dit ? répondit Ryder qui ouvrit un placard. J'ai aussi des chips mexicaines et de la *salsa*.

— Considère que c'est ma rétribution pour tes allées.

— Marché conclu.

Ryder fouilla dans le freezer.

— Poulet ou bœuf ?

— Poulet.

Une fois les croustillants au micro-ondes, il jeta le sachet de chips sur la table et versa la sauce dans un bol. Il disposa deux assiettes sur des feuilles d'essuie-tout en guise de set et s'en tint là.

— Tu es le Martha Stewart masculin, ironisa Owen.

— La cuisine est mon sanctuaire, rétorqua Ryder

Il alla ouvrir au chien, puis s'assit en face de son frère.

— J'envisage de faire l'amour avec Avery, lâcha celui-ci à brûle-pourpoint.

Ryder lança une chip à Nigaud, puis en prit une autre qu'il plongea dans la sauce.

— D'où sort cette soudaine filière Montgomery-MacTavish ?

— Je préférerais ne pas évoquer maman et Willy B. Je suis encore traumatisé.

— Et que pense Avery de cette idée ?

— À moins qu'elle n'ait changé d'avis depuis hier soir, elle y est plutôt favorable.

— Alors pourquoi vous n'avez pas sauté le pas ?

— Parce que c'est Avery.

Croquant une autre chip, Ryder ne put s'empêcher d'asticoter son cadet.

— Tu veux que je m'y colle d'abord ? Histoire de faire un galop d'essai ?

— Très généreux de ta part, mon vieux, répondit Owen avec flegme, mais je vais me débrouiller.

— J'essaie juste d'aider un frère dans le besoin.

Le micro-ondes sonna, et Ryder se leva pour transférer les croustillants sur les assiettes.

— Cela dit, n'hésite pas, conseilla-t-il.

— Pourquoi ?

— Hormis les raisons évidentes ? Parce que c'est Avery. Tu as toujours eu le béguin pour elle.

— J'ai… Peut-être.

— Et elle a toujours eu le béguin pour toi – sinon, elle m'aurait sauté au cou il y a des années, observa Ryder avec un sourire narquois avant de mordre dans son chausson au poulet. Alors un conseil, jette-toi à l'eau et vois où le courant te porte. Qu'est-ce que tu as à perdre ?

— Et si ça foire ? Et si ça gâche notre amitié ?

Ryder secoua la tête et donna le dernier quart de son croustillant à Nigaud avant d'en reprendre un autre pour lui.

— C'est Avery, frérot. Ça ne collera peut-être pas entre vous. Vous ne serez pas les premiers. Mais votre amitié y résistera.

— Ah bon ?

— Vous êtes trop futés tous les deux et vous vous appréciez trop pour tout gâcher. Il y aura peut-être quelques bosses, mais vous saurez les aplanir. Et dans l'intervalle, tu auras couché avec la belle rouquine.

Owen plongea une chip dans la sauce.

— Au moins elle ne glousse pas.

— CQFD.

— Je vais y réfléchir.

Ryder se tourna vers le réfrigérateur et en sortit deux autres bières.

— Quelle surprise.

Avec ou sans réflexion, il y avait du travail qui ne pouvait attendre. Durant toute la semaine, Owen s'occupa aux finitions, vida des cartons, signa des bons de livraison et enchaîna les volées de marches à un rythme effréné.

Sa mère lui mit le grappin dessus et l'entraîna dans la chambre Elizabeth et Darcy.

— J'ai trouvé un petit tableau parfait à la boutique. Je veux que tu l'accroches dans la salle de bains.

— Nous étions d'accord pour ne rentrer les œuvres d'art qu'après...

— Ici, c'est différent. J'ai tout ce qu'il faut pour terminer cette chambre. Ce miroir ici, dit-elle, pointant l'index vers le mur étroit entre les deux portes-fenêtres. Les napperons de ta grand-mère là, et cette adorable peinture miniature juste ici.

Elle entra dans la salle de bains et tapota le mur.

— Hope monte les accessoires, les serviettes et autres bibelots que nous avons choisis. Nous voulons avoir une impression d'ensemble sur au moins l'une des chambres.

— La suite…

— On attend encore les œuvres d'art. Contrairement à cette pièce-ci.

Elle se tourna vers le lit dont la tête et le pied étaient recouverts de brocart lavande.

— Accroche le tableau pendant que je fais le lit.

— Il reste encore trois semaines avant l'inauguration, argua-t-il, ce qui lui valut un regard noir. C'est bon, d'accord.

Il sortit son niveau et un crayon, puis endura les sempiternels « plus haut, plus bas, un peu plus à droite » qui accompagnaient tout accrochage de tableau.

Il dut cependant admettre que sa mère avait eu du flair en choisissant cette charmante miniature, très anglaise avec ses teintes pastel.

Hope entra en coup de vent avec une panière en osier remplie de serviettes et d'accessoires, et il dut supporter leurs conseils à toutes deux jusqu'à ce que l'endroit choisi leur convienne. Tandis qu'il plantait le clou, elles s'affairèrent avec le linge. Il écoutait d'une oreille distraite leur conversation concernant les préparatifs pour l'inauguration, les réservations déjà enregistrées et les dernières livraisons attendues.

— Justine, ils sont parfaits, déclara Hope qui était sortie de la salle de bains pour admirer les napperons au crochet encadrés.

— N'est-ce pas ? approuva Justine. Elle se réjouirait de les voir ici, et dans Jane et Rochester.

— C'est une idée charmante d'ajouter des souvenirs de famille. Cela donne une touche plus personnelle à la décoration.

— Cette maison tout entière est personnelle, fit remarquer Justine. Owen, accroche-moi encore ce miroir et je te laisse tranquille.

— Pouvez-vous jeter un coup d'œil pour voir si les arrangements vous plaisent ? demanda Hope à Justine.

Tandis que sa mère disparaissait dans la salle de bains, Owen profita de l'occasion pour s'occuper du miroir sans avoir les deux femmes sur le dos.

Il mesura, marqua, approuva de nouveau le choix de sa mère – l'encadrement du miroir faisait écho au mauve du fauteuil tout en restant délicat.

Concentré sur sa tâche, il ne remarqua pas les effluves de chèvrefeuille. Tout en maniant le marteau, il se mit à fredonner distraitement la mélodie qui flottait dans l'air. Il souleva le miroir, passa le fil d'acier par-dessus l'attache. Fidèle à lui-même, il sortit son niveau miniature de sa ceinture à outils pour une ultime vérification.

Ce fut à cet instant qu'il la vit.

Vêtue d'une robe gris tourterelle à longue jupe bouffante, elle se tenait les mains jointes devant la taille. Sa chevelure blonde était ramassée sur la nuque en un chignon recouvert par une sorte de filet. Quelques boucles s'en échappaient, lui caressant les joues.

Elle lui souriait.

Owen pivota abruptement, et se retrouva nez à nez avec Hope, ses cheveux noirs attachés avec une pince, un chiffon à ménage coincé dans une poche de son jean. Ses grands yeux sombres écarquillés ressortaient sur son teint étrangement blême.

— Tu l'as vue ? s'enquit-il.

— Je…

Ce n'était pas lui qu'elle regardait. Comme hypnotisée, elle fixait le seuil de la porte qui donnait sur le couloir. Où se tenait Ryder.

— Quand tu auras fini de jouer au papa et à la maman avec les filles, j'ai un vrai travail pour toi, annonça ce dernier à son frère avec sa délicatesse coutumière.

— Tu l'as vue ? répéta Owen. Elle était là.

— Qui ça, elle ? Il y a des femmes partout ici.

Il glissa un regard à Hope, puis fronça les sourcils.

— Assieds-toi, ordonna-t-il.

Comme elle se contentait de le dévisager sans mot dire, il s'avança vers elle, la prit par le bras et la fit asseoir dans le joli petit fauteuil.

— Maman ! On dirait que ta directrice a un malaise.

Justine jaillit de la salle de bains et vint s'accroupir aux pieds de Hope.

— Hope, qu'est-ce qui ne va pas ? Ryder, va chercher un verre d'eau.

— Non, non, merci, l'arrêta Hope. Ça va. J'ai juste…

— Bon sang, personne n'a rien vu ? s'écria Owen, frustré. Elle était juste là, je vous dis !

À cet instant, Beckett fit irruption dans la chambre.

— Vous ne sauriez pas où est passé le…

Il s'interrompit net.

— Quel est le problème ?

— Je l'ai vue. Elle était juste là.

— Qui ça ? Hope ? demanda Beckett qui étrécit les yeux. Elizabeth ? Tu as vu Elizabeth ?

— Comme je te vois.

— Pourquoi toi ? C'est dingue, ça. Je suis jaloux.

Ignorant son frère, Owen se tourna vers Hope.

— Tu l'as vue ? Elle était juste là. Je me suis retourné, et tu étais à sa place.

— Je…

Ryder arracha la bouteille d'eau de sa ceinture et la tendit à Hope.

— Je vais vous chercher un verre, décréta Justine comme celle-ci fixait la bouteille sans bouger.

— Non, ça va aller, fit Hope.

Elle se décida enfin à prendre la bouteille et en but une longue gorgée.

— J'ai été surprise, c'est tout, avoua-t-elle.

— Alors tu l'as vue.

— Oui. Et non. L'espace d'un instant, c'est ce que j'ai cru, mais c'était davantage une sensation. Ça paraît fou. Elle attend, ajouta-t-elle en regardant Ryder droit dans les yeux.

— Quoi donc ?

— Je… je ne sais pas trop.

— Elle m'a souri, raconta Owen. Je suspendais le miroir, et j'y ai vu son reflet. Elle portait une robe grise, les cheveux attachés en chignon. Elle est blonde, jolie. Jeune.

Owen attrapa la bouteille que Hope rendait à Ryder et la vida d'un trait.

— Bon sang, quelle histoire !

— Elle chantonnait, intervint Justine. J'ai entendu chantonner et senti un parfum de chèvrefeuille. Je me suis immobilisée un moment, me demandant si… mais je ne l'ai pas vue. Venez, Hope, je vous accompagne en bas.

— Ça va aller, lui assura de nouveau Hope. C'était… une drôle d'expérience, mais je n'ai pas peur d'elle. J'ai déjà ressenti sa présence auparavant. Cette fois, c'était juste plus intense.

— Cette chambre est pour ainsi dire terminée, nota Beckett en déambulant dans la pièce. Je crois qu'elle lui plaît.

— Maintenant que nous avons contenté notre revenante, nous pourrions peut-être nous remettre au travail, suggéra Ryder.

— Pas une once de romantisme dans l'âme de ce garçon, soupira Beckett d'un air navré. Bon, tout le monde va bien ?

Hope hocha la tête.

— Ça…

— Va aller, termina Ryder. Combien de fois doit-elle le répéter ? Allez, au boulot.

Mais, sur le seuil, il se retourna et son regard se posa sur Hope.

— C'est très joli ici.

— Il a raison, approuva Beckett. Prends un moment si tu en as besoin, dit-il à Owen avant de sortir à son tour.

— Je l'ai vue, répéta Owen, radieux. Trop cool. Et elle m'a souri.

Sur ces mots, il emboîta le pas à ses frères.

— Voulez-vous prendre l'air ? s'enquit Justine. Vous reposer un peu ?

Hope secoua la tête.

— C'est gentil, mais non, merci. N'empêche, j'ai eu un choc. J'imagine qu'il y en aura d'autres, conclut-elle en se levant. Moi aussi, je pense qu'elle aime cette chambre.

— Il faudrait être fou pour ne pas l'aimer, répliqua Justine. Bon, si vous êtes d'attaque, on va pouvoir passer à Titania et Oberon.

— Allons-y.

Une drôle d'expérience, ce n'était rien de le dire, songea Hope en ramassant sa panière vide. Elle avait entrevu le sourire fugace qu'Elizabeth avait adressé à Owen. Mais c'était la vue de Ryder qui avait provoqué chez elle cette violente émotion, ce mélange doux-amer de joie et de peine, si puissant, si *réel* que ses genoux avaient failli se dérober sous elle.

Quelle qu'en fût l'explication, elle connaîtrait sans doute le fin mot de l'affaire lorsqu'elle emménagerait dans l'hôtel.

7

Sa vie était un chaos et elle ne devait s'en prendre qu'à elle-même.

Dans l'ancien bureau de Beckett, qu'elle n'avait pas encore terminé d'aménager, Avery était assise au milieu d'un désordre de boîtes, rouleaux de papier-cadeau, rubans et nœuds décoratifs.

Un vrai bazar.

Chaque année, elle se promettait de s'améliorer. Elle ferait ses courses plus tôt et se munirait d'une liste. Elle garderait son stock de papier-cadeau et autres fournitures dans un carton, et rangerait le tout après chaque séance d'emballage.

Bref, elle aborderait l'épreuve des cadeaux de Noël en adulte responsable.

L'année prochaine, promis-juré.

Pourtant, l'organisation, elle connaissait. Mais autant elle était irréprochable en cuisine – à la pizzeria comme chez elle –, autant le reste de sa vie semblait synonyme de capharnaüm.

Comme d'habitude, à trois jours du réveillon, c'était panique à bord chaque fois qu'elle n'arrivait pas à trouver ce qu'elle était sûre d'avoir posé *là* une minute plus tôt. Et comme d'habitude, elle s'épuisait à la tâche.

Elle adorait Noël. Elle adorait aussi la musique – alors que plus personne ne la supportait à la veille du grand jour –, les lumières, les décorations, les secrets, l'attente impatiente.

Elle adorait acheter les cadeaux et éprouvait une délicieuse satisfaction à les voir joliment emballés et bien rangés en piles. Alors pourquoi fallait-il *toujours* qu'elle s'y prenne au dernier moment ?

Cette année, au moins, elle avait dit non à l'habituel stress des dernières heures du 24 décembre. Cette année, tous ses cadeaux seraient prêts ce soir.

Demain, au plus tard.

Elle avait renoncé au plan de travail – trop encombré – et préféré tout étaler pêle-mêle sur le parquet du bureau. L'année prochaine, promis-juré, elle s'organiserait mieux. Elle rangerait d'abord le plan de travail et penserait à acheter des boîtes en plastique pour y stocker les fournitures. Elle les étiquetterait, comme Hope.

Maudite Hope et son efficacité si agaçante.

Avery admira les boucles d'oreilles qu'elle avait achetées pour son amie. Bien joué, se félicita-t-elle. Hope allait les adorer. Elle les rangea dans leur écrin, choisit un papier argent métallisé, un nœud rouge plein de frisottis et une étiquette assortie. Agitant la tête en rythme sur la chanson de Springsteen, *Santa Claus Is Coming To Town*, elle coupa avec soin le papier à la bonne taille et replia les côtés avec une précision méticuleuse.

Elle n'était peut-être pas organisée, mais, nom d'un chien, ses cadeaux seraient superbement présentés.

Avery s'empara du rouleau d'adhésif, tira sur l'extrémité… et se retrouva avec les trois derniers centimètres à la main.

— La barbe.

Pas de problème, se dit-elle. Elle en avait acheté un autre.

Elle en était sûre et certaine.

Après un quart d'heure de recherches infructueuses qui ne firent qu'accroître sa frustration et lui donnèrent quelques sueurs froides, le tout assaisonné d'une bonne dose de jurons, elle dut admettre qu'elle avait eu *l'intention* d'en acheter.

Et alors ? Pas de problème. Il lui suffisait de faire un saut au magasin.

Elle consulta sa montre et lâcha un nouveau juron.

Presque minuit ! Comment était-ce possible ?

Il lui fallait absolument de l'adhésif !

Elle passa le quart d'heure suivant à fourrager comme une sauvage dans les tiroirs, à explorer placards et boîtes.

Voilà une excellente raison de vivre à New York, décida-t-elle. Là-bas au moins, on pouvait sortir faire des courses à n'importe quelle heure du jour ou de la nuit.

Elle s'ordonna d'arrêter le massacre et fit le bilan des dégâts.

Ses fouilles éperdues avaient mis l'appartement sens dessus dessous, et même exhumé quelques cadeaux oubliés – achetés l'été précédent lors d'une virée shopping préventive demeurée unique dans les annales.

La situation était grave, mais pas désespérée. Il y avait de l'adhésif en bas au restaurant.

Elle attrapa ses clés, laissa la lumière et la musique et dévala les marches. Après avoir allumé, elle se dirigea vers le comptoir et fourragea dans le tiroir sous la caisse.

— Ah !

Victorieuse, elle brandit un dévidoir d'adhésif. Et déchanta en constatant qu'il était presque vide.

Elle se mit en quête d'un rouleau de rechange, fouilla jusqu'à la réserve. Lorsqu'elle se surprit à chercher dans la chambre froide, elle laissa tomber et se servit un verre de vin.

Assise au comptoir, le menton calé sur la main, elle se demanda comment toutes ses bonnes intentions pouvaient ainsi être réduites à néant à cause d'une bête pénurie de Scotch.

Le coup frappé à la porte la fit sursauter et elle manqua de renverser son verre sur le comptoir.

Dans le faisceau de l'éclairage de sécurité, elle reconnut Owen, le nez collé à la porte vitrée.

Elle gagna la porte d'un pas furibond et la déverrouilla.

— C'est fermé, annonça-t-elle d'un ton rogue.

— Dans ce cas, que fais-tu là, à boire du vin au comptoir ?

— J'emballe mes cadeaux de Noël.

— C'est drôle, tu donnes vraiment l'impression de boire du vin dans ta pizzeria déserte.

— Je suis à court d'adhésif. Je pensais en avoir d'avance, mais non. Et comme on n'est pas à New York, il est trop tard pour sortir en acheter.

Owen l'observa un instant. Pantalon de pyjama en flanelle écossaise, tee-shirt à manches longues, chaussettes épaisses. Ses cheveux étaient retenus par l'une de ces grosses pinces qui évoquaient une mâchoire de requin.

— Tu as encore attendu le dernier moment pour faire tes paquets.

— Et alors ?

— Alors rien.

— Pourquoi es-tu ici et pas chez toi à emballer les tiens ? Oh, parce qu'ils le sont déjà depuis longtemps ! ajouta-t-elle d'un ton acide. Et bien rangés dans des sacs selon leurs destinataires. Et je *sais* que vous avez déjà offert leurs cadeaux à vos employés parce que j'ai vu les sweat-shirts Hôtel Boonsboro.

— Tu en veux un ?

— Oui.

— Offre-moi un verre de vin et je t'en apporte un demain matin.

— D'accord. De toute façon, c'est fichu pour les paquets-cadeau, soupira-t-elle en s'effaçant pour le laisser entrer. Tu ne m'as pas répondu : que fais-tu dans le coin ?

— J'ai vu la lumière s'allumer, puis je t'ai aperçue en train de courir en tous sens. J'étais en face, occupé à vérifier ma check-list, expliqua-t-il tandis qu'elle remplissait leurs verres. Nous avons terminé.

— Terminé quoi ?

— L'hôtel. Pas encore l'emménagement, mais les travaux. Finis.

— Tu rigoles.

Il se porta un toast à lui-même.

— Finis, je te dis. La dernière inspection a lieu demain.

L'humeur d'Avery passa brusquement au beau fixe.

— Owen, mais c'est génial ! Vous avez réussi avant Noël !

— Eh oui ! On devrait obtenir le permis d'occupation et d'usage sans problème. Hope peut emménager. Avec elle sur place, on devrait arriver à peaufiner les détails avant l'inauguration.

— Félicitations. D'après Hope, vous touchiez au but, mais j'ignorais que vous en étiez si près.

— Quand l'équipe reviendra après Noël, ce sera pour travailler sur le chantier de la boulangerie.

— Cet hôtel est si beau. Chaque fois que je le regarde, ça me met du baume au cœur. Hope m'a appris que vous aviez déjà des réservations.

— Il y en aura davantage une fois que toutes les photos seront sur Internet et que l'information sera passée. Hope doit faire plusieurs interviews la semaine prochaine. Elle organisera une visite pour les journalistes. Ce sera une bonne pub.

Avery leva son verre.

— À la réussite de l'Hôtel Boonsboro ! Je passerai demain avant l'ouverture. Et ensuite, j'irai acheter de l'adhésif.

— J'en ai dans mon pick-up.

Elle reposa son verre, les sourcils froncés.

— Tu as de l'adhésif dans ton pick-up ?

— Oui, dans la boîte à gants. Et avant de faire la moindre remarque désobligeante, souviens-toi : tu en as besoin et j'en ai.

— J'allais justement dire que c'est drôlement futé d'avoir de l'adhésif dans sa boîte à gants, assura-t-elle avec un sourire enjôleur.

— Je ne te crois pas. Mais tu as de la chance, je vais le chercher.

— Non, j'y vais. Tu es garé derrière l'hôtel.

— Oui, et il gèle. Où sont ton manteau et tes chaussures ?

— En haut, mais c'est juste de l'autre côté de la rue.

Pas question de la laisser traverser la rue en pyjama et en chaussettes à minuit en plein mois de décembre.

— J'y vais, décréta-t-il. Ferme derrière moi. Je te retrouve ensuite.

— Merci. Vraiment.

Il posa son verre vide et sortit par-devant. Elle verrouilla la porte, rapporta les verres en cuisine, et éteignit les lumières. Elle gagna le couloir, et descendait l'escalier pour aller ouvrir la porte de derrière quand elle entendit la serrure cliqueter.

Owen avait la clé, bien sûr. Il était le propriétaire.

Elle le rencontra à mi-chemin, s'empara de l'adhésif.

— Dès demain, j'en achète cent maudits rouleaux.

— En gros, c'est toujours plus avantageux.

Elle pouffa de rire.

— Je parie que tu en as d'autres en stock dans ton pick-up, chez toi et à l'atelier.

Owen haussa les sourcils, son regard bleu rivé à celui d'Avery.

— Je me trompe ou je perçois une pointe d'ironie ?

— C'était une simple observation. Ou plutôt, un compliment. Et je vais m'efforcer de suivre ton exemple en matière d'adhésif.

Owen se tenait sur une marche inférieure, si bien que son visage était à la hauteur du sien. Sans la quitter des yeux, il plongea la main dans sa poche.

— Commence dès maintenant.

— Un rouleau de rechange ? Je parie que tu en avais *deux* dans ton pick-up.

Elle le prit en riant.

« Trois, songea-t-il, mais quand on aime, on ne compte pas. »

— Si tu veux, je peux t'aider à emballer tes cadeaux.

Cette fois, ce fut Avery qui arqua les sourcils.

— Pour que tu ironises sur l'état de mon appartement – après avoir fait une syncope à la vue de mon bazar, ce qui m'obligera à te ranimer ? Non, merci.

— Ton bazar, comme tu dis, je connais déjà.

— Pas là-haut. C'est pire que tout. J'ai davantage de place pour étaler mon chaos.

Elle vit la lueur s'allumer dans son regard, s'écarta légèrement.

— Owen, j'ai réfléchi à tout ça.

— À ton chaos ?

— D'une certaine façon. À ce que nous envisageons de faire tous les deux maintenant. Dans un premier temps, je me suis demandé pourquoi nous n'avions pas songé à le faire plus tôt. Et j'ai compris que c'était pour ne pas risquer de tout gâcher entre nous. Sincèrement, Owen, tu comptes beaucoup pour moi. Énormément, même.

— C'est drôle, je pensais la même chose. J'ai abordé la question avec Ryder. D'après lui, ça n'arrivera pas.

— Abordé la question avec Ryder ?

— Je voulais une opinion, c'est tout. Ne me raconte pas que tu n'en as pas parlé avec Clare et Hope.

Obligée de faire machine arrière, elle s'en tint à l'agacement de rigueur.

— D'accord. Et comment Ryder est-il parvenu à cette conclusion ?

— Nous comptons beaucoup l'un pour l'autre et nous ne sommes pas stupides, voilà ses arguments.

Elle inclina la tête de côté.

— Exact à cent pour cent. Autre chose, maintenant que nous y réfléchissons, ajouta-t-elle, posant les mains sur ses épaules, un dérouleur d'adhésif dans chacune. Si ça se trouve, la magie n'opérera plus. Nous devrions vérifier.

Owen cala les mains sur les hanches d'Avery.

— Un test, en quelque sorte, suggéra-t-il.

— Ça se défend, non ? À quoi bon passer du temps à réfléchir à quelque chose si le jeu n'en vaut pas la chandelle ? Et si ça en vaut la chandelle, nous…

— Tais-toi, Avery.

Il se pencha vers elle et lui effleura la bouche de la sienne. Comme un test. Puis il recommença avec davantage d'insistance. Et vit ses beaux yeux bleus se fermer lentement.

Avec un soupir, elle entrouvrit les lèvres et resserra son étreinte, le submergeant de toute cette énergie vitale qui l'habitait.

Owen fut ébranlé par cette explosion de désir – à elle, à lui. Où se cachait donc ce feu ? Comment avaient-ils pu être aussi aveugles ?

Il la souleva dans ses bras et, sans réfléchir, elle enroula les jambes autour de sa taille Avec une confiance absolue en lui, Avery s'abandonna à leur baiser tandis qu'il gravissait tant bien que mal les marches jusqu'au palier et lui plaquait le dos contre le mur.

Elle voulut glisser les doigts dans les cheveux d'Owen – elle adorait ses cheveux – et lui heurta le crâne avec les dévidoirs.

Dans un éclat de rire, elle laissa retomber sa tête sur son épaule.

— Aïe ! s'exclama-t-il, ce qui fit redoubler son hilarité.

— Désolée, fit-elle en l'étreignant avant d'enfouir le visage au creux de son cou. Owen, murmura-t-elle dans un soupir.

« Owen », se répéta-t-elle intérieurement avec une tendresse venue du fond du cœur, avant de relever la tête et de plonger son regard dans le sien.

— Ça vaut vraiment la peine d'y réfléchir, décréta-t-elle.

— Heureusement que tu es de cet avis. Ça m'évite d'avoir à te lâcher en représailles.

— Tu ferais mieux de me reposer de toute façon.

— Je peux faire ça. Et on peut monter emballer tes cadeaux ensuite.

— Si nous montons, ce ne sera pas pour emballer mes cadeaux.

— C'était un code.

— Ah. N'empêche, dit Avery qui se laissa glisser sur le sol, je crois qu'il serait raisonnable de nous accorder un délai de réflexion. Pas pour contredire Ryder, mais pour éviter d'agir sur un coup de tête. Si tu me pardonnes l'expression.

— Moi qui me reprochais de ne jamais laisser sa chance à la spontanéité.

— Et moi, c'est exactement le contraire. À nous deux, on s'équilibre. Tu as sûrement quelque chose de prévu pour le jour de l'An, ajouta-t-elle après une hésitation, craignant de se montrer indiscrète.

— En fait, non.

— C'est vrai ?

— Nous avons été plutôt occupés. Je n'y ai pas songé.

Elle vit clairement qu'il y songeait, à présent.

— Et toi ? risqua-t-il.

— Je réveillonne avec Hope. On compte rester tranquilles à l'hôtel à regarder des films de filles en se disant qu'on s'en moque de ne pas avoir de rendez-vous galant.

— On pourrait sortir tous les deux.

« Mignon, se dit Avery. Sexy. Et malheureusement impossible. »

— Je ne peux pas planter Hope comme ça. Pas le soir du réveillon.

— Je vais organiser une fête. Chez moi.

Elle le dévisagea comme s'il venait de parler chinois.

— Tu veux dire pour le réveillon de *cette année* ? Qui a lieu dans un peu plus d'une semaine ?

— Bien sûr.

— Owen, voilà un excellent exemple de spontanéité, un concept avec lequel tu n'es pas vraiment familier.

— Je peux être spontané.

— Il te faut six mois pour organiser une soirée. Tu rentres tout dans ton tableur, tu imprimes jusqu'aux itinéraires. C'est ce que tu appelles de la spontanéité ?

— Je donnerai cette fête, déclara-t-il d'un ton ferme, ignorant le fait qu'elle disait vrai. Chez moi, pour le réveillon du jour de l'An. Et tu resteras passer la nuit. Avec moi.

Avec lui. La nuit du jour de l'An.

— Si cette fête a lieu, non seulement je resterai, mais je préparerai le petit déjeuner.

— Marché conclu, répondit-il en l'enlaçant de nouveau avant de l'embrasser jusqu'à ce qu'elle en ait le vertige. Je fermerai derrière.

— D'accord.

Elle s'efforça de reprendre son souffle tandis qu'il redescendait les marches.

— Owen ?

Il se retourna, sourit, et le cœur d'Avery fit un long salto au ralenti. Rien d'étonnant à ce qu'elle soit tombée amoureuse de lui à cinq ans.

— Merci pour l'adhésif.

— Tout le plaisir était pour moi.

Les jambes flageolantes, elle remonta la dernière volée de marches et entendit la clé tourner dans la serrure. Aucun problème maintenant pour le marathon des paquets-cadeau. Non seulement elle avait de l'adhésif à profusion, mais, en outre, jamais elle ne réussirait à fermer l'œil alors qu'Owen Montgomery hantait ses pensées.

À l'évidence, le sang qui avait déserté son cerveau pour se réfugier dans la partie base de son anatomie lui avait fait perdre tout sens commun. Sinon, jamais il n'aurait pris la décision d'organiser le réveillon du jour de l'An chez lui, songea Owen sur la route balayée par les rafales.

Il y avait l'inauguration de l'hôtel, Noël qui approchait à toute allure, un nouveau chantier à mettre en route. Comment diable pourrait-il organiser une fête en une semaine ?

Il trouverait bien.

Arrêté à un feu, il sortit son téléphone et prit quelques notes sur les courses à prévoir. Il vérifia aussi ses messages. Deux de Ryder, laconiques, qui lui demandaient où il était passé.

Il revenait d'Hagerstown et n'était plus qu'à deux minutes de Boonsboro, il ne prit donc pas la peine de répondre.

Tandis qu'il poursuivait sa route, son esprit vagabonda d'une fête à l'autre. L'inauguration de l'hôtel exigeait davantage de préparatifs que son réveillon impromptu, mais la plupart des détails étaient déjà réglés – d'autant que sa mère et Hope se chargeaient du plus gros.

N'empêche, il avait quand même un épais dossier dans son porte-documents, quelques fichiers dans son ordinateur. Et aussi, il l'admettait, un itinéraire. D'ailleurs, il songeait à en imprimer un pour sa fête à lui, et cela n'avait rien d'obsessionnel. C'était pratique. Un gain de temps antistress.

Il jeta un coup d'œil à Vesta en passant avant de bifurquer dans Saint-Paul Street. Pourquoi n'avait-il pas juste proposé un dîner au restaurant, suivi d'une soirée en tête à tête ? se demanda-t-il comme il s'engageait sur le parking derrière l'hôtel.

Sur le moment, l'idée lui avait paru bonne. Bravo, le black-out neuronal.

Il descendit du pick-up, demeura un moment immobile dans la cour intérieure pour admirer le décor. Tant d'élégance et de charme n'avaient pas été obtenus en un jour. S'il avait contribué à la réalisation de ce miracle, il devrait être capable d'organiser un bête réveillon.

Il traversa le hall d'entrée, marqua un temps d'arrêt, le sourire aux lèvres, devant l'imposante table cirée sous le lustre majestueux et les fauteuils couleur paille contre le mur de brique. Puis il passa sous l'arche pour gagner la salle à manger, d'où provenaient des voix.

Il trouva Ryder et Beckett occupés à pousser l'énorme buffet sculpté à sa place sous la niche en pierre, tandis que sa mère et Hope disposaient les jolies tables en bois dans la pièce.

Vautré sur le sol dans un coin, Nigaud redressa la tête et remua la queue à sa vue. Distraitement, Owen se demanda s'il le voyait sous la forme d'un beignet géant.

— Où étais-tu donc passé ? râla Ryder.

— J'avais des trucs à faire. C'est magnifique.

— N'est-ce pas ? fit Justine en glissant une chaise sous la table. Nous allons suspendre le grand miroir là-bas. Tu sais, l'antiquité. Et nous nous sommes aperçus qu'il nous manquait une desserte sous cette fenêtre. Je vais prendre les mesures et passer chez Bast voir s'ils ont quelque chose qui pourrait convenir.

— Et cette console que tu as achetée à Frederick, chez cet antiquaire français, la boutique chic ? fit Ryder.

Justine se rembrunit.

— Elle est gauchie et bancale – un des pieds est plus court que les autres. Jamais je n'aurais dû l'acheter.

— Je t'ai dit que j'avais raccourci les pieds. Si tu poses pas mal d'objets dessus, on ne verra pas que le plateau est gauchi.

— Ils ont été odieux, intervint Hope. Quand on refuse de faire un geste pour une pièce à l'évidence défectueuse, on n'est pas digne d'être dans le commerce.

— Cette console est payée. Je l'ai réparée. Il faut savoir tourner la page.

— Elle a été achetée pour le hall, insista Hope. Nous avons déjà trouvé un autre meuble chez Bast pour la remplacer.

— Et si tu n'étais pas aussi maniaque, je l'aurais réparée pour le hall, rétorqua Ryder.

Justine fusilla son fils du regard.

— Je te rappelle que c'est moi qui t'ai demandé de descendre ce meuble au sous-sol.

— Où je l'ai réparé, marmonna-t-il. Je vais le chercher. Donne-moi un coup de main, ajouta-t-il à l'adresse de Beckett.

Préférant ne pas rester dans la ligne de mire, celui-ci s'empressa d'emboîter le pas à son frère.

— Si la console ne te plaît pas ici, dit Owen à sa mère, on l'enlèvera. Mais c'est une belle pièce.

— Abîmée, et qui ne vaut pas le prix que j'ai payé. Je me suis emballée, admit Justine en caressant les oreilles du chien venu se frotter contre elle. Nous verrons bien. Hope, c'est sans doute Carol-Ann avec un nouveau chargement d'ustensiles de cuisine, ajouta-t-elle comme des pas résonnaient dans l'escalier principal.

Peut-être pourriez-vous aller toutes les deux chercher la machine à café et les plats chauffants, histoire de voir comment ils rendent ?

— Bien sûr.

Owen voulut proposer son aide, mais un regard de sa mère l'en dissuada. Celle-ci tint sa langue jusqu'à ce que les pas de la jeune femme s'évanouissent.

— Je voulais l'éloigner quelques minutes, expliqua-t-elle.

Puis elle croisa les bras lorsque Ryder et Beckett revinrent avec la desserte réparée.

— Ryder Thomas Montgomery.

Owen connaissait ce ton et ce regard par cœur. Bien que la colère maternelle ne fût pas dirigée contre lui – cette fois – il ne put s'empêcher de se faire tout petit.

Tête baissée, Nigaud se réfugia dans son coin.

— Présent, répondit Ryder.

— Je ne t'ai pas appris à être grossier avec les gens, à malmener les femmes ou à rembarrer les employés. J'attends de toi que tu sois poli avec Hope, que tu sois ou non d'accord avec elle.

Ryder posa la desserte.

— D'accord, mais…

— Mais ? répéta Justine d'un ton de défi qui n'augurait rien de bon.

Pris à rebrousse-poil, Ryder arbora sa mine la plus aimable.

— Tu disais qu'on devait la considérer comme faisant partie de la famille, rétorqua-t-il du tac au tac. Il faudrait savoir : tu veux que je sois poli avec elle ou que je la traite comme un membre de la famille ?

Justine garda le silence un long moment. Elle fulminait. Beckett s'écarta de son frère quand elle s'avança. Elle attrapa Ryder par les oreilles.

— Tu te crois intelligent ?

— Oui. Je le tiens de ma mère.

Elle éclata de rire et secoua la tête.

— Tu es le fils de ton père, oui, rectifia-t-elle avant de lui décocher un coup de poing affectueux dans l'estomac. Surveille ton langage, d'accord ?

— D'accord.

Elle recula, les mains sur les hanches.

— Le dessus est gauchi, Ryder.

— Un peu, c'est vrai. La qualité n'est pas terrible et le prix exagéré, mais le meuble a quand même de l'allure. Ce sera mieux quand tu auras disposé ces gros objets en cuivre dessus.

— Peut-être, oui. Ça m'exaspère. Enfin bon, c'est ma faute.

Ryder haussa les épaules.

— Tu as meublé avec brio un hôtel de plus de huit cents mètres carrés. Ce n'est vraiment qu'un détail, maman.

Elle lui glissa un regard malicieux.

— Futé, va. Tu tiens peut-être de moi, en fin de compte.

Justine pivota quand Hope entra, les bras chargés d'un grand carton, suivie par Carol-Ann qui en portait un autre.

— Donne-moi ça, dit Ryder en s'avançant vers Hope pour la décharger de son fardeau. Je suis poli.

— Ç'a été douloureux ?

— Pas encore. Peut-être plus tard.

Beckett prit le carton des mains de Carol-Ann. Owen les regarda vider les cartons et entasser les emballages dans un coin, tandis que Beckett et Ryder râlaient à propos du miroir qu'ils devaient monter alors qu'ils avaient du boulot à côté.

Il attendit que les trois femmes étudient le résultat.

— Ça ne se voit pas, admit Hope, parlant de la desserte, mais je sais qu'elle est voilée et ça m'agace. Je m'en remettrai, ajouta-t-elle avec un regard à Ryder.

— Bien. Occupons-nous de ce miroir et dépêchons-nous de filer avant qu'elles trouvent autre chose à nous faire transporter.

— Une minute, intervint Owen. Réunion d'urgence.

— À la fin de la journée, protesta Ryder.

— Désolé, mais ça ne peut pas attendre, insista Owen. C'est au sujet du permis d'occupation.

— Bon Dieu, ne me dis pas qu'ils font des histoires avec ce maudit permis ! s'exclama Ryder. On a la signature de l'inspecteur.

Owen soupira et secoua lentement la tête.

— Je suis allé à Hagerstown pour voir si je pouvais faire avancer les choses. Et… je l'ai eu.

— Tu as le permis d'occupation ? articula Beckett.

— Je l'ai, oui !

— Ô mon Dieu. Carol-Ann ! s'écria Justine en agrippant la main de sa sœur.

Owen décocha un coup de poing dans l'épaule de Ryder et sourit à Hope.

— Alors, prête à emménager ? Nous pouvons apporter le reste de tes affaires. Tu peux dormir ici ce soir.

— Mille fois prête !

En riant, elle l'enlaça et lui planta un baiser sur la bouche.

— Je n'y crois pas ! J'emménage !

Elle entama une petite gigue de victoire avec Justine, puis Carol-Ann avant de sauter au cou de Beckett pour le gratifier d'un baiser sonore.

Arrivée devant Ryder, elle s'arrêta net.

— Et moi, j'ai droit à quoi ? Une chaleureuse poignée de main ?

Elle rit de nouveau et le gratifia d'un chaste baiser sur la joue.

— Ça revient au même, se plaignit-il.

Mais il entoura les épaules d'Owen d'un côté et celles de Beckett de l'autre et s'exclama :

— C'est dingue, on a réussi !

Les yeux de Justine s'embuèrent.

— Mes garçons, murmura-t-elle.

Émue, elle les étreignit tous les trois, et demeura ainsi jusqu'à ce que Nigaud tente de s'insinuer dans l'accolade générale. Se ressaisissant, elle sécha ses larmes d'un revers de main.

— Bon, et maintenant, on va déjeuner. C'est moi qui invite. Beckett, demande à Clare si elle peut venir. Owen, passe commande à Avery, à livrer ici – et invite-la à se joindre à nous si elle peut. Hope, sortez une, non deux des bouteilles de champagne que nous réservons aux clients.

— Avec plaisir.

— Je n'ai pas fini de laver les verres !

Carol-Ann fonça dans la cuisine.

— Du champagne ? Au déjeuner ? fit remarquer Ryder.

— Eh oui !

— À propos de champagne, intervint Owen. Ryder, tu es pris pour le réveillon du jour de l'An ?

— Oui. La glousseuse. Mais je vais annuler.

— Le soir du réveillon ? s'offusqua sa mère.

— Crois-moi, si tu l'avais entendu glousser, tu comprendrais. Pourquoi ? demanda-t-il à Owen. Tu veux m'emmener danser ?

— J'organise une fête.

Justine écarquilla les yeux.

— Pour le réveillon de *cette année* ?

Bon sang, qu'est-ce qu'ils avaient tous ?

— Oui, cette année. Rien d'extraordinaire. Juste une petite fête avec un buffet. Tu peux venir, hein ?

Justine l'étudia un instant, puis :

— Oui, bien sûr.

— Ryder ?

— Pourquoi pas ?

— Clare arrive, annonça Beckett en rempochant son portable.

— Une fête chez moi pour le réveillon, ça te va ? lui demanda Owen.

— Cette année ?

— C'est bon, la blague commence à être éculée. Vous viendrez ou non ?

— Nous avions prévu de rester à la maison. Les garçons veulent regarder les douze coups à Times Square à la télé. Mais Murphy est le seul qui a une chance de tenir jusque-là. Je demanderai à Clare si elle veut qu'on prenne une baby-sitter.

— Tiens-moi au courant, fit Owen. À présent, le déjeuner, ajouta-t-il en sortant son calepin. Je vous écoute.

Alors qu'il notait les commandes, un bouchon de champagne sauta dans la cuisine.

— Voilà, c'est officiel, dit-il avec un grand sourire. Bienvenue à l'Hôtel Boonsboro.

8

Hope avait confié à Avery l'organisation de sa nouvelle cuisine. Et celle-ci appréciait l'espace propre et fonctionnel où tout, strictement tout, était neuf.

Toujours en jean de travail et tee-shirt au logo de Vesta, elle rangeait avec enthousiasme les couverts dans le grand tiroir compartimenté.

— Comme c'est amusant. Clare manque quelque chose.

— Elle a des enfants, lui rappela Hope depuis la salle de bains où elle déballait ses affaires de toilette.

— C'est vrai. Tu penses en avoir un jour ?

— Bien sûr. Et toi ?

Avery ferma le tiroir et s'attaqua au suivant.

— Moi aussi. Surtout quand je passe du temps avec les fils de Clare. Ils sont si attachants. Mais la tradition veut que la naissance des enfants soit précédée par le mariage – c'est là que ça coince.

— Voyons, Avery, tu as l'âme bien trop romantique pour penser que le mariage est un problème.

— C'est facile d'être romantique pour les autres – risque zéro. Enfin bref, c'est une toute nouvelle aventure qui commence pour toi. Tu n'es pas nerveuse à l'idée de rester seule ici cette nuit ?

La tête de Hope apparut dans l'embrasure.

— Non. Mais je me suis dit que tu aimerais peut-être rester. Tu choisirais ta chambre.

Avery brandit fourchettes et cuillères en poussant un cri victorieux.

— Je commençais à croire que tu ne me le proposerais jamais. Ma présence ne posera pas de problème, tu es sûre ?

— Pas le moindre. Justine m'a demandé d'étrenner chaque chambre durant les deux semaines à venir. Histoire de vérifier le fonctionnement de la plomberie, de l'électricité, etc. En fait, j'aimerais passer la première nuit dans mon appartement. Tu peux donc être ma première cliente.

— Je choisis Titania et Oberon. Je serai la première à prendre un bain dans cette immense baignoire en cuivre. Non, attends ! Jane et Rochester. J'aurai une baignoire en cuivre *plus* une cheminée. Ou alors...

Hope la rejoignit en riant.

— Le choix est difficile, n'est-ce pas ?

— Drôlement. Je devrais peut-être tirer au sort. Owen a déjà choisi sa chambre pour l'inauguration ?

— Il est dans Nick et Nora.

— D'accord, je vais la rayer de la liste puisque, d'ici là, nous aurons sans doute sauté le pas et que, du coup, j'aurai l'occasion d'essayer cette chambre le soir de l'inauguration.

— Oh, vraiment ?

— Eh oui. Nous nous offrons quelques jours de réflexion afin de nous assurer que ce n'est pas complètement dingue, expliqua Avery avant de refermer le tiroir et de se tourner vers son amie. Ce qui n'est pas du tout mon impression.

— Pourquoi ça le serait ? Owen est un homme formidable. Séduisant, intelligent, gentil. Et puis, il y a une belle osmose entre vous.

— Justement, on craint que cette belle osmose n'en prenne un coup si on passe à l'étape supérieure.

— À mon avis, vous vous adapterez très bien à ce changement.

— J'espère. À propos, j'ai un grand service à te demander. Figure-toi qu'hier soir il m'a prêté de l'adhésif et une chose en amenant une autre...

Hope cala les poings sur ses hanches.

— Tu as déjà couché avec lui et tu ne me le dis que maintenant ?

— Mais non – encore que, c'était à un cheveu. Je lui ai demandé s'il avait des projets pour le réveillon du jour de l'An – histoire de m'assurer qu'il ne voyait personne, tu comprends.

— Je comprends.

— J'aurais dû me montrer plus directe, mais il a fallu que je tourne autour du pot. Du coup, il m'a retourné la question et…

— Avery, si tu veux sortir avec Owen pour le réveillon, je te donne ma bénédiction. Tu devrais le savoir.

— Et moi, je tiens à ce que tu saches que je détesterais te planter. Tu n'agirais pas ainsi avec moi.

— Si Owen m'invitait à sortir, pourquoi pas ? répliqua Hope avec un battement de cils.

— Trouve-toi un autre Montgomery. Il en reste un.

— Et si je t'empruntais plutôt Owen ? Histoire de l'essayer pour toi.

— Quelle bonne copine tu es, ironisa Avery qui fit semblant d'essuyer une larme. Évidemment, la réponse est non. Enfin, bref, Owen s'est mis en tête de donner une soirée chez lui – ce qui ne lui ressemble guère, vu qu'il lui faut des semaines, sinon des mois pour organiser n'importe quel événement. Tout ça pour te dire que nous allons tous fêter la nouvelle année chez lui.

Songeuse, Hope ouvrit les placards pour vérifier les rangements de son amie.

— Avery, je n'aurai pas de cavalier. Je n'ai pas envie d'en avoir un, mais venir seule au réveillon du jour de l'An, c'est trop gênant.

— Tu rigoles, pas avec ton allure. Et puis, tout le monde ne sera pas en couple. Je peux presque te réciter par cœur la liste probable des invités d'Owen, et je t'assure qu'il y aura des célibataires des deux sexes. Il sait y faire, crois-moi. Tu rencontreras du monde, argumenta Avery. Pour une directrice d'hôtel, c'est capital de soigner ses réseaux.

Hope tourna l'anse d'une tasse d'un centimètre sur la gauche.

— Je te vois venir avec tes gros sabots.

— N'empêche, c'est vrai. Clare et Beckett vont prendre une baby-sitter. Ils pourront te reconduire. À moins que tu ne te dévergondes et trouves un autre chauffeur.

— Voilà qui ne risque pas d'arriver, crois-moi, répliqua Hope. Mais je ne devrais sans doute pas décliner l'invitation d'un de mes patrons, du moins pas si tôt, ajouta-t-elle avec un soupir.

— Tu vas t'amuser, je te le promets, lui assura Avery, ravie, qui l'étreignit avec effusion. Merci.

Elle pivota et parcourut le salon du regard.

— C'est vraiment sympa de la part de Ryder d'avoir déménagé ton sapin.

— Il a trouvé le moyen de critiquer mes décorations.

— Peut-être, mais il a pris la peine de le transporter jusqu'ici.

— D'accord, c'était gentil, même si c'est probablement Justine qui lui a demandé de le faire.

— Peu importe, tu as ton sapin dans ton nouvel appartement. Tu as déjà imprimé ta marque à cet endroit. Tu es contente ?

— Oh oui ! Et impatiente. J'ai hâte de…

Toutes deux sursautèrent en entendant la poignée de la porte tourner. Les yeux écarquillés, elles fixèrent le battant qui s'ouvrit lentement.

— Bon sang, Clare ! Tu nous as fichu une de ces frousses, protesta Avery. La prochaine fois, assassine-nous tout de suite.

— Désolée. Les enfants dorment, et Beckett m'a prêté la clé pour venir donner un coup de main une heure ou deux. Il sait combien ça me tient à cœur, expliqua Clare qui jeta un regard à la ronde en ôtant ses gants. Mais je vois que vous avez déjà bien avancé. C'est…

— Hope tout craché, termina Avery.

— C'est vrai. Bon, que puis-je faire ?

— La cuisine m'appartient.

— Je viens de finir dans la salle de bains, annonça Hope. Je vais passer à la chambre.

— Dans ce cas…

Clare rouvrit la porte et s'empara du tableau appuyé contre le mur du couloir.

— Mon cadeau de bienvenue ! s'exclama Hope. Oh, je l'adore !

— Madeline a dit que s'il ne convient pas à ton intérieur, tu peux l'échanger à la boutique contre un tableau, ou autre chose, précisa Avery.

— Il convient parfaitement. Il est sublime. Quand mon regard se posera sur ces fleurs de cerisier, ce sera tous les jours le printemps. Merci à vous deux. Je vais l'accrocher dans ma chambre, en face du lit. Comme ça, je le verrai dès mon réveil chaque matin.

Hope prit le tableau et le tint à bout de bras.

— Je vais le suspendre tout de suite.

Dans la chambre, Clare fit l'élégant lit traîneau que Hope avait choisi, regonfla les oreillers et lissa la couette, tandis que son amie prenait les mesures au mur avec la même méticulosité qu'Owen.

— Voilà. Ici, il sera parfait, murmura Hope.

— Tout comme toi, fit remarquer Clare. Tu sembles vraiment à ta place ici.

— C'est mon souhait le plus cher.

— La cuisine est terminée, annonça Avery en entrant.

Elle contempla le tableau et sourit.

— Tu avais raison. Même un soir d'hiver comme aujourd'hui, on a l'impression d'être au printemps. Bienvenue chez toi, Hope.

Plus tard, après le départ de Clare et tandis qu'Avery était allée chez elle récupérer ce dont elle avait besoin pour la nuit, Hope déambula dans l'hôtel.

C'est vrai, songea-t-elle, elle se sentait chez elle.

Alors qu'elle regagnait son appartement, des effluves de chèvrefeuille lui caressèrent les narines.

— Je suis là, et je vais y rester, à présent, déclara-t-elle à voix haute. Ni l'une ni l'autre ne sera plus seule.

Le lendemain matin, quand Avery descendit, elle trouva la famille Montgomery déjà au travail et Hope dans la cuisine, occupée à préparer le petit déjeuner.

— Nous n'avons pas encore rangé la cuisine, fit-elle remarquer.

— Je m'en sors. C'est l'occasion de me lancer.

— Je vais te donner un coup de main.

Hope leva un index péremptoire.

— Non. Pas de coup de main. Tu es une cliente. Va t'installer dans la salle à manger.

— Il y a du café là-bas ?

— Oui. Alors, c'était comment Jane et Rochester ?

— Un vrai rêve. La colocataire-surprise ne s'est pas manifestée, ce qui aurait, j'imagine, transformé le rêve en cauchemar. D'abord le café, et ensuite je te fais mon rapport.

Alors qu'Avery se servait à la machine à café, il lui vint à l'esprit que c'était peut-être le moment idéal pour annoncer sa nouvelle. Tout le monde était heureux, excité. Il restait encore quelques détails à régler, bien sûr, mais les grandes lignes étaient déjà claires dans son esprit.

Owen pénétra dans la pièce.

— J'ai entendu dire que tu étais notre première cliente.

— J'ai cet honneur.

— Mais nous avons tous droit au petit déjeuner. Hope a prévenu tout le monde par SMS ce matin, annonça-t-il en s'asseyant en face d'elle. Alors, c'était comment ?

— Merveilleux. Tu auras le rapport complet une fois que tout le monde sera là.

— En tout cas, tu as l'air en pleine forme.

Elle le regarda par-dessus son café.

— C'est vrai ?

— Oui. Reposée mais vivifiée. Tu travailles aujourd'hui ?

— À partir de 16 heures uniquement. Je fais la fermeture.

— Pourquoi es-tu debout si tôt dans ce cas ?

— L'habitude. Et mon sixième sens a dû me souffler que quelqu'un faisait la cuisine.

Carol-Ann entra avec un plateau de gaufres maison qui embaumaient. Elle les disposa sur l'un des plats chauffants, adressa un clin d'œil à son neveu et à Avery avant de ressortir d'un pas pressé. Hope lui succéda avec un compotier de fruits rouges et un pichet de jus d'orange frais.

— Hope, je pourrais…

— Tut-tut, tu es mon invitée, point final, la coupa celle-ci avant de ressortir.

— Je meurs d'envie d'essayer le piano tout rutilant, marmonna Avery.

Son amie revint avec un plateau de bacon, puis un autre d'œufs brouillés crémeux.

Beckett fit son entrée, humant l'air.

— On nous a convoqués. Ça sent le petit déjeuner. Et ça m'en a tout l'air, ajouta-t-il après avoir soulevé le couvercle d'un plat chauffant.

Il prit une tranche de bacon.

— Et en prime, c'est délicieux. Hé, des gaufres !

— Des gaufres ? répéta Ryder qui entra et se dirigea droit vers le plat. Hmm, bien épaisses et moelleuses.

— Servez-vous, dit Hope en poussant Justine dans la salle. S'il manque quoi que ce soit, n'hésitez pas à demander. Et, s'il vous plaît, j'attends vos impressions franches et honnêtes. Mieux vaut savoir si quelque chose ne va pas maintenant qu'après l'ouverture.

Tout le monde se servit et s'assit à table.

Ryder mordit dans sa gaufre nappée de sirop d'érable.

— On te garde, lui annonça-t-il.

— Beau compliment.

— C'est délicieux, Hope, déclara Justine qui venait de goûter les œufs brouillés. Et les tables sont joliment dressées. Venez vous asseoir avec nous.

— J'ai encore des choses à faire, mais j'aimerais beaucoup entendre ce qu'Avery a pensé de sa première nuit à l'hôtel.

— C'était comme si j'avais gagné le gros lot, répondit celle-ci avec enthousiasme. J'ai essayé la baignoire hier soir et la douche italienne ce matin. L'une comme l'autre sont incroyables. Et les produits de toilette sont divins. Sens un peu, dit-elle, le bras tendu vers Owen.

Il s'exécuta.

— C'est vrai, tu sens très bon.

— Les serviettes sont douces et épaisses à souhait. Et je ne parle pas du carrelage chauffant et du sèche-serviette. Tout dans cette salle de bains donne le sentiment d'être dorloté et privilégié. Un vrai moment de relaxation.

— C'est le but, commenta Justine, radieuse.

— Ah oui, et je veux un de ces peignoirs pour moi ! La cheminée est un plus, surtout quand on est dans ce lit extraordinaire – le plus confortable dans lequel j'ai eu le plaisir de dormir, soit dit en passant. J'ai aussi essayé la télévision et le radioréveil. J'ai lu deux chapitres de Jane Eyre et regardé la suite sur DVD. Pour résumer, si j'avais dix pouces, je les lèverais tous. C'était une expérience absolument fabuleuse et j'apprécie d'avoir eu la chance de tester cette chambre.

— Voilà ce que je voulais entendre. Je reviens d'ici à quelques minutes, dit Hope avant de retourner dans la cuisine.

— Avery, pas de questions, de réclamations, de suggestions ? demanda Justine.

— J'ai une suggestion. Ne changez rien à cette chambre. J'ai tout adoré sans exception.

— Bien, fit Justine en s'adossant à sa chaise avec un hochement de tête satisfait. Une de faite.

— Je voudrais profiter du fait que vous êtes tous rassemblés pour aborder avec vous un sujet, commença Avery. En rapport indirect avec l'hôtel.

— Vas-y, on t'écoute, dit Ryder avant de se lever. J'ai encore envie d'une gaufre. Mais où est Nigaud ?

— À la réception, devant la cheminée. On ne peut pas accepter les chiens ici avec les aliments, Ryder, répondit sa mère.

— Mais…

— Pas question de le nourrir à table. Hope lui a donné des biscuits pour chiens et il se plaît très heureux là-bas. Alors, Avery, de quoi s'agit-il ?

La jeune femme sentit son pouls s'emballer, mais elle ne pouvait plus reculer.

— J'imagine que, parmi les clients de l'hôtel, quelques-uns viendront manger ou boire une bière à Vesta. D'autres souhaiteront autre chose qu'une pizzeria et iront en voiture à South Mountain ou à Shepherdstown. C'est dommage que le restaurant à l'autre coin de la place n'ait pas tenu.

— Ne m'en parle pas, grommela Owen.

— Nous sommes tous d'accord sur ce point, continua Avery. Le fait est qu'un autre restaurant ne serait pas de trop, un établissement un cran au-dessus du simple restaurant familial italien.

Un frisson de nervosité lui chatouilla la peau. Elle détestait être nerveuse et s'efforça de poursuivre d'une voix animée :

— Il n'est pas rare que des clients me demandent où boire un verre de vin. Chez moi, bien sûr, mais ce n'est pas le genre d'établissement où l'on peut déguster tranquillement un bon vin ou un dîner romantique.

— Nous voulons d'abord lancer le projet de la boulangerie, l'informa Owen. Ensuite, nous chercherons un nouveau gérant pour le restaurant. Cette fois, il faudra être plus prudent dans notre choix. Quelqu'un avec un business plan qui tient la route et une bonne connaissance de l'endroit.

— Entièrement d'accord, approuva Avery. Il y a aussi l'immeuble voisin que vous avez acheté, enchaîna-t-elle après s'être raclé la gorge. Vous avez l'intention d'y ouvrir un commerce, je sais, mais à l'origine les deux bâtiments n'en formaient qu'un. Il suffirait de rétablir la communication et on aurait un bar lounge d'un côté et un restaurant de l'autre, reliés. On pourrait venir boire un verre ou dîner. Ou les deux. Et au fond, il y a de la place pour une petite scène – les concerts *live* attirent toujours du monde. Et il n'y a rien de tel en ville. Une cuisine de qualité, une bonne cave, des cocktails, de la musique.

— C'est une bonne idée, commença Justine.

— Ne l'encourage pas, la mit en garde Ryder.

— Ce serait un atout pour l'hôtel. Les clients auraient davantage de choix et n'auraient qu'à traverser Saint-Paul sans s'inquiéter d'avoir à reprendre la voiture. On pourrait proposer des forfaits, du genre un dîner pour deux sur place ou en room service, comme avec Vesta.

— Sans aucun doute, acquiesça Beckett avec un hochement de tête. Nous l'avons déjà envisagé. Le hic, c'est qu'il faut trouver quelqu'un de compétent.

— Pourquoi pas moi ? lâcha Avery, les mains crispées sous la table. J'ai les compétences requises.

— Tu diriges déjà Vesta, fit remarquer Ryder en étrécissant les yeux. Ne me dis pas que tu as l'intention de laisser tomber la pizzeria ou je vais me fâcher. Il me faut ma dose de pizza du guerrier.

— Elle n'en a pas l'intention, intervint Owen qui repoussa son assiette, préoccupé. Deux restaurants, Avery ? Tu n'en as pas déjà assez avec un ?

— Je confierais davantage de responsabilités à Franny et j'emploierais Dave dans les deux établissements par roulements. Il me faudrait un bon gérant pour le nouveau restaurant et j'ai déjà quelqu'un en tête. Justine, je sais exactement quoi faire pour que ça marche.

— Je suis tout ouïe.

— Aïe, fit Ryder qui baissa la tête et se concentra sur ses gaufres.

— Il faut un décor contemporain et chaleureux, sans être tape-à-l'œil. Des tables hautes et basses dans la partie lounge, avec quelques canapés, peut-être un ou deux fauteuils. Un bar d'enfer avec des barmen qui connaissent leur métier. Des vins de qualité, de bonnes bières pression, un assortiment de produits locaux. Une atmosphère détendue, mais élégante.

Comme personne ne l'interrompait, Avery reprit son souffle et continua :

— Pour le déjeuner, il faudrait proposer un bel assortiment de salades, sandwiches, soupes. Et ce serait ouvert le midi tous les jours – ce qui posait un problème avant. Les prix devront être raisonnables, le service amical et accueillant.

— Ce qui posait aussi un problème avant, rappela Beckett.

— Exact. Pour le dîner, il faudrait ajouter des mises en bouche appétissantes et un choix d'entrées. Utiliser dans la mesure du possible des produits locaux pour les viandes. Une touche de gaieté en prime et ne pas oublier qu'on se trouve sur la Grand-Place de Boonsboro. Je connais la ville. Je sais ce dont les gens ont envie.

— Je n'en doute pas, murmura Justine.

— J'ai élaboré un business plan, ainsi qu'une ébauche de menu avec la tarification. Ce serait du travail de relier les deux endroits et d'aménager le bar, mais le jeu en vaut la chandelle, assura Avery. J'y veillerais.

— Depuis combien de temps cette idée te trotte-t-elle dans la tête ? s'enquit Owen.

— Deux ans environ – quand j'ai compris que l'autre restaurant ne tiendrait pas, et pourquoi. Ce n'est pas une lubie, se défendit-elle en voyant son regard. Je peux être impulsive, je sais, mais pas dans le travail. Vous m'avez fait confiance quand je vous ai proposé d'ouvrir Vesta dans votre immeuble.

— Et nous avons eu raison, intervint Beckett qui la dévisagea un instant avant d'ajouter : Je tiens à jeter un coup d'œil au local avant que nous prenions une décision – dans un sens ou dans l'autre.

— Bien sûr. Je vais vous communiquer le business plan et le reste.

Justine hocha la tête.

— Bien. J'ai hâte d'examiner tes propositions en détail. Mais nous allons devoir en discuter d'abord, mes fils et moi.

— Je comprends. Et si c'est non… eh bien, j'essaierai de vous convaincre de changer d'avis. Bon, je ferais mieux d'y aller, déclara Avery qui se leva et desservit par habitude. Merci de m'avoir laissée essayer la chambre. C'était une nuit mémorable.

— Nous reparlerons bientôt, lui promit Justine.

Après le départ d'Avery, elle se rendit compte qu'elle avait oublié son café et qu'il était froid.

— Alors ? fit-elle.

— Tenir un restaurant, c'est beaucoup de travail, commença Owen. Alors deux ? Il lui faudrait gérer deux équipes, deux cartes, sans parler de ce bar lounge. En fait, il s'agirait de trois entreprises.

— La Rouquine a de l'énergie à revendre, objecta Ryder qui se leva pour resservir sa mère en café. Je suis prêt à miser sur elle.

— Il faut que j'examine l'endroit, intervint Beckett. Histoire de m'assurer que c'est faisable.

Justine lui sourit.

— Tout est toujours faisable. L'avantage pour nous, ce serait d'avoir quelqu'un que nous connaissons, en qui nous avons confiance, et qui a des idées solides et novatrices. Son projet frôle la perfection.

— L'idée me plaît, concéda Owen qui hésitait quand même. Ce qui me tracasse, c'est la charge de travail que cela représente pour une seule personne.

— C'est à Avery de s'en inquiéter. En fait, tu crains qu'elle ne s'épuise à la tâche. Le souci d'un ami, ajouta Justine. Avec une touche de « quand aurons-nous le temps d'être ensemble maintenant que nous envisageons de passer du temps ensemble ? »

Owen tourna un regard glacial vers Ryder qui leva les mains, paumes en avant.

— Je n'ai rien dit. Pas un mot.

Justine laissa échapper un rire narquois.

— Voyons, Owen, crois-tu vraiment que j'ai besoin d'explications ? Ne sois donc pas si naïf. Tu ignores donc quels pouvoirs je possède ?

Voyant que son fils ne savait plus où se mettre, elle ne put réprimer un sourire amusé.

— Je comprends ton inquiétude. Je la partage en partie. Mais comme Ryder, je suis prête à miser sur Avery. Elle a raison de dire que ce serait un atout pour l'hôtel. Et les autres commerces.

Elle réfléchit un instant, puis :

— Je propose de jeter un coup d'œil au local afin que vous évaluiez l'ampleur des travaux. On étudie son business plan et, ensuite, on en reparle avec Avery. D'accord ?

— Ça me va, répondit Ryder.

Beckett opina du chef en signe d'approbation.

— On fait le point, après quoi on décidera, décréta Owen.

Un peu plus tard, il se mit en quête d'Avery qu'il trouva dans le salon. Assise par terre, entourée de DVD, elle était occupée à ouvrir les emballages avec une petite lame spéciale.

— Que fais-tu ?

— À ton avis ? Je prends un bain de soleil sur la plage de Saint-Tropez.

— Tu as mis de la crème solaire au moins ?

— Avec cette peau ? Il faudrait carrément un champ magnétique.

Owen s'assit sur la banquette en cuir brun.

— Ce n'est pas ton jour de congé ?

— Si. Voilà pourquoi je suis à la plage. Hope m'a donné cet outil-miracle. Quand je pense aux heures que j'ai perdues à me battre avec ces insupportables emballages. Du coup, je me venge en ouvrant tous les DVD de l'hôtel pendant que Hope et Carol-Ann sont en réunion. Tu as déjà vu celui-ci ?

Elle lui tendit le DVD de *Love Actually*.

— Non.

La tête inclinée, elle le contempla d'un air docte.

— Parce que tu penses que c'est un film de filles.

— *C'est* un film de filles.

— C'est là que tu te trompes.

— Ah oui ? Il y a des explosions ?

— Non, mais il y a des scènes de nu et du langage pour adultes. Ce n'est pas un film de filles, juste un excellent film. Je l'ai chez moi. Ainsi que celui-ci, ajouta-t-elle, brandissant un exemplaire de *Terminator*.

— Voilà ce que j'appelle un film. Pourquoi es-tu si nerveuse ?

— Je ne suis pas nerveuse. Je discute cinéma tout en me rendant utile avec cet outil extraordinairement pratique.

— Avery.

Être avec quelqu'un qui connaît si bien vos humeurs était à la fois un avantage et un inconvénient, songea-t-elle. Dans un cas comme dans l'autre, c'était un gain de temps.

— Je redoute que ta famille ne t'ait envoyé me signifier une fin de non-recevoir pour le projet de restaurant.

— Nous n'avons encore rien décidé. Nous avons été voir. Ça paraît faisable – de notre côté –, mais Beckett a encore quelques points techniques à étudier.

Elle aussi le connaissait par cœur.

— Faisable, de notre côté. Mais pas trop du mien, c'est ça ?

— Je n'ai pas dit ça. Mais je me demande quand même comment tu vas t'en sortir côté temps et énergie. J'ai conscience des heures que tu consacres à Vesta. Et pas pour te tourner les pouces.

D'un coup de lame, elle coupa l'emballage d'un nouveau DVD.

— Ah oui ? Et comment le saurais-tu ?

« Parce que je t'observe, songea-t-il. Plus que tu ne l'imagines. »

— Je mange là. J'y donne des rendez-vous. Je travaille en face pour ainsi dire tous les jours depuis plus d'un an. J'ai eu l'occasion de m'en rendre compte, figure-toi.

— Si c'était le cas, tu saurais que je sais ce que je fais.

— Je n'ai pas dit le contraire. Mais ton projet me semble trop lourd pour une seule personne.

Sans se presser, Avery fit une boule avec les emballages et la jeta dans le carton près d'elle.

— J'ai l'impression que tu n'as pas l'intention de voter en faveur de ce projet.

— Ce n'est pas non plus ce que j'ai dit.

— C'est inutile. Je te connais comme tu me connais.

— Aucun d'entre nous n'a envie que tu t'épuises, ou que tu te mettes dans le pétrin.

Juste au cas où elle aurait été tentée de le lui lancer à la figure, Avery posa la lame pour ouvrir les DVD.

— Tu crois que je ne connais pas mes capacités et mes limites ? Et toi, Owen, combien de fers as-tu au feu en même temps ? Combien de propriétés gères-tu ? Combien de chantiers as-tu en cours à divers degrés d'avancement ? Combien de clients as-tu dans tes fichiers ? Avec combien d'employés et de sous-traitants dois-tu jongler ?

— Nous sommes plusieurs à nous partager le travail. Il n'y a qu'une Avery.

— Ne raconte pas n'importe quoi. Je sais que c'est toi qui te charges de toute l'organisation. Et je sais aussi que, chez Constructions Montgomery et Fils, les détails à régler ne manquent pas, entre la gestion immobilière, les chantiers et tous les travaux auxquels tu participes avec tes frères. Tu es pour ainsi dire la clé de voûte de l'entreprise.

— C'est vrai, mais…

Avery sentait la moutarde lui monter au nez.

— Mais rien du tout, coupa-t-elle d'un ton sec. Moi aussi, je te regarde travailler depuis plus d'un an. Tu me dirais que vous envisagez de rénover la Maison-Blanche, je serais convaincue que vous en êtes capables. Tu me dois la même confiance.

— Ce n'est pas une question de confiance, objecta-t-il, mais elle se leva d'un bond.

— Écoute, si la réponse est non, c'est non. Cet immeuble t'appartient et c'est ton droit le plus strict de le louer à qui bon te semble. Je ne t'en tiendrais pas rigueur, à aucun d'entre vous d'ailleurs. Mais tu n'as pas intérêt à me dire non juste parce que tu ne me crois pas à la hauteur.

— Avery…

— Tu aurais dû demander à voir mon business plan, le bilan de Vesta, mon budget prévisionnel. Tu aurais dû me traiter avec le même respect que n'importe quelle autre personne avec qui tu es en affaires. Je ne suis pas une utopiste, Owen. Je ne l'ai jamais été. Je connais mes capacités et j'agis en conséquence. Si tu ne comprends pas ça, c'est que tu ne me connais pas aussi bien que nous l'imaginions l'un l'autre.

Il la connaissait assez pour ne pas chercher à la rattraper lorsqu'elle s'en alla d'un pas furibond.

— Bien joué, marmonna-t-il, furieux contre lui-même.

Non seulement il l'avait énervée, mais il l'avait aussi blessée.

Afin de s'accorder un temps de réflexion, il rassembla les DVD ouverts et entreprit de les ranger, les classant spontanément par ordre alphabétique.

9

Owen réfléchit à sa stratégie d'approche et au timing. Il misait aussi beaucoup sur l'esprit de Noël.

Le 24 décembre, à 17 heures, il frappa à la porte d'Avery.

Elle s'était teint les cheveux de nouveau – cette fois, dans un ton qui lui rappelait la houppelande du père Noël. Elle portait un pantalon noir moulant qui soulignait la ligne divine de ses jambes et un pull-over à croisillons d'un bleu aussi vif que celui de ses yeux. Comme elle était pieds nus, il remarqua qu'elle avait coordonné le rouge de sa chevelure à un vernis à ongles vert sapin de circonstance.

Pourquoi était-ce si sexy ?

— Joyeux Noël.

— Pas encore.

— D'accord. Joyeux après-midi de Noël, rectifia-t-il, un sourire engageant aux lèvres. Tu as une minute ?

— Pas beaucoup plus. Je vais passer un moment chez Clare, ensuite je file chez mon père. Je dors là-bas cette nuit pour…

— Lui préparer un petit déjeuner de fête et bavarder un peu avec lui avant d'aller ensemble chez ma mère pour son brunch de Noël. J'ai le programme de fin d'année de chacun ici même, ajouta-t-il en se tapotant le crâne. Hope est à Philadelphie dans sa famille et revient demain après-midi. Ryder sera aussi chez Clare, et ensuite nous envisageons tous les deux de passer la nuit chez notre mère.

— Pour profiter du réveillon *et* du petit déjeuner de Noël. Futé.

— C'est très tentant.

— Si tu vas chez Clare, que fais-tu ici ? Je te verrai là-bas dans une demi-heure.

— Je voulais te parler quelques minutes en tête à tête. Je peux entrer ou tu es toujours fâchée contre moi ?

— Je ne suis plus fâchée.

Elle s'effaça pour le laisser entrer.

— Tu as commencé à déballer tes affaires, nota-t-il.

À vue de nez, elle avait réduit les piles de cartons de plus de la moitié.

— J'ai continué de déballer, corrigea-t-elle. Quand je suis remontée, je cuisine. Mais comme mon père a un congélateur plein à craquer de lasagnes, *manicotti* et soupes en tout genre, j'ai consacré mon trop-plein d'énergie au rangement. J'ai presque terminé.

— Très productif.

— Je déteste gâcher une bonne colère.

— Je suis désolé.

Elle balaya sa contrition d'un revers de main.

— Je dois finir de me préparer.

Lorsqu'elle se dirigea vers la chambre, Owen lui emboîta le pas.

Il ne cilla pas – inutile de la braquer à nouveau –, mais elle avait eu à l'évidence quelques difficultés à choisir sa tenue, vu le nombre de pull-overs et de pantalons éparpillés sur le lit. Il aimait depuis toujours son lit ancien en laiton, même s'il était difficile d'apprécier le charme suranné sous l'empilement de vêtements et de coussins surmonté d'un sac de voyage ouvert.

Avery ouvrit le tiroir supérieur de sa commode où, supposait Owen, la plupart des gens rangent leurs sous-vêtements, mais il constata qu'il était rempli de boucles d'oreilles.

— Bon sang, Avery, combien as-tu donc d'oreilles ?

— Je ne porte en général ni bagues, ni montre, ni bracelets. Ils ne font pas bon ménage avec la pâte à pizza et les sauces. Du coup, je compense.

Après une courte réflexion, elle essaya des anneaux en argent ornés d'anneaux plus petits suspendus à l'intérieur.

— Qu'en penses-tu ?

— Euh… joli.

— Hmm.

Elle les ôta et les remplaça par des pendants en pierres bleues et en perles argentées.

— Je suis venu pour…

Le regard d'Avery se riva au sien par miroir interposé.

— J'ai d'abord quelque chose à te dire.

— D'accord, vas-y.

Elle se tourna vers le lit, ajouta quelques affaires dans son sac et le ferma.

— J'ai peut-être exagéré l'autre jour. Un peu. Parce que c'était toi, j'imagine, et que je pensais que tu croyais en moi.

— Avery…

— Je n'ai pas fini.

Elle disparut dans la salle de bains et en ressortit avec sa trousse de toilette. Lorsqu'elle la posa sur le lit, il vit à travers le plastique transparent qu'elle contenait une foule de produits de maquillage et d'accessoires.

Où trouvait-elle le temps d'utiliser tous ces trucs ? Il avait vu maintes fois son visage au naturel. Elle était très jolie sans maquillage.

— J'aurais dû m'attendre à ce que tu réfléchisses d'abord aux aspects pratiques, reprit Avery. Toujours pas fini, s'empressa-t-elle d'ajouter lorsqu'il ouvrit la bouche.

Elle ferma la trousse, et la fourra dans son sac.

— Mais après avoir cuisiné assez pour nourrir la ville entière en cas de famine inattendue et déballé un tas d'affaires dont je ne suis même pas sûre d'avoir besoin, j'ai réalisé une chose : je serais vraiment contrariée si ta famille disait non parce qu'elle ne me trouvait pas à la hauteur, mais je voudrais encore moins que vous n'acceptiez qu'à cause des liens d'amitié qui unissent nos familles.

Avery pivota vers lui.

— Je veux qu'on me respecte, mais je refuse tout favoritisme. Sur ce principe, je serai intraitable.

Elle alla ouvrir sa penderie et en sortit une paire de bottes. Des bottes noires à hauts talons fins, nota Owen. Il ne l'avait jamais vue les porter. Ni rien d'approchant d'ailleurs. Elle s'assit sur la banquette au pied de son lit et sa bouche se dessécha d'un coup tandis qu'il la regardait les enfiler et remonter la fermeture Éclair.

— Euh, donc… je voulais te dire…

Il laissa sa phrase en suspens comme Avery se levait.

— Belles bottes, n'est-ce pas ? dit-elle en les admirant un instant. C'est Hope qui m'a convaincue que les acheter.

— J'adore Hope.

Elle ouvrit la porte de la penderie et examina son reflet dans le miroir en pied fixé au battant.

— Je ne te connaissais pas ce look d'enfer.

— C'est le soir de Noël. Je ne travaille pas.

— En tout cas, je suis conquis.

Avery s'esclaffa et lui adressa un regard pétillant.

— Réaction notée et appréciée. J'ai rarement l'occasion de porter des talons. Hope m'aide à combler les vides dans mon placard à chaussures. On ferait mieux d'y aller. Puisque tu es là, tu peux m'aider à descendre les cadeaux ? Ça m'éviterait les allers-retours dans l'escalier avec mes talons hauts.

— Pas de problème. Mais je dois d'abord te parler.

— Oh, désolée ! Je croyais que nous avions fait le tour.

— Pas tout à fait, dit-il en sortant un paquet de couleur vive de la poche de sa veste. C'est une tradition dans ma famille d'offrir un cadeau le soir de Noël.

— Je me souviens.

— Alors voilà le tien.

— C'est un cadeau de réconciliation pour que je sois dans de bonnes dispositions le soir du Nouvel An ?

— Non, celui-là, je le garde pour demain.

Elle rit de nouveau. D'un rire cristallin et joyeux qui le fit sourire.

— J'ai hâte de le voir.

Elle prit la boîte, la secoua.

— Il n'y a rien là-dedans.

— Tu secoues toujours les paquets. Tout le monde le sait.

— J'aime deviner d'abord. Ça ajoute au suspense. Peut-être des boucles d'oreilles, supposa-t-elle. Comme tu as été épouvanté par mon tiroir, laisse-moi te dire que si c'est le cas, on n'en a jamais trop.

Avery déchira le papier, le jeta sur sa commode en même temps que le ruban. Elle ouvrit la boîte, ôta l'ouate qui l'emplissait. Et découvrit deux clés.

— Pour l'immeuble d'en face, précisa Owen. Les deux côtés.

Elle leva les yeux vers lui, muette de saisissement.

— J'ai étudié ton business plan, ton projet de menu et le reste. C'est sérieux. Tu es douée.

Elle se rassit sur la banquette, les yeux rivés sur les clés.

— Ryder a dit oui tout de suite. Beckett s'est rangé de ton côté après avoir revu les locaux. En partie, si tu veux mon avis, parce que ce nouveau défi le démange, mais aussi parce qu'il croit en toi. Quant à maman, ton projet comble toutes ses attentes. Elle n'a pas le moindre doute. En ce qui me concerne…

— Si tu dis non, ce sera non.

Les sourcils froncés, Owen fourra les mains dans ses poches.

— Une seconde. Ce n'est pas notre mode de fonctionnement, tu le sais. Et puis, ne pas croire en toi n'était pas la question, Avery. Ça ne l'a jamais été. Tu avais raison de dire que j'aurais dû te demander tes projections. Mais je ne pensais pas à toi, à nous comme je le fais à présent. Et nous n'en sommes encore qu'aux prémices.

Incapable de quitter les clés du regard, elle ne répondit pas.

— Tu travailles si dur.

— Il le faut, répondit-elle avant de pincer les lèvres. Mais je n'ai pas envie d'en parler. Le divan, ce sera pour plus tard, d'accord ?

— D'accord.

Lorsqu'elle leva de nouveau les yeux vers lui, ses sublimes yeux bleus, ils étaient embués de larmes.

— Oh, non, ne pleure pas ! fit-il, le cœur serré.

— Je ne vais pas pleurer. Je ne vais certainement pas ruiner ce stupide maquillage qui m'a pris des heures.

Il s'assit près d'elle sur la banquette.

— Tu es superbe.

— Je ne vais pas pleurer, je te dis. Il me faut juste une minute pour me ressaisir.

Elle perdit la bataille contre une larme, une seule, qu'elle s'empressa d'essuyer.

— Jusqu'à ce que j'ouvre cette boîte, je ne me rendais pas compte à quel point ce projet comptait pour moi. Je jugeais peut-être préférable de ne pas le savoir afin de ne pas être trop déçue en cas de refus.

Refoulant ses larmes tant bien que mal, elle inspira un grand coup.

— Je préfère être pessimiste plutôt que déçue. Voilà pourquoi je n'ai rien dit à personne, pas même à Clare. Ou à mon père. J'ai réussi à me convaincre que c'était juste un projet commercial comme un autre. Mais à mes yeux, c'est tellement plus. Je ne peux pas te l'expliquer pour l'instant. Je ne veux pas bousiller mon maquillage, et, de toute façon, je vais bondir de joie d'ici à un instant.

Owen lui prit la main, réfléchissant au moyen d'accélérer le processus.

— Comment vas-tu l'appeler ?

— Le MacT restaurant et lounge bar.

— Ça me plaît.

— À moi aussi.

— Et que te souffle le fameux sixième sens des MacTavish ?

— Que je vais cartonner. Bon sang, ça va être génial !

Elle riait maintenant, et l'étreignit avant de se lever pour entamer une petite gigue sautillante avec ses hauts talons sexy.

— Attends, je dois aller chercher une bouteille de champagne en bas. Non, deux.

Lorsqu'il se leva à son tour, elle se jeta dans ses bras.

— Merci.

— Ce sont les affaires.

— N'empêche, des remerciements s'imposent. Et ceci est personnel, ajouta-t-elle.

Sur ce, elle pressa ses lèvres contre les siennes et glissa les doigts dans ses cheveux, le corps arqué contre lui.

— Merci infiniment, souffla-t-elle.

— Tu ne vas pas remercier mes frères comme ça, dis-moi ?

— Pas exactement, non, le rassura-t-elle en riant. Ni l'un ni l'autre n'a été mon premier petit ami.

Elle s'écarta, attrapa son sac de voyage.

— Nous allons être en retard. Tu détestes être en retard.

— Ce soir, c'est une exception.

— Tu en veux une autre ? Ne fais pas la grimace quand nous allons récupérer les cadeaux. Ma zone d'emballage est un vrai bazar. Tu sais bien à quel point je suis désordonnée.

— Je ne regarderai pas.

Il lui prit son sac de voyage des mains afin qu'elle puisse enfiler son manteau et ses gants, et enrouler une écharpe autour de son cou. Et il s'efforça vaillamment d'afficher une expression neutre lorsqu'elle le conduisit dans la pièce pleine de paquets, sacs, rouleaux de papier et rubans en vrac.

— Tout ça ?

— Il y en pour ce soir, pour chez mon père et pour chez ta mère. J'adore Noël.

— Ça se voit.

Il lui rendit le sac qui serait le plus léger et facile à porter.

— Va chercher ton champagne. Je m'occupe des cadeaux.

— Merci.

Au moins, elle les avait rangés dans des cartons ouverts. Il souleva un premier chargement et, comme Avery avait quitté la pièce, s'autorisa à lever les yeux au ciel.

— Arrête de lever les yeux au ciel ! lança-t-elle, et son rire résonna dans la cage d'escalier tandis qu'elle dévalait les marches.

De l'instant où elle franchit le seuil de la maison de Clare, les bras chargés de cadeaux pour les enfants, les amis, les chiens – sans compter les bouteilles de champagne et l'un des plats de lasagnes confectionné alors qu'elle était en colère – jusqu'à celui où elle se glissa dans son lit d'enfant, Avery trouva le réveillon de Noël parfait de bout en bout.

Depuis le retour de Clare à Boonsboro avec ses deux aînés, et enceinte de Murphy, Avery avait toujours passé quelques heures le soir du 24 avec son amie et ses enfants.

Mais cette année, la maison était pleine à craquer de Montgomery.

Elle regarda, amusée, le petit Murphy, agile comme un singe, escalader la jambe de Beckett, tandis que ce dernier continuait de parler football avec le père de Clare.

De son côté, Owen aidait patiemment Harry à construire un bateau de guerre en Lego qui semblait constitué d'au moins un demi-million de pièces. Ryder, lui, défiait Liam dans un tournoi de PlayStation, tandis que Nigaud et les deux chiots tournaient et viraient, réclamant discrètement à manger.

Elle se plut à entendre Justine et la mère de Clare discuter des préparatifs du mariage. Elle surprit le scintillement dans les yeux de son père lorsqu'il regardait Justine – comment ce détail avait-il pu lui échapper ? –, et fut émue par son rire de stentor quand Murphy déserta la jambe de Beckett pour s'attaquer à l'ascension de la sienne, aussi large qu'un tronc d'arbre.

Eh oui, il y avait encore de la magie en ce bas monde ! Merci, les enfants.

Et il y en avait eu encore plus, décida-t-elle, des heures plus tard, allongée dans son lit, alors que les premiers rayons du soleil coloraient lentement le ciel, lorsque Owen l'avait raccompagnée à sa voiture. Avant de l'embrasser dans l'air glacé où flottait l'odeur des pins.

Quelle nuit merveilleuse, songea-t-elle en fermant les yeux pour mieux en savourer le souvenir. Et anticiper la merveilleuse journée qui s'annonçait.

Elle se leva sans bruit, enfila d'épaisses chaussettes et s'attacha les cheveux avec une pince. Dans la pâle lumière de l'aube, elle s'empara du sac de cadeaux destinés à son père et sortit.

Sur la pointe des pieds, elle descendit les marches – un peu plus à droite à la quatrième, car elle craquait au centre – et pénétra dans le séjour avec son grand canapé à l'assise affaissée, son sapin de Noël illuminé qui touchait presque le plafond et la petite cheminée en brique où étaient suspendues deux chaussettes de Noël.

La sienne débordait.

Comment diable avait-il encore réussi ce tour de passe-passe ? La veille au soir, la chaussette était vide. Ils étaient montés se coucher ensemble et elle avait lu une bonne heure pour décompresser.

Elle l'avait entendu *ronfler* dans la chambre voisine.

Elle avait beau être sur ses gardes et se lever aux aurores, chaque année, il la devançait.

Secouant la tête, elle remplit la chaussette de son père avec des cadeaux amusants, ses bonbons préférés, un chèque-cadeau du Tourne-Page, la librairie de Clare, et le ticket de loterie annuel – parce qu'on ne sait jamais.

Elle recula d'un pas et admira le résultat avec un sourire ému. Il n'y avait qu'eux deux, mais ils étaient proches et comptaient l'un pour l'autre.

En pyjama de flanelle, elle se rendit à la cuisine qui n'était guère plus grande que celle de son appartement. C'était ici qu'elle avait appris à cuisiner, sur la vieille gazinière. Par nécessité d'abord. Willy B était doué pour bien des choses, mais la préparation des repas n'en faisait pas partie.

Pourtant, il n'avait pas ménagé ses efforts pour combler l'absence de sa mère, assurer son équilibre et lui témoigner son amour paternel. Succès total sur toute la ligne, sauf devant les fourneaux – poulet pas assez cuit, rôti carbonisé, légumes en bouillie… les souvenirs ne manquaient pas.

Alors elle avait appris. Et ce qui avait commencé comme une nécessité était devenu une passion. Peut-être aussi une sorte de compensation, songea-t-elle en ouvrant le réfrigérateur pour en sortir les œufs, le lait et le beurre.

Son père avait tant fait pour elle durant toutes ces années. Lui préparer un bon petit déjeuner de Noël était sa façon à elle de le remercier, une tradition qu'elle respectait chaque année depuis l'âge de douze ans.

Le café était prêt, le bacon grillé attendait sur une couche de papier essuie-tout, et la petite table ronde était dressée dans la salle à manger lorsque Avery entendit les pas de son père et son *Ho, ho, ho !* tonitruant.

Chaque année aussi, se dit-elle avec un sourire attendri. Aussi fiable que le lever du soleil.

— Joyeux Noël, mon adorable petite fille.

— Joyeux Noël, mon adorable gros papa.

Elle se hissa sur la pointe des pieds pour l'embrasser et se nicher dans ses bras qu'il referma sur elle avec tendresse. Il déposa un baiser sur le sommet de son crâne.

— Le père Noël a rempli les chaussettes, apparemment.

— J'ai vu ça. Il est rusé, commenta-t-elle. Viens donc boire ton café. Nous avons du jus d'orange pressée, des fruits rouges frais, du bacon grillé et la plaque chauffe pour les pancakes.

— Personne ne cuisine comme ma fille.

— Personne ne mange comme mon père.

Il s'asséna une claque sur le ventre qu'il avait proéminent.

— Il y a un bel espace à remplir.

— C'est vrai. Mais tu sais, quand un homme a une petite amie, il doit surveiller sa ligne.

Les oreilles de Willy B rosirent.

— Avery, voyons…

Tout attendrie, elle vrilla un index taquin dans son ventre, puis retrouva son sérieux.

— Je suis heureuse pour toi, papa. Pour vous deux. Tom serait heureux aussi, tu sais.

— Nous sommes juste…

— L'important, c'est que vous vous soyez trouvés. Bois ton café.

— À vos ordres, jeune fille, plaisanta-t-il avant de s'exécuter. Il n'est jamais aussi bon quand c'est moi qui le fais.

— Tu n'es pas doué en cuisine, papa. C'est une malédiction.

— Ça me fait plaisir de te voir dans celle-ci, ma fille. Toi, en revanche, tu as toujours été douée. Et maintenant tu vas avoir *deux* restaurants.

— *Et* un bar.

— Un empire à toi toute seule.

Avery versa de la pâte sur la plaque brûlante en riant.

— Un minuscule empire, mais je suis très impatiente. Ce n'est pas encore pour tout de suite. Il reste une foule de détails à planifier.

— Justine est impatiente, elle aussi. Et vraiment ravie que ce soit toi qui t'installes là. Elle fait grand cas de toi, tu sais.

Gaie comme un pinson, Avery retourna les pancakes.

— C'est réciproque. Belle soirée chez Clare hier, n'est-ce pas ? C'était sympa de voir les enfants avec Beckett. Avec eux tous. Toute cette animation, cette gentillesse… Une vraie famille.

Elle se tourna vers son père, et son sourire se fit mélancolique.

— Tu rêvais d'une grande famille.

— J'ai la plus belle famille dont un homme puisse rêver, ici même, dans cette cuisine.

— Moi aussi. Mais je sais que tu souhaitais beaucoup d'enfants et tu aurais été formidable avec une famille nombreuse – tout comme tu l'as été avec moi.

— Et toi, qu'est-ce que tu souhaites, ma fille ?

— Deux restaurants, semble-t-il.

Willy B se racla la gorge.

— Et Owen.

Avery déposa les pancakes sur un plat et jeta un regard par-dessus son épaule. Comme elle le soupçonnait, son père avait rougi.

— On dirait, en effet. Tu en penses quoi ?

— C'est un garçon bien – un homme bien. Et tu en as toujours pincé pour lui.

— Papa, j'avais cinq ans. Je ne savais même pas ce que ça voulait dire, en pincer pour quelqu'un.

— Je n'en suis pas si sûr. C'est juste que… tiens-moi au courant s'il ne te traite pas comme il faut.

— Et tu l'écrabouilleras comme un vermisseau.

Arborant une mine féroce, Willy B fit saillir ses biceps impressionnants.

— S'il le faut.

— Je m'en souviendrai, dit Avery qui se tourna, le plat de pancakes fumants à la main. Dépêchons-nous de manger. Il y a des cadeaux à ouvrir.

Dans l'esprit d'Avery, Noël ne serait pas Noël sans une cuisine bondée. Elle avait toujours apprécié l'hospitalité de Justine le 25 décembre et, cette année, avec Clare et ses parents, Hope et les enfants – les garçons de Clare plus les deux petites-filles de Carol-Ann –, il y avait foule. Sans oublier la gent canine, représentée en nombre avec Atticus, Finch, Nigaud et les deux chiots. Selon elle, Noël n'aurait pu être plus parfait.

Elle adorait son tête-à-tête avec son père, mais l'ambiance de fête dans la maisonnée animée avec les enfants surexcités, le délicieux fumet du jambon qui cuisait au four et se mêlait à la bonne odeur des sauces en train de mijoter et des tartes mises à refroidir, faisait vibrer une corde sensible au plus profond de son être.

Voilà la vie qu'elle souhaitait pour elle-même. Depuis toujours.

Occupée à émincer de l'ail, elle s'interrompit pour prendre le verre de vin qu'Owen lui tendait.

— Tu sembles heureuse.

— Si on n'est pas heureux le jour de Noël, alors quand ?

Curieux, il jeta un regard dans le saladier sur le plan de travail.

— Ça sent bon.

— Ce sera encore mieux une fois les champignons cuits.

— Des champignons farcis, hein ? Tu pourrais peut-être en confectionner quelques-uns pour la semaine prochaine ?

Avery sirota une gorgée de vin, reposa son verre et se remit au travail.

— Je pourrais, oui.

— Et ces petites boulettes de viande que tu prépares parfois ?

— Les boulettes cocktail.

— C'est ça.

— Pourquoi pas ?

— J'ai tapé un jambon à l'os à ma mère. Je pensais le couper en tranches pour fourrer des sandwiches. J'ai aussi prévu un beau plateau de fromages et un autre avec un assortiment de crudités et des sauces. Et…

— Évite les plateaux tout prêts. Achète juste les aliments. Je te monterai comment les présenter.

Il avait espéré qu'elle lui ferait cette proposition.

— D'accord. Si tu me donnes la liste de ce qu'il te faut.

Nigaud se faufila dans la cuisine et s'assit avec délicatesse sur le pied d'Avery, bien décidé à attirer son attention. Elle le gratifia d'un regard solennel tandis qu'il la dévisageait, la mine implorante.

— Tu ne vas pas aimer, lui assura-t-elle.

Un rire déchaîné – celui d'Harry ? – monta de la salle de jeux au sous-sol.

— Je suis premier ! Premier, bandes de nuls !

— La Wii, commenta Owen qui secoua la tête avec une affliction feinte. Elle fait surgir en nous le meilleur comme le pire.

— À quoi jouent-ils ?

— Aux dernières nouvelles, ils disputaient un match de boxe.

— Je peux battre ce gamin à ce jeu, j'en suis sûre, déclara Avery à Clare, occupée à disposer de fines rondelles de pommes de terre dans un grand plat à gratin. Je vais défier ton aîné sur le ring et le match finira par un K.-O. Je serai impitoyable.

— Il est rusé, tu sais. Et il a de l'entraînement.

Avery fit saillir ses biceps comme son père le matin même.

— Et moi, je suis petite, mais costaude.

— Il frappe en dessous de la ceinture, râla Ryder en pénétrant dans la cuisine. Tu élèves un cogneur, Clare.

— Il t'a battu ?

— En trois rounds – mais il triche, répondit Ryder.

Il ouvrit le réfrigérateur en quête d'une bière et fronça les sourcils.

— C'est quoi, ce truc ?

Hope le contourna et sortit un plat de crudités.

— Un diplomate.

— Que fait un diplomate dans le frigo ?

— C'est un dessert. Aux deux chocolats. Tiens, tu peux descendre ça.

Il contempla le plat de crudités avec un ricanement.

— Les enfants n'ont pas envie de bâtonnets de carotte, de céleri et d'autres niaiseries de ce genre. Ils veulent des chips – et le petit dernier aime la sauce piquante. Plus c'est pimenté, mieux c'est.

— Ils auront des bâtonnets de carotte, de céleri et d'autres niaiseries de ce genre, décréta Clare. Et pas de chips mexicaines avec de la sauce piquante pour Murphy avant le dîner.

— Pour toi non plus, Ryder, intervint Justine tout en vérifiant la cuisson de son jambon. Owen, peux-tu attraper ces maniques et me sortir ce plat, s'il te plaît ? Il est lourd. Clare, le four est libre.

— Quand allons-nous manger un vrai repas ? s'enquit Ryder.

— Dans une heure et demie environ.

— Nous sommes des hommes. On boxe, on skie, on combat les extraterrestres, on joue au foot et on conduit des voitures de course. Il nous faut du consistant, et vite.

— Apéritif dans une demi-heure, annonça Avery.

— Avec des trucs que tu cuisines toi-même ?

— Oui.

— D'accord. Viens, Nigaud, on n'aura rien de plus pour l'instant.

Il prit le plateau, sa bière et quitta la cuisine. Un peu dépité, le chien suivit son maître, tandis qu'au sous-sol Harry s'époumonait de nouveau.

— D'accord, cinq minutes de pause, décréta Avery qui enleva son tablier. Quelqu'un a besoin d'une bonne correction.

Elle carra les épaules et rejoignit la salle de jeux d'un pas conquérant.

Elle en remonta cinq minutes tard sous les sifflets et les huées.

— Je n'en reviens pas. Il m'a battue à plate couture.

Elle s'arrêta sur le seuil de la cuisine et jeta un regard à la ronde. Le rire de gorge de son père résonna dans l'escalier. Les voix de Justine et Carol-Ann lui parvinrent de la salle à manger.

Elle se glissa dans le séjour en désordre avec son sapin illuminé au pied duquel étaient éparpillés les cadeaux ouverts. Étendu sur le dos, les pattes en l'air, Atticus faisait la sieste devant le feu qui crépitait dans la cheminée. Le chahut au sous-sol grondait sous ses pieds tel un petit tremblement de terre.

— Un problème ? s'enquit Owen.

Elle se retourna.

Un sourire aux lèvres, elle le rejoignit et l'enlaça.

— Non, tout va bien, répondit-elle, la tête appuyée contre son torse. Tout est parfait.

10

Lors d'une sortie ravitaillement, la semaine qui suivit Noël, Avery craqua et s'acheta une Wii. Elle avait résisté à la tentation – elle passait déjà des heures à travailler, elle n'avait pas de temps à perdre avec des jeux.

Et à quoi cela rimait-il de jouer toute seule de toute façon ?

Mais une deuxième défaite à l'occasion de la revanche avec Harry après le dîner de Noël, puis une raclée au bowling, d'autant plus cuisante que même la petite fille de Carol-Ann, quatre ans au compteur, avait battu son score, avaient changé la donne.

Elle apprendrait. Elle s'entraînerait. Et la prochaine fois, elle les battrait tous.

Dans l'intervalle, elle jongla comme une forcenée entre les pizzas, les sauces et la gestion du personnel – elle fut contrainte de licencier un livreur et de réorganiser l'emploi du temps jusqu'à l'embauche d'une nouvelle recrue.

Dès qu'elle avait une minute de répit, elle aidait Hope à apporter les touches finales à l'hôtel et – grand sacrifice – passa une nuit dans la chambre Westley et Buttercup pour un rapport complet.

Elle réussit à réserver un peu de temps à son projet de restaurant, fit le tour du propriétaire afin de prendre ses propres mesures et ébaucha quelques idées qu'elle transmit à Beckett.

Elle vit à peine Owen. Désormais, l'attention des frères se concentrait sur l'immeuble voisin de l'hôtel et elle n'avait aucune excuse – ni le temps – d'aller fourrer le nez là-bas.

Pour l'instant.

Chaque soir avant de se coucher, elle contemplait par la fenêtre l'immeuble d'en face et imaginait le MacT.

Une ou deux fois, il lui sembla entrevoir la silhouette d'une femme accoudée à la balustrade.

Attendant Billy.

Avery ne pouvait s'empêcher d'être émerveillée. Selon elle, la plupart des gens étaient incapables de poursuivre une relation sur le long terme dans la vie normale, alors dans l'au-delà…

Peut-être qu'un jour, se prit-elle à espérer, cette fidélité serait récompensée…

Chaque matin, elle recommençait le rituel de la fenêtre. Mais à la lumière du jour, jamais la loyale silhouette ne lui apparut.

À 16 heures le 31décembre, Avery ferma la pizzeria et courut chercher à l'étage le faitout de boulettes qu'elle avait préparées la veille au soir. Elle descendit le déposer dans sa voiture et remonta chez elle.

À 17 heures, elle était douchée, coiffée, habillée et son sac pour la nuit était prêt sur son lit. Le même scénario que la semaine précédente… à quelques nuances près : ce soir-là, elle portait des sous-vêtements sexy et emportait pour « dormir » un minuscule boxer noir assorti à un haut sans manches moulant.

À quoi ressemblerait sa nuit avec Owen ?

« N'y pense pas, se conseilla-t-elle doctement en fermant son sac. Inutile de se faire tout un cinéma. Laisse venir, laisse-toi surprendre. »

Elle prit son sac et envoya un SMS à Hope en sortant.

J'arrive pour inspection fringues.

Avery monta au volant, secoua sa flamboyante chevelure nouvellement colorée pour l'occasion et inspira un grand coup.

La réponse de Hope lui parvint avant qu'elle ait le temps de tourner la clé de contact.

Je suis à ton service.

Elle fit le tour de la Grand-Place jusqu'au parking de l'hôtel et descendit de voiture à la seconde où son amie ouvrait la porte de la réception.

— J'étais en train d'organiser mon bureau.

— Tu l'as déjà organisé.

— Juste quelques changements auxquels je voulais procéder. J'en ai profité pour vérifier les réservations. Deux de plus en mars.

— Bravo, la félicita Avery. Bon, sois franche, hein.

Elle enleva son manteau, le jeta sur le dossier d'un fauteuil devant la cheminée et fit un tour complet.

— Moins vite, Speedy.

— D'accord, dit Avery qui inspira de nouveau à fond pour se calmer. Je suis un peu survoltée. J'ai eu une journée pourrie – je te raconterai plus tard –, et ensuite, j'ai eu toutes les peines du monde à choisir mes boucles d'oreilles, ce qui ne m'arrive jamais. D'où ma légère nervosité.

— Les boucles d'oreilles sont parfaites, déclara Hope avec un hochement de tête approbateur devant les pendants en citrine montés sur un mince fil d'argent. La couleur te convient à merveille. À présent, la robe. Tourne. Lentement.

Avery s'exécuta, lui montrant sous toutes les coutures sa robe courte moulante coupée dans un tissu cuivré aux reflets chatoyants.

— J'adore. Les chaussures aussi. Elles reprennent l'aspect métallique de la robe, mais tout en subtilité.

— Tu sais que j'ai acheté plus de chaussures depuis ton arrivée ici que durant les cinq dernières années.

— Tu vois ? J'ai une influence positive sur toi. Qu'y a-t-il sous la robe ?

— Lotion pour le corps à la grenade de Marguerite et Percy, et l'ensemble soutien-gorge à balconnets et string jaune citron que tu m'as convaincue d'acheter.

— Choix exceptionnel, de A à Z.

— Et en prime, ajouta Avery en jouant des sourcils, le soutien-gorge fait pigeonner les seins, ce qui me fait paraître plus généreusement pourvue de ce côté-là.

— Un atout auquel toute femme a droit. Et que tout homme apprécie, souligna Hope qui fit le tour de son amie. Il manque quand même un petit quelque chose.

— Ah bon ?

— J'ai ce qu'il te faut. Le bracelet que ma sœur m'a offert pour Noël.

— Je ne peux pas t'emprunter ton cadeau.

— Bien sûr que si. Ma sœur t'aime beaucoup. Il est très joli et agréable à porter – tout en perles bronze, cuivre et or mat. Je monte le chercher.

— Tu ne t'habilles pas ?

— Clare et Beckett ne passent me chercher que vers 20 heures. J'ai tout mon temps. Prends un soda si tu veux. Et il y a des muffins – j'essaie des recettes.

Avery jugea préférable d'éviter la caféine et opta pour une boisson au gingembre. Elle était trop énervée.

Dans un sens positif.

La soirée promettait d'être animée. Il y aurait des tas d'amis, à boire et à manger à profusion, de la musique, des potins amusants. Et à la fin, elle pousserait la porte de la nouvelle année qui marquerait… une toute nouvelle étape dans sa relation avec Owen.

— Si ça ne marche pas, sans rancune, hein ? murmura-t-elle.

Après une longue gorgée de soda, elle traversa le hall pour gagner la salle à manger. Par la fenêtre, elle observa l'immeuble en face dans Saint-Paul Street. D'ici à quelques mois, elle ouvrirait son nouveau restaurant. Elle espérait être prête.

Elle espérait l'être aussi pour le pas qu'elle comptait sauter ce soir.

— Mon premier petit ami.

Un parfum de chèvrefeuille l'enveloppa, aussi léger qu'une brise d'été. Son cœur bondit, à la fois d'excitation et de nervosité. Elle se retourna.

— J'ignorais que vous descendiez au rez-de-chaussée, mais vous pouvez aller où bon vous semble, j'imagine. C'est joli ici avec ces tableaux, n'est-ce pas ? En fait, je songe à économiser pour acheter…

Une nature morte représentant des tournesols s'inclina légèrement contre le mur, puis se redressa.

— Euh… dites donc, impressionnant comme truc. Enfin bref… Bonne année, ajouta-t-elle en entendant Hope redescendre – du moins supposait-elle qu'il s'agissait de Hope.

Elle la rejoignit dans le hall.

— J'ignorais que ta colocataire hantait aussi le rez-de-chaussée.

— Ça lui arrive. Elle est venue ?

— Oui. C'est ma première rencontre en tête à tête. Comment supportes-tu cette situation ?

Avec calme et décontraction, Hope se dirigea vers la cuisine.

— Nous nous entendons bien. J'ai passé la nuit dernière dans la chambre Elizabeth et Darcy.

— Sérieux ? Tu n'étais pas un peu…

Avery termina sa phrase par un frisson exagéré.

— Pas vraiment. Je pense que si je ne suis pas capable de dormir dans cette chambre, nous ne pouvons pas demander aux clients de payer pour l'occuper, expliqua son amie en ouvrant le réfrigérateur pour en sortir une bouteille d'eau. Mais pas de problème. C'est une chambre superbe et confortable.

— C'est tout ? Pas d'activité… de qui tu sais ?

— En fait, j'étais au lit en train de pianoter sur mon ordinateur portable, quand, vers minuit, les lampes de chevet se sont éteintes.

— La vache ! Je ne t'ai pas entendu hurler.

— Je n'ai pas crié. Sur le moment, j'ai eu la frousse, je l'avoue, mais la lumière est revenue dès que j'ai actionné l'interrupteur. Elle a recommencé son manège quelques secondes plus tard, et j'ai fini par comprendre où elle voulait en venir. Extinction des feux, dodo.

— Qu'as-tu fait ?

— J'ai éteint mon ordinateur, répondit Hope en riant avant de boire une gorgée d'eau. Je piquais du nez dessus de toute façon. J'étais à peine allongée qu'un phénomène très bizarre s'est produit.

— Encore plus bizarre qu'avant ?

— Figure-toi que j'ai entendu la porte de l'autre côté du couloir s'ouvrir et se fermer. J'ai eu l'impression que c'était un signal de sa part. Comme si elle voulait me dire qu'elle allait rester là et me laisser mon intimité. J'ai apprécié. Tiens, essaie-le.

Hope passa le bracelet au poignet d'Avery et clipsa le fermoir.

— Nous devrions essayer de découvrir qui est ce Billy, suggéra celle-ci.

L'éclairage de la pièce vacilla plusieurs fois, puis sembla briller avec une intensité redoublée.

— Euh… je crois que l'idée lui plaît.

— Je n'en ai pas encore eu le temps. Mais après l'ouverture, dès que j'aurai pris mes marques, je ferai des recherches.

— J'en parlerai à Owen. À vous deux, vous trouverez sûrement des infos. Joli, commenta Avery, le bras tendu. Merci. Je ferais mieux d'y aller. Je lui ai promis d'essayer d'être là-bas vers 17 h 30 pour l'aider dans ses préparatifs.

— Une petite amie parfaite.

Avery s'esclaffa.

— Pas encore. Peut-être l'année prochaine.

Elle eut un moment d'hésitation, tandis que Hope la raccompagnait.

— Tu es sûre que rester ici toute seule ne te dérange pas ?

— De toute évidence, je ne le suis pas, répondit Hope qui jeta un coup d'œil à la pièce illuminée dans leur dos. Et ça me convient tout à fait.

— Si jamais tu souhaites que je reste un soir…

— Tu veux juste te vautrer dans le luxe.

— C'est tentant, j'avoue. Non, sérieusement, Hope, c'est quand tu veux.

Cette dernière récupéra le manteau d'Avery et le lui tendit.

— Je sais. Allez file. Sois une bonne petite amie.

— Je vais essayer.

Owen parcourut la liste des préparatifs qu'il avait affichée dans sa cuisine et raya la musique. C'était réglé. Tout comme le feu, les courses, le ménage. Il avait préparé la salle de jeux pour les amateurs et sorti deux radiateurs d'extérieur sur la terrasse pour ceux qui seraient tentés de mettre le nez dehors.

Il ne lui restait plus qu'à s'occuper du buffet et du bar, sortir les packs de glace qu'il avait stockés dans le congélateur pour les boissons… et… et…

À quoi pensait-il donc ? Ou plutôt à qui ?

Ah oui, à une certaine Avery MacTavish !

Maintenant, il ne savait plus où donner de la tête. « Revenons à nos moutons », s'encouragea-t-il. Mieux valait s'y mettre sérieusement.

Passant à la vitesse supérieure, il sortit les courses, les ustensiles de cuisine, les saladiers et les plateaux. À l'instant où il se tournait vers la liste du menu, il entendit la porte d'entrée s'ouvrir. Avery claironna un bonjour joyeux et il sourit.

« Ma cavalerie personnelle », songea-t-il en allant à sa rencontre.

— Mon Dieu, Avery, donne-moi ça !

Il lui prit des mains un énorme faitout en inox.

— Ce truc pèse presque autant que toi.

— Mes boulettes cocktail sont appréciées, alors j'en ai fait plein. Je dois juste ressortir chercher mon sac dans la voiture.

— Je m'en charge. Enlève ton manteau et sers-toi un verre de vin, suggéra-t-il en posant le faitout sur la cuisinière.

— D'accord. Le sac est sur la banquette arrière.

— Je reviens tout de suite.

— C'est beau chez toi, lança-t-elle.

Comme d'habitude. Propre et bien rangé, évidemment, mais dans un style confortable. Des couleurs sereines, nota-t-elle. Elle-même les aurait peut-être choisies un peu plus vitaminées, mais elles convenaient à Owen.

Et elle adorait sa cuisine. Pour autant qu'elle sache, il ne cuisinait pas beaucoup, mais cela ne l'avait pas empêché de s'offrir un espace à la fois beau et fonctionnel. Des placards en bois foncé, un vert oignon pâle aux murs auquel elle aurait sans doute préféré un vert menthe pour la touche d'énergie. Plans de travail gris ardoise – très dépouillés, bien sûr – et électroménager blanc rutilant.

Tout en ôtant son manteau, elle jeta un coup d'œil à ses listes et rit intérieurement. L'idée de la fête lui était peut-être venue spontanément mais, lorsqu'il s'agissait de l'organiser, Owen ne laissait à l'évidence rien à l'improvisation.

Au lieu de laisser traîner son manteau et son écharpe sur un tabouret, elle prit soin de les suspendre à une patère près de sa veste de travail dans le cellier. Qui était mieux rangé que sa propre chambre, nota-t-elle. Dans le placard à balais, elle dénicha un tablier.

Le tablier sur le bras, elle alluma le feu sous son faitout et le régla au minimum.

— J'ai monté ton sac à l'étage, alors si tu as besoin…

Lorsqu'elle se détourna de la cuisinière, les mots désertèrent le cerveau d'Owen – ainsi qu'au moins la moitié de ses neurones.

— Quoi ? s'inquiéta-t-elle en baissant les yeux sur ses vêtements. Je ne me suis pas tachée au moins ?

— Non, non. C'est juste que… tu es… tu es…

Le visage d'Avery s'illumina d'un sourire ravi.

— Bien habillée ?

— C'est… oui. Oh, oui !

En fait, peut-être même plus que la moitié de ses neurones.

— La robe est neuve. Hope m'aide à enrichir ma garde-robe et à alléger mon compte en banque.

— Ça en vaut la peine. J'avais oublié tes jambes.

— Pardon ?

— Pas que tu en avais, mais qu'elles étaient… comme ça.

— N'en jette plus. J'ai assez de fleurs pour toute l'année prochaine.

Elle s'avança vers lui sur ses jambes sculpturales et, malgré les talons, dut se hisser sur la pointe des pieds pour poser ses lèvres sur les siennes.

— Merci, souffla-t-elle.

— De rien. Tout le plaisir est pour moi.

Tandis qu'elle savourait son baiser, une idée lui vint. Elle noua les mains derrière sa nuque.

— Sacrée liste que tu as là, Owen.

— Liste ? Ah oui, la liste ! Oui, j'ai eu beaucoup de travail ces deux derniers jours et je n'ai pas avancé autant que prévu.

— Il y a encore beaucoup à faire, c'est sûr. Mais j'ai une idée. Il nous reste deux bonnes heures avant que les invités commencent à arriver. Et nous nous sommes mis une certaine pression, tous les deux. Attendre la fin de la soirée pour, comment dire, fêter le Nouvel An à notre façon. Enfin, tu me comprends…

Il referma les bras autour de sa taille.

— Je pourrais afficher un mot sur la porte : Fête annulée.

— Un peu extrême, comme solution – et la moitié des gens tambourineraient au battant de toute façon. Et si nous profitions du temps que nous avons maintenant ? Comme ça, pas de pression pendant la soirée.

— Excellente idée. C'est juste que je ne veux pas précipiter les choses entre nous.

— Je suis sûre qu'on trouvera un rythme tout à fait satisfaisant. Tu peux même l'inscrire sur ta liste si tu veux.

Il sourit, puis inclina la tête et captura ses lèvres. Il l'embrassa avec une exquise lenteur qui gagna peu à peu en intensité.

Tout à fait satisfaisant comme rythme, songea Avery qui y ajouta sa pointe de fougue personnelle.

La porte de derrière s'ouvrit à la volée. Nigaud trottina dans la cuisine, précédant de peu Ryder.

— Voilà le monstre, annonça celui-ci, les bras chargés d'un imposant jambon. Si vous comptez vous vautrer par terre, je le dépose, je prends une bière et *adios*.

— Ryder…

— Désolé, fit ce dernier en affichant un sourire narquois. J'avais des ordres d'en haut. Maman supposait que tu serais occupé à rattraper le temps perdu, pas à batifoler avec la Rouquine craquante. Ce que tu es, ma grande, ajouta-t-il à l'adresse d'Avery.

— Je confirme, approuva-t-elle, amusée.

— J'ai aussi pour ordre de donner un coup de main en cas de besoin, mais vu l'application avec laquelle vous rattrapez le pelotage en retard, ajouta-t-il en les contournant pour se prendre une bière, j'ai l'impression que mon aide n'est pas très utile.

Ryder décapsula sa canette à l'ouvre-bouteilles mural et détailla Avery de la tête aux pieds.

— Tu es vraiment très craquante, la Rouquine. Franchement, frérot, si vous voulez faire des mamours, emmène-la au moins là-haut.

— Lâche-nous, bougonna Owen.

— Je crois que c'est trop tard maintenant, déclara Avery en lui tapotant le bras.

— Désolé pour l'interruption, s'excusa de nouveau Ryder.

— C'est sans doute mieux ainsi. La liste est longue, ajouta Avery à l'adresse d'Owen. Et maintenant, tu as une paire de bras en plus, parce que vu son coup d'éclat, Ryder va devoir participer. Un maximum.

— J'avais des ordres, je te dis. Mais bon, c'est d'accord.

Ryder posa sa bière et se pencha vers elle.

— Tu sens bon. Un parfum de fruit exotique et de… chèvrefeuille.

— Chèvrefeuille ? répéta-t-elle, reniflant son bras. Comment a-t-elle réussi ce tour de passe-passe ? C'est Elizabeth. Je suis allée chez Hope avant de venir ici et Elizabeth m'a fait un petit numéro. Peut-être pour me souhaiter la bonne année.

— Tu l'as vue ? s'enquit Owen.

— Non. C'est agaçant. Ou un soulagement, je ne sais pas trop, avoua Avery qui prit une cuillère en bois, souleva le couvercle du faitout et remua les boulettes avec précaution. J'ai senti son parfum et quand Hope et moi avons parlé de faire des recherches sur Billy, l'éclairage s'est affolé, ce que nous avons interprété comme un signe très net de sa part : elle veut qu'on retrouve Billy.

— Pas de problème, j'entrerai « Billy, amoureux décédé d'Elizabeth » dans Google et l'énigme sera résolue.

— Si vous vous y mettez tous les deux, Hope et toi, je suis sûre que vous trouverez une piste. Qu'est-ce qu'il y a ? ajouta Avery comme Ryder fronçait les sourcils.

— Comment la directrice gère la situation ?

— Elle n'est pas du genre à s'affoler facilement. Ni même à s'affoler tout court. En ce qui me concerne, je ne serais pas contre un verre de vin, enchaîna-t-elle en se tournant vers Owen.

— Je l'ai déjà vue perdre ses moyens, murmura Ryder.

— Le jour où Owen a aperçu Elizabeth dans le miroir ? Je dirais plutôt qu'elle a été sidérée. Oui, c'est ça, sidérée.

Ryder repensa à sa première rencontre avec Hope Beaumont. Sa mère lui avait présenté celle qui était alors la candidate pressentie au poste de directrice de l'hôtel, et Hope avait blêmi, le regard rivé sur lui comme si c'était lui le spectre.

— Figurez-vous qu'elle a passé la nuit dans la chambre Elizabeth et Darcy, poursuivit Avery. Le fantôme s'est manifesté et, comme Hope est une pragmatique, elle a tout simplement décidé de dormir. Alors voyons, j'ai la crème d'épinard et d'artichaut à préparer, les champignons farcis, les… feuilletés de saucisses ? Vraiment ?

Owen rentra la tête dans les épaules.

— Les gens aiment bien ça.

— Exact. Owen, occupe-toi d'installer le bar. Et toi, Ryder, coupe le jambon.

Au mot jambon, Nigaud remua la queue.

— Pourquoi ne réagit-il pas à épinard ou champignons ? s'étonna Avery.

— Les seuls légumes qu'il mange, ce sont les frites, expliqua Ryder. C'est un difficile.

Elle ricana et se mit au travail.

C'est sans doute mieux ainsi, se répéta Owen en écho aux paroles d'Avery, alors qu'il disposait les verres, les bouteilles et remplissait de glace pilée les rafraîchisseurs de bouteilles. Jamais il n'aurait réussi à tout préparer s'ils avaient… fêté le Nouvel An à leur façon.

Une fois le bar prêt, il trouva les légumes lavés posés sur le plan de travail avec une planche à découper, un économiseur et un couteau.

— Tu épluches, tu coupes et tu émincés, ordonna Avery. J'ai ajouté une salade de pâtes au menu. Les glucides, c'est une bonne idée avec les invités qui vont boire. Moi, y compris.

En guise de démonstration, elle leva son verre.

La chaleur de la cuisinière lui avait empourpré les joues et un pétillement amusé faisait scintiller le bleu de ses yeux.

Il vint à l'esprit d'Owen qu'il l'avait déjà vue ainsi affairée dans cette même cuisine, donnant un coup de main lors d'une fête, riant avec ses frères. Mais il ne la voyait alors pas avec les yeux du désir. Du désir partagé.

Ce baiser imprévu, impulsif, avait-il vraiment bouleversé à lui seul la nature de leur relation ? Ou y avait-il toujours eu cette petite flamme qui sommeillait en eux, attendant l'étincelle fatidique ?

Le regard d'Avery changea tandis qu'il s'approchait d'elle, et sa bouche se retroussa sur un sourire lorsqu'il l'attira à lui pour un long et tendre baiser.

— Je ne vous propose pas de prendre une chambre, dit Ryder qui se lavait les mains dans l'évier. Tu en as une en haut.

— Tu ne dois pas aller chercher ta copine ?

— Ce soir, je sors en célibataire. Les gloussements, tu te souviens ?

— Tu as annulé un rendez-vous le soir du jour de l'An ? s'étonna Avery.

— J'épargne des vies. Si je ne l'avais pas étranglée avant la fin de la soirée, quelqu'un d'autre l'aurait fait à ma place. Et je me suis dit qu'inviter une autre fille le soir du réveillon donnerait trop d'importance à l'événement, et je ne suis pas d'humeur à une relation sérieuse. Du coup, je suis célibataire.

Avery sortit un autre couteau.

— Tu tranches et tu émінces, dit-elle à Ryder. Et ne fais pas semblant d'ignorer comment on s'y prend.

Elle retourna à la cuisinière, non sans avoir gratifié Owen d'un regard de braise par-dessus son épaule.

Jamais il n'avait autant souhaité qu'une fête soit finie avant d'avoir commencé.

Pourtant, ce fut un grand succès. Beaucoup de monde, un buffet bien garni, une ambiance festive et joyeuse.

À un moment, quelqu'un mit la musique pour danser.

Tout au long de la soirée, il bavarda à droite et à gauche, vérifia régulièrement le bon approvisionnement du bar et du buffet, fit une partie de billard rapide avec des amis dans la salle de jeux. Et embrassa sa mère qu'il trouva occupée à rincer un plateau vide dans la cuisine.

— Tu n'as pas à faire la vaisselle.

— Si je ne le fais pas, c'est toi qui t'en chargeras, et c'est ta fête. Une fête réussie, soit dit en passant.

Il lui prit le plateau des mains et le posa.

— Puisqu'elle est si réussie, comment se fait-il que tu ne danses pas avec moi ?

Elle battit des cils et fit bouffer sa coiffure.

— J'attendais que tu m'invites.

Il l'entraîna dans le séjour.

Avery les regarda en souriant. Au milieu du morceau, Ryder s'interposa et prit la suite.

— Il t'a volé ta cavalière, commenta-t-elle lorsque Owen la rejoignit.

— Pas grave, j'en ai une de rechange.

Il la débarrassa de son verre et l'entraîna au milieu des danseurs.

— Belle technique, le complimenta-t-elle.

— Nous avons déjà dansé ensemble, lui rappela-t-il.

— Tu as toujours bien bougé sur une piste de danse.

— Il y a encore quelques trucs que je ne t'ai pas encore montrés.

— Ah bon ?

Il resserra son étreinte.

— Plus tard.

À ces mots, un délicieux frisson la traversa.

— Plus tard, répéta-t-elle. Il est presque minuit.

— Dieu merci.

Elle s'esclaffa.

— Tu as prévu de déboucher d'autres bouteilles de champagne ?

— Oui, tout de suite. Je veux t'embrasser à minuit, alors ne t'éloigne pas.

— Compte sur moi.

Elle alla regarnir plateaux et saladiers, tandis qu'il faisait sauter quelques bouchons. Il ne restait plus qu'une poignée de minutes avant la nouvelle année. Les invités qui étaient dans la salle de jeux ou sur la terrasse regagnèrent le séjour où le volume sonore monta de plusieurs crans.

Au décompte final, Owen prit les mains d'Avery – dix, neuf, huit. Elle se tourna vers lui, se hissa sur la pointe des pieds – sept, six, cinq. Il enroula les bras autour de sa taille – quatre, trois, deux.

— Bonne année, Avery.

Leurs lèvres se joignirent, tandis que la clameur joyeuse de l'assemblée retentissait.

Hope en profita pour rejoindre discrètement la cuisine. Elle allait ouvrir une bouteille ou deux, histoire d'éviter l'épreuve des couples qui s'embrassent.

Elle allait empoigner le tire-bouchon lorsque les invités entamèrent le compte à rebours.

À cet instant, Ryder entra.

Elle se figea. Lui aussi.

— J'ouvre juste une autre bouteille, dit-elle.

— Je vois.

Une salve de « Bonne année » retentit dans la pièce voisine.

— Eh bien… Bonne année, articula-t-elle, mal à l'aise.

— Bonne année à toi aussi.

Ryder haussa les sourcils avec incrédulité comme elle faisait mine de lui tendre la main.

— Sérieux ? Tu remets ça avec la poignée de main chaleureuse ? Non, non, objecta-t-il en s'avançant vers elle. Faisons les choses dans les règles.

Il la prit par les hanches et attendit, l'air interrogateur.

— D'accord, fit-elle en posant les mains sur ses épaules.

Avec une désinvolture qu'ils étaient à mille lieues de ressentir, ils se penchèrent l'un vers l'autre. Leurs bouches se frôlèrent.

Les doigts de Hope s'enfoncèrent dans les épaules de Ryder qui glissa le bras autour de sa taille. Ce simple contact provoqua comme une décharge qui lui coupa le souffle.

Il s'écarta brusquement – elle aussi. Durant un long moment, ils se dévisagèrent sans mot dire.

— Eh bien, voilà, lâcha-t-il finalement.

— Oui, voilà.

Un hochement de tête et il quitta la pièce.

Hope relâcha l'air qu'elle n'avait pas eu conscience de retenir dans ses poumons et prit la bouteille d'une main moins ferme qu'elle ne l'aurait souhaité.

Voilà une façon très stupide de commencer la nouvelle année, décida-t-elle.

11

Il était presque 3 heures du matin quand Owen raccompagna les derniers invités. Il referma la porte et se tourna vers Avery.

— Rassure-moi, personne n'est endormi dans un coin ? C'étaient bien les derniers ?

Elle lui fit signe d'attendre et regarda par la fenêtre les feux arrière d'une voiture s'éloigner dans l'allée.

— Et c'est ainsi que nous avons dit bonsoir au dernier capitaine de soirée et ses passagers. Ouf ! soupira-t-elle en s'éloignant de la fenêtre. Le signe d'une soirée réussie, c'est que les invités n'ont pas envie de partir. C'est aussi l'inconvénient.

— Alors nous pouvons affirmer sans risque de nous tromper que c'était un succès. Organisée en un peu plus d'une semaine.

— N'imagine pas qu'il te suffit d'une fois pour devenir Monsieur Spontanéité, mais bien joué quand même.

— Le buffet était presque entièrement ton œuvre.

— Exact, confirma-t-elle, se congratulant elle-même d'une tape dans le dos. Bon. Veux-tu qu'on fasse un debriefing de la soirée devant un café ?

— Oui. Demain matin.

Elle lui sourit.

— On est sur la même longueur d'ondes.

Owen lui prit la main et ils traversèrent le rez-de-chaussée, éteignant les lumières au fur et à mesure.

— Pas d'impression bizarre, commenta-t-il.

— Pas encore.

Main dans la main, ils montèrent à l'étage.

— De toute façon, je t'ai déjà vue nue.

— Une gamine de cinq ans en tenue d'Ève, ça ne compte pas.

— En fait, tu avais plutôt dans les treize ans. Oui, un peu plus de treize ans.

Elle s'immobilisa sur le seuil de la chambre.

— Et comment se fait-il que tu m'aies vue nue à treize ans ?

— Tu te souviens de l'été où nos parents avaient loué cette maison en Pennsylvanie ? Dans les Laurel Highlands, au bord du lac ?

— Oui.

C'était l'été après la trahison de sa mère. Elle s'en souvenait comme si c'était la veille.

— Tu es sortie plusieurs fois en cachette pour prendre un bain de minuit.

— Je… c'est vrai. Tu m'as espionnée ?

— Sans le vouloir. J'observais les étoiles avec ce petit télescope que j'avais à l'époque quand je t'ai surprise en train de faire ton numéro de strip-tease.

— Un télescope ?

— Oui. Je faisais payer un dollar la minute à Ryder et à Beckett pour l'avoir. Si ma mémoire est bonne, j'ai dû me faire vingt-huit dollars.

— Tu les as fait payer pour m'espionner ?

— Espionner est un peu exagéré. Disons plutôt observer.

— Tu ne manquais pas d'initiative.

— J'avais déjà le sens des affaires. Et puis, le spectacle valait le coup d'œil. Le clair de lune, le miroitement de l'eau. Ils t'arrivaient presque à la taille à l'époque, se souvint-il en glissant les doigts dans ses cheveux. À propos, c'est quelle couleur, là ?

— Alerte rouge, mais ne change pas de sujet.

— C'était romantique, même si je ne m'en rendais pas compte. Tu étais une fille à poil, point final. Voilà comment sont les ados.

Elle se remémora l'épisode du lac, un peu flou dans sa mémoire. Elle se souvenait juste qu'il faisait très chaud.

— Cette semaine-là, tu m'as offert une glace. Deux même.

— Je culpabilisais peut-être un peu et jugeais que tu avais droit à une part de mon bénéfice.

— Moi qui croyais que tu étais amoureux de moi.

— Je l'étais. Je t'avais vue nue. J'avais même prévu de t'inviter au cinéma.

— Non, vraiment ?

— Et puis tu as commencé à parler de Jason Wexel. Tu te souviens de lui ? La semaine de notre retour, vous deviez manger une pizza ensemble. Du coup, j'ai laissé tomber.

Elle se rappelait avoir eu un petit béguin pour Jason Wexel, même si elle n'arrivait plus à visualiser son visage aujourd'hui.

— J'ai mangé une pizza avec Jason… et une quinzaine d'autres gamins. C'était à un anniversaire. Je ne me souviens même plus de qui. Je t'ai fait croire que c'était du sérieux, parce que les filles sont comme ça.

— Une occasion manquée.

— On se rattrape aujourd'hui.

— On rattrape le temps perdu.

Il lui encadra le visage de ses mains et s'empara de ses lèvres. Pour la première fois, ils s'embrassèrent sans impulsivité, ni précipitation, savourant chaque seconde. Détendue, elle s'abandonna à ce langoureux baiser. À aucun moment, elle ne sentit le doute s'insinuer. Quand les doigts d'Owen descendirent le long de ses épaules, sur le côté de ses seins, son cœur s'emballa et se mit à cogner sourdement dans sa poitrine.

Comme s'ils dansaient, ils se rapprochèrent du lit en tournoyant.

— J'ai vraiment envie de te revoir nue.

Elle sourit contre sa bouche.

— Ça te coûtera vingt-huit dollars.

Elle perçut la vibration sourde de son rire tandis qu'il descendait la fermeture Éclair de sa robe.

— Ça les vaut largement.

— Mieux vaut s'en assurer.

Elle fit glisser sa robe en se déhanchant, la ramassa et la lança vers un fauteuil.

Owen ne remarqua même pas que la robe tomba de l'accoudoir sur le parquet.

— Je crois que mon cœur vient de s'arrêter, articula-t-il en la dévorant des yeux.

Jamais, songea-t-elle avec émotion, il ne l'avait contemplée ainsi. Puis leurs regards se croisèrent, et il y eut comme un déclic, une reconnaissance, avant qu'il ne l'attire dans ses bras. Tandis qu'elle déboutonnait sa chemise, leurs lèvres se cherchèrent.

Owen. Le grand et séduisant Owen. Sous ses doigts, puis ses paumes, elle sentait son cœur battre avec force. Son Owen – parce que, sur un certain plan, il l'avait toujours été.

Il la fit s'allonger sur le lit – Avery avec son corps ferme, ses courbes divines, sa chevelure flamboyante, ses yeux pétillants, sa peau lisse aussi pâle qu'un rayon de lune. Les sensations se bousculaient en lui – son parfum, le goût de sa peau, le bruissement des draps. Tout chez elle était à la fois si familier et cependant si inattendu.

Leurs doigts s'entrelacèrent et il inclina la tête vers ses seins. Avec un soupir voluptueux, Avery se cambra vers lui, assentiment et invitation. Ses lèvres effleurèrent la douce rotondité au-dessus de la bordure en dentelle du soutien-gorge, puis sa langue s'immisça sous le tissu et Avery resserra l'étreinte de ses doigts sur les siens.

Owen se glissa entre ses cuisses, tandis qu'elle se redressait vers lui pour l'embrasser. D'un doigt, il fit sauter l'attache de son soutien-gorge et referma la bouche sur la pointe érigée d'un sein.

Avec une habileté patiente et méthodique, il fit monter la pression par de subtiles caresses qui enflammèrent les sens d'Avery jusqu'à ce qu'elle s'abandonne sans retenue au plaisir.

Le souffle court, elle laissa échapper un gémissement rauque lorsqu'il entra en elle.

De nouveau, Owen eut l'impression que son cœur s'arrêtait de battre – l'instant d'extraordinaire plénitude qui suivit, il le savoura, les yeux rivés aux siens avec émerveillement.

Avery s'arqua vers lui, les bras noués autour de son cou, les jambes enroulées autour de sa taille. Fini de prendre son temps. Agrippée à lui avec une force presque désespérée, elle accéléra le rythme de leurs ébats qui ne tardèrent pas à atteindre un paroxysme enivrant pour l'un comme pour l'autre jusqu'à ce qu'ils se libèrent avec une fougue farouche de tout ce désir accumulé qui explosa en une myriade de vibrations voluptueuses.

Tous deux retombèrent sur le lit, haletants et repus.

— Pourquoi, parvint à articuler Owen avant de se concentrer à nouveau sur sa respiration.

— Pourquoi quoi ?

Les yeux clos, il leva l'index pour lui demander d'attendre un peu.

— Pourquoi, répéta-t-il quand il eut repris son souffle, ne l'a-t-on pas fait avant ?

— Sacrée bonne question. On est tous les deux drôlement doués.

— Remercions le ciel.

Avec un rire d'asmathique, elle déclara :

— Je savais que tu le serais. Tu es du genre à t'attacher aux détails. Merci pour n'en avoir raté aucun.

— De rien, et merci à toi aussi. Au fait, tu as une fleur tatouée sur la fesse.

— Pas n'importe quelle fleur. C'est un chardon – le symbole de l'Écosse. Par fierté pour mon héritage. J'ai choisi cet endroit pour éviter que mon père ne tombe dessus et ne pique une crise.

— Bien vu. Il me plaît.

Elle ferma les yeux avec un soupir de contentement.

— Je devrais être épuisée.

— Tu ne l'es pas ? Je n'ai pas fini mon travail alors.

— Oh que si ! Ce que je veux dire, c'est qu'à 4 heures du matin et après une journée aussi longue, je suis étonnée d'être aussi bien, aussi détendue.

Il l'attira contre lui et remonta la couette sur eux.

— Pas de travail demain.

— Pas de travail, répéta-t-elle, le nez contre le sien. Une autre raison pour remercier le ciel.

— Et si on faisait un petit somme ? Ensuite, on pourrait vérifier que certains détails ne nous ont pas échappé la première fois.

— Excellente idée, approuva-t-elle.

Elle se lova contre lui et rouvrit les yeux le temps de souffler :

— Bonne année.

— Bonne année.

Paupières closes, elle se laissa dériver dans le sommeil. Sa dernière pensée fut que son ami de toujours était devenu son amant. Et qu'elle était heureuse.

Owen reconnut le silence cotonneux qui ne pouvait avoir qu'une explication.

Il ouvrit les yeux et, après quelques clignements, vit les flocons duveteux danser derrière la vitre. Il allait devoir sortir le chasse-neige – plus tard. Il roula sur le flanc dans l'intention de réveiller Avery d'une manière qui, espérait-il, lui plairait, et découvrit que la place à côté de lui était vide.

Où était-elle donc passée ?

Il s'arracha à la tiédeur du lit, alla jeter un coup d'œil dans la salle de bains dont la porte était ouverte. Il remarqua sa brosse à dents sur le côté du lavabo et réfléchit à cela tandis qu'il récupérait un pantalon de pyjama en flanelle dans la commode.

Dans l'escalier, une bonne odeur de café et – non, il ne rêvait pas – de bacon lui chatouilla les narines.

Une fanfare défilait au pas cadencé sur le téléviseur de la cuisine. Dehors, la neige avait recouvert la terrasse d'un manteau blanc. Debout devant le plan de travail, Avery émincait des poivrons.

Elle portait un tablier blanc sur un peignoir bleu à carreaux. Ses cheveux étaient retenus par une pince, et elle était pieds nus. Il la revit dans la petite robe sexy qu'elle portait la veille, puis, plus tard, dans ses sous-vêtements plus coquins encore. Mais il réalisa que, le plus souvent, c'était ainsi qu'il se plaisait à l'imaginer – avec un tablier dans la cuisine.

— Qu'est-ce que tu nous prépares de bon ?

Elle releva la tête et lui sourit.

— Tu es réveillé ?

— À peu près. Comment se fait-il que tu sois déjà debout ?

— Il se trouve qu'il est presque 11 heures, qu'il neige et que je meurs de faim.

— 11 heures ? répéta-t-il, effaré.

Les yeux plissés, il lorgna sur l'horloge du four.

— Je ne me souviens pas d'avoir dormi aussi tard depuis bien longtemps. Pas grave, ajouta-t-il. Il n'y a pas d'école aujourd'hui.

— Youpi !

Il s'approcha par-derrière, la fit pivoter face à lui et captura ses lèvres.

— Bonjour.

— Bonjour, répondit-elle en se blottissant contre lui. C'est si tranquille. En ville, il y a toujours du bruit. Mais ici, avec la neige, j'ai l'impression que nous sommes coupés du monde.

Il la fit se tourner vers la porte-fenêtre.

— Regarde.

Sur une hauteur derrière les arbres dont les branches ployaient sous la neige, un trio de cerfs avançait en silence, fantomatique.

— Oh, ils sont magnifiques ! Je parie que tu en vois tout le temps.

— Souvent, oui.

— Les garçons vont adorer quand toute la famille sera installée dans la maison neuve. Je me souviens comme tes frères et toi aimiez courir les bois quand nous étions enfants.

— C'était le bon temps, avoua-t-il en l'embrassant sur les cheveux. Tout comme aujourd'hui. Alors, qu'y a-t-il au menu ?

— Avec les restes d'hier soir, j'ai confectionné ce qu'on pourrait appeler une omelette du pauvre.

— Appétissant. Tu n'étais pas obligée.

— Des ingrédients, une cuisine. Je ne peux pas résister. Sans compter que tu as un équipement de premier choix, et je sais que tu ne t'en sers pas beaucoup.

— Mais tout est à disposition si l'envie me prend de cuisiner.

— Exact. Il te reste aussi pas mal de crudités. Ce serait bête de les laisser perdre. Je peux faire une soupe.

— De la neige, une soupe maison ? Qui oserait se plaindre ?

Devait-il en conclure qu'elle avait prévu de rester un peu ? Il alla se servir un café.

— Je vais devoir sortir passer le chasse-neige.

— Je m'en doute, mais je trouve ça dommage. C'est tellement agréable de se sentir dans un cocon par temps de neige. Quoi qu'il en soit, un homme qui doit déneiger a besoin d'un solide petit déjeuner.

Pendant qu'elle officiait à la cuisine, Owen mit la table, savourant leur intimité toute neuve.

— Avec un peu de retard, passons au debriefing de la soirée, proposa Avery. Tu as su le scoop au sujet de Jim et Karyn ?

— J'ai cru comprendre que Jim est à Pittsburgh et que Karyn n'a pas voulu venir sans lui.

Elle plia les omelettes.

— Nous ne parlons pas des mêmes personnes. Jim est à Pittsburgh chez sa mère parce que Karyn l'a viré.

— C'est vrai ? Pourquoi ?

— Parce qu'elle a découvert que Jim a une liaison avec la mère du meilleur copain de leur aîné.

— Jim ? Non, ce n'est pas possible.

— Si, c'est très possible. Et c'est très mal. Selon mes sources, cette petite affaire dure depuis presque deux ans.

Elle fit glisser les omelettes sur les assiettes, ajouta une tranche de bacon, un toast et rejoignit Owen dans le coin repas.

— Pourtant leur couple semblait si solide.

— Tu parles. Elle vient à la pizzeria avec les enfants, et plus souvent sans lui qu'avec. Et je l'ai vue au Sam's Club juste avant Noël. Elle semblait stressée et m'a à peine adressé la parole. Sur le moment, je me suis dit que c'était la pression des fêtes. Avec trois enfants, ça se comprend. Mais maintenant, je sais qu'en réalité elle venait de trouver la culotte de l'autre dans le lit conjugal.

— Quelle misère. C'est non seulement grossier et cruel, mais stupide.

— Il n'est pas impossible que la pétasse de maîtresse – qui, elle, est déjà séparée de son mari – l'ait laissée à dessein. Enfin bref, c'est la goutte qui a fait déborder le vase. Karyn l'a fichu dehors et a déjà pris un avocat.

— J'aurais envie de dire tant mieux pour elle, si la situation n'était pas si dramatique. C'est difficile à avaler de la part de Jim. Ils sont mariés depuis, combien, dix ans ?

— Environ, oui, mais depuis deux ans au moins, il va voir ailleurs. C'est inexcusable. Si on n'est pas heureux en ménage, soit on recolle les morceaux, soit on se sépare. Et puis, s'il est à Pittsburgh chez sa mère, c'est qu'il ne doit pas prendre cette liaison au sérieux.

Perplexe face à la logique d'Avery, il prit le toast qu'elle lui avait beurré.

— Pourquoi dis-tu cela ?

— S'il était sérieux, il aurait débarqué chez la pétasse. Maintenant, il a brisé sa famille et son couple, salement écorné sa réputation, sans parler du mal que cette histoire fera aux enfants. Tout ça pour une passade. J'espère que sa femme va le plumer. Pas de commentaire ? demanda-t-elle comme Owen gardait le silence.

— J'imagine qu'on ne sait jamais ce qui se passe entre deux personnes, ou dans une famille, mais d'après les infos que tu as, c'est sûr, il mérite d'être plumé. Dommage, je le trouvais plutôt sympa. Il y a quelques semaines, il m'avait contacté parce qu'il voulait refaire la salle de bains de leur suite parentale. Il était prévu que je passe après les fêtes.

Avery agita une tranche de bacon d'un geste vengeur.

— Il prévoit une nouvelle salle de bains et couche avec sa pétasse dans le lit conjugal. Pas sérieux avec sa maîtresse. Aucun respect pour sa femme et sa famille.

— Aucun respect, j'approuve. Mais sa maîtresse n'est peut-être pas une pétasse.

— Je t'en prie, objecta Avery avant d'engloutir une bouchée d'omelette. Elle était encore mariée quand elle a mis le grappin sur Jim, et d'après mes sources, elle n'en était pas à son coup d'essai.

— Comment les gens savent-ils tout ça ? Qui est cette femme au fait ?

— Je ne la connais pas. Apparemment, elle habite à Sharpsburg et travaille pour une compagnie d'assurances. Elle a un prénom bizarre – attention, pas de remarque ironique sur le mien, ajouta-t-elle. Harmony, ce qui ne semble guère pertinent dans son cas.

— Oh.

— Oh ?

— Je connais une Harmony qui travaille pour notre agent d'assurances. Cette omelette est délicieuse.

— Aha !

— Pardon ?

— Tu changes de sujet, tu gigotes sur ton siège, fit-elle remarquer, le regard acéré, l'index braqué sur lui. Des indices évidents de culpabilité et/ou d'esquive. Tu es sorti avec elle ?

— Bien sûr que non ! Elle est mariée – ou l'était. Et elle n'est pas du tout mon genre de toute façon. Disons juste que j'ai eu quelques conversations avec elle sur des questions professionnelles et qu'il a pu y avoir des sous-entendus.

— Ah, tu vois ! C'est bien ce que je disais. Une pétasse. J'ai du flair.

— Et il me semble qu'à l'époque de ses premières avances, elle portait une alliance.

— La garce ! À quoi ressemble-t-elle ? Raconte-moi tout.

— Je ne sais pas trop. Elle est blonde.

— Peroxydée.

Le regard d'Owen se promena sur sa flamboyante crinière.

— Je suis obligé de te faire remarquer que tu es mal placée pour mépriser quelqu'un qui se teint les cheveux.

— Tu marques un point. N'empêche. Elle est jolie ?

— Je suppose. Pas mon genre, répéta-t-il. Elle est... disons, prévisible. Oui, c'est le qualificatif qui convient le mieux. Mais elle est compétente dans son travail et c'est tout ce qui m'importe. Quand s'est-il fait jeter ?

— Le lendemain de Noël. Karyn avait découvert le pot aux roses la semaine précédente, mais elle a rongé son frein afin que les enfants aient un Noël en famille. Pourquoi ?

— J'ai dû passer chez l'assureur il y a deux jours pour signer des papiers. Elle ne m'a pas paru particulièrement bouleversée. Et j'ai encore eu droit à des avances.

Les yeux d'Avery s'assombrirent.

— De mieux en mieux... Cette Vampirella n'a vraiment aucune conscience. Elle détruit un couple et tourne la page sans états d'âme, à la recherche du prochain gogo. Ma mère était pareille.

Owen ne dit pas un mot. Il se contenta de poser la main sur la sienne.

— C'est ce qui explique sans doute ma tolérance zéro envers les mangeuses d'hommes et les adultères.

Avec un haussement d'épaules, Avery se leva et se dirigea avec leurs deux mugs vers le percolateur.

— Sinon, savais-tu que Beth et Garrett allaient se marier ?

— Oui. Elle n'a pas arrêté de montrer sa bague toute la soirée. Ils ont l'air heureux.

— Ils le sont. Et Beth a une raison supplémentaire d'être aussi radieuse. Elle est enceinte de huit semaines.

— C'est vrai ? Comment se fait-il que je ne sois jamais au courant de rien ?

— Parce que tu passes trop de temps avec des hommes qui n'ont aucun potin à raconter. Ils sont aux anges. Ils sont ensemble depuis bientôt deux ans maintenant, et il semble que l'arrivée du bébé les ait convaincus d'officialiser leur relation. J'ai suggéré à Beth de se marier à l'Hôtel Boonsboro.

— L'Hôtel Boonsboro ?

— Clare et Beckett s'y marient au printemps prochain. Ce sera comme un galop d'essai. Ils souhaitent quelque chose de simple. Ils pensaient même se limiter à la cérémonie à la mairie, mais leurs deux mères en ont pleuré, ajouta Avery en revenant avec leurs mugs remplis. Quand j'ai suggéré l'hôtel, Beth a trouvé l'idée formidable. Elle ignorait que c'était possible.

— Moi aussi.

— La décision dépend de vous, bien sûr, mais Hope y est favorable. Je peux m'occuper sans problème de la restauration. Mountainside fournirait les fleurs. Ils envisagent une réception avec seulement la famille et les amis proches. Peut-être vingt-cinq, trente personnes. Vous avez déjà des réservations pour la Saint-Valentin, mais le week-end suivant est libre.

— Le mois prochain ? faillit s'étrangler Owen. C'est du rapide.

— Comme je l'ai dit hier soir, une fête spontanée – enfin, à moitié – ne fait pas de toi le champion de la spontanéité. Détends-toi. Tu n'aurais rien à faire. Beth veut pouvoir rentrer dans une jolie robe avant que son état commence à se voir. D'où leur hâte. Ils ont déjà parlé de passer leur nuit de noces à l'hôtel. Ce serait du tout-en-un.

— Combien facture-t-on un mariage ?

Elle lui sourit.

— Hope et toi trouverez bien. À votre place, je leur accorderais une petite remise, comme ils seraient les premiers et tout ça. Si vous vous débrouillez bien, les invités réserveront toutes les chambres la veille et le jour du mariage.

Quel sens des affaires, dut-il admettre.

— J'en parlerai à Hope demain. Ça cogite dans ta tête, on dirait.

— Je sais. En ce moment même, elle me conseille de finir notre café. Ensuite, tu déneigeras les allées, pendant que je remets un peu d'ordre. Et après, pour me récompenser de mes services, tu pourras m'emmener dans ta chambre.

— Je gagne sur tous les tableaux.

— Dans ma tête qui cogite, c'est plutôt gagnant-gagnant.

D'ordinaire, Owen aimait passer le chasse-neige, mais dès qu'il eut fini son allée – sans sa précision habituelle, peut-être – il fonça chez Ryder. Le passage pour Nigaud était déjà dégagé, nota-t-il avec satisfaction.

Il gara la Jeep, tapota ses bottes contre la marche de la terrasse et pénétra dans la maison.

— Ryder ! appela-t-il.

— Je suis en bas !

— Je suis couvert de neige. Monte.

Nigaud apparut dans l'escalier en remuant la queue, et vint lécher la neige sur les bottes d'Owen. Ryder arriva quelques instants plus tard, vêtu d'un pantalon de survêtement coupé aux genoux et d'un tee-shirt humide de sueur.

— Qu'est-ce qui se passe ? J'essaie de caser une séance de sport avant de glander jusqu'à cet après-midi. Luge et batailles de boules de neige chez maman.

— À quelle heure ?

— Tu as oublié ton téléphone ? C'est la fin du monde ou quoi ?

— Je l'ai, fit Owen en le sortant. Aucun message.

— Tu n'es peut-être pas invité. Je suis son fils préféré.

— Elle te le fait croire pour que tu ne pleurniches pas comme un bébé. Elle a dû téléphoner à la maison. Bref, on va faire comme ça : je prends ton pick-up, et toi, tu finis de déneiger ici, puis chez Beckett et maman. Je récupérerai la Jeep là-bas.

— C'est toi Monsieur Chasse-neige.

— Tu as une femme à la maison ?

Avec un long soupir, Ryder fourra les mains dans ses poches.

— Malheureusement non.

— Moi si. Alors je prends ton pick-up et je rentre au chaud, si tu vois ce que je veux dire. Et toi, tu es Monsieur Chasse-neige remplaçant.

— Ne viens pas te plaindre si je ne le fais pas à ta façon.

— Ne me fous pas la Jeep en l'air, c'est tout.

Il prit les clés du pick-up sur la table près de la porte.

— À quelle heure chez maman ?

— Je ne sais pas. 14 ou 15 heures. On n'a pas de pointeuse.

— À plus, alors. Je verrai bien quand j'arriverai.

Après le départ d'Owen, Ryder baissa les yeux vers son chien.

— L'un de nous deux doit se trouver d'urgence une copine. Je déteste passer le chasse-neige.

Quand Owen poussa la porte, il fut accueilli par une appétissante odeur de soupe qui mijotait. Il se débarrassa de ses vêtements d'extérieur et entra dans une cuisine impeccable. Malgré la musique tonitruante qui couvrait sa voix, il appela Avery, la cherchant dans la maison.

Arrivé dans la chambre, il l'entendit s'égosiller sous la douche. Elle chantait comme une casserole, mais compensait par le volume et un enthousiasme à toute épreuve.

Incapable de résister à la tentation, il ouvrit brusquement la porte en verre – un rideau aurait été plus approprié – et lui beugla aux oreilles le thème strident de *Psychose*.

Le hurlement d'Avery fut à la hauteur de ses espérances.

Plaquée contre la paroi de la douche, les yeux écarquillés comme des soucoupes, elle le dévisageait bouche bée.

— *Tu es malade ou quoi ?*

Il s'étrangla presque de rire.

— Je crois que je me suis cassé une côte en riant. À part ça tout va bien.

— Owen, bon sang !

— C'était trop tentant.

— Ah oui ? Et ça ?

Elle attrapa la douchette, ouvrit l'eau à fond et l'aspergea.

— Maintenant nous sommes quittes, déclara-t-elle d'un ton satisfait en reposant la douchette sur son socle.

— Je ferais aussi bien de te rejoindre, j'imagine.

— Hmm, fit-elle pour toute réponse.

— Une douche bien chaude avec une femme sexy, quel bonheur avec le froid qu'il fait dehors.

— Je pensais que tu en aurais encore pour une bonne heure.

— Je me suis arrangé avec Ryder, expliqua Owen en tirant sur ses bottes. Elle embaume, cette soupe.

— Une fois le travail terminé en bas, j'ai décidé de profiter de ta douche qui, je peux te l'assurer, égale celles de l'hôtel. Au fait, ta mère a téléphoné.

— Luge et batailles de boules de neige, dans l'après-midi.

— J'ai dit que j'apportais la soupe.

Avery lui adressa un regard interrogateur.

— Bonne idée.

— Clare peut passer chez moi récupérer mes après-ski et le reste.

— Parfait.

Il enleva son pantalon trempé et étala deux serviettes sur le carrelage afin d'absorber l'eau.

— Elle n'a pas semblé surprise que je décroche.

Il entra dans la cabine de douche dont il referma la porte derrière lui

— Ma mère n'a pas son pareil pour se tenir informée. Tu sais, si tu mets la télé sur la radio numérique, le son sort par ici, expliqua-t-il en désignant les haut-parleurs encastrés dans le plafond.

— Ah.

— Juste pour ton information.

Puis il esquissa un petit sourire.

— Quoi ?

— Je repensais à la fois où je t'ai regardé prendre ton bain de minuit… Si j'avais imaginé à l'époque, continua-t-il, promenant les mains sur son corps. Tu es toute mouillée et chaude.

Elle l'enlaça.

— Toi, tu es mouillé, mais un peu froid.

— Normal pour un homme qui travaille dehors par ce temps glacial.

Avery leva la tête en riant.

— Tu as du travail d'homme à faire ici aussi.

— Alors je ferais mieux de m'y mettre.

Il captura ses lèvres avec fougue tandis que l'eau coulait sur eux en une pluie drue. Ses mains vagabondèrent sur la peau glissante d'Avery avec impatience. Elle se cramponna à ses épaules, se hissa sur la pointe des pieds…

Il savoura le contact de son corps aux courbes délicates, si souple et agile sous ses doigts, tellement avide de caresses, à donner et à recevoir.

C'était le parfum de son propre savon qu'il sentait sur sa peau, un détail de plus qui rendait la nouveauté familière.

Avery le fit mousser sur lui, admirant chaque ligne de son corps, chaque muscle qui en soulignait la vigueur. Quand elle pensait à lui, réalisa-t-elle, c'était rarement sa force physique qui lui venait d'abord à l'esprit. Davantage ses capacités intellectuelles, sa gentillesse. Cette exploration sensuelle lui rappelait qu'il était un manuel dans l'âme et faisait travailler tout autant ses muscles que sa cervelle.

Les mains puissantes aux paumes rugueuses se firent plus aventureuses, avivèrent un désir qui ne demandait qu'à flamber. Elle se mit à trembler, le souffle court…

Ses yeux, d'un bleu intense à présent, se voilèrent lorsqu'un frisson plus violent l'ébranla.

— Je n'y arrive pas… fit-elle, luttant pour retrouver son équilibre. On ne peut pas… Tu es trop grand.

— C'est toi qui es trop petite, corrigea-t-il, puis il l'agrippa par les hanches et la souleva. Tu as intérêt à t'accrocher.

— Owen…

Il la plaqua contre la paroi mouillée et entra en elle.

— Oh…

Les yeux écarquillés, elle plongea son regard dans le sien, tandis qu'il commençait à se mouvoir en elle, lui arrachant un cri de bonheur.

— Ne me lâche pas. Tiens bon…

— Toi aussi, souffla-t-il juste avant qu'elle n'écrase sa bouche sur la sienne.

Ils tinrent bon tous les deux.

Plus tard, Avery s'affala à plat ventre sur le lit. Nue.

— Je me lève et je m'habille dans une minute.

— Prends ton temps, répondit Owen, qui admirait le chardon tatoué sur sa fesse. La vue me plaît.

— Qu'est-ce que les hommes ont donc avec les tatouages féminins ?

— Aucune idée.

— Je crois que c'est l'effet Xena. Tu sais, la guerrière.

— Tu ne possèdes pas son deux-pièces en cuir noir, par hasard ?

— Il est au pressing. Je devrais peut-être me faire faire un autre tatouage.

— Non, décréta Owen avant de se raviser. Encore que… Qu'est-ce que tu choisirais ? Et où ?

— Je ne sais pas, je dois y réfléchir. Le problème avec un tatouage sur les fesses, c'est que je le vois à peine. Et comme quasiment personne ne le voit non plus, à quoi bon ? À moins de le considérer comme un rituel secret de rébellion adolescente, ce que c'était en grande partie à l'époque.

— Cette fois, ce serait une décision responsable.

— Hmm, un tatouage d'adulte. Une chose est sûre, déclara-t-elle en se levant, j'adore ta douche.

Avec un long soupir indolent, elle attrapa son peignoir à carreaux bleus.

— Il faut que j'aille jeter un coup d'œil à la soupe.

— Reste cette nuit.

Le peignoir à moitié enfilé, elle s'immobilisa et le dévisagea avec étonnement.

— Cette nuit ? On travaille tous les deux demain.

— On travaille toujours tous les deux de toute façon. Après les batailles de boules de neige, la soupe et très probablement une discussion enflammée sur le foot, rentre ici avec moi.

Elle finit de s'envelopper dans son peignoir et noua la ceinture.

— D'accord. Je vais voir où en est la soupe avant de m'habiller.

Dans l'escalier, elle se demanda comment réagir à ce grand émoi qui faisait papillonner son cœur. Elle reconnaissait cette émotion pour l'avoir déjà ressentie des années plus tôt.

Elle avait cinq ans.

Tomber amoureuse d'Owen – de nouveau – était sans doute aussi ridicule aujourd'hui qu'à l'époque. Mais l'instinct MacTavish était infaillible. En ce qui concernait le cœur, elle n'était pas si sûre.

12

En ce début d'année, armée d'un épais classeur, Avery refit le tour des locaux qui abriteraient le futur MacT en compagnie de Hope et de Clare à qui elle tenait à soumettre ses idées.

— Le comptoir sera le long du mur de ce côté. Je l'imagine en bois sombre. Quelque chose qui en jette. Je vais travailler Owen au corps pour le convaincre de me le fabriquer.

— À propos, comment ça va côté câlins ? voulut savoir Clare.

— Tu as vu cette mine ? répondit Avery en indiquant son visage.

— Détendue, heureuse, comblée. Avec juste un brin de suffisance. Ne dis rien, j'ai ma réponse.

— Jusqu'ici, tout va pour le mieux. Je prévois un éclairage ici, continua Avery. Et là. Des tons chaleureux. Et là un canapé en cuir – peut-être brun foncé – là-bas avec une table basse. Quelques sièges hauts près de la fenêtre en façade, d'autres plus bas dans ce coin et au fond. L'accès au restaurant se trouvera juste ici.

— Ça devrait être superbe. Mais avant de nous intéresser aux nuanciers et aux tables, intervint Hope, on aimerait bien savoir pourquoi tu ne frimes pas sur ta vie sexuelle. Pas le moindre détail croustillant à la pauvre malheureuse ici présente qui en est privée.

— Ça risque de me porter la poisse, ce qui te rendrait encore plus malheureuse.

Hope chassa cet argument d'un revers de main.

— N'importe quoi. J'ai vu Owen tout à l'heure. Il a l'air aussi heureux, détendu et comblé que toi. Suffisant, je ne sais pas, mais peut-être qu'il le cache bien. Tu le vois ce soir ?

— Non. Je n'ai qu'une petite heure avant de retourner à Vesta. Je travaille. De son côté, il est très occupé – ils le sont tous les trois d'ailleurs. Entre l'inauguration dans quelques jours, les travaux dans l'autre immeuble, la planification de ce nouveau chantier, ils ne savent plus où donner de la tête. Nous nous sommes vus presque chaque soir depuis le Nouvel An et j'ai pensé…

— Que vous aviez besoin d'une pause ? suggéra Clare.

— Tu sais comment je suis. Je me lance toujours dans l'aventure la fleur au fusil. On s'amuse, c'est sympa, tout roule. Et au bout d'un moment, je me demande s'il y a plus. S'il devrait y avoir plus. Si c'est l'amour avec un grand A.

— Es-tu amoureuse d'Owen ? demanda Clare.

— J'ai…

Avery se tapota la poitrine.

— Le cœur MacTavish qui palpite, termina Hope avec un hochement de tête.

— Il n'est pas fiable, tu sais. Mais le fait est que j'aime Owen depuis toujours. Comme tous les Montgomery, du reste. C'est dans les gènes. Si ça se trouve, ce n'est rien de plus. Un genre de faux positif. Et si jamais c'était l'amour avec un grand A, ça pourrait tout gâcher.

— Pourquoi pars-tu du principe qu'il ne pourrait t'aimer en retour ? s'étonna Clare.

— Je ne sais pas, c'est peut-être aussi dans les gènes, avoua Avery avec un haussement d'épaules. À mon avis, c'est en partie lié à ma mère, une hypothèse qui me déprime au plus haut point.

— Vous n'avez rien de commun, ta mère et toi.

— Et je n'y tiens pas du tout, assura Avery. C'était une menteuse, une profiteuse, une manipulatrice. Pour elle, le sexe n'était qu'un moyen de parvenir à ses fins. Les sentiments n'avaient aucune importance. Au fond de moi, je ne supporte pas l'idée de lui ressembler, et j'aspire à davantage qu'une simple aventure sans lendemain. Un peu comme un antidote. Ensuite, je freine des quatre fers, parce que l'amour avec un grand A, ça ne marche presque jamais. C'est stupide, je sais.

— Pas du tout, assura Hope. Après ce que tu as vécu, c'est normal.

— Chaque fois que je suis sortie avec un homme, je me suis emballée parce que j'ai un cœur d'artichaut. Jusqu'à ce que je retombe sur terre et réalise que, même s'il est sympa – ce qui a été le cas la plupart du temps – ce n'est pas pour autant le bon. Si tant est que pareil oiseau rare existe.

— Il existe, je peux te l'assurer, affirma Clare.

— Peut-être. Bref, j'en suis là avec Owen, et quand la magie va se dissiper…

— *Quand* ? coupa Clare. Et pourquoi se dissiperait-elle ?

— Parce que, d'après mon expérience, c'est ainsi, c'est tout. Je ne veux pas aller plus loin pour faire machine arrière au final. Pas avec Owen. Il compte plus pour moi que mon problème de mère ou de cœur d'artichaut.

— Je pense que tu te sous-estimes, et lui avec, commença Clare avant de consulter sa montre. Mais je n'ai pas le temps d'approfondir maintenant. Il faut que je rentre. Nous en reparlerons, promit-elle.

— Si ça te chante. Je ferais mieux de fermer. Avant d'aller travailler, je peux t'accompagner à l'hôtel, Hope, et revoir avec toi ma contribution au menu pour l'inauguration.

— D'accord.

Elles sortirent et Clare se dirigea vers Main Street, tandis qu'Avery traversait Saint-Paul Street avec Hope.

— Elle est amoureuse, expliqua Avery. L'amour rend optimiste et on a tendance à voir les autres à travers ce même prisme.

— Pourquoi ne serais-tu pas optimiste ? demanda Hope.

— Ce n'est pas que je sois pessimiste – du moins je ne crois pas l'être. Disons juste que je suis du genre prudent.

— Je ne suis ni amoureuse ni du genre prudent, mais je peux te dire que ça fait vraiment chaud au cœur de vous voir ensemble, Owen et toi.

Elle ouvrit la porte de la réception.

— Et je peux aussi comprendre que tu aies besoin de faire une pause Les premiers temps d'une relation sont grisants, mais peuvent aussi embrouiller l'esprit. Alors éclaircis-toi les idées un jour ou deux.

— Tu as tout compris.

Que Dieu bénisse Hope et son esprit pragmatique, songea Avery.

— Je fais du thé et on regarde le menu.

Avery se percha sur un tabouret du bar.

— Quand je pense qu'on prépare le menu de l'inauguration. Il y a un an, on en était bien loin. Tu n'habitais même pas en ville.

— Il y a un an, j'étais persuadée que mon avenir, c'était l'Hôtel Wickham et Jonathan.

— Ton cœur t'a joué des tours ?

Hope mit la bouilloire à chauffer, songeuse.

— Non. Mais je croyais sincèrement l'aimer. Je lui faisais confiance, je l'admirais, j'appréciais sa compagnie. J'étais persuadée que nous ferions notre vie ensemble et il le savait.

— Pourquoi n'y aurais-tu pas cru ?

— Pourquoi, en effet, répéta Hope sans cette amertume qui lui avait si souvent picoté la langue. Nous vivions pour ainsi dire ensemble. Il affirmait m'aimer, faisait des projets d'avenir avec moi.

— Je suis désolée, Hope. C'est encore douloureux ?

— Non… enfin, peut-être un peu, admit-elle en disposant les tasses sur le bar. À présent, c'est davantage une question d'amour-propre. Il s'est servi de moi et ça… ça me rend furax. Je ne crois pas que c'était son intention au début, mais les derniers mois, il m'a menti, manipulée et, au bout du compte, m'a fait passer pour une idiote. C'est surtout ça qui fait mal.

— C'est lui l'idiot. Jamais je ne voudrais faire souffrir quelqu'un comme il l'a fait.

— Tu en es incapable. Ce n'est pas dans ta nature, Avery.

Elle l'espérait, mais de temps à autre, cette angoisse la tenait éveillée la nuit.

Dans la pizzeria encore tranquille avant l'ouverture, Avery noua son tablier et se mit au travail. Elle alluma les fours, fit du café, compta la monnaie dans sa caisse, vérifia le niveau de sa machine à glace. Allant et venant entre les cuisines et le comptoir, elle fit le plein d'ingrédients, prit note de commander un stock de boîtes à pizza, ouvrit un nouveau bac de mozzarella.

Après avoir transféré plusieurs kilos de pâte dans le réfrigérateur sous le comptoir, elle calcula qu'il lui en faudrait davantage pour midi. Elle sortit ses marmites de sauce, les mit à mijoter. Décidant qu'elle était un peu juste à son goût en *marinara*, elle rassembla les ingrédients pour en refaire.

On frappa à la porte et elle s'interrompit. Lorsqu'elle reconnut Owen à travers la vitre, son cœur s'emballa une fois de plus. Il lui montra une clé et, après un signe de tête de la part d'Avery, ouvrit la porte.

— Tu as l'air occupée.

— Pas trop.

— Je peux travailler ici au comptoir un moment ? Sur le chantier, c'est trop bruyant et les journalistes ont investi l'hôtel.

— Bien sûr. Tu veux du café ?

— Oui, merci. Un instant.

Owen posa son porte-documents et un long tube, enleva sa veste, son bonnet de ski et se passa la main dans les cheveux. Puis il contourna le comptoir, prit le visage d'Avery entre ses mains et l'embrassa.

— Salut.

— Salut.

— Quel parfum délicieux.

— La meilleure *marinara* du comté.

— Je parlais de toi, mais la sauce n'est pas mal non plus. Tu prends aussi un café ?

— Je dois d'abord finir cette sauce. N'es-tu pas censé participer au plan média ?

Il alla se chercher un mug.

— Ponctuellement. Nous avons un planning très chargé. Hope a des contacts à Washington. Du coup, l'intérêt que nous suscitons dépasse la couverture locale. Un bon point pour nous.

— En effet.

— Ma mère et Carol-Ann s'en occupent avec Hope. Nous autres, on intervient à l'occasion, selon les besoins.

— C'est excitant.

Il se leva et la regarda remuer la sauce, ajouter des herbes aromatiques.

— Tu n'as pas besoin de mesurer ?

— Non, répondit-elle, laconique.

— J'ai jeté un coup d'œil au menu du nouveau restaurant. Comment sais-tu faire tout ça ?

Elle lui coula un regard en coin que Hope aurait qualifié de suffisant.

— J'ai bien des talents.

— Tu auras besoin de tester certains de ces plats sur un volontaire, j'imagine.

— Tu accepterais d'être mon cobaye ?

— C'est le moins que je puisse faire.

— Généreux à l'excès, c'est tout toi.

En fait, ce n'était pas une mauvaise idée. Comme d'essayer chaque chambre avant l'inauguration.

— Je suis de repos lundi soir, précisa-t-elle.

— Ça me va.

— Passe ta commande.

— Prépare ce que tu veux.

— Non, tu dois consulter le menu et passer ta commande dans les règles – mises en bouche, entrée, plat, dessert. La totale. En réalité, j'aurai un chef qui prendra en charge une grande partie des préparations, et qui aura du personnel sous ses ordres, mais ce sera déjà un bon indicateur. Il faudrait aussi que j'essaie différents plats sur différentes personnes, histoire de peaufiner les derniers détails à l'avance.

— À propos de derniers détails, tu as terminé ?

— La sauce, oui.

— J'ai quelque chose à te montrer.

Avery s'essuya les mains

— Fais vite alors. Ce serait bien si je prenais de l'avance en préparant ma pâte maintenant que j'en ai le temps.

Elle ouvrit le réfrigérateur et opta pour une dose de caféine froide sous la forme d'un Coca Light.

— Et toi, tu n'avais pas du travail ?

— Ça en fait partie.

Owen déboucha le tube et sortit un rouleau de plans qu'il étala sur le comptoir.

— C'est la boulangerie ? Je n'ai pas encore eu l'occasion de…

Elle laissa sa phrase en suspens, bouche bée.

Le MacT, Restaurant et Lounge Bar, lut-elle.

— C'est… c'est écrit MacT, balbutia-t-elle.

— C'est le nom que tu as choisi, non ? Tu peux toujours en changer. Sur les plans, tout est modifiable. Voici ton exemplaire. Beckett est occupé ce matin, mais il les étudiera avec toi. Pour l'instant, je peux répondre à la plupart des questions, si tu en as.

— Mon exemplaire ?

— Exact.

— Attends une minute.

Elle se détourna dans une pirouette et entama une gigue endiablée au milieu de la salle qui rappela à Owen ses exploits de pom-pom-girl au lycée de Boonsboro.

Lorsqu'elle prit son élan et exécuta une roue digne d'une gymnaste, il sursauta, puis éclata de rire.

— C'est dingue, Avery. Tu sais toujours faire ça ?

— Apparemment.

Avec un cri victorieux, elle se précipita vers lui et bondit. Il la rattrapa au vol, vacillant sur ses jambes, tandis qu'elle lançait les poings en l'air.

— J'espérais que tu montrerais davantage d'enthousiasme.

— Et là, ça te va comme enthousiasme ?

Elle noua les bras autour de son cou, enserra sa taille de ses jambes et lui plaqua un fougueux baiser sur la bouche.

Sans la lâcher, il pivota sur lui-même.

— Pas mal. Pas mal du tout.

— Je ne les ai même pas encore vus. Laisse-moi les regarder !

Elle se libéra en se tortillant et s'affala quasiment sur les plans.

— Je vais t'expliquer, commença-t-il.

— Tu crois que je ne sais pas lire un plan ? J'ai pour ainsi dire dormi avec ceux de Vesta. C'est bien, très bien, marmonna-t-elle. Il va falloir déplacer cette armoire frigorifique de là à là. C'est plus logique pour la circulation. Et il me faudra une table ici, près du lave-vaisselle.

Owen sortit un crayon de son porte-documents.

— Note-le.

Avery s'exécuta et ajouta quelques modifications mineures.

— Très bien, le passage ici. Pratique pour les serveurs comme pour les clients. Tu bois un verre au bar avec un ami. Tiens, si on mangeait ici ? Et hop, on entre direct dans le restaurant.

— Le bar est grand.

— C'est une pièce maîtresse. Il doit impressionner, répliqua-t-elle avec un hochement de tête convaincu.

— Il faut que tu me dises ce que tu souhaites pour que j'élabore un modèle. Le bois, les finitions, le style.

Elle releva brusquement la tête.

— Tu vas le fabriquer ?

— C'est ce que j'avais dans l'idée. Pourquoi ?

— Je m'apprêtais à devoir trouver des arguments sur l'oreiller.

— Maintenant que j'y réfléchis, je suis plutôt occupé.

Avery pouffa de rire et l'enlaça. Au diable le recul et la tête froide.

— Owen.

— Peut-être pas tant que ça.

Elle resserra son étreinte et ferma les paupières de toutes ses forces.

— Je ne te laisserai pas tomber.

— Personne ne l'imagine un seul instant.

Elle secoua la tête et leva les yeux vers lui. Il s'agissait de bien davantage qu'une entreprise.

— Je ne te laisserai pas tomber, répéta-t-elle avec gravité.

— D'accord.

Elle appuya la tête contre son torse. Des fondations anciennes, un nouvel édifice. Qui savait ce que donnerait le résultat ?

— J'ai besoin de blé.

— Comme tout le monde.

— De la farine de blé, pour la pâte, idiot. Il faut que je prépare ma pâte si je veux avoir du blé pour payer mon proprio.

— Pendant ce temps, je vais passer quelques appels au calme.

Il la serra brièvement contre lui et la lâcha.

— En ce qui concerne ceci, ajouta-t-il en désignant les plans, ça va prendre un moment. Les modifications, l'impression des plans à l'échelle, l'obtention des permis. Et pour l'instant, notre priorité, c'est l'autre chantier.

— Peu importe le temps qu'il faudra, répondit Avery, songeant à lui, à eux deux, à la vie qu'ils avaient déjà partagée. Ce qui importe, c'est que cela dure.

Hope fit irruption dans la pizzeria juste après l'ouverture, alors qu'Avery dispersait des lamelles de poivron sur une grande pizza.

— Salut. Comme ça va à Hollywood ?

— Bien. Pour l'instant, tout se passe comme sur des roulettes. Ils font quelques interviews avec les Montgomery. J'ai dix minutes de pause.

— Assieds-toi.

Avery glissa la pizza dans le four.

— J'ai préféré venir te prévenir de vive voix plutôt que par texto. Ils sont nombreux à avoir demandé où déjeuner. On a fait de la pub pour Vesta.

— Merci. Une chance que j'aie déjà préparé de la pâte supplémentaire.

— Du coup, certains ont eu l'idée de tourner quelques séquences avec interviews à droite et à gauche en ville. À commencer par ici. Avec toi.

— Moi ?

— Et peut-être aussi quelques photos.

— De *moi* ? Impossible. Regarde-moi. Mon tablier est taché de sauce. Je ne me suis pas lavé les cheveux ce matin. Je ne suis pas maquillée.

— La sauce, ça passe. C'est le métier. Les cheveux, ça va. Il me reste encore neuf minutes. Je peux te maquiller en six. Allons-y.

— Mais les commandes… mince. Chad ! Deux grandes à emporter dans le four. Tu t'en occupes, je reviens dans cinq minutes, lança Avery à son aide en se précipitant vers la porte.

— Six, rectifia Hope.

— Pourquoi personne ne m'a prévenue que je risquais d'être interviewée ? Je me serais maquillée.

— Six minutes, peut-être moins. Les dieux t'ont fait don d'une peau sublime. On va juste accentuer le regard, rehausser le teint, le matifier un peu.

— Pour couronner le tout, je luis ! s'exclama Avery, désespérée, en ouvrant la porte de son appartement à la volée pour se ruer dans la salle de bains. Et je porte un vieux tee-shirt.

— Il est caché par le tablier.

Concentrée, Hope ouvrit le tiroir du meuble sous la vasque.

— Regarde un peu ces taches.

— La sauce, ça va, je te dis. C'est comme un accessoire. Assieds-toi, ordonna Hope. Ce n'est pas une audition pour un grand film. Juste quelques secondes aux infos du soir.

— Seigneur !

— Chut. Pourquoi ne ranges-tu pas tes produits par groupes. Yeux, lèvres, joues ?

— Ne commence pas alors que je suis au bord de la crise de nerfs. Qu'est-ce qui m'a pris de me teindre les cheveux en rouge pompier ?

— Pourquoi te teins-tu les cheveux alors qu'ils sont sublimes au naturel ? Voilà la question que tu dois te poser.

— Pour casser la routine. Mais maintenant, c'est comme une drogue. Au secours !

— Tais-toi et ferme les yeux.

Hope appliqua un voile d'ombre à paupières, l'estompa du doigt, ajouta un trait d'eyeliner.

— Je ne t'avais pas dit d'acheter un recourbe-cils ?

Avery ouvrit un œil méfiant.

— Cet engin de torture me fiche la frousse.

— Un peu de cran, voyons. Regarde par ici.

Hope leva l'index, puis appliqua le mascara.

— Pourquoi es-tu toujours si parfaite ? geignit Avery. Pourquoi es-tu si belle ? Je te hais.

— Attention, je peux te faire des joues de clown.

— Je t'en supplie, non.

— Tu as un teint de porcelaine. Je te hais.

D'un geste rapide et efficace, Hope étala le fard à joue.

— Par pitié, achète-toi un recourbe-cils. Et un crayon à lèvres. Détends la mâchoire.

Elle choisit un rouge à lèvres parmi la vingtaine de tubes en désordre dans le tiroir, ajouta un nuage de poudre translucide et fixa le maquillage avec une feuille d'essuie-tout.

— Fini. En quatre minutes chrono.

— Mes pizzas.

— Chad s'en charge. Jette un coup d'œil.

Avery se leva et étudia le résultat dans le miroir au-dessus du lavabo. Ses yeux paraissaient plus grands, plus lumineux. Ses joues mieux définies, sa bouche plus rose et pulpeuse.

— Tu es un génie.

— Exact.

— Il reste les cheveux.

— Laisse tomber. Attends.

Hope tira un peu d'un côté, lissa de l'autre. Au bout de vingt secondes, elle hocha la tête avec satisfaction.

— Voilà. Un look décontracté et naturel. Et juste un brin sexy.

— Le tee-shirt…

— Est très bien. Il faut juste changer les boucles d'oreilles. Trente secondes.

Hope fonça dans la chambre, ouvrit le tiroir de la commode qu'elle passa en revue, les sourcils froncés.

— Celles-ci. Un léger brillant, un léger mouvement. Et elles viennent de chez Cadeaux d'Art !

Elle s'occupa d'une boucle, pendant qu'Avery fixait l'autre.

— Est-ce que je ne devrais pas…

— Fini, la coupa Hope en l'attrapant par la main. À présent concentre-toi sur l'essentiel. Tu veux que les journalistes mentionnent l'excellente cuisine et le service rapide dans une atmosphère conviviale, n'est-ce pas ?

— C'est vrai, tu as raison. Mon Dieu, je suis stupide. Ce n'est pas mon look qui importe. Enfin, si, quand même un peu. Il faut que je prévienne le personnel. Je devrais peut-être appeler Franny en renfort.

— Judicieux. Bon, je file.

— Merci pour le maquillage. Tu me sauves la vie.

Vers 1 heure, Avery était trop débordée pour se préoccuper de son tee-shirt, de la sauce sur son tablier ou du rouge à lèvres qu'elle avait mangé. Elle débitait les pizzas à la chaîne, reconnaissante à Franny d'être venue à la rescousse pour se charger des commandes de pizzas et de la préparation des salades.

En dépit de ses craintes, elle ne s'en était pas mal sortie : elle avait fait deux courtes interviews, derrière son comptoir. Elle avait même accepté un lancer de pâte devant la caméra.

Et elle se réjouissait du coup de pub sur une chaîne de Washington, même pour seulement deux ou trois secondes.

À 15 heures, une fois la folie passée, elle prit sa première pause et s'effondra dans la salle du fond avec une bouteille de Gatorade. Elle agita faiblement la main quand Clare entra.

— Je crois que j'ai épuisé mes électrolytes. Ils sont venus chez toi aussi ?

Clare montra le gobelet de sa librairie.

— Double espresso au lait écrémé.

— Voilà qui répond à ma question.

— Mais c'était positif. Pour Le Tourne-Page, l'hôtel, la ville.

— Je parie que Hope n'a pas eu à se précipiter à la librairie pour te maquiller.

— Non, mais je ne travaille pas dans une cuisine surchauffée toute la journée.

— Bonne réponse.

— La journaliste d'*Hagerstown Magazine* veut proposer à son rédacteur en chef d'écrire une suite. Un article centré sur Hope, toi et moi.

— Nous ? Quel genre d'article ?

— Trois femmes, trois amies. Une qui tient une librairie, une autre un restaurant – bientôt deux – et la troisième qui dirige un hôtel.

— Cette fois, pas question que je porte un tablier taché. Nous serons prévenues davantage à l'avance, j'espère. Pas juste quatre minutes avant de se retrouver sous le feu des projecteurs.

— Si ça marche, nous nous mettrons d'accord sur le jour et l'heure. Ce sera une excellente publicité pour nous toutes. N'empêche, je ne sais pas comment Hope s'y prend. C'est elle qui a amené un des journalistes à la librairie. Tu l'aurais vue, elle était…

— Parfaite.

— C'est ça, parfaite. Et détendue. J'ai hâte de voir le reportage à la télévision ce soir, et les articles dans la presse. Beckett passe chercher les enfants à l'école – ce doit être fait à l'heure qu'il est. Il m'a dit qu'ils avaient besoin d'un peu de temps entre hommes.

Le cœur d'Avery s'attendrit.

— Tu es tombée sur un homme en or, Clare.

— Une vraie mine à lui tout seul. J'ai aussi pour ordre de commander des spaghettis-boulettes. Des portions costaudes.

— Tu as frappé à la bonne porte.

— Je vais avoir encore besoin de ton aide bientôt. Après l'inauguration, il ne me restera que deux mois avant le mariage. Ce n'est pas une cérémonie en grande pompe, je sais, mais…

— Tout doit être parfait.

— À commencer par nos robes, à toutes les trois.

— Nous prendrons une journée. À toi de décider, je m'arrangerai.

— Un jeudi, ce serait bien – le plus tôt possible après l'inauguration. Je dois vérifier avec Hope. Si vous préférez un mercredi, je peux m'arranger.

— L'un ou l'autre, ça ira pour moi, assura Avery.

— J'ai parlé à Carol, de chez Mountainside. Mon choix est pour ainsi dire fait pour les fleurs. Je dois encore discuter du menu avec toi.

— Et si tu me laissais carte blanche ? Je te soumettrai des propositions et tu pourras faire toutes les modifications que tu souhaites.

— Bonne idée. Tu m'enlèves un poids. Merci.

Avec un sourire radieux, Clare prit les mains de son amie.

— Je me marie, Avery.

— J'ai entendu certaines rumeurs.

— Tout va si vite. Tu te souviens du début des travaux dans l'hôtel. J'ai l'impression que c'était il y a une éternité. Et maintenant, il est sur le point d'ouvrir. Je me marie et Beckett termine la maison. Je choisis les carrelages, les robinetteries, les éclairages.

— Tu es nerveuse ?

— Non, pas nerveuse. Juste un peu dépassée de temps à autre. Le mariage, une nouvelle maison et, si tout se passe comme nous l'espérons, un bébé en route d'ici à quelques mois.

— Cette vie semble vraiment te réussir.

— C'est vrai, je me sens bien. Et toi, nerveuse ?

— À quel sujet ?

— Owen et toi.

Avery cala le menton sur son poing.

— Non, pas exactement. Juste le sentiment, un peu comme toi, d'être légèrement dépassée par moments. Un instant, je suis sûre à cent pour cent. Le suivant, je suis assaillie par le doute. Et la minute d'après, retour à la case départ. D'où ça vient, d'après toi ?

Clare pressa brièvement la main d'Avery.

— Tu t'imagines inconstante dans tes relations, mais je ne sais vraiment pas d'où te vient cette impression. Je te connais depuis longtemps. Même si on ne fréquentait pas les mêmes gens, on était amies au lycée et toutes les deux capitaines des pom-pom-girls. Jamais tu ne m'as paru frivole ou indifférente aux autres. Et lorsque je suis revenu ici, après le décès de Clint, tu as été là pour moi, Avery. Je ne sais pas ce que j'aurais fait sans toi.

Ce fut au tour d'Avery de lui prendre la main.

— Tu n'auras jamais à te poser la question.

— Toi non plus. Tu n'es pas le genre à prendre une relation à la légère, Avery. Bon, il faut que j'y retourne. Je passerai vers 17 heures chercher les boulettes-spaghettis pour mes hommes.

— Je les ferai livrer. Tu t'épargneras un voyage.

Après le départ de Clare, Avery resta assise encore un moment. Les pauses, elle en avait eu sa dose. Et fini aussi de s'inquiéter pour l'avenir au lieu de profiter de l'instant présent.

Elle prit son téléphone et envoya un SMS à Owen.

Je finis dans une heure. Ça te dit de partager une bouteille de vin et une grande pizza à l'appart ?

Elle vida sa bouteille, puis sourit lorsque la réponse s'afficha.

Journée bientôt finie aussi. Je passe à Vesta boire une bière avec Ryder. Te raccompagnerai chez toi.

— Me raccompagner, comme c'est mignon. Voilà un petit ami qui prend son rôle au sérieux.

Avery se leva, esquissa quelques pas de danse, puis se remit au travail.

13

Le matin de l'inauguration de l'Hôtel Boonsboro il gelait à pierre fendre, et l'après-midi, on claquait toujours autant des dents. Avery calcula qu'elle avait dû parcourir une bonne trentaine de kilomètres en allers et retours incessants.

Et elle ne regrettait pas un seul mètre.

Toute la journée, Hope et Carol-Ann astiquèrent à qui mieux mieux et veillèrent au moindre détail. Chaque fois qu'Avery revenait, de nouveaux bouquets ornaient les tables, les manteaux de cheminée et les rebords des fenêtres de la salle à manger. Les meubles de jardin avaient été disposés dans la cour paysagère et sur les terrasses, tandis qu'à l'intérieur de chaleureuses flambées crépitaient dans les foyers.

Les bras chargés de plateaux, Avery croisa Hope – en jean et tee-shirt – qui signait le bon de livraison pour la vaisselle de location.

— Je reviens, lui dit-elle. Un de mes employés apportera le reste. La suite se fera au fur et à mesure des besoins.

— Nous sommes pile dans les temps. Carol-Ann est rentrée se changer.

— Je file aussi. Je reviens dans une heure.

— Prends ton temps, fit Hope avec sa sérénité coutumière. Nous sommes à l'heure.

— Pourquoi suis-je si nerveuse ? Après tout, ce n'est pas mon hôtel, lâcha Avery avant de se ruer vers la porte et de retraverser la rue au pas de course.

Cinquante-cinq minutes plus tard, son sac pour la nuit au bras, fière de sa promptitude, elle était de retour et trouva Hope assise au bar. Vêtue d'une sublime robe rouge.

— Déjà habillée ? Et tu es divine. Ce n'est pas juste. Je vais devoir te haïr une fois de plus.

— J'ai profité d'un temps mort. Je ne tenais pas à devoir courir là-haut finir de me préparer une fois les Montgomery dans les murs. Ce qui ne saurait tarder.

— J'étais censée être prête la première. C'est agaçant.

— Il faut que tu t'y fasses, répondit Hope qui haussa les sourcils sous sa frange effilée. Puis-je te faire remarquer que tu portes deux chaussures différentes ?

— Laquelle convient le mieux ? s'enquit Avery qui tendit un pied après l'autre, puis fit une rapide pirouette. Je n'arrive pas à me décider. Et la robe ne va pas, non ? Elle est grise.

— Elle n'est pas grise, elle est poussière de lune. J'adore le brillant du bustier. Où as-tu déniché ces chaussures saphir ? Je les veux.

— Je les ai achetées l'année dernière dans un moment de faiblesse, mais je ne les ai encore jamais portées. Je n'étais pas sûre que…

— Tu peux l'être. Je vais te dire ce qui est agaçant : que tu fasses une pointure de moins que moi. Sinon, je t'aurais déjà piqué tes chaussures. Méfie-toi, j'en suis encore capable.

— Va pour les bleues alors. Est-ce que je peux déposer mes affaires et les escarpins noirs chez toi ?

— Vas-y.

— Je reviens tout de suite.

Avery se déchaussa et courut jusqu'au deuxième en collants. Elle posa le sac et les escarpins dans l'entrée, et enfila les chaussures bleues.

En redescendant, elle ne put résister à la tentation d'aller jeter un coup d'œil dans la chambre Nick et Nora. C'était là qu'elle passerait la nuit. Avec Owen. Dans ce lit magnifique, au milieu des fleurs qui embaumaient et du cristal qui scintillait.

Ils seraient les premiers à faire l'amour dans cette chambre. Cette perspective avait quelque chose de magique.

Elle se retourna en entendant des pas et sourit.

— Owen, je pensais justement à toi, et te voilà. Et séduisant à souhait en prime.

Il portait un costume sombre élégant, et une cravate... d'une couleur presque identique à celle de sa robe !

— Tu ne cesses de me surprendre, Avery.

Le sourire de la jeune femme se fit chaleureux.

— La soirée réclame un certain style, et nous n'en manquons pas, je dois dire. Je songeais au bonheur et à la fierté que ta famille et toi devez ressentir. C'est dingue parce que moi aussi, je suis heureuse et fière, alors que je n'ai rien fait.

— Bien sûr que si. Tu nous as nourris. Tu nous as aidés à transporter les meubles, à nettoyer. Et c'est grâce à toi que nous avons trouvé Hope.

— C'est vrai. Et j'ai monté ce lampadaire toute seule comme une grande, ajouta-t-elle, le regard aussi brillant que la pampille de cristal à laquelle elle donna une légère chiquenaude. Ça compte.

— Et comment, approuva Owen. À propos, j'ai quelque chose pour toi. Pour te remercier de ta contribution à la réussite de cette entreprise.

— Un cadeau ? fit-elle, tout étonnée, en s'avançant vers lui. Je n'ai rien fait qui mérite un cadeau – même si l'on considère l'assemblage de la lampe –, mais j'adore les cadeaux. Alors je l'accepte.

Il sortit un petit paquet de sa poche, récupéra le papier qu'elle s'empressa de déchirer, et le froissa dans son poing tandis qu'elle ouvrait l'écrin.

— Mon Dieu, c'est magnifique !

Elle découvrit une petite clé de platine attachée à une fine chaîne rehaussée de minuscules diamants.

— Quand j'ai vu ce bijou, j'ai su qu'il était pour toi. C'est un symbole. La clé de l'Hôtel Boonsboro. À utiliser quand bon te semblera.

— L'idée du symbole me plaît aussi beaucoup. Merci, merci, répéta Avery avant de l'embrasser. Je l'adore. Mes premiers diamants.

— Ils sont un peu riquiqui.

— Aucun diamant n'est riquiqui. J'aimerais le porter maintenant.

— Attends, je vais t'aider.

Owen se glissa derrière elle et s'affaira avec le fermoir. Une main sur la petite clé, elle étudia leur reflet dans la psyché au cadre d'argent.

Puis elle couvrit de sa main libre celle qu'Owen avait posée sur son épaule.

À la vue du couple qu'ils formaient dans le miroir, elle en resta sans voix. Lorsque leurs regards se croisèrent, les papillons la reprirent au creux du ventre, puis une sensation nouvelle se déploya en elle, un battement sourd qui irradia dans tout son corps.

— Owen…

Quels que soient les mots qu'elle aurait pu prononcer, ceux-ci restèrent coincés dans sa gorge.

— Owen, répéta-t-elle.

— Oui, je vois.

Elle déglutit.

— Qu'est-ce que tu vois ?

— Elle. Elizabeth.

— Je vois une ombre. Une silhouette.

— Elle sourit, mais ses yeux sont embués de larmes. Elle… Est-ce qu'elle salue ? Non, elle me montre sa main. Sa main gauche. Une bague. La petite pierre dessus est rouge.

— Un rubis ?

— Je ne crois pas. Elle est plus foncée, je crois.

— Un grenat ?

— Peut-être, fit-il. Une bague de fiançailles ?

Dans sa tête, le mot passa comme un souffle, doux comme un souhait. *Billy.*

— Tu as entendu ?

— Non. Je sens son parfum et je distingue sa silhouette, je crois. Ou je croyais, souffla Avery quand l'ombre s'évanouit. Qu'as-tu entendu ?

— Elle a répété son nom. Billy.

Avery se tourna vers lui.

— Une bague de fiançailles, tu dis ?

— C'est juste une hypothèse.

— Elle t'a montré la bague et ensuite tu l'as entendue prononcer son prénom. Je miserais sur la bague de fiançailles. Billy et elle allaient se marier. Nous devons le retrouver pour elle, Owen.

L'urgence dans sa voix quand elle se retourna vers lui et lui agrippa les bras le surprit.

— Je ferai de mon mieux.

— Si longtemps, murmura Avery. Si longtemps à attendre.

Voilà qui lui donnait espoir. Il était donc possible que l'amour compte plus que tout. Au point de durer par-delà la mort.

— Je n'ai pas eu le temps de faire des recherches très précises, ce qui explique sans doute qu'elles n'aient encore rien donné. Mais, dès demain, je m'y colle. À présent, il faut qu'on descende. On coupe le ruban dans une vingtaine de minutes.

— J'avais promis à Hope que je la rejoignais tout de suite pour l'aider, et je me suis laissé distraire, commenta Avery, la main sur son pendentif. Merci encore.

— Il va bien avec la robe, répondit Owen qui lui caressa distraitement l'épaule. Vas-y, je te suis.

Il pénétra seul dans la chambre Elizabeth et Darcy.

— Désolé, j'ai été occupé par les derniers préparatifs de l'inauguration, mais je vous promets d'essayer de le retrouver. Il faut que vous sachiez qu'il va y avoir beaucoup de passage ici ce soir. C'est une fête, vous comprenez ? Et cette nuit, ma mère va dormir dans cette chambre. C'est ma mère, alors… Enfin, je voulais juste vous informer. Mais Beckett l'a sûrement déjà fait. C'est un grand soir pour ma famille, pour la ville. Bon, il faut que j'y aille.

Il crut sentir quelque chose effleurer le revers de sa veste – comme une main de femme.

— Euh… bonsoir.

Il jeta un regard par-dessus son épaule avant de sortir, mais ne vit rien.

Après des siècles de vicissitudes et de négligence, le vieil hôtel sur la Grand-Place de Boonsboro ouvrait de nouveau ses portes. Les invités visitaient les chambres chaleureuses et accueillantes, se retrouvaient par petits groupes devant les flambées ou bavardaient entre voisins dans la cuisine ouverte.

La lumière baignait des espaces demeurés si longtemps dans l'obscurité ; les voix leur redonnaient vie après des années de silence. Les visiteurs foulaient les beaux carrelages et les parquets cirés, se prélassaient dans le canapé jaune beurre ou sirotait un verre sous une arche. Les courageux affrontaient le froid pour admirer la cour paysagère ou la vue d'une des élégantes terrasses.

Certains perçurent çà et là des effluves de chèvrefeuille, mais ne se posèrent pas de questions. Plus d'une fois, quelqu'un sentit un frôlement sur son épaule et, se retournant, ne vit personne. À deux reprises, Owen, qui faisait visiter Elizabeth et Darcy, trouva la porte de la galerie ouverte. Il se contenta de la refermer, tandis que les invités s'extasiaient sur le lit ou l'abat-jour en verre coloré de la lampe de chevet.

— Arrêtez, souffla-t-il avant de poursuivre la visite comme si de rien n'était.

Plus tard dans la soirée, il revint vérifier et fut satisfait de trouver les portes closes. « Sans doute trop occupée à faire la fête pour me jouer des tours », songea-t-il.

Alors qu'il se détournait pour sortir, Franny entra, vêtue pour l'occasion d'un tailleur-pantalon noir sur un chemisier à frou-frou au lieu de ses habituels jean et tee-shirt.

— Bonsoir ! lança-t-elle. J'ai apporté quelques plateaux supplémentaires, et j'en profite pour participer à la visite.

— Tu es très élégante, Franny.

— Merci. Je tenais à me mettre un peu sur mon trente et un vu que je fais les allers-retours entre Vesta et l'hôtel. Dis donc, Owen, quelle splendeur ! s'extasia la jeune femme en balayant la pièce d'un regard circulaire. Je sais que vous avez consacré beaucoup de temps et de travail à cet hôtel, mais, franchement, le résultat est à la hauteur.

— Merci. Nous en sommes vraiment fiers.

— Je n'ai vu que cet étage et je serais déjà bien en peine de choisir ma chambre favorite.

Toute la soirée, il avait entendu des variantes de ce commentaire, mais il le faisait encore sourire.

— Pareil pour moi. Je te fais visiter ?

— Non, ne te dérange pas. Je vais me débrouiller. J'adore explorer, avoua-t-elle en riant. Et je tombe sur des gens dans tous les coins. Je viens juste de voir Dick dans Eve et Connors.

— Dick le coiffeur ou Dick le banquier ?

— Le coiffeur. Et j'ai croisé Justine avec les parents de Clare dans la bibliothèque.

Passant devant lui, Franny entra dans la salle de bains.

— Regarde un peu cette baignoire ! On la croirait tout droit sortie d'un roman anglais.

— C'est l'idée.

— Une idée géniale. Je pourrais passer ma vie dans cette salle de bains. Remarque, j'ai dit la même chose pour toutes les autres jusqu'à présent. Ne t'inquiète pas pour moi. Retourne à la réception.

— C'est sympa de faire une petite pause.

— J'imagine. Puisque je te tiens, c'est l'occasion de te dire à quel point je suis contente que vous soyez ensemble, Avery et toi.

— Ah.

— Je vous voyais comme des amis – je ne suis pas la seule, je pense –, ç'a donc été une surprise. Une belle surprise.

— Pour nous aussi, en fait.

— C'est bien. Avery mérite d'être heureuse, et il me semble que tu la mérites aussi.

— Je fais de mon mieux.

— Je m'en réjouis. Elle m'est très chère.

— Je sais.

Franny revint vers lui et lui tapota le torse.

— Pour ta gouverne, sache que si tu as le malheur de la faire souffrir, je glisserai une dose massive de laxatif dans ta *calzone*. Tu ne verras pas le coup venir.

Elle haussa les sourcils et hocha la tête.

— Et parce que tu m'es aussi très cher et que je suis juste, je lui ferais subir le même sort dans le cas contraire.

Par simple précaution, il éviterait peut-être les *calzones* un moment.

— Tu es un peu effrayante, Franny.

— J'espère bien. Bon, je passe à côté.

À peine la jeune femme partie, il perçut un rire léger et un effluve de chèvrefeuille.

— Ah oui, vous les femmes, vous êtes vraiment tordantes !

Sur le point de sortir, Owen s'arrêta net comme la silhouette massive de Willy B s'encadrait dans la porte. Si les chefs de clan des Highlands écossais portaient des costumes et des cravates à pois, alors ils ressembleraient comme deux gouttes d'eau à Willy B MacTavish.

— Salut, fit-il. En fait, je cherchais Justine.

— Aux dernières nouvelles, elle était dans la bibliothèque. Elle s'y trouve peut-être encore. C'est au bout du couloir, à gauche.

— Oui, je me souviens.

Willy B se balançait d'un pied sur l'autre, signe manifeste qu'il s'apprêtait à aborder un sujet qui l'embarrassait.

— Euh… puisque je te tiens…

— Décidément.

— Pardon ?

— Rien, rien.

Le père d'Avery entra dans la chambre et jeta un coup d'œil derrière lui.

— Je me suis dit qu'il serait préférable de vous prévenir, tes frères et toi, que… Justine m'a demandé…

Son regard vagabondait dans la pièce. À l'évidence, le pauvre ne savait plus où se mettre.

— Elle m'a demandé… de rester cette nuit, lâcha-t-il en rougissant. Ici. Tu comprends ?

— Ah.

Owen fourra les mains dans ses poches. Il aurait dû voir venir le coup.

— Je comprends que tu puisses te sentir un peu… reprit Willy B. Moi-même, je me sens un peu… Mais bon.

— Puis-je me permettre de vous poser une question ? Vous avez des projets, tous les deux ?

— Ta mère m'est très chère. J'adorais ton père.

— Je sais.

— Il tenait à ce que je veille sur elle. C'est ce que j'ai fait et… C'est un tempérament, ta mère. J'éprouve un grand respect pour elle. Jamais je ne pourrais lui faire le moindre mal. Plutôt me couper une main.

— D'accord, Willy B.

— Bien. Et maintenant, il faut que j'aille parler à Ryder et à Beckett.

— Je m'en charge.

Sinon, le pauvre allait encore bredouiller pendant une heure et demie.

Willy B acquiesça d'un hochement de tête, puis s'éclaircit la voix.

— Euh… Avery et toi, vous êtes… mon Avery…

C'était reparti pour un tour.

— Tout ce que vous avez dit au sujet de ma mère ? Vous remplacez son nom par Avery. Elle compte beaucoup pour moi. Elle a toujours beaucoup compté.

— Je sais. Et elle a toujours eu un faible pour toi.

Si Willy B insistait, il risquait de piquer un fard lui aussi et de ne plus savoir où se mettre.

— Je ne sais pas.

— Peut-être, mais moi, je le sais. Tout comme je sais qu'elle souffre encore au fond d'elle-même à cause de sa mère. Je veux que tu fasses attention à elle, Owen. Elle est solide, ma fille, mais elle se meurtrit facilement à certains endroits. Il est facile d'oublier ça, alors… n'oublie pas. Bon, eh bien, j'imagine que c'est tout.

Après un long soupir de soulagement, Willy B jeta un regard à la ronde.

— Cet endroit est un vrai palais. Là-haut, Tommy doit être fier de Justine et de ses fils. Très fier. Bon, je ferais mieux d'y aller.

Enfin seul, Owen s'assit au bord du lit. Sa mère et Willy B, c'était quand même dur à avaler. Ici, dans cette chambre… À cette pensée, il se releva d'un bond.

Mieux valait ne pas y penser.

La porte de la galerie s'entrouvrit.

— Vous avez raison, dit-il. Je prendrais bien un peu l'air.

Il sortit et réprima un sifflement sous l'assaut du froid. Une bière n'aurait pas été de trop.

Il observa Vesta, les lumières, les gens qui s'agitaient derrière la vitrine. L'œuvre d'Avery. Ils avaient fourni les murs, mais c'était elle qui avait créé ce restaurant de toutes pièces. Et elle s'apprêtait à recommencer.

Forte, intelligente, travailleuse. Tel était le portrait d'Avery. Quand sa mère avait pris ses cliques et ses claques, elle avait serré les dents et tenu bon. À l'école, elle avait gardé la tête haute, même s'il savait pertinemment que certains élèves lui avaient mené la vie dure. Du reste, il avait mis les choses au point avec un ou deux abrutis, se remémora-t-il. Sans doute ne l'avait-elle jamais su, tout comme elle ignorait qu'une fois, peu de temps après le départ de Traci MacTavish, en rentrant du lycée, il l'avait surprise en pleurs dans les bras de leur mère. Il s'était éclipsé sans bruit, et quand il était revenu un peu plus tard, elle s'était ressaisie et avait les yeux secs.

Il était rare de la voir secouée. Mais Willy B avait raison : elle devait se meurtrir facilement à certains endroits, et il avait intérêt à faire attention.

Jusqu'à présent, il n'avait guère réfléchi à leur nouveau statut, mais sa conversation avec Franny et Willy B lui avait ouvert les yeux : entre eux, c'était devenu sérieux. Pourtant, il ne l'avait jamais invitée au cinéma, au restaurant ou à un concert. Il ne lui avait pas même offert un bouquet de fleurs.

D'accord, le cadeau qu'il lui avait offert lui permettait de marquer quelques points, mais il était encore loin du compte.

S'il voulait une relation digne de ce nom, et il y tenait sincèrement, il devait faire davantage d'effort.

— Je n'ai fait aucun effort, murmura-t-il. Un échec lamentable.

« Nouveau départ », décréta-t-il en pivotant pour rentrer.

Il remarqua une bouteille de Heineken sur la table entre les portes.

— Comment avez-vous réussi ce tour de magie ?

Un frisson remonta le long de sa colonne vertébrale tandis qu'il attrapait la bouteille.

— Je ne sais pas si je dois avoir la frousse ou trouver ça pratique, mais merci.

Il avala une gorgée.

— Je suis là, frigorifié, à parler tout seul et à boire une bière servie par une revenante.

Secouant la tête, il rentra et verrouilla la porte. Puis il partit à la recherche d'Avery.

Il aurait dû deviner qu'elle se rendrait utile ; il la trouva dans le salon, occupée à servir du champagne aux invités.

— Où est le tien ? s'enquit-il

— Ah, te voilà ! Mon quoi ?

— Ton champagne.

— J'ai dû laisser mon verre dans la cuisine en allant reporter des plateaux.

— Tu n'es pas ici pour travailler, mais pour t'amuser, lui rappela Owen.

Il lui prit la bouteille, l'entraîna vers le plateau de flûtes vides, et lui en remplit une.

— Mais je m'amuse, assura-t-elle. Dis donc, tu as les mains glacées.

— Je suis sorti quelques minutes. Trouvons un endroit pour nous asseoir. Tu devrais souffler un peu.

— Tu dois bavarder avec les gens.

— J'ai eu ma dose. Maintenant, j'ai envie de passer un peu de temps avec toi.

Se penchant, il l'embrassa sur la bouche.

Avery cilla, étonnée. Leur relation n'avait certes rien de clandestin, mais c'était la première fois qu'il l'embrassait ainsi en public. Elle sentit des regards curieux.

— Ça va ?

— Très bien, répondit-il en drapant le bras sur ses épaules pour la guider vers l'escalier. Et toi ?

— On ne peut mieux. Je voulais juste vérifier le…

— Avery, tu n'as pas à vérifier quoi que ce soit. Il y a tout ce qu'il faut, les gens apprécient la soirée. Détends-toi.

— À une réception, je ne me détends que si je travaille. J'ai les mains qui me démangent.

— Owen ?

Charlie Reeder, ami de longue date et policier municipal, s'approcha.

— J'aurais besoin de ton aide une minute.

— Quel est le problème ?

— Ton cousin, Spence. Il a sifflé pas mal de verres ce soir et refuse de donner ses clés de voiture. J'ai essayé de le convaincre, mais il devient agressif. Je n'ai pas envie d'être obligé de l'arrêter. Si tu lui parles, il va peut-être se calmer.

— D'accord, j'y vais. Je reviens.

Owen passa presque vingt minutes à raisonner son cousin. Lorsque celui-ci n'était pas avachi contre lui, il essayait de marcher en ligne droite pour lui prouver qu'il était en pleine possession de ses moyens. Après trois chutes, cependant, il finit par lui remettre ses clés.

— Je vais le reconduire chez lui, proposa Charlie. Nous devons rentrer de toute façon. Les enfants sont avec une babysitter. Charlene me suivra avec la voiture.

— Merci, c'est gentil.

— De rien, c'est normal, répondit le policier qui contempla un instant la cour, les mains sur ses hanches minces. Sacré endroit. J'ai réservé une nuit pour notre anniversaire de mariage en mai. Une surprise pour Charlene.

— Quelle chambre ?

— Celle avec les draperies autour du lit et l'énorme baignoire en cuivre semble avoir sa préférence.

— Titania et Oberon. Bon choix.

— Hope m'a convaincu de prendre un forfait avec bouteille de champagne, un dîner pour deux et tout ce qui s'ensuit. Ce sont nos dix ans, il faut marquer le coup.

— Hope y veillera.

— Bon, je vais t'aider à faire monter Spence dans la voiture.

— Je m'en charge pendant que tu vas chercher Charlene. Merci encore pour le coup de main.

— Pas de problème.

Quand Owen rentra, la foule s'était clairsemée. Sa nouvelle tentative pour retrouver Avery fut retardée par des invités sur le départ qui l'arrêtèrent pour le remercier et le complimenter. Il en était très heureux, mais réalisa que, pour leur deuxième réception en couple, il avait passé plus de temps sans Avery qu'en sa compagnie.

Et elle, davantage à servir qu'à se faire servir.

Il la dénicha dans la salle à manger, en train de débarrasser les tables.

— Tu ne sais donc pas te comporter en invitée ?

— Pas vraiment. Et j'ai promis à Hope et à Carol-Ann de les aider à ranger après. C'est une réussite, Owen. Tout le monde a passé un bon moment et apprécié la visite. Avec quelques réservations supplémentaires à la clé.

— Il paraît, oui. Où est ton champagne ? s'enquit-il en lui prenant sa pile d'assiettes des mains.

— J'ai posé ma flûte quelque part, mais je l'ai presque vidée cette fois. Je viens d'envoyer ta mère dans la bibliothèque. Nous allons monter un plateau de fromages, fruits frais et crackers. Vous n'avez pas dû manger grand-chose ce soir. Va la rejoindre, insista-t-elle en lui reprenant les assiettes. Je finis ici avec Hope, je récupère mon sac dans son appartement et j'arrive.

— Je vais le chercher. Où est-il ?

— Juste à côté de la porte d'entrée, mais c'est fermé.

— Je vais demander la clé à Hope.

Il passa prendre les affaires d'Avery, mit une bouteille de champagne à rafraîchir dans un seau à glace, ajouta deux flûtes, et emporta le tout dans la chambre Nick et Nora. Puis il alla retrouver sa famille et les parents de Clare dans la bibliothèque.

— Je n'avais pas l'impression d'avoir aussi faim, avoua Justine, qui venait de s'emparer de quelques crackers. Ah, voilà le fils manquant !

— Spence, dit-il en guise d'explication. Il a fallu faire preuve de persuasion.

— Tu aurais dû m'appeler à la rescousse. Ce garçon m'écoute.

— C'est réglé, assura-t-il en prenant une poignée d'olives avant de s'asseoir sur le tapis. Ils sont venus, ils ont vu, nous avons conquis.

— Et comment, approuva Beckett, lové contre Clare sur le canapé qu'ils partageaient avec sa mère et Willy B.

— Mission accomplie, soupira Justine. Quand je pense aux deux dernières années…

— Vous recommenceriez ? demanda Rosie, la mère de Clare.

— Ne lui mettez pas d'idées en tête, bougonna Ryder, les yeux au plafond.

— Pas ça, non, répondit Justine. C'est l'œuvre d'une vie.

— Merci, mon Dieu.

En riant, elle décocha un coup de pied à Ryder.

— J'ai d'autres idées, reprit-elle. Pour plus tard. Ce soir, je lève mon verre en l'honneur de mes fils. Grâce à vous, mon rêve est devenu réalité.

Ryder posa la main sur la sienne.

— Tu fais de beaux rêves, dit-il après un silence. Rends-moi juste un petit service : dors tranquille un moment.

À en juger par la lueur qui pétillait dans son regard tandis qu'elle sirotait son champagne, Owen soupçonna sa mère d'avoir déjà un nouveau rêve en tête.

14

La soirée prit fin tard et en douceur. Justine et son père, remarqua Avery, avaient fait en sorte que leur arrangement pour la nuit ne soit pas trop gênant pour leurs enfants.

Du moins les garçons, corrigea-t-elle, car elle-même ne ressentait pas le moindre embarras.

Son père prit congé de son pas pesant, tandis que Justine s'attardait encore un peu. Quelques minutes plus tard, elle leur souhaitait bonne nuit à son tour.

D'un accord tacite, personne ne mentionna le fait que tous deux passeraient la nuit ensemble juste au bout du couloir.

Si elle y songeait, qu'elle-même et Owen dorment à l'autre extrémité de ce même couloir pouvaient être source d'un certain embarras – ou, plus probablement, d'un certain amusement dans son cas.

Alors elle n'y songea pas.

Une fois dans leur chambre, Avery s'étira comme un chat. Ravie, elle pivota sur elle-même pour embrasser la chambre du regard – et découvrit le champagne dans le seau à glace.

— Tu as fauché une bouteille !

— *Sauvé* me paraît plus adapté, répliqua Owen avant d'aller faire sauter le bouchon.

— J'ai l'impression d'être en plein rêve – ou d'avoir le rôle principal dans une pièce de théâtre superbement mise en scène. Après une belle et joyeuse réception, du champagne servi par un beau gosse… Si j'avais une liste, je vérifierais si tout est coché, mais je crois d'ores et déjà que oui.

Il lui tendit une flûte.

— Maintenant, oui.

Ils entrechoquèrent leurs verres, et elle but une gorgée tout en arpentant la chambre.

— La soirée s'est vraiment bien passée, non ? Beaucoup de visages radieux, de conversations animées.

— Et en prime, tu as participé à la plupart des conversations. Tu as le don d'ubiquité ou quoi ?

— À une réception, je ne peux pas rester en place, reconnut Avery en se déchaussant. Il faut que je m'active, sinon j'ai peur que quelque chose ne m'échappe. Tu as disparu un moment.

Owen ôta la cravate qu'il avait déjà desserrée.

— J'ai joué les guides avec plusieurs personnes, après quoi, j'ai dû aller fermer les portes dans Elizabeth et Darcy.

— Elizabeth a fait des siennes. J'ai senti son parfum plusieurs fois.

— Là-haut, je suis tombé sur ton père. Il voulait me prévenir qu'il restait dormir ici. Avec ma mère.

Avery s'adossa à la commode et le dévisagea en sirotant son champagne.

— Hmm, je m'en doutais. Et comment ça s'est passé ?

— Il a tourné un moment autour du pot, comme à son habitude, et a fini par trouver les mots justes. Pendant ce temps, je luttais désespérément pour chasser toute image parasite de mon esprit. On s'en est bien sortis tous les deux.

— Parfait. Je pense…

— Dans la foulée, il m'a fait la leçon à ton sujet.

— Il a… quoi ?

Envolé le petit sourire amusé, nota Owen.

— Là, plus question de tourner autour du pot. Il se montre beaucoup plus direct quand il s'agit de sa fille.

— C'est la meilleure de la journée, commença-t-elle. Quoique… Tout bien réfléchi, c'est plutôt gentil. Et drôle. Comment as-tu pris la chose ?

Owen ôta ses chaussures et les rangea près des siennes.

— C'était un peu bizarre. Et assez éclairant.

— Vraiment ? fit Avery avec une curiosité amusée. Qu'a-t-il dit ?

— Ça reste entre hommes.

Elle leva les yeux au ciel, et il la rejoignit.

— Tu es son Avery. Le centre de son univers, je dirai. Tu es importante pour moi aussi, tu sais.

Elle lui sourit.

— C'est agréable d'être importante.

Il se débarrassa de son verre, posa les mains sur les épaules d'Avery, descendit jusqu'aux coudes et remonta.

— Tu comptes plus que tu ne l'imagines. Je ne te l'ai peut-être pas dit, ou montré.

Il avait l'air tellement grave, son beau regard bleu d'ordinaire si serein était soudain si intense qu'elle en fut quelque peu déstabilisée.

— On se connaît depuis longtemps. On sait que l'on tient l'un à l'autre.

— C'est vrai, approuva-t-il avant d'effleurer sa bouche d'un baiser infiniment doux. Mais ce qui nous arrive maintenant, c'est différent.

— Maintenant il y a ça.

Elle inclina la tête en arrière et lui offrit ses lèvres.

Pas seulement, songea-t-il tandis que leurs langues entamaient une danse sensuelle. Il la sentit s'abandonner peu à peu, et comprit à cet instant que c'était exactement ce qu'il voulait. Un long et lent abandon.

Il lui prit sa flûte, la posa près de la sienne. Tout chez elle était si vif, si vibrant que, chaque fois, il était surpris par sa douceur. La douceur de ses lèvres, de sa peau. Et de son cœur. Au fond de lui, il l'avait toujours su, mais... Il se promit d'y faire davantage attention.

— J'adore ta peau, ta bouche, murmura-t-il. Et cette façon dont ton regard trahit ce que tu ressens.

Elle appuya les paumes contre la commode dans son dos.

— En ce moment, je suis éblouie.

— Bien. Je ne suis pas le seul alors.

Il encadra le visage d'Avery de ses mains et, après un dernier baiser aussi tendre que son cœur, la souleva dans ses bras.

Elle en eut le souffle coupé. Elle s'attendait à une bonne partie de rigolade, et voilà qu'il la prenait au dépourvu avec cet élan de tendresse émouvant au possible qui la désarçonnait, la laissait toute faible et tremblante.

— Owen.

Il la déposa sur le lit, lui prit la main et la pressa.

— Tes mains sont si petites. Elles paraissent fragiles, alors qu'elles sont infatigables. Première surprise. Et puis, il y a tes épaules, continua-t-il en faisant glisser une bretelle. La peau en est douce et pâle, mais elles sont solides.

S'inclinant sur elle, il fit glisser sa bouche de son épaule à sa gorge.

Le luxe de la chambre, les senteurs enivrantes et les mains d'Owen, aussi légères que des plumes... Tout en elle s'abandonna. À lui, à l'instant, à ce nouveau cadeau aussi inattendu que la petite clé scintillante à son cou.

Il lui ôta sa robe avec délicatesse, déposant sur sa peau nue une pluie de baisers qui lui arrachaient frissons et soupirs. Il contempla les reflets de la lumière dans ses yeux avant qu'elle ne les ferme, savoura les ondulations sensuelles de son corps sous ses mains et sa bouche.

Jamais elle n'avait connu une tendresse si touchante, jamais dans les bras d'un homme elle ne s'était sentie si... précieuse.

Les caresses d'Owen se firent plus fiévreuses, plus intimes, et elle se cramponna à lui, chevauchant la crête de la vague. Lorsque celle-ci se brisa, elle retomba sur le lit, sans force.

Les yeux rivés sur son corps alangui, offert, il se déshabilla et la rejoignit. Tremblant lui aussi d'un désir irrépressible, il s'enfonça en elle après un baiser passionné. Il dut faire appel à toute sa volonté pour contenir sa fougue, enchaîna les longs coups de reins puissants qui tiraient à Avery des gémissements de bonheur.

Il lui agrippa les mains, et le rythme de leurs ébats s'enfiévra, au point que l'air parut s'épaissir et pulser comme un cœur. Il ne voyait plus que son visage lorsqu'il articula son nom – ou peut-être le pensa-t-il simplement.

Avery ouvrit les yeux et leurs regards s'aimantèrent. Il captura ses lèvres avec passion et, ensemble, ils basculèrent dans l'étourdissant néant.

Dans le silence du matin, Owen regarda Avery dormir. C'était si rare de la voir immobile. Il se remémora toutes les étapes de la longue construction de l'hôtel. Jamais il n'aurait imaginé y passer sa première nuit avec Avery à ses côtés.

Et maintenant ? Qu'allait-il se passer ?

Calculer, planifier, anticiper, c'était son métier. Sa nature. Pourtant, il ne parvenait pas vraiment à visualiser avec netteté la prochaine étape de sa relation avec Avery. Bizarre – ils se connaissaient si bien. La suite ne devrait-elle pas s'imposer d'elle-même ?

Ce serait peut-être le cas. Alors pourquoi s'inquiéter ?

Il se glissa hors du lit, un peu surpris qu'elle ne bronche pas. Il tira sans bruit la porte de la salle de bains derrière lui et contempla la grande cabine de douche vitrée.

— Un petit essai s'impose, murmura-t-il.

Il testa les jets d'hydromassage, la pomme zénithale à effet pluie tropicale, renifla le gel douche au thé et au gingembre, et constata avec soulagement qu'il n'était pas trop féminin.

Lorsqu'il attrapa l'un des draps de bain moelleux pour se sécher, il était parfaitement réveillé, et décida qu'il avait envie d'un café. Tout de suite. Le rasage attendrait.

Il enfila son jean et une chemise en flanelle sur un tee-shirt. Il délaissa les chaussures – trop bruyantes dans l'escalier – et resta en chaussettes.

Avery n'avait toujours pas bougé.

Il se glissa hors de la chambre et gagna le rez-de-chaussée. Pas un bruit ne lui parvint avant qu'il bifurque en direction de la cuisine. Dans le couloir, il n'eut qu'à suivre les bonnes odeurs et le murmure de voix féminines.

— Bonjour, mon grand, lui lança sa tante, qui était occupée à égoutter le bacon. Du café ?

— C'est combien ?

Elle plissa les lèvres et accepta la bise qu'il lui offrit avant de prendre la cafetière. Il indiqua les vestes de chef que Hope et elle portaient.

— C'est nouveau ? demanda-t-il.

— Nous avons pensé que ça ferait plus soigné, expliqua Hope. Un peu plus chic que des tabliers.

— Ça me plaît.

Vif comme l'éclair, il s'empara d'une tranche de bacon avant que Carol-Ann ait le temps de repousser sa main.

Elle tendit un index accusateur vers lui.

— Pas de chapardage. Le petit déjeuner sera servi dans une demi-heure.

— Je goûte juste le bacon. Alors, comment as-tu trouvé la suite ?

— J'avais l'impression d'être une reine. Je tombais de fatigue, mais je n'ai pas pu m'empêcher de me promener, d'essayer chaque fauteuil, avoua-t-elle en riant. J'ai choisi tous les tissus qui les recouvrent avec Justine, figure-toi.

— Et toi ? Ta chambre t'a plu ? s'enquit Hope.

— Oh que oui ! Pour être fidèle à l'atmosphère, j'aurais volontiers porté un chapeau mou. Tout le monde doit apprécier parce que je n'ai pas entendu un bruit en descendant.

— Les invités ont le droit de faire la grasse matinée. Mais si tu as faim, on peut te servir tout de suite.

— Non, c'est bon, répondit-il, mais il subtilisa une autre tranche de bacon pendant que sa tante avait le dos tourné. Quoique je monterais bien du café à Avery.

— Comme il est gentil, commenta Carol-Ann, qui fronça les sourcils en le voyant mordre dans la deuxième tranche de bacon. Et rusé.

Hope remplit une tasse de café qu'elle prépara au goût d'Avery.

— Dis-lui de prendre son temps. C'est à cela que servent les plats chauffants.

Owen regagna l'étage et entra dans la chambre sur la pointe des pieds. Avery avait bougé et était à présent étendue de tout son long en travers du lit. Il s'assit au bord, se pencha pour l'embrasser sur la joue. Sans résultat. Il lui chatouilla le bras. Toujours rien. Renonçant aux méthodes douces, il la pinça.

— Eh ! Aïe !

— Je voulais m'assurer que tu étais encore en vie.

Avery se redressa et frotta ses yeux tout gonflés de sommeil.

— Je faisais un rêve à la Harry.

— Un rêve à la quoi ?

— Le Harry de Clare. Il fait souvent des rêves bizarres, très colorés. Je rêvais de girafes vertes avec des taches rouges. Genre ambiance de Noël joyeuse, sauf que ce n'était pas du tout joyeux. J'étais sur le dos d'une des girafes qui galopait, attifée comme Lady Gaga. Je crois. C'est du café ?

— Oui. À mon avis, tu en as bien besoin.

— Merci. Et le petit singe d'Animal Crackers me pourchassait, monté sur une autre girafe. Et il avait des dents monstrueuses.

— Ça t'arrive souvent, ces rêves loufoques ?

— Non, Dieu merci. Mais avec tout le champagne d'hier soir, ajouta-t-elle avec un sourire ensommeillé, ceci explique sans doute cela. Tu es déjà habillé ? Quelle heure…

Elle déchiffra l'heure au réveil et ouvrit de grands yeux.

— Mince, presque 8 heures !

— Quelle catastrophe, se moqua-t-il.

— Je voulais me lever à 7 heures pour aider Hope et Carol-Ann à préparer le petit déjeuner.

— Elles s'en sortent très bien. Détends-toi.

Il se glissa dans le lit à côté d'elle, la poussa un peu et s'empara de la télécommande pour allumer le téléviseur.

— On va se la couler douce ici avec un bon café et les nouvelles fraîches du monde.

Avery s'adossa aux oreillers et sirota son café.

— Sympa. Ça me plaît. Les autres sont levés ?

— Non.

Elle se détendit davantage.

— Alors je n'ai pas à culpabiliser. Ce sont comme des mini-vacances.

— Une mini-grasse matinée, tu veux dire.

— C'est déjà bien, je trouve.

Owen eut une inspiration.

— Et si on allongeait un peu ces mini-vacances ? Ça te dirait d'aller au cinéma ce soir ?

— Oh, mince, je fais la fermeture !

— Demain, alors.

— Tu veux voir un film en particulier ?

— On va y réfléchir.

— Pas de film d'horreur – ou avec des singes.

— Ça marche. Je passe te prendre vers 18 heures ? On mangera un morceau avant.

— Bonne idée.

« Pas mal, se félicita intérieurement Owen. Tu progresses. »

Des idées de printemps dans la tête malgré le froid mordant de ce début février, Avery faisait défiler des photos de robes de mariée sur son portable à l'arrière de la voiture de Hope.

— J'ai peur d'avoir trop tardé, se tracassa Clare. Nous aurions dû nous y mettre avant les fêtes.

— Nous avons tout le temps, la rassura Hope. Tu vas voir, c'est une boutique merveilleuse. Et si tu n'y trouves pas ton bonheur, j'ai encore deux autres adresses.

— Pas de robe blanche.

— Toute mariée a droit au blanc, objecta Hope. Mais surtout à la couleur et au style qui lui conviennent. Ne te fixe pas de limites à l'avance.

— Nous devions nous en tenir à un petit mariage en famille l'après-midi, mais…

— C'est la première fois pour Beckett, acheva Avery qui, tout en poursuivant ses recherches, débita la liste des arguments que Clare avait déjà exposés. Les garçons sont tout excités. Tu veux un événement mémorable dont Beckett et toi vous souviendrez toute votre vie. L'Hôtel Boonsboro constitue l'endroit idéal. Je continue ?

— Non, répondit Clare en lui jetant un regard par-dessus son épaule. Tu as trouvé quelque chose ?

— Désolée, je n'arrête pas d'être distraite par les longues robes blanches. Regarde un peu celle-ci. Une œuvre d'art.

Elle tendit son portable à Clare.

— Sublime pour un premier mariage – et avec un budget illimité, commenta celle-ci. Mon Dieu, regarde cette traîne. Et les perles brodées sur la jupe.

— J'adore, mais ce n'est pas pour moi, déclara Avery. Je me noierais dans une robe aussi imposante.

Hope jeta un coup d'œil dans le rétroviseur.

— Quelque chose que nous devrions savoir ?

— Euh… je suis courte sur pattes ?

— Je parle d'Owen et de toi – et de robes de mariée.

— De robes… ? Non ! s'écria Avery qui reprit son téléphone et, après un dernier regard au modèle, passa à un autre. Simple réflexe pour une femme de s'imaginer dans un modèle quand elle regarde des robes de mariée.

— Mais tout va bien entre vous, insista Clare en se tournant à demi sur son siège.

— Très bien même. Malgré nos emplois du temps de dingues, nous avons réussi à sortir deux fois. Vous savez, dans ces endroits où des gens vous servent des plats que d'autres ont préparés ? Et puis, je teste sur lui les menus potentiels du MacT. C'est un bon cobaye.

— Toujours les papillons ? s'enquit Hope.

— Plus que jamais. Et des petites crispations en prime. C'est bien, mais un peu perturbant.

— Je sais, dit Clare avec un sourire.

— Ce n'est pas comme Beckett et toi.

— Pourquoi ?

— Parce que c'est Owen et moi, et que nous... je ne sais pas exactement. Mais peu importe, aujourd'hui, il s'agit de toi.

— Nous avons toute la journée, lui rappela Clare.

— Et elle commence maintenant, annonça Hope en s'engageant dans un parking.

Elle trouva une place aussitôt

— C'est de bon augure, ajouta-t-elle. La boutique se trouve juste là.

— Vous avez vu cette robe ? s'affola Clare, les yeux rivés sur un luxueux modèle en soie blanche exposé en vitrine. Elle est superbe, mais beaucoup trop sophistiquée et formelle. Je ne crois pas que ce soit le bon endroit. Je ne veux pas...

— Fais-moi confiance, coupa Hope.

Avery ouvrit sa portière à la volée.

— Et même si tu ne veux pas, je n'ai pas envie de louper une occasion de jouer là-dedans.

Sans laisser à Clare le temps de protester, Avery jaillit de la voiture, puis alla en extirper son amie.

— On va s'amuser comme des folles.

Elle ne mentait pas.

Elles pénétrèrent dans un royaume scintillant où le blanc, l'ivoire et le crème, les mètres de tulle et les perles rebrodées étaient à l'honneur. En jean et bottes, Avery essaya un voile, et prit la pose.

On aurait dit, décida-t-elle, qu'elle avait un volcan de tulle sur le crâne. Elle se tourna brusquement vers Clare.

— Pas touche !

Surprise par la virulence de l'ordre, Clare obéit.

— Ils sont pourtant élégants, ces tailleurs.

— Pas question que tu portes un tailleur, élégant ou pas. Ils sont réservés aux belles-mères.

— Mais…

— Beaucoup trop conventionnel, renchérit Hope, les bras croisés avec autorité. Pas question.

— Je ne veux rien de formel ou de sophistiqué. Pas de chichis, quelque chose de simple.

— Va pour la simplicité, concéda Avery avec un hochement de tête. C'est la mariée qui décide.

— Alors je…

— Sauf pour les tailleurs.

— J'aime vraiment beaucoup le vert amande.

— Il est ravissant, acquiesça Hope. Pour aller au mariage de quelqu'un d'autre, à un thé distingué ou à un gala de charité.

Encadrant Clare, Hope et Avery l'entraînèrent loin des tailleurs.

— Nous devrions choisir d'abord vos robes, suggéra Clare. Ce serait un bon point de départ.

— Un peu de sérieux. C'est ta robe le point de départ, pas l'inverse.

Toujours affublée du voile, Avery s'aventura dans un autre rayon.

Les premières suggestions furent jugées trop sophistiquées, trop blanches, trop soirée en boîte.

— Par pitié, pas rose.

— Ce n'est pas rose-rose, protesta Avery. C'est un rose doux, très pâle. Et regarde la forme de la jupe.

Les lèvres pincées, Hope l'examina avec attention.

— J'adore la fluidité de cet ourlet en diagonale. La partie la plus courte doit s'arrêter juste au-dessus du genou et la plus longue descendre à mi-mollet.

— Je ne sais pas. Je…

— Bon, on va établir une règle, décida Avery. Tu vas en essayer plusieurs. Voici la première. Nous allons en choisir quelques autres et trouver un salon d'essayage.

— Tu as raison, je suis pénible. Celle-ci aussi, décréta Clare, incluant un modèle retenu par Hope. Celle-là, et le tailleur vert. Il faut que je l'essaie.

— D'accord. Prends ceci, fit Hope en tendant les robes à Avery. Je vais chercher le tailleur.

Remarquant qu'un premier tri avait été effectué, une vendeuse les fit entrer dans un salon d'essayage, y suspendit les robes et leur offrit de l'eau gazeuse.

Clare s'empara du tailleur amande.

— Comme tu veux, finissons-en, fit Avery.

Elle haussa les épaules et but une gorgée d'eau.

— J'aime ses lignes classiques, se défendit Clare en se changeant. La couleur me va bien. Et le temps est incertain au printemps ; une veste n'est pas une mauvaise idée.

Elle se tourna pour étudier son reflet dans le miroir à trois pans.

— Un très joli vert – qui fait ressortir celui de mes yeux. Avec les chaussures adaptées… Ce n'est pas romantique.

— Non, pas du tout. Il te va bien, admit Hope, mais ce ne sera pas ta tenue de mariage, Clare.

— Je reconnais ma défaite. Laissez-moi essayer la bleue. Une jolie couleur sobre. Une belle ligne.

Avery posa son verre et quitta son élégante petite chaise pour examiner la nouvelle robe sous tous les angles, une fois enfilée.

— Beaucoup mieux. La couleur va bien avec tes cheveux.

— J'adore la coupe un peu sexy de la jupe, les discrets froufrou dans le dos, avoua Clare. Elle pourrait convenir. Il faudrait des chaussures un peu brillantes peut-être.

Mais Hope fit non de la tête.

— Tu n'es pas rayonnante. À mon avis, quand on trouve la bonne, on rayonne de mille feux. Cela dit, elle est superbe sur toi. Elle te fait une taille de guêpe et met tes jambes en valeur. À classer dans la catégorie Peut-être.

— D'accord. Il y aura deux catégories : Non et Peut-être.

Elle essaya une autre robe d'un or pâle cendré qui fut rejetée à l'unanimité.

— Et maintenant la rose, annonça Avery. Nous avions un accord, rappela-t-elle à Clare comme celle-ci affichait une expression réticente.

— Puisque tu insistes, mais rose, ce sera vraiment trop. Et puis, elle est sans bretelles et je ne veux pas de bustier sans bretelles.

— Bla-bla-bla, rétorqua Avery en remontant la fermeture Éclair.

— Je ne fais pas ma difficile. C'est juste que… Oh !

Clare demeura muette de saisissement face à son reflet.

Elle rayonnait.

Hope laissa échapper un soupir ravi.

— Clare, tu es splendide. La couleur te va merveilleusement au teint. Et le tombé de cette jupe – flatteuse, romantique à souhait… et gaie.

— Tourne, lui ordonna Avery. Mon Dieu, regardez, on dirait qu'elle flotte ! J'adore les entrelacs dans le dos – sexy, mais de bon ton. Et le moiré léger de ce tissu. Juste ce qu'il faut.

— Elle est romantique, elle est magnifique. Et c'est ma robe, lâcha Clare. Pas de Peut-être pour celle-ci. Je vais épouser Beckett Montgomery dans cette robe.

— Tourne encore un peu, lui demanda Avery.

Clare fit une pirouette en riant.

— Elle me va magnifiquement. Tu avais raison, Hope.

— J'adore quand le miracle se produit.

— Les cheveux relevés, ce serait bien, non ? poursuivit Clare en soulevant sa blonde chevelure à deux mains. Pas de diadème. Juste une pince avec une touche de brillant.

— Tu as l'air si heureux, commenta Avery.

— Je le suis, si tu savais ! J'espère que j'aurai le bonheur de vous aider à choisir votre robe de mariée, Hope et toi.

— Ça me plairait bien.

Dans des moments comme celui-ci, Avery y croyait. Elle aussi connaîtrait cette joie, cette foi en l'amour qui l'aiderait à faire le grand saut. Elle sortit son téléphone de sa poche.

— Attends, je vais prendre quelques photos et les envoyer à ta mère et à Justine.

— Bonne idée.

— De face et de dos, précisa Avery avant de cadrer.

Alors qu'elle expédiait les clichés, Hope et la vendeuse revinrent avec des piles de boîtes à chaussures. Et la joyeuse folie des essayages commença.

Sur le chemin du retour, après une longue journée consacrée à choisir robes, chaussures et accessoires – dont certains destinés à la lune de miel –, Avery s'étira sur la banquette arrière et envoya un SMS à Owen.

Avons dîné après avoir passé en revue trouvailles de la journée. Ta future belle-sœur sera sublime – Beckett en restera scotché. Demoiselles d'honneur pas mal non plus. Je rentre. Plus tard que prévu, désolée.

Clare se retourna quand le téléphone d'Avery sonna.

— Alors, que raconte Owen ?

— Que tu as scotché Beckett dès le premier regard – petite référence à mon texto. Et il veut savoir si j'ai envie d'aller cher lui.

— Tu veux que je te dépose ? demanda Hope.

— Je dois aller faire des courses à Hagerstown demain à la première heure. Ensuite, j'ai rendez-vous avec Beckett au nouveau local, répondit Avery tout en écrivant sa réponse. Et puis, je sais qu'Owen consacre un peu de temps à la recherche de Billy.

— Le Billy d'Elizabeth ? intervint Clare.

Avery hocha la tête.

— Sans grand succès jusqu'à présent. Mais la mission est difficile. Je vais rentrer me coucher, je crois. Il est déjà presque 23 heures. Je lui manque, il ajoute.

— Comme c'est mignon.

— Je sais. Ça papillonne sec. Demain, je travaille jusqu'à 16 heures, mais je peux acheter les ingrédients nécessaires le matin et lui préparer un nouveau menu s'il en a envie. Et c'est le cas, annonça-t-elle en jubilant quelques secondes plus tard. Demain soir, je vois mon petit ami.

— Je te jure, tu es toute radieuse, commenta Hope.

Avery sourit.

— C'est l'impression que j'ai. Quelle belle journée ! Je vais peut-être appeler Owen une fois au lit.

— Bigre, bigre… une conversation coquine ?

Son sourire ne flancha pas.

— Ce sera peut-être au programme. Des conseils ?

— Parle d'une voix chaude. Et lente.

— Cette fille sait tout, dit Avery qui se redressa comme Hope entrait sur le parking derrière Vesta.

Elle se pencha par-dessus les sièges avant et embrassa ses amies.

— J'ai adoré notre sortie shopping, les filles. Ouvre le coffre, Hope. Je sais quel est mon sac.

— Dis *salut* à Owen de notre part, plaisanta Hope d'une voix sensuelle.

— Je serai trop occupée à lui dire *salut* moi-même, rétorqua Avery en sortant. La journée a été génialissime. À demain.

Elle récupéra ses affaires et referma le coffre. Après un signe de la main à la voiture qui s'éloignait, elle se dépêcha d'entrer dans l'immeuble par la porte de derrière. Dans le couloir, elle se força à passer devant celle de Vesta sans aller jeter un coup d'œil au restaurant. Ce n'était pourtant pas l'envie qui lui en manquait, comme chaque fois qu'elle ne faisait pas la fermeture. Elle se dirigea vers l'escalier.

Et découvrit une inconnue assise sur les marches.

Avery s'arrêta net et glissa la main dans sa poche pour s'emparer de son trousseau de clés. Les doigts crispés sur l'une d'elles, elle réfléchit à toute allure tandis que la femme se levait.

Avery était jeune, forte – et rapide s'il le fallait.

— Le restaurant est fermé, dit-elle d'une voix posée.

— Je sais. Je t'attendais.

— Si c'est pour du travail, revenez demain aux heures d'ouverture.

— Tu ne me reconnais pas ?

La femme descendit les marches. Avery carra les épaules.

— Je suis ta mère.

Sous l'éclairage de sécurité, elle observa son visage. Oui, bien sûr, elle la reconnaissait à présent. Mais tant d'années s'étaient écoulées depuis qu'elle l'avait vue pour la dernière fois.

Elle s'attendait à ressentir… quelque chose. En vain. Elle était comme anesthésiée.

Sans un mot, Avery gravit les marches et ouvrit la porte de son appartement.

Elle éprouvait quelque chose finalement, réalisa-t-elle.

Un indéfinissable effroi.

15

Avery posa son sac de courses et se débarrassa de son manteau et de son écharpe avec des gestes lents et précis qui ne lui ressemblaient pas.

Elle demeura debout. Silencieuse.

— C'est sympa ici, pépia sa mère avec un enthousiasme nerveux. Tu as vraiment un bel appartement. J'étais dans ton restaurant tout à l'heure. Il est superbe aussi. Très professionnel.

Elle aurait bien besoin de refaire sa couleur, nota Avery. La remarque était mesquine, mais elle s'en moquait pas mal. Traci MacTavish – ou quel que fût son nom désormais – portait un manteau rouge vif sur un jean moulant et un pull-over noir. Sa silhouette paraissait davantage osseuse que mince. Son visage étroit était maquillé avec trop de soin. Ses courtes mèches blondes contrastaient crûment avec ses racines noires.

Décidément, rien ne trouvait grâce à ses yeux dès qu'il s'agissait de cette femme.

Tant pis.

— Qu'est-ce que tu veux ? s'entendit-elle demander.

— Te voir. Ma chérie, tu es si jolie ! J'adore tes cheveux. J'avais peur que tu ne te balades avec ta tignasse de rouquine et cet affreux appareil dentaire, mais regarde-toi ! J'avais juste envie de…

Elle fit un pas vers Avery qui recula.

— Arrête. N'imagine pas qu'on va se tomber dans les bras.

Traci baissa les yeux.

— Je ne le mérite pas, je sais, chérie. Mais en te revoyant comme ça, adulte, si jolie, je réalise ce que j'ai manqué. On peut s'asseoir quelques minutes ?

— Je n'en ai pas envie.

— Tu es si fâchée contre moi.

Traci redressa les épaules, telle une patriote courageuse face au peloton d'exécution.

— Je ne t'en blâme pas. Ce que j'ai fait était mal, stupide et égoïste. Je suis tellement désolée.

— C'est ça, tu es désolée, et hop, tout est oublié ! s'emporta Avery, qui ponctua son propos d'un claquement de doigts rageur.

— Bien sûr que non. Je sais qu'être désolée ne suffit pas. J'ai commis une terrible erreur. Je voulais juste… te voir, bredouilla Traci, les yeux brillants de larmes. Je me disais que peut-être, maintenant que tu es adulte, tu comprendrais un peu.

— Comprendrais quoi ?

— Pourquoi je suis partie. J'étais si malheureuse.

Traci extirpa un mouchoir de son sac, se laissa choir sur une chaise et se mit à sangloter.

— Personne n'imagine ce que j'ai subi ! De l'extérieur, on ne réalise pas ce qui se passe dans un couple.

— Mais de l'intérieur, un enfant s'en rend très bien compte. Tu ne t'es pas contentée de tourner le dos à ton mariage, tu as abandonné ta fille.

— Je *sais*, mais je ne pouvais pas rester. Tu as toujours été davantage la fille de ton père que la mienne, alors…

— Fais attention à ce que tu dis sur mon père.

À l'évidence préparée, Traci sortit un autre mouchoir.

— Je ne me permettrais aucune remarque. C'est un homme bien. Trop bien pour moi peut-être. Je n'aurais pas dû l'épouser. C'était une erreur.

— C'est une habitude chez toi, on dirait.

— J'étais si jeune. À peine dix-neuf ans. Et je croyais l'aimer. Sincèrement. Puis je suis tombée enceinte et le mariage semblait la meilleure solution. Mes parents ont été si durs avec moi quand ils l'ont appris. Tu n'imagines pas à quel point j'avais peur.

La compassion qu'Avery aurait pu éprouver envers n'importe quelle jeune femme dans cette situation éclata comme une bulle de savon à peine formée. Elle se souvenait de son grand-père, si gentil, si patient, et de sa tristesse après la fuite de sa fille. Et sa grand-mère, une femme forte, aimante. Un roc pour sa famille.

— T'ont-ils mise à la porte ? Menacée d'une quelconque façon ?

— Ils...

— Attention, prévint Avery.

— Non, mais ils m'ont accablée de reproches. Ils n'arrêtaient pas de répéter qu'un enfant, c'est une responsabilité et...

— Ils espéraient, j'imagine, que tu saurais te montrer responsable.

— Ils ont été durs avec moi. Ils l'ont toujours été. Je ne pouvais pas rester à la maison alors qu'ils me harcelaient à longueur de temps.

— Donc le mariage a été une échappatoire.

— Je n'avais que dix-neuf ans. Je pensais vouloir me marier, fonder une famille, avoir mon chez-moi. Et Willy B était si séduisant. Il a pris les choses en main, nous a trouvé un toit. Pendant ma grossesse, il s'est montré vraiment gentil avec moi. J'ai fait des efforts pour nous faire une jolie maison, cuisiner et m'occuper de toi quand tu es née. Tu étais un bébé très remuant, Avery.

— Quelle honte de ma part.

— Ce n'est pas ce que je voulais dire. C'est juste... j'avais à peine vingt ans et il y avait tellement à faire.

— Mon père ne faisait rien, je suppose.

Traci renifla et pinça les lèvres.

— Si, beaucoup. Je ne vais pas te mentir. Il participait aux tâches ménagères, te promenait la nuit pour t'endormir, te berçait. C'était un bon père.

— Il l'est toujours.

— J'ai fait de mon mieux, je te *jure*.

Les yeux baignés de larmes, Traci croisa les mains sur le cœur.

— Et puis, tu as marché si tôt, tu touchais à tout. Je n'arrivais pas à suivre. Même quand j'ai pris un travail et que tu es allée à la crèche, il y avait tellement à faire. Toujours la même chose. Et lui en voulait un autre. Figure-toi qu'il voulait d'autres enfants ! C'était au-dessus de mes forces. Après l'IVG…

Avery eut l'impression de recevoir une claque cinglante en pleine figure.

— Tu as avorté ?

Traci blêmit.

— Je pensais qu'il te l'avait dit.

— Non, il ne me l'a pas dit.

— Tu avais trois ans et, franchement, Avery, tu me donnais du fil à retordre. Malgré toutes mes précautions, je suis retombée enceinte. Je ne pouvais pas revivre ça, alors j'ai fait ce qu'il fallait. Je n'avais pas l'intention de le lui dire, mais c'est sorti au cours d'une dispute.

— Tu as avorté sans lui en parler ?

— Il aurait essayé de m'en dissuader et j'avais pris ma décision. Mon corps m'appartient. C'était mon choix. Tu es une femme. Tu devrais respecter cela.

— Je respecte le droit au choix. Mais toi, quel choix lui as-tu laissé, hein ? Quel respect lui as-tu montré ? Il était ton mari, le père de ton enfant. Il était le père, au moins ?

— Évidemment ! Je lui étais fidèle.

— À l'époque.

Traci baissa les yeux sur son mouchoir en lambeaux.

— Je n'aurais pas pu supporter une deuxième grossesse. Lorsque je t'attendais, j'étais malade la moitié du temps, et aussi énorme qu'une montgolfière. Je ne voulais pas d'autre enfant. Après l'IVG, je me suis fait ligaturer les trompes. Comme ça, c'était réglé.

— Pour toi, murmura Avery.

— Il est entré dans une colère noire quand il l'a su. Notre relation déjà mal en point s'est encore détériorée. Essaie de comprendre, il n'était pas heureux non plus. Ce n'était pas ma faute. Nous n'étions heureux ni l'un ni l'autre. Mais je suis allée chez la conseillère conjugale comme il le voulait. Personne ne peut me reprocher de ne pas avoir essayé. Je me sentais prise au piège et malheureuse. Mais j'ai fait des efforts.

— Ah bon ?

— Douze ans. C'est long, douze ans. Et tout ce temps, j'avais l'impression qu'on me forçait à devenir quelqu'un que je n'étais pas.

— Une épouse et une mère.

— C'est égoïste, je sais, mais je voulais davantage qu'un boulot de vendeuse dans la galerie commerciale. Je me suis mise à détester cette ville. Ce n'est pas sain de vivre ainsi. Je voyais les années défiler et je ne profitais pas de la vie.

— Alors tu as commencé à avoir des aventures.

— Je n'en avais pas l'intention. C'est arrivé comme ça.

— À mon avis, quand on couche avec des hommes qui ne sont pas votre mari, il faut un peu le vouloir.

— Il n'y a eu que deux fois avant Steve. Je n'étais pas heureuse. J'avais besoin de plus.

— Bref, tu as trompé ton mari pour échapper à une existence ennuyeuse d'épouse et de mère. Et quand ça n'a plus suffi, tu es partie. Tout simplement.

— Je peux avoir un verre d'eau, s'il te plaît ?

Avery alla à la cuisine et remplit un verre au robinet. Elle resta un moment immobile, les yeux clos, le temps de se ressaisir.

À son retour, Traci était toujours assise, son manteau étalé en travers de ses genoux, un mouchoir froissé dans la main, des larmes perlant au bord de ses cils.

— Merci, murmura-t-elle ne s'emparant du verre Je sais que tu me détestes.

— Je ne te connais pas.

— J'ai été là quasiment jusqu'à tes douze ans, Avery. Je me suis occupée de toi. J'ai fait de mon mieux.

— Si c'était cela ton mieux, c'est très triste pour nous deux. Mais beaucoup d'années se sont écoulées depuis. Pas une fois tu ne m'as écrit, téléphoné. Pas une visite. Rien.

— J'ignorais si ton père me laisserait…

— Attention à ce que tu dis. Je t'ai déjà prévenue.

Traci baissa les yeux et lissa son manteau.

— D'accord, je m'y suis mal prise. Je savais juste que je devais partir. Willy B voulait continuer la thérapie de couple, ce qui n'aurait servi qu'à reculer l'échéance. Je ne l'aimais pas, Avery. On ne peut pas vivre sans amour. Je savais ce qu'il pensait. Qu'il fallait essayer de recoller les morceaux. Qu'on devait penser à toi. Sauf que tu finirais par grandir, et que je me retrouverais coincée ici, avec les années en plus, sans plus aucune chance de vivre ma vie. Je ne rendais pas Willy B plus heureux qu'il ne me rendait heureuse. Alors à quoi bon s'entêter ?

— Tu voulais vivre ta vie ? Très bien. Mais figure-toi qu'il y a ce truc qui s'appelle le divorce. C'est pénible pour tout le monde, parfois même douloureux. Mais c'est la façon dont on procède dans un monde civilisé où les épouses ne quittent pas leurs maris et leurs enfants du jour au lendemain sans un mot d'explication.

Traci renifla à nouveau et reposa le verre qu'elle avait vidé.

— Je… j'étais amoureuse ! Quand j'ai rencontré Steve, j'étais tellement submergée par mes sentiments que je ne pouvais penser à rien d'autre. C'était mal, je sais, mais je me sentais vivante et heureuse. Je sais que j'aurais dû me montrer honnête envers Willy B au lieu de le tromper. Il ne méritait pas ça, mais, ma chérie, je ne pouvais pas être celle qu'il voulait que je sois. Et lorsqu'on a offert à Steve ce travail à Miami. Il a fallu que je le suive.

— Tu étais à Miami ?

— Dans un premier temps. Cette fuite à deux était si romantique, si excitante. Je savais que ton père prendrait bien soin de toi.

— Arrête. Une fois franchi le seuil de la maison, tu n'as plus pensé à moi une seule fois.

— Ce n'est pas vrai ! J'ai mal agi, mais j'ai pensé à toi. J'ai été très fière quand j'ai appris que tu ouvrais un restaurant.

Un petit signal d'alarme retentit dans le cerveau d'Avery. Elle espérait n'entendre que son propre cynisme.

— Comment l'as-tu su ?

— Je faisais des recherches sur Internet de temps en temps. Je voulais savoir comment tu t'en sortais, chérie. Je ne compte plus les mails que j'ai failli t'envoyer. Et j'ai été sincèrement triste quand j'ai appris pour Tommy Montgomery. Ton père et lui étaient comme des frères. Je sais, Justine ne m'aimait pas beaucoup, mais elle a toujours été correcte avec moi. J'ai eu de la peine pour elle.

— C'est à cela que se limite ton intérêt maternel ? Un coup d'œil à Google de temps en temps ?

— J'ai mal agi, je sais. Je n'attends pas ton pardon. J'espérais juste que tu comprendrais un peu.

— Quelle différence cela fait-il que je comprenne, au point où nous en sommes ?

— Je me disais que peut-être tu m'accorderais une chance de rattraper le temps perdu, d'apprendre à nous connaître et…

— Qu'est-il arrivé à Steve ? L'amour de ta vie.

Le visage de Traci se décomposa. Elle éclata en sanglots et sortit un nouveau stock de mouchoirs.

— Il… il est mort. En novembre. Nous sommes restés ensemble toutes ces années. Nous avons voyagé un peu partout pour son travail. Il avait ses défauts, c'est sûr, mais je l'aimais et nous étions heureux. Maintenant, il n'est plus là, et je n'ai plus personne.

— Je suis désolée. Mais je ne peux pas combler ce vide. Tu as fait tes choix. Tu dois vivre avec.

— Je ne sais pas vivre seule. Je ne pourrais pas rester un peu ici. Une semaine ou deux ?

— Ici ?

Sous le choc, Avery en resta bouche bée.

— Certainement pas. Pas question de débarquer chez moi après, quoi, dix-sept ans de *néant* et que je t'accueille à bras ouverts. Tu vas devoir apprendre à te débrouiller seule. Tu ne fais plus partie de ma vie.

— Tu ne peux pas être aussi froide.

— Si. C'est peut-être dans ma nature.

— Juste une ou deux semaines, c'est tout. Je ne sais pas quoi faire, où aller.

— Autre chose, ailleurs.

— Je suis toujours ta mère, Avery.

— Tu es la femme qui a choisi de m'abandonner et de m'ignorer pendant plus de la moitié de ma vie. Maintenant que tu te retrouves seule, tu te pointes la bouche en cœur. C'est l'unique raison de ta venue – pas pour me connaître ou je ne sais quel autre argument bidon.

La certitude de ce qu'elle avançait l'épuisait.

— Comme d'habitude, tu penses d'abord à toi. Je t'ai écoutée, maintenant c'est fini. Tu dois partir.

— Je n'ai nulle part où aller.

— Le monde est grand. Choisis.

— Si je pouvais juste rester pour la nuit. Une seule nuit…

— Tu es fauchée, réalisa Avery.

— Nous avons eu quelques… revers de fortune. Nous n'avons pas eu de chance, d'accord, et j'aurais besoin d'un peu d'aide pour retomber sur mes pieds.

L'hideuse vérité se fit alors jour.

— Mon Dieu, tu es vraiment tombée si bas ? articula Avery, effarée. C'est de l'argent que tu attends de moi ?

— Je te rembourserai. Si tu pouvais me prêter quelques milliers de dollars, juste de quoi me remettre à flot.

— Si j'avais quelques milliers de dollars de côté, je ne te les donnerais pas.

— Tu diriges ta propre affaire. Tu fais du shopping dans des boutiques de luxe, riposta Traci en désignant le sac de vêtements. Tu peux bien me dépanner. Juste un prêt. Ne me force pas à supplier, Avery, parce que je le ferai. J'ai de gros ennuis.

Avery attrapa son sac à main, sortit son portefeuille d'un geste brusque et en tira les billets sans compter.

— Tiens, fit-elle en lui tendant la liasse. C'est tout ce que tu auras. Et maintenant pars. Sors de ma vie. Je ne veux plus te revoir.

— Tu n'as pas idée de ce que c'est que d'être seule, de n'avoir personne.

— En effet. Mon père y a veillé, rétorqua Avery qui alla ouvrir la porte. Dehors, j'ai dit.

Traci s'avança jusqu'à la porte, franchit le seuil et s'arrêta.

— Je suis désolée.

En guise de réponse, Avery referma la porte, poussa le verrou et s'adossa contre le battant. Prise de tremblements, elle se laissa glisser sur le sol. Elle écouta les pas s'éloigner dans l'escalier, puis se mit à pleurer.

Avery trouva des excuses pour repousser son rendez-vous avec Owen. Un changement d'emploi du temps, trop à faire… Et elle s'en tenait aux SMS afin de ne pas avoir à lui parler.

C'était stupide, elle en avait conscience, mais elle ne se sentait pas prête à plaquer un masque de bonne humeur sur sa peine, ses doutes, sa colère.

Comme elle ne voulait parler à personne, elle évitait aussi ses amies et s'étourdissait dans le travail. Mais dans une petite ville, on ne peut pas faire le mort bien longtemps.

Elle leva les yeux du sandwich grec qu'elle était en train de confectionner quand Owen entra. Il se percha sur un tabouret au comptoir et elle lui adressa un sourire affairé qui, espérait-elle, lui ferait comprendre gentiment qu'il dérangeait.

— Comment ça va ? s'enquit-il.

— Beaucoup de boulot. Depuis deux jours, j'ai à peine eu le temps de souffler.

— C'est ce que ton message disait. Et si tu faisais une petite pause maintenant ?

— Je suis débordée.

— Vraiment ?

Pivotant sur son tabouret, Owen jeta un regard à la ronde et compta deux tables occupées en ce début de déjeuner.

— Je dois faire l'inventaire, mentit-elle. Il y a eu de la casse parmi les verres. Alors, comment ça va en face ? enchaîna-t-elle, pressée de dévier la conversation.

— Ça va. Je pensais que tu viendrais jeter un coup d'œil.

— Dès que j'aurai un peu de temps.

Elle glissa le sandwich à la viande dans le four et en sortit une pizza.

— Que puis-je pour toi ? ajouta-t-elle en la coupant.

— Ce sandwich m'a l'air appétissant.

— Je te le garantis.

Il alla se chercher une boisson fraîche et revint s'asseoir.

— Tout va bien ? s'enquit-il.

— Si les journées duraient deux heures de plus, ce serait mieux. Mais sinon, tout va bien.

— Avery.

Son ton la força à lever les yeux.

— Quoi ? C'est une période chargée, Owen. Tu sais comment c'est.

— En effet. D'où ma question.

— Tout va bien, je te dis, lâcha-t-elle avec impatience. J'ai cet endroit à gérer. Je dois trouver un remplaçant au nouveau livreur que je venais d'engager et que j'ai surpris à fumer un joint au sous-sol. J'affine mon business plan pour le nouveau restaurant. Je dois choisir les meubles, les éclairages, améliorer la carte. Et aussi aider

Hope à organiser une fête en l'honneur de Clare. Ma voiture a besoin de pneus neufs et mon représentant vient juste de m'apprendre que le fromage va augmenter. Bref, je n'ai pas trop de temps à te consacrer pour l'instant.

— J'ai compris, et là n'est pas la question.

— Écoute, il n'y a rien de plus à dire. J'ai des trucs à faire. C'est comme ça, un point c'est tout.

Elle se tourna vers le four pour récupérer le premier sandwich, et en y glissant celui d'Owen elle se brûla l'avant-bras contre la paroi.

— Aïe !

Le temps qu'elle claque la porte et se retourne, Owen l'avait rejointe derrière le comptoir. Il lui agrippa le poignet qu'elle essaya de libérer.

— Montre-moi.

— Ce n'est rien. Ça arrive.

— Où est ta trousse de premiers secours ?

— Un peu d'aloès suffira. J'en ai un plant dans la cuisine. Lâche-moi, je vais…

Il l'entraîna en cuisine où travaillait Franny. Avant que celle-ci ait le temps d'ouvrir la bouche, Owen lui fit signe de sortir.

— Tu me lâches à la fin ! protesta Avery. Je sais soigner une bête brûlure. J'ai des clients.

— Arrête, tout de suite.

Il s'était exprimé d'un ton si cinglant qu'elle cessa de protester. Elle se laissa faire sans mot dire lorsqu'il fit couler l'eau froide et lui tint le bras sous le jet.

— Tu n'as pas fait attention. Voilà qui ne te ressemble pas.

— Tu ne voulais pas te taire. C'est vrai, insista-t-elle, les mâchoires crispées, lorsqu'il la dévisagea.

— Au moins il n'y a pas de cloque. Pourquoi étais-tu à ce point inattentive ?

— Oh, par pitié ! J'ai des tas de trucs en tête en ce moment. Je n'ai pas assuré, mais ce n'est pas non plus comme si je m'étais tranché le doigt.

Tout en lui maintenant le bras sous l'eau, Owen continua de la dévisager.

— Ce n'est pas la première fois que tu as des tas de trucs en tête. Si tu crois que je ne te connais pas assez pour voir que quelque chose cloche, c'est que tu es stupide. Il y a un problème entre toi et moi ?

— Il va y en avoir un si tu insistes.

— Garde le bras sous l'eau, ordonna-t-il.

Il alla casser une feuille charnue de l'aloès et récupéra la chair à l'intérieur.

— Tout ce que je sais, c'est que tout allait bien au retour de ta journée shopping avec Clare et Hope. Et le lendemain, tu annules notre rendez-vous et tu n'as plus le temps d'échanger deux mots.

Avec une cuillère qu'il avait sortie d'un tiroir, il réduisit la chair claire en pulpe. Elle aurait dû se douter qu'il s'y connaissait en remèdes de grand-mère. En cet instant, son efficacité patiente l'horripilait sérieusement.

Il ferma le robinet et lui sécha le bras avec soin.

— Voyons ça. Hmm, rien de grave.

— Je te l'avais dit.

— Tu m'as aussi dit qu'il n'y avait pas de problème, alors qu'à l'évidence il y en a un. Ne bouge pas.

Avec une douceur qui émut Avery aux larmes, Owen appliqua la pulpe d'aloès sur la blessure.

— Quelque chose s'est forcément produit entre ton retour en voiture et le lendemain. Tu m'éclaires ?

— J'ai peut-être juste réalisé qu'avec mon emploi du temps surchargé, je devais établir des priorités. C'est allé si vite entre nous. Enfin… peut-être pas si vite après tout, rectifia-t-elle devant le regard sceptique d'Owen.

— C'est peut-être en partie l'explication, mais il y a autre chose. Il faut qu'on parle, Avery.

— Ce n'est pas le moment. Je suis au travail. Je…

— Non, ce n'est pas le moment, l'interrompit-il en posant une compresse de la trousse à pharmacie sur la brûlure. Mais il faudra bien en trouver un. Et pense à changer ce pansement plus tard.

Il la scruta encore un instant, puis déposa un rapide baiser sur ses lèvres.

— Bon, je prends le sandwich à emporter et je retourne au boulot. À plus tard.

— D'accord.

Après son départ, Avery s'appuya sur l'évier, s'accabla silencieusement de reproches et s'apitoya un instant sur son sort.

— Ça va, Avery ?

Si seulement les gens pouvaient cesser de la bassiner avec cette question.

Avec un soupir, elle se tourna vers Franny, qui se tenait dans l'encadrement de la porte.

— Ça va. Juste une petite brûlure. Et le service ?

— Pour l'instant, c'est plutôt calme.

— Écoute, je vais monter régler quelques trucs. Si ça s'anime, appelle-moi.

— Pas de problème.

En guise de consolation, Avery expérimenta un velouté de pommes de terre au jambon et une bisque à la tomate fumée, notant avec soin les modifications sur son ordinateur portable.

Un peu rassérénée par cette câlinothérapie personnelle, elle s'assit un moment, tandis que les soupes mijotaient sur le feu, et travailla sur la disposition des banquettes, sièges hauts et bas, fauteuils et canapé dans son nouvel espace.

— Toc, toc ! fit la voix de Clare.

— Dans la cuisine.

Fin de la pause doudou, songea Avery.

— J'avais prévu de manger une salade sur le pouce en bas, mais Franny m'a appris que tu t'étais brûlé le bras et disputée avec Owen.

— Je ne me suis pas disputée avec Owen. En revanche, je me suis bel et bien brûlé le bras, mais ce n'est rien.

Clare fronça les sourcils en découvrant les faitouts sur la cuisinière.

— Alors pourquoi cuisines-tu en haut ? Que se passe-t-il ?

— *Rien.* Et la prochaine personne qui me pose cette question va se prendre une châtaigne qu'elle risque de ne pas apprécier. Je teste juste des recettes. Comme tu as pu le constater par toi-même, c'est calme en bas. J'en profite pour améliorer le menu du nouveau restaurant.

— Je croyais que tu le testais sur Owen.

— Tu vois Owen quelque part ? J'ai un peu de temps, j'en profite.

— Je ne t'ai pas vue depuis deux jours parce que tu étais trop occupée, et voilà que tu es énervée et que tu t'accroches avec Owen.

— Je suis énervée parce que tout le monde me prend la tête à me demander si ça va. Y compris Owen qui ne veut pas me lâcher !

— Ah, tu vois ! Tu t'es fâchée avec lui.

— Mais non !

Les mâchoires serrées au point de se broyer les dents, Avery s'efforça d'ajouter d'une voix plus posée :

— J'ai été très prise, c'est tout. Beckett a terminé les plans, et les formalités sont lancées. J'ai un tas de décisions à prendre tout en gérant Vesta en parallèle.

— D'où ta nervosité. On serait nerveuse à moins. Mais tu vas réussir et tu le sais.

— Il y a un gouffre entre le savoir et réussir vraiment.

Toutes ces dérobades flanquaient des crampes d'estomac à Avery. Elle qui détestait les mensonges et les demi-vérités.

Mais elle n'avait pas le choix. Elle continua sur sa lancée :

— Ce projet exige beaucoup de temps et de réflexion. Du coup, il ne m'en reste plus vraiment pour un petit ami. J'ai pensé qu'il vaudrait mieux mettre notre relation en veilleuse jusqu'à ce que je reprenne mes marques. C'est tout.

— Qu'est-ce qu'il a fait ?

— Rien. Rien, je te jure, assura Avery qui, trop épuisée pour pleurer, se contenta d'un petit rire sans conviction. Je suis juste un peu dépassée par les événements en ce moment.

La vérité, enfin, se dit-elle.

— Mais ça va s'arranger, conclut-elle. Tiens, au lieu d'une salade, goûte plutôt ça.

Elle sortit un bol, y versa une louche de velouté de pommes de terre qu'elle parsema d'un peu de persil et de parmesan râpé.

— Je dois aussi me décider pour la vaisselle. Il se peut que je m'en tienne au blanc pour les assiettes que je rehausserai avec les verres et le linge de table. À moins de miser sur quelque chose de plus audacieux.

— Aucune importance, déclara Clare en savourant une nouvelle cuillerée. Personne ne fera attention à la vaisselle tellement c'est délicieux. Pourquoi as-tu été si radine ?

— Parce que tu dois aussi essayer la bisque à la tomate fumée.

Un autre bol, une autre louchée – avec quelques croûtons et une feuille de basilic.

— Hmm, c'est divin ! Onctueux, un peu crémeux et quand même de la texture.

Avery prit sa cuillère de dégustation et goûta à son tour.

— Excellent, décréta-t-elle. Plus de modifications sur ces deux recettes. Je vais te donner une barquette de chaque à emporter.

— Je dois partager ? plaisanta Clare avant de glisser le bras autour de la taille de son amie. Tu me diras quand tu te sentiras prête, n'est-ce pas ?

Décidément, elle était une piètre menteuse. Avery renonça et posa la tête sur l'épaule de Clare.

— Oui. Mais pas maintenant.

Assez cuisiné, décida Avery. S'apitoyer sur son sort ne menait à rien et ne faisait qu'attirer l'attention – l'exact opposé du but recherché.

Elle transvasa le velouté de pommes de terre dans un récipient hermétique et aller chercher du pain italien en bas. Finalement, elle resta une heure à donner un coup de main, car il y avait davantage de monde pour le dîner. Elle n'était pas de service, mais travailler lui remonta le moral.

Il fallait qu'elle parle à son père, et elle espérait que cette étape bouclerait sa convalescence. Il méritait de savoir, se dit-elle, alors qu'elle quittait la ville au volant de sa voiture. Et c'était la seule personne au monde pour qui elle n'avait jamais eu de secrets.

Elle lui ferait goûter sa soupe, ils discuteraient, et tout s'arrangerait. Comme d'habitude.

Mais à son arrivée, elle découvrit une Lexus bleu vif garée dans l'allée. Immatriculée dans le Nevada. Son père ne connaissait personne dans le Nevada.

Soudain, le déclic se fit. Traci avait beaucoup bougé. Le sixième sens des MacTavish souffla à Avery la conclusion qui s'imposait.

Elle pénétra dans la maison au pas de charge.

Willy B se leva de son fauteuil lorsqu'elle fit irruption dans le salon. Traci demeura assise, les yeux baignés de larmes, tordant son mouchoir entre ses doigts.

— Tu ne manques pas de culot !

— Avery ! Calme-toi.

Elle s'en prit à son père.

— Ne me dis pas de me calmer ! Est-ce qu'elle en est déjà à te demander un prêt ou en est-elle encore à la tirade sur les regrets ?

— Assieds-toi, on… Quoi ?

— Elle ne t'a pas dit qu'elle m'avait rendu visite il y a deux jours ?

Willy B entoura du bras les épaules de sa fille, autant pour la retenir qu'en un geste de solidarité.

— Non.

— J'allais le faire, se défendit Traci Je devais d'abord la voir, Willy B. Je n'étais même pas sûre d'être capable de me présenter devant toi. Et puis, je voulais lui dire combien j'étais désolée.

— Et me taper du fric dans la foulée.

— J'ai des ennuis, c'est vrai, mais ça ne m'empêche pas d'être désolée. J'aurais aimé agir différemment. Être différente. Malheureusement, je ne peux rien y changer, murmura Traci en essuyant une larme d'un revers de main. Juste avant le décès de Steve, nous avons perdu la maison. Il avait des projets en cours, mais tout est tombé à l'eau. Il n'a pas eu le temps de remonter la pente.

— La Lexus flambant neuve dans l'allée, tu n'as qu'à la vendre, suggéra Avery d'un ton cassant.

— Elle est en leasing. Je vais la perdre aussi. C'est le dernier bien qui me reste. J'ai juste besoin d'un coup de pouce le temps de trouver un logement, et un emploi.

— Tu as pris de l'argent à Avery ? articula Willy B, incrédule.

Traci s'empourpra.

— Emprunté seulement.

— Combien ?

Traci secoua la tête et se remit à pleurer.

— Combien ? répéta-t-il à l'adresse de sa fille.

— Je n'en sais trop rien. Le contenu de mon portefeuille. Plus que ce que j'ai sur moi d'habitude parce que j'avais prévu de sortir et retiré du liquide, au cas où.

La colère, si rare chez cet homme accommodant, perça dans la voix de Willy B.

— Tu as abandonné notre fille, Traci. Et le jour où tu reviens, tu oses lui réclamer de l'argent ?

— Elle a son entreprise. Un bel appartement. J'ai fait de mon mieux pour l'élever aussi longtemps que j'ai pu.

— C'est faux, objecta Willy B avant de déposer un baiser sur le sommet du crâne d'Avery. As-tu été voir ta mère ?

— Je… elle m'a un peu aidée juste après le décès de Steve. C'était la catastrophe. J'ignorais qu'il devait autant d'argent. Elle a déclaré que je n'aurais pas un sou de plus, et elle disait vrai. Je suis retournée la voir avant de venir ici, mais elle a refusé de m'aider.

— Combien veux-tu ?

— Papa, ne…

— Tais-toi, Avery.

— Mais tu ne peux pas…

Willy B regarda sa fille au fond des yeux.

— Ce sont mes affaires, dit-il sans élever la voix – il n'en avait jamais besoin. Chut, maintenant. Combien, Traci ?

— Si je pouvais avoir cinq mille, ça m'aiderait à sortir la tête de l'eau. Je te rembourserai, je te le jure. Je signerai une reconnaissance de dette.

— Avery, va chercher mon chéquier en haut. Tu sais où je le range.

— Pas question.

— Fais ce que je te dis, insista-t-il. Tu pourras me dire ta façon de penser plus tard. Ce sont nos affaires, pas les siennes.

Les ordres, ce n'était pas son genre, mais une fois sa décision prise, il demeurait inflexible.

— D'accord, mais ça va faire mal, je te le promets.

Avery monta et redescendit d'un pas furibond.

Il s'assit et ouvrit son chéquier.

— Ces cinq mille dollars, je te les donne. Ce n'est pas un prêt.

— Mais je te rembourserai.

— Je ne veux pas. À moins qu'Avery ne soit d'un avis différent, je ne veux plus te revoir ni entendre parler de toi quand tu auras franchi cette porte. Tu prends cet argent et tu disparais. J'espère que tu t'en sortiras.

— Tu me détestes, je sais, mais…

— Je ne te déteste pas. Tu m'as donné la lumière de ma vie et je ne l'oublierai jamais. Je te donne ce dont tu as besoin et nous sommes quittes.

Une décision dure, songea Avery. Et c'était lui qui la prenait pour elle.

— Je veux que tu me donnes ton adresse ou un numéro de téléphone quand tu seras installée, continua-t-il. À moi, Traci, pas à Avery. Ne la contacte plus. Si elle veut te parler ou te voir, elle passera par moi.

— Très bien.

Il plia le chèque et le lui tendit.

— Merci. Je… Tu es un homme bien. Je suis sincère, dit Traci qui pressa la main contre ses lèvres. Je suis désolée. Tellement désolée pour tout.

— Tu ferais mieux d'y aller. Il fait nuit et la météo annonce du mauvais temps.

Traci se ressaisit et se leva.

— Tu es ce qui m'est arrivé de mieux, ajouta-t-elle à l'attention d'Avery. Et je t'ai trahie de la plus horrible façon. C'est dur de vivre avec cela.

Une fois sa mère sortie, Avery alla à la fenêtre et regarda la voiture s'éloigner.

— Pourquoi lui as-tu donné cet argent ?

— Parce qu'elle est en deuil. Elle a perdu celui qu'elle aimait et réalise maintenant qu'elle a renoncé à quelque chose de précieux qui lui échappera à jamais. Et aussi parce que cela nous permet de tourner définitivement la page. Pourquoi ne m'as-tu pas dit qu'elle était venue te voir ?

— C'était la raison de ma visite de ce soir. Je venais t'en parler… C'est juste qu'avant je n'y arrivais pas. J'aurais dû te prévenir ou en parler à grand-mère. Tu n'aurais pas été pris au dépourvu. Mais c'était douloureux, du coup je me suis fermée comme une huître.

Il s'avança vers sa fille et l'enveloppa de ses bras.

— Mais ce soir, quand je l'ai vue, continua Avery, j'ai juste senti la moutarde me monter au nez. C'est plus sain, non ?

— Pour toi ? Toujours, répondit Willy B en la berçant avec tendresse. Tout ira bien, ne t'inquiète pas, ma chérie.

Réconfortée par sa voix, son odeur, sa simple présence, Avery pressa le visage contre le torse de son père.

— Tu me l'as dit souvent, et c'était toujours la vérité. Je t'aime tellement.

— Je suis plus gros. Je t'aime encore plus.

Elle pouffa de rire et resserra son étreinte.

— J'ai fait de la soupe. Le velouté MacTavish jambon-pommes de terre qui chasse le blues.

— Exactement ce qu'il nous faut.

— Je vais la chercher dans la voiture.

16

Owen décida de travailler à l'atelier, ce qui lui laisserait le temps de réfléchir – ou plutôt de broyer du noir, mais il s'en sentait le droit. Au moment même où il allait de l'avant, voilà qu'Avery freinait des quatre fers. Sa réaction était incompréhensible.

— À quoi ça rime, je te le demande ? lança-t-il à Atticus qui lui répondit d'un battement de queue compatissant.

Il mesura sa planche, la marqua et vérifia ses cotes par habitude avant de la glisser contre la scie circulaire.

— Elle aime avoir un emploi du temps de dingue, c'est sûr, continua-t-il par-dessus le hurlement de la lame. Mais, du jour au lendemain, elle n'a même plus dix minutes à m'accorder. Pas même au téléphone. Silence radio total.

Il éteignit la scie et abaissa ses lunettes de protection.

— Franchement, Atticus, les femmes sont casse-pieds, conclut-il.

Sauf qu'Avery ne l'avait jamais été. Ce qui rendait son attitude encore plus incompréhensible. Quelque chose clochait. Qu'est-ce qu'elle s'imaginait ? Qu'il était aveugle ? Elle d'habitude si franche et ouverte, voilà qu'elle se mettait à inventer des excuses, à l'éviter. Elle agissait comme si…

Aïe. Il avait peur de comprendre.

Il avait commencé à l'inviter, à faire des projets. Bon sang, il lui avait même offert un bijou. Bref, il avait changé la donne.

Tout allait bien jusqu'à ce que, par ses initiatives, leur relation prenne un tour plus sérieux. Et Avery n'avait pas l'air d'apprécier.

S'amuser sans se prendre la tête, voilà ce qu'elle voulait. Les galipettes, parfait, mais s'il y ajoutait une pointe de romantisme, de profondeur des sentiments, là il n'y avait plus personne. Mademoiselle retirait ses billes.

Du coup, il avait l'air d'un imbécile.

Elle aurait quand même pu lui faire savoir qu'elle ne souhaitait pas aller plus loin. Leur amitié de toute une vie le méritait bien, non ?

Et puis n'avait-il pas son mot à dire dans cette histoire ?

Bien sûr que si !

— Je ne suis pas son jouet sexuel.

— Des mots qu'une mère se plaît à entendre dans la bouche de son fils bien-aimé.

Owen sursauta et fourra les mains dans ses poches.

— Bonjour, maman.

— Bonjour.

Justine referma la porte de l'atelier derrière elle et frotta ses mains l'une contre l'autre pour se réchauffer.

— Que fais-tu de beau ?

— Je travaille sur un des rayonnages intégrés qui iront chez Beckett.

— Tu es un frère attentionné.

— J'avais un peu de temps. Je n'ai pas vu ta voiture en arrivant.

— Je viens juste de rentrer, expliqua-t-elle. J'ai passé un moment chez Willy B. Il avait besoin de parler. Je m'étonne que tu ne sois pas avec Avery au lieu d'être un frère attentionné.

— Pardon ?

— Ils ont... hum, elle ne t'a rien dit ?

D'un geste agacé, il ôta les lunettes de son cou.

— Non, justement. Elle ne me dit plus rien, figure-toi. Trop occupée, pas le temps. Qu'est-ce qui lui arrive ?

— C'est à elle que tu devrais poser la question. Va la voir.

— Tu commences à me faire peur, là. Elle est malade ?

— Mais non. Disons plutôt que c'est une tête de mule, répondit Justine qui s'approcha d'Owen en soupirant. Tu es un pragmatique, Owen, je suis sûr que tu sauras trouver les mots. Mais si j'ai un conseil à te donner, c'est d'essayer d'être patient.

— Elle a des ennuis ?

— Non, mais des soucis, oui. Va lui parler. Et plus tard, on aura aussi une petite conversation, tous les deux. Allez, file, le pressa-t-elle quand il prit sa veste. J'éteindrai.

Flanquée de ses deux chiens qu'elle caressa sur la tête, elle le regarda s'en aller.

— Il est amoureux d'elle, c'est évident. Mais il n'a pas encore compris. Et elle encore moins.

Seule dans l'atelier qui fleurait bon la sciure, Justine eut l'impression de sentir la joue de Tommy effleurer la sienne. Elle ferma les yeux pour faire durer l'instant.

— C'était plus facile pour toi et moi, hein, Tommy ? On ne se prenait pas autant la tête. Allez, venez, les chiens, on ferme.

Owen passa d'abord à la pizzeria. Derrière le comptoir, Dave travaillait un cercle de pâte.

— Avery est en cuisine ? lui demanda-t-il.

— Elle est en livraison. Nous n'avons pas encore de nouveau livreur.

— Vous faites la fermeture ce soir ?

— Non, c'est Avery.

— Ça vous ennuierait de la faire ?

Une louche de sauce à la main, Dave haussa les sourcils, un peu étonné.

— Bien sûr que non, si…

— Parfait, coupa Owen.

Il sortit son téléphone et, s'éloignant du comptoir, composa le numéro de son frère.

— Beckett, j'ai besoin d'un service.

Lorsque Avery déboula, vingt minutes plus tard, les joues rosies par le froid, Owen sirotait une bière, assis au comptoir.

— Il y a quelques flocons, mais ça ne tient pas encore, commença-t-elle en poussant la porte. Il ne devrait pas y avoir de problème pour la commande de…

Elle l'aperçut, et il remarqua son hésitation.

— Tiens, salut, Owen.

— Il faut que je te parle.

Elle indiqua la pile de sacs isothermes.

— J'ai les livraisons à faire.

Il posa sa bouteille et se leva.

— Viens.

Il lui prit la main et l'entraîna vers l'escalier de derrière.

— J'ai les livraisons, je te dis.

— Beckett va te remplaccr.

— Quoi ? Pas question, je dois…

— Avoir une conversation avec moi. Tout de suite.

— Plus tard. J'ai du boulot, je fais la fermeture ce soir.

— Dave est d'accord pour s'en charger.

Owen reconnut la lueur vindicative dans son regard. Bon signe, se dit-il.

— C'est moi qui dirige cette pizzeria, pas toi, je te signale.

— Elle est entre de bonnes mains. Tu reviendras tout à l'heure.

— N'importe quoi.

Elle voulut le pousser.

Owen ne fit ni une ni deux. Il la souleva et la hissa sur son épaule comme un paquet de linge sale, direction l'escalier.

Elle se rebiffa à grand renfort de ruades et de coups de poing.

— Lâche-moi tout de suite ! Tu es complètement dingue !

— Si tu continues de gigoter comme ça, je risque de te lâcher et tu tomberas sur le crâne. Remarque, ça te calmera peut-être.

Serrant ses jambes comme dans un étau, il sortit ses clés de sa main libre et glissa tant bien que mal la bonne clé dans la serrure.

— Owen, je te préviens !

Il ouvrit la porte à la volée et la claqua avec le pied.

Et maintenant ? Il connaissait son tempérament de feu. S'il la libérait, elle se battrait comme une tigresse, et il ne voulait pas risquer de dégâts collatéraux. Il étudia ses options, puis se décida pour la chambre.

— Qu'est-ce que tu fais ? Tu n'imagines quand même pas…

La fin de sa phrase fut couverte par le grognement d'effort d'Owen lorsqu'il la balança sur le lit. Il s'étendit ensuite sur elle et lui immobilisa les bras le long du corps.

— Calme-toi, tu veux.

— Tu peux toujours courir !

— Du calme, je te dis, il faut qu'on parle. Je ne te lâcherai pas avant que tu me promettes de ne pas mordre, griffer ou frapper – ou me jeter un truc à la figure.

La lueur vindicative se mua en explosion de rage. La guerre totale était déclarée.

— De quel droit débarques-tu chez moi pour me donner des ordres et m'embarquer *manu militari* ? Devant mon personnel en prime ?

— Désolé, mais tu ne m'as pas tellement laissé le choix.

— Je vais t'en donner un, de choix : dégage tout de suite !

— Tu crois que tu es la seule à être en rogne ? Je peux te tenir comme ça toute la nuit, ou bien tu te ressaisis et on discute comme des personnes civilisées.

— Tu me fais mal !

— Non, pas du tout.

Le menton d'Avery trembla.

— Ma brûlure…

D'instinct, Owen relâcha sa prise. Vive comme l'éclair, Avery planta les dents dans le dos de sa main. Avec un juron, il la plaqua de nouveau sur les oreillers.

— Tu es folle ou quoi ? Tu m'as mordu au sang !

— Bien fait !

Sa main l'élançait comme une rage de dent. Il vit rouge.

— Très bien. Puisque tu le prends ainsi, on va s'expliquer ici. Vas-y, crache le morceau, c'est quoi ton problème ?

— *Mon* problème ? Tu m'enlèves devant mes employés, tu me brutalises…

— Je ne t'ai pas brutalisée. Pas encore. Et je te parle du problème d'avant ce soir.

Avery détourna brusquement la tête. Ses yeux lançaient des éclairs.

— Je n'ai pas envie de te parler.

— Comme depuis presque une semaine. Si j'ai fait une connerie, dis-le-moi. Si tu ne veux pas qu'on pousse notre relation plus loin, j'ai le droit de savoir.

— Qu'est-ce que tu racontes ? Ça n'a rien à voir avec nous.

Vraiment ? s'interrogea-t-elle. À un certain niveau, si. Et par sa faute.

Avery ferma les paupières. Elle en avait marre de cette histoire. Marre d'elle-même.

Elle avait fait souffrir Owen. Elle s'en rendait compte maintenant qu'elle regardait plus loin que son propre nombril. Et il ne méritait certes pas pareil traitement.

— Il y a un problème, insista-t-il. Il faut me dire lequel.

— Lâche-moi, Owen. Je ne peux pas parler dans cette position.

Il s'exécuta, sur ses gardes. Mais Avery se contenta de s'asseoir. Et se prit la tête entre les mains.

— C'est à cause de la pizzeria ? hasarda-t-il.

Il ne voyait aucune autre explication.

— Si tu as des problèmes de trésorerie ou…

— Non, non. Tout va bien de ce côté-là.

Elle se leva pour enlever son manteau et ses bottes.

— Quand ma mère est partie, ma grand-mère m'a désignée comme héritière directe. En partie par culpabilité, j'imagine, même si elle n'avait rien à se reprocher. Juste pour dire que côté finances, je n'ai pas de soucis à me faire…

— Ta grand-mère est malade ?

— Non. Personne n'est malade. Et tu n'as pas fait de connerie.

— Quoi alors ?

« Cesse donc de tourner autour du pot », s'exhorta Avery. Elle prit son courage à deux mains et se jeta à l'eau.

— Ma mère est venue me voir.

— Ta mère ? Quand ?

— Elle m'attendait dans l'escalier le soir de notre sortie shopping avec Clare et Hope. Les retrouvailles ont été plutôt houleuses.

Elle revint s'asseoir au bord du lit près d'Owen, et noua les mains pour les empêcher de trembler.

— Je ne l'avais même pas reconnue. Elle a été obligée de me dire qui elle était.

— Ça remonte à longtemps.

— J'avais peut-être effacé son visage de ma mémoire, je ne sais pas. Parce qu'à y regarder de plus près, elle n'a pas tellement changé. Elle a dit qu'elle voulait me voir, qu'elle était désolée. Je n'ai pas avalé ses salades. Elle a beaucoup pleuré, mais ses larmes ne m'ont pas touchée.

— Après ce qui s'est passé, comment aurait-il pu en être autrement ?

— Quand mes parents se sont mariés, ma mère était enceinte. Elle avait à peine dix-neuf ans et mon père guère plus. Vingt et un. Malgré son jeune âge, il a assuré.

Owen lui caressa la cuisse en geste de réconfort.

— Willy B est un type formidable.

— Oh oui ! approuva Avery, essuyant une larme qui l'agaça au plus haut point. Elle m'a raconté que je n'étais pas un bébé facile, qu'elle avait trop à faire, qu'elle n'était pas heureuse.

Bla-bla-bla. Et c'est là qu'elle a lâché sa bombe : elle m'a avoué de but en blanc qu'elle avait avorté quand j'avais trois ans.

Il posa une main compatissante sur la sienne.

— Quel choc d'apprendre une nouvelle pareille.

— Oui. Et ç'a dû être un plus grand choc encore pour mon père à l'époque. Elle a avorté, s'est fait ligaturer les trompes sans en discuter avec lui avant. Elle ne lui avait même pas dit qu'elle était enceinte. Est-ce que ce sont des façons de traiter son mari ? s'indigna-t-elle en levant vers Owen des yeux embués de larmes. Elle savait qu'il désirait d'autres enfants. C'est une trahison de plus, et ô combien horrible.

Sans un mot, Owen se leva et alla chercher une boîte de mouchoirs dans la salle de bains.

— Merci, marmonna-t-elle en s'en emparant. Pleurer ne sert pas à grand-chose, mais pour l'instant, je ne peux pas m'en empêcher.

— Alors, c'est que ça sert peut-être quand même un peu.

— Ensuite, comme on peut l'imaginer, leur couple est allé de mal en pis. Elle a eu une aventure. Puis une deuxième. Elle en a admis deux, mais il y en a eu davantage. Même moi je le savais.

Elle se sécha les yeux et plongea son regard dans le sien.

— Toi aussi. Presque tout le monde était au courant.

Owen garda le silence un moment. Elle ne voulait pas de faux-fuyants réconfortants.

— Presque, oui, reconnut-il.

— Ma mère, la traînée de la ville. Franchement, ç'a été plus facile quand elle est partie.

Cette fois, il lui prit la main et la porta à ses lèvres.

— Ce n'est jamais facile.

— Non, mais au moins ce n'était plus sous le nez de mon père. Ou le mien. Elle nous a quittés pour un certain Steve. J'ai eu droit à toute une tirade sur son mariage malheureux et l'amour qu'elle vouait à ce type. Elle a fini par m'avouer qu'il était mort il y a quelques mois.

— Du coup, elle se retrouve seule, murmura Owen.

— Oui, et fauchée. Je l'ai appris aussi, quand elle m'a demandé de lui prêter quelques milliers de dollars.

Owen se leva et s'avança jusqu'à la fenêtre. Son regard se perdit dans les nuées de flocons qui tombaient dru désormais. Il était incapable de concevoir qu'un parent puisse tenter de soutirer de l'argent à son propre enfant. Mais il imaginait sans peine la douleur infinie qu'avait dû ressentir Avery.

— Comment as-tu réagi ?

— Je lui ai balancé quelques commentaires bien sentis. Du coup, j'ai eu de nouveau droit aux grandes eaux, et figure-toi qu'elle m'a suppliée. Elle voulait carrément rester chez moi. D'abord quinze jours, et pour finir juste une nuit. Son attitude m'a écœurée. Franchement écœurée. Alors je lui ai donné le liquide que j'avais dans mon portefeuille et je l'ai fichue dehors.

— Tu as agi comme il fallait, et c'est bien plus que ne l'auraient fait la plupart des gens, déclara Owen en pivotant pour lui faire face. Pourquoi ne m'as-tu rien dit ? Pourquoi m'as-tu repoussé au lieu de me laisser t'aider ?

— Au début, je ne l'ai dit à personne. J'en étais incapable.

Il vint se planter devant elle.

— Je ne suis pas n'importe qui.

— Tu ne peux pas comprendre, Owen. Compatir, ça oui. Mais je n'avais pas besoin de compassion. Je ne crois d'ailleurs pas que je l'aurais supporté. Tu ne peux pas comprendre, parce que tu ne t'es jamais senti rejeté. Pas une seule fois dans ta vie. Tu as toujours su que tes parents t'aimaient et feraient tout pour te protéger. Tu ne peux pas imaginer à quel point j'ai envié ta famille, même avant le départ de ma mère. À quel point j'avais besoin de vous, et vous répondiez toujours présents. Mon père et les Montgomery, vous étiez ma boussole, mon roc.

— Nous sommes toujours là.

— C'est vrai. Mais, malgré les difficultés – et chez nous elles n'ont pas manqué –, un enfant a besoin que sa mère soit présente, qu'elle l'aime. Et quand ce n'est pas le cas, on se sent… inférieur.

Incapable de trouver un meilleur terme, Avery leva les mains et les laissa retomber.

— Quoi qu'aient pu dire ou faire tes parents et mon père, j'avais toujours le sentiment qu'elle était partie à cause de moi. Que j'étais nulle, pas à la hauteur de ses attentes. Pas à la hauteur, voilà, c'est ça.

— Tu n'y étais pour rien, Avery.

— Je sais. Mais parfois il y a un fossé entre ce qu'on sait et ce qu'on ressent. C'est peut-être en partie à cause de son départ que j'ai travaillé si dur pour arriver où j'en suis aujourd'hui. Alors, tant mieux pour moi.

Après un instant d'hésitation, elle ajouta :

— Et puis, il y a aussi cette difficulté que j'ai toujours éprouvée à entretenir une relation stable sur le long terme. Je n'ai jamais réussi à rester avec quelqu'un, soit par manque de sentiments, soit parce que je me lançais tête baissée dans une histoire que je regrettais ensuite. J'ai peur de tenir d'elle sur ce plan-là.

— Bien sûr que non.

— Je t'ai repoussé, fit-elle remarquer.

— Et pourtant je suis là.

— Tu es tenace, Owen. Tu ne renonces pas. Face à un problème, tu creuses jusqu'à ce que tu aies trouvé la solution.

Il se rassit.

— Alors, quelle est la solution ?

— C'est toi qui es censé l'avoir, je te signale.

Mais elle posa la tête sur son épaule.

— Je suis désolée. Je t'ai fait souffrir en te laissant croire à tort que tu t'étais mal conduit. J'étais déjà un peu paumée avant, mais la revoir m'a complètement perturbée. Au point que je ne pouvais même pas en parler à mon père. Ça m'a pris un certain temps avant de réussir à aller le voir.

Il posa la main sur la sienne.

— Que lui as-tu cuisiné ?

Elle refoula ses larmes.

— Suis-je donc si prévisible ? De la soupe. Je lui en ai apporté un grand pot. Et elle était là, figure-toi.

Owen se pencha et l'embrassa sur le sommet du crâne.

— La situation se corse.

— Tu ne crois pas si bien dire. J'ai fait irruption dans la maison et j'ai pété un câble. Mon père avait l'air si triste avec elle en larmes dans le fauteuil d'en face. Je ne l'ai pas supporté. Elle lui a resservi la même tirade et, après réflexion, je pense qu'elle y croyait. Du moins en partie. En fait, elle est surtout désolée parce qu'elle n'a plus personne maintenant, et qu'elle ne peut pas revenir en arrière. Mon père lui a signé un chèque de cinq mille dollars en lui demandant de lui transmettre ses coordonnées, mais de ne plus chercher à me revoir.

— Brave Willy B, murmura Owen.

— La bonté même. Moi, je ne comprenais pas qu'il lui donne cet argent. C'était sa façon de tourner la page. De me prouver une fois de plus son amour pour moi.

— C'est la crème des hommes. Mais il n'est pas le seul à penser à toi.

— Je sais. J'ai beaucoup de chance. En fait, j'étais incapable de me confier à toi, à Clare, à Hope et à tous ceux qui comptent vraiment dans ma vie, parce que je n'arrivais pas à admettre que ma mère ne soit revenue après toutes ces années que parce qu'elle était seule et fauchée. Je me sentais si nulle, tu n'imagines pas. De honte, j'ai préféré me mettre aux abonnés absents.

Owen réfléchit un moment, puis :

— À mon tour de parler.

— D'accord.

— Cette femme t'a abandonnée. Elle est indigne et le sera toujours. Elle a tourné le dos non seulement à ses responsabilités, mais aussi au potentiel que tu représentais. Jamais elle n'aura une fille qui l'aimera d'un amour inconditionnel. Comme tu aimes ton père. C'est elle qui n'est pas à la hauteur, Avery. Pas toi.

— Oui, mais…

— Je n'ai pas fini. Ton père n'est-il pas à la hauteur ?

— Mon Dieu, si. Il vaut plus que bien des gens.

— Pourtant, elle l'a abandonné, lui aussi, sans un mot d'explication. Elle ne lui a même pas accordé le respect de la vérité, d'une rupture claire et nette par un divorce. Et quand elle est revenue, c'était parce qu'elle avait besoin d'argent. Mais cela n'enlève en rien à Willy B sa dignité d'homme, de père, d'ami. Au contraire.

— C'est elle qui n'est pas à la hauteur. Pas lui.

— Exact. C'est elle. Pas lui, ni toi.

Le nœud douloureux se desserra dans la poitrine d'Avery.

— Ça fait du bien d'entendre ça.

— Je n'ai pas encore fini. Que tu sois heureuse ou triste, contente ou fâchée, tu n'en restes pas moins toi. Si tu t'imagines que je serai là – ou que tu peux décider que je sois là – juste quand tout va bien, tu te trompes sur toute la ligne. Ce n'est pas du tout ma vision de notre relation. Elle n'a jamais été superficielle et, quoi qu'il arrive, ne le sera jamais. Point final.

La détresse d'Avery avait reflué, remplacée par un soupçon de honte.

— J'ai fait une grosse bourde.

— Oui. Mais je te pardonne pour cette fois.

Soulagée, elle parvint à sourire.

— À charge de revanche.

— Je saurai m'en souvenir le cas échant, plaisanta-t-il avec un clin d'œil. Personnellement, continua-t-il, je ne vois pas l'intérêt de ressasser les histoires passées et de s'interroger sur les raisons de leur échec. Aujourd'hui, il s'agit de toi et de moi. Si tu décides que nous deux, ça ne marche pas, tu as intérêt à me le dire en face. Je n'ai pas envie de me faire jeter comme un malpropre.

— Jamais je n'ai…

— Tu as essayé de te débarrasser de moi.

Avery fut tentée de se justifier, mais les excuses et explications bancales qu'elle lui aurait servies étaient indignes de lui.

— Je ne sais pas ce qui m'a pris, répondit-elle avec sincérité. En tout cas, ce n'était pas du tout une réaction appropriée parce que, comme tu le dis, il s'agit de toi et de moi. Je t'en fais la promesse solennelle, ajouta-t-elle en posant la main sur la joue d'Owen, je te le dirai en face quand je ne voudrai plus de toi.

Il lui sourit.

— Pareil pour moi.

Elle se pencha vers lui et il l'attira sur ses genoux. Elle s'y blottit avec bonheur.

— Je suis contente que tu te sois comporté en brute et que tu m'aies traînée ici. Tu me manquais trop.

— Je n'ai pas eu le choix. Tu étais trop stupide.

Elle se redressa.

— Les noms d'oiseau maintenant ? C'est ce que tu appelles me pardonner ? feignit-elle de s'offusquer. Et n'oublie pas que Beckett fait les livraisons.

— Avec ses trois enfants, il n'est pas contre quelques pourboires.

Avery lui prit la main en riant.

— Aïe !

Elle la relâcha, puis s'en empara de nouveau pour l'examiner.

— Mince, je t'ai bel et bien mordu jusqu'au sang !

— Je l'ai senti passer.

— C'est ta faute aussi. Tu es tombé à pieds joints dans mon piège.

— Ça ne se reproduira plus, crois-moi.

— Laisse-moi désinfecter ça.

— Plus tard.

Il l'attira contre lui et savoura l'instant. Le monde tournait à nouveau rond.

— Il ne te reste plus de cette soupe dont tu parlais tout à l'heure, par hasard ?

— J'ai de la bisque à la tomate fumée au congélateur. Je peux la réchauffer.

— Bonne idée. Plus tard aussi.

Owen lui inclina la tête en arrière et captura ses lèvres.

— Tu as raison, souffla Avery. Plus tard.

Émue, elle lui couvrit le visage de baisers tandis que ses mains s'activaient sur les boutons de sa chemise.

— Ça aussi, ça m'a manqué, murmura-t-elle. Le contact de ta peau.

Quelques jours à peine, songea-t-elle, mais la séparation semblait avoir duré des semaines. Et il était là de nouveau, sentant bon l'odeur du bois de son atelier, son torse chaud et ferme sous le tee-shirt. Ses mains aux paumes rugueuses la délestèrent avec assurance de son pull-over.

Sa boussole, son roc, se répéta-t-elle, tandis qu'ils finissaient de se déshabiller mutuellement. Fidèle et fiable, même dans la tempête.

Il avait éprouvé une peine sincère et profonde pour elle, pour ce qu'elle avait enduré. Lorsqu'elle avait affirmé qu'il ne pouvait pas comprendre, elle se trompait. Il n'avait jamais pensé qu'il faille vivre une souffrance dans sa chair pour la comprendre.

Elle prit le visage d'Owen entre ses mains, et en voyant son sourire avant que leurs lèvres se rejoignent, il songea : « Voilà, mon Avery est de retour. »

Elle fit courir ses mains le long de son dos, sur ses hanches, et remonta, comme pour prendre ses mensurations. En proie à une envie éperdue de donner, elle l'enlaça avec fougue, et l'entendit jurer quand son épaule appuya sur sa main blessée.

— Oups ! Désolée.

Elle ne put s'empêcher de rire, et aussitôt, la culpabilité, la peine, les inquiétudes disparurent comme par enchantement.

Toi et moi… Elle l'étreignit et lui mordilla l'épaule.

— J'ai pris goût à toi, avoua-t-elle en le renversant sur le lit.

— Tu veux jouer à « fais-moi mal, Johnny » ?

— J'ai déjà eu ma dose. Voyons comment toi, tu prends la chose.

En veillant à ne pas lui faire mal à la main, elle lui attrapa les poignets qu'elle maintint au-dessus de sa tête.

— Ça me plaît bien, dit-il.

— Parce que nous sommes nus.

— Entre autres.

Elle s'inclina sur lui, s'immobilisa à un cheveu de sa bouche, se redressa, et recommença son petit jeu.

— Tu cherches les ennuis.

— Oh, je sais m'y prendre avec toi !

Elle se laissa glisser sur lui et lui lécha le torse d'un coup de langue sensuel qui fit bouillonner le sang d'Owen. C'est vrai, dut-il admettre, elle savait s'y prendre avec lui.

Elle explora de sa bouche gourmande chaque centimètre carré de sa peau, parfois vive et brusque, parfois d'une tendresse langoureuse, cherchant à le déstabiliser pour mieux prendre possession de lui.

— Owen, murmura-t-elle encore et encore, lorsqu'elle grimpa sur lui à califourchon, ivre de désir.

Les doigts crispés sur ses épaules, elle l'enserra peu à peu dans sa chaleur, toujours plus profond, avec un délicieux sentiment de triomphe et d'abandon, tandis qu'il lui pétrissait les seins et que son cœur galopait sous sa paume.

Elle abaissa de nouveau sa bouche entrouverte vers la sienne qu'elle captura en un long baiser tremblant. Puis elle se redressa et, la tête rejetée en arrière, le chevaucha avec fougue jusqu'à la reddition finale.

Plus tard, Avery soigna sa main et déposa un baiser sur la petite plaie. Vêtue de son peignoir à carreaux, elle réchauffa la soupe tandis qu'il servait le vin. Sur un coup de tête, elle alluma des bougies en décor de table. Pas tout à fait un souper de minuit aux chandelles, pensa-t-elle en jetant un coup d'œil à sa montre, mais presque.

— Il neige fort à présent. Tu devrais rester, suggéra-t-elle.

— Bonne idée.

Avec un soupir de contentement, elle versa la soupe à la louche dans d'épais bols blancs, tandis que, dehors, un manteau immaculé enveloppait le monde.

17

Fidèle à son tempérament d'organisateur, Owen aborda le cas d'Elizabeth comme un problème à résoudre, avec ses tenants et ses aboutissants.

Il y avait une revenante à l'hôtel. Une fois accepté ce fait, certes étrange, il fallait bien tenter d'y trouver une explication. Jusqu'à présent, l'invitée mystère s'était montrée le plus souvent aimable, quoiqu'un peu lunatique à l'occasion, et ils lui devaient tous une fière chandelle pour avoir prévenu Beckett que Clare était en train de se faire agresser par cette ordure de Sam Freemont.

Elle ne demandait qu'une chose. Retrouver Billy.

Petit problème : qui était ce Billy ? À quelle époque vivait-il ? Quel était son lien avec la jeune femme qu'ils avaient baptisée Elizabeth ? La bague semblait indiquer de possibles fiançailles. Mais il s'agissait là d'une hypothèse et non d'un fait. Et sur ce point, leur fantôme ne les aidait pas beaucoup.

Owen décida qu'il fallait avant toute chose identifier Elizabeth et déterminer la date de son décès – qui, selon toute vraisemblance, avait dû se produire à l'hôtel.

— C'est la supposition la plus logique, non ?

Il avait installé son ordinateur portable dans la salle à manger de l'Hôtel Boonsboro, jugeant qu'Elizabeth le guiderait peut-être davantage s'il s'attaquait à l'énigme sur place.

— C'est aussi mon avis, approuva Hope en posant un café sur la table près de son coude. Que ferait-elle ici sinon ?

— J'ai surfé à droite et à gauche sur les sites concernant le paranormal. On tombe sur toutes sortes de trucs ébouriffants, dont certainement beaucoup de conneries, mais j'en ai retenu que la plupart des défunts qui ne sont pas encore passés de l'autre côté, comme on dit, ont tendance à demeurer sur le lieu de leur décès ou à revenir à un endroit important pour eux. Si elle est morte ici, c'était peut-être une cliente, une employée, ou bien elle avait un lien de parenté avec les propriétaires.

— Le registre des décès à l'état civil serait un point de départ, mais à quelle date commencer les recherches ?

— C'est tout l'attrait d'une énigme, non ?

— Si je me fie à ta description de sa tenue, je pencherais pour après le début de la guerre de Sécession, et avant 1870. Pas une robe à panier, mais une jupe assez large quand même.

— À peu près comme ça, fit Owen en écartant les bras. Mais la vision a été très fugitive.

— Si elle m'apparaissait, j'aurais une idée plus précise.

« Pourquoi ne le fait-elle pas, d'ailleurs ? » s'interrogea-t-elle. Après tout, elles étaient pour ainsi dire colocataires, selon l'expression d'Avery.

— Et les manches ?

— Pardon ?

— De la robe, Owen. Étaient-elles longues, courtes, ajustées, bouffantes ?

— Hmm… longues. Et plutôt bouffantes, il me semble.

— Portait-elle des gants ?

— Je crois oui, mais tu sais, des gants sans doigts…

— Des mitaines.

— En dentelle ou en crochet comme les travaux d'aiguille de ma grand-mère. Et maintenant que j'y réfléchis, elle avait aussi un châle.

— Tu avais parlé d'une résille.

Il écarquilla les yeux.

— Le filet qui retient ses cheveux sur sa nuque. Ça s'appelle une résille.

— Si tu le dis.

— Je t'assure. J'ai une minute ou deux. Je peux ? s'enquit Hope en désignant l'ordinateur.

— Je t'en prie.

Il le tourna vers elle et sirota son café tandis qu'elle pianotait sur le clavier.

— Je suis à peu près sûre que tous ces éléments combinés nous amènent entre le début et le milieu des années 1860.

Il laissa Hope travailler quelques minutes en silence.

— Qu'en penses-tu ? lui demanda-t-elle en faisant pivoter l'écran vers lui.

Non sans curiosité, il étudia l'illustration qui représentait un petit groupe de femmes dans un salon.

— Je me demande pourquoi les femmes s'obstinent à porter des tenues qui semblent si inconfortables.

— Il faut souffrir pour être belle, Owen. Nous vivons avec.

— J'imagine. C'est plutôt ressemblant, je dirai. Pour la jupe et les manches en tout cas. La robe avait aussi un col haut comme ici. Orné peut-être de dentelle ou autre chose.

— C'est la mode de 1862. Tu pourrais commencer par cette date. Et je doute qu'il s'agisse d'une domestique, ajouta Hope, qui examinait de nouveau l'illustration. Ces robes sont trop élégantes. Bien sûr, c'est peut-être un cadeau d'un employeur ou d'une parente, mais selon toute probabilité il s'agit d'une femme aisée.

— On va commencer par s'en tenir au plus probable. Merci.

— De rien. C'est intéressant. Je suis dans le bureau si tu as besoin de moi.

Owen avait prévu de consacrer une demi-heure à ses recherches avant de boucler sa ceinture à outils, mais, de fil en aiguille, il se laissa embarquer dans une succession de documents, vieux articles de journaux et sites de généalogie.

À un moment, Hope vint lui resservir un café, y ajouta une assiette de cookies tout chauds.

Plus tard encore, il s'adossa à sa chaise, les yeux rivés sur l'écran, la mine songeuse.

— À quoi tu joues ? s'étrangla Ryder sur le seuil. Tu es assis ici à manger des cookies pendant que je trime dans la maison d'à côté ?

— Hein ?

— Il est 14 h 30, je te signale.

— Ah ? Désolé. Je crois que je l'ai trouvée.

— Qui ça ?

Ryder s'empara du dernier biscuit et son expression renfrognée s'adoucit après la première bouchée.

Owen pointa l'index au plafond.

— Tu sais bien. Elle.

— Par pitié, Owen, on a du boulot. Chasse les fantômes sur ton temps libre.

— Elle s'appelle Eliza Ford. Des Ford de New York.

— Je me réjouis que ce mystère soit éclairci.

— Sérieux, Ryder, je crois que ça colle. Elle est décédée ici, d'une sorte de fièvre, à la mi-septembre 1862. Elle est enterrée à New York. Elle avait dix-huit ans. Eliza, Elizabeth. Plutôt cool comme coïncidence, non ?

— Je suis scotché. Elle poireaute ici depuis environ cent cinquante ans. À mon avis, elle peut encore attendre un peu, qu'on finisse ces maudits travaux à côté.

Il attrapa la tasse sur la table, but une gorgée.

— Il est froid ce café.

— Je vais monter, et essayer de lui parler. Je rattraperai mon retard après. Avery travaille jusqu'à 18 heures de toute façon.

— Je me réjouis vraiment que tu arrives à caser ce job insignifiant dans ton carnet mondain.

— J'ai dit que je rattraperai mon retard, bon sang, s'énerva Owen, agacé par le ton horripilant de son frère. On lui doit bien ça quand même. Elle nous a prévenus pour Sam Freemont. Dieu sait ce qu'il aurait fait à Clare si Beckett n'était pas arrivé à temps.

Ryder enleva sa casquette de base-ball et fourragea dans ses cheveux.

— C'est bon, va discuter avec ta copine morte. Tu me rejoins après de l'autre côté. Il y a encore des cookies ?

— Je n'en sais rien. Demande à Hope.

Ryder quitta la pièce en grommelant.

Owen éteignit son ordinateur, et grimpa à l'étage. Il avait identifié plusieurs femmes entre dix-huit et trente ans qui étaient décédées en ville dans la période de temps qui l'intéressait.

Toutefois, son petit doigt lui disait qu'il avait vu juste avec Eliza Ford.

Ce n'est qu'une fois en haut qu'il se souvint de la procédure : Hope et Carol-Ann fermaient à clé les portes des chambres inoccupées. Aux vivants en tout cas.

Alors qu'il faisait demi-tour, la porte d'Elizabeth et Darcy s'ouvrit.

— D'accord. Je suppose que c'est une invitation.

Il entra avec circonspection dans la pièce où les effluves sucrés de chèvrefeuille se mêlaient au parfum attitré de la chambre – lavande anglaise.

La porte se referma en douceur dans son dos. Un frisson courut le long de son dos.

— L'hôtel est ouvert depuis plus d'un mois maintenant et les débuts sont prometteurs, commença-t-il. Nous avons eu un petit mariage la semaine dernière. Mais vous êtes au courant, j'imagine. Bref, j'ai du travail à côté, mais j'ai fait quelques recherches en bas. Sur vous. Nous pourrions mieux vous aider si nous savions qui vous êtes. Eliza ?

Les lumières se mirent à clignoter frénétiquement. Owen en ressentit des picotements dans les doigts.

— Etes-vous Eliza Ford ?

Une forme vague apparut d'abord, puis la silhouette d'une femme se matérialisa. Avec un sourire, elle le salua d'une révérence.

— Je le savais ! Eliza.

Elle posa la main sur son cœur et il aurait juré entendre le murmure dans sa tête. *Elizabeth.*

— On vous appelait Elizabeth.

Billy.

— C'était Billy qui vous appelait ainsi. Billy comment ?

L'apparition posa sa main libre sur celle qui était pressée sur son cœur et ferma les paupières.

— Vous l'aimiez. Vivait-il ici, à Boonsboro, ou près d'ici ? Venait-il vous rendre visite ? Était-il avec vous quand vous êtes décédée ? Ou peut-être est-il mort avant vous ?

Elle ouvrit de grands yeux affolés. Owen se maudit intérieurement. Peut-être ignorait-elle qu'elle ne faisait plus partie des vivants – ou que Billy était mort, lui aussi, forcément.

— Je veux dire, vous êtes-vous rencontrés ici, à l'hôtel ?

La silhouette s'évanouit. Un instant plus tard, la porte de la galerie s'ouvrit à la volée, puis claqua bruyamment.

— Bon, d'accord, j'imagine que vous avez besoin de réfléchir. Je vous reparlerai plus tard. Bien joué, Owen, marmonna-t-il dans l'escalier. Quel tact, vraiment. Alors, Elizabeth, quel effet ça fait d'être morte ? Espèce d'idiot.

Il récupéra son ordinateur, le déposa dans son pick-up et prit ses outils. Puis il entra dans le bâtiment voisin, bien décidé à faire pénitence avec son pistolet à clous.

— Comme c'est triste, soupira Avery tout en versant sa marinade préparée le matin même sur les steaks de thon. Dix-huit ans seulement. Certes, à l'époque, les gens vivaient moins vieux et les femmes se mariaient beaucoup plus tôt. N'empêche. Dix-huit ans. Une fièvre, tu dis ?

— Je n'ai pas trouvé beaucoup de détails. Maintenant que j'ai son nom, ce sera plus facile.

— Eliza. Quelle coïncidence, quand même. Et Beckett qui l'appelait Elizabeth.

— C'est plutôt le destin, j'ai l'impression. Maman a choisi le nom de la chambre. Du coup, Beckett a surnommé la revenante Elizabeth.

— J'ignore si c'est le destin, mais ça fiche drôlement la frousse. En tout cas, bravo pour ta découverte – même si je ne sais pas comment cela va t'aider à identifier ce Billy.

— Maintenant que j'ai du concret, sa piste sera peut-être plus facile à suivre. Devait-elle le rencontrer ici ? Était-ce un habitant du coin ? Un autre voyageur ?

Occupée à laver le mesclun dans l'évier, Avery lui jeta un coup d'œil par-dessus son épaule.

— Septembre 1862. C'est peut-être ta réponse.

— Pourquoi ?

Elle mit la salade à égoutter et se tourna vers lui.

— Owen, depuis combien de temps vis-tu dans le comté sud de Washington ?

— J'y ai toujours… La vache, je n'y avais même pas pensé. J'étais tellement obnubilé par l'idée de la retrouver. La bataille d'Antietam.

— Ou de Sharpsburg, selon le camp dans lequel on se trouvait. Dix-sept septembre 1862. L'épisode le plus sanglant de la guerre de Sécession.

— Il était peut-être soldat. Oui, c'est possible, réfléchit-il. Elle serait venue jusqu'ici pour tenter de le voir. Sais-tu qu'à l'époque des gens venaient assister aux batailles ? Drôle d'idée pour un pique-nique.

— Il y a toujours eu des cinglés. Enfin, bref, elle est morte le jour même de la bataille. Tu dis qu'elle venait de New York. Il semble donc logique qu'elle soit descendue à l'auberge qui existait alors. Si elle avait eu des parents ou des amis dans les environs, elle aurait résidé chez eux. Il n'est pas impossible que Billy soit lui aussi de New York et qu'elle l'ait suivi jusqu'ici pour une raison quelconque.

— Ou bien il était du coin et elle est venue le rejoindre. Mais le plus probable, c'est que, comme la plupart des hommes de son âge – en supposant qu'ils avaient à peu près le même tous les deux –, il participait aux combats.

— Oui, c'est l'hypothèse la plus plausible. Tiens, goûte.

Il prit la galette fine et craquante qu'elle lui tendait.

— C'est bon. Vraiment délicieux. Qu'est-ce que c'est ?

— Un essai de mon cru pour le nouveau restaurant. De la pâte à pizza étalée très finement et cuite au four avec des herbes. Pour revenir à Elizabeth, si elle avait retrouvé Billy ici, pourquoi le chercherait-elle encore aujourd'hui ? Et s'il était dans le coin, il aurait été à ses côtés au moment de son décès, non ? Donc, logiquement, il était absent quand elle est tombée malade.

— Ou alors il lui a fait faux bond. Il était peut-être déjà marié. Ou pas intéressé.

D'un geste vif, Avery récupéra l'assiette de pain avant qu'il ait le temps de se resservir.

— Pas romantique, comme scénario. Je veux du romantique, ou pour le pain, tu repasseras.

— J'envisage les différentes hypothèses, c'est tout.

Comme elle persistait à garder l'assiette hors de portée, Owen leva les yeux au ciel.

— Bon, d'accord. Ils étaient les Roméo et Juliette de la guerre de Sécession. Les amants malheureux de la bannière étoilée.

— Je n'aime pas les suicides d'adolescents. Trouve autre chose.

— J'ai trop faim pour réfléchir.

À contrecœur, elle reposa l'assiette.

— De toute façon, je ne vois pas trop comment cette histoire de bataille t'aidera à retrouver Billy.

— Je vais continuer à fouiller du côté d'Elizabeth, il n'y a pas d'autre solution.

Il cassa une galette en deux et lui en offrit la moitié.

— Tu pourrais l'appeler pain Crack, vu le bruit qu'il fait quand on le rompt, et aussi parce qu'il est addictif.

— Très drôle. Je pense le présenter avec des gressins dans un genre de tube en verre sur chaque table.

— On devrait pouvoir commencer les travaux de démolition la semaine prochaine.

— La semaine prochaine ? s'écria Avery. Sérieux ?

Il adorait voir son visage s'illuminer.

— Juste la démolition. Je me suis renseigné, je devrais avoir le permis demain après-midi.

— C'est génial !

Avery contourna le plan de travail et, dans un même élan, lui sauta sur les genoux.

— Génial ! Génial ! Génial !

Quand elle eut fini de le dévorer de baisers, Owen lui sourit.

— J'ai hâte de voir comment tu vas réagir quand j'obtiendrai le permis de construire.

— Il se peut qu'il y ait des costumes… Mon Dieu, je n'y crois pas !

— Quel genre de costumes ?

— Oh, Owen, soupira-t-elle, blottie contre lui. Le rythme risque d'être infernal pendant un temps. La démolition, les préparatifs, la réalisation du chantier… Je vais sûrement être un peu dingue.

— En quoi ce sera différent de d'habitude ?

Elle le pinça en représailles avant de se lever.

— Je tiens juste à ce que tu saches que ce n'est pas parce que je t'évite ou te repousse.

— Entendu.

Comme elle avait entrouvert la porte, il s'y engouffra.

— Ta mère a-t-elle donné des nouvelles à ton père ?

— Non, répondit-elle avec un haussement d'épaules.

À l'évidence, elle avait décidé de s'en tenir là, mais il lui prit les mains et, les yeux au fond des siens, attendit la suite.

— Je n'y compte pas trop, mais elle n'est peut-être pas encore installée. Ou alors, regardons la situation en face, elle ne se manifestera pas. Il n'est pas impossible qu'elle ne soit venue que pour soutirer de l'argent à mon père. Je ne sais vraiment pas qu'en penser. C'est comme se dire que Billy avait choisi de ne pas être auprès d'Elizabeth. C'est dur. Il y a assez de tristesse en ce bas monde. Je vais essayer d'être un peu optimiste pour changer.

— On va partir de l'hypothèse qu'il aurait été avec elle s'il avait pu.

— Je préfère. Et si Traci ne communique pas ses coordonnées à mon père, je vais devoir vivre avec. Honnêtement, je ne vois pas pourquoi je la contacterais de toute façon. Elle ne fait pas partie de ma vie. C'était son choix.

— Je déteste que tu en souffres.

— C'est dur de réaliser que quelqu'un a ce genre de pouvoir sur moi. Alors, stop, assez parlé d'elle. Je n'y pense plus, décréta-t-elle en agitant les mains comme pour tout effacer. Bienvenue à la cuisine expérimentale du MacT. Ce soir, je serai votre chef, serveuse et sommelière.

— Tout ça ?

— Et plus après… si tu as de la chance.

— Je me sens chanceux.

— Ce soir, nous vous proposons un pavé de thon grillé dans sa croûte de poivre avec une julienne de petits légumes, accompagné d'un mesclun et sa vinaigrette au champagne.

— De plus en plus chanceux.

— Pour commencer, nos mises en bouche au crabe et cœur d'artichaut, bientôt célèbres, espérons-le. Le tout servi avec un Sauvignon blanc sec de notre cave.

— Je signe tout de suite.

— Tu me donnes ton avis honnêtement, d'accord ?

— Tu peux compter sur moi.

Elle sortit une poêle pour le thon et se tourna vers lui avec un sourire.

— Je sais.

Soucieux de compenser le temps consacré à ses recherches et ses soirées chez Avery, Owen se mit à la disposition de Ryder. Au rythme où ils avançaient, il calcula que la boulangerie serait terminée pour juin, et les appartements au-dessus prêts à accueillir des locataires.

Il avait rassemblé quelques informations supplémentaires sur Eliza Ford, mais préférait laisser reposer cette histoire pour l'instant.

Comme promis, la démolition commença dans le futur restaurant d'Avery, côté bar. Les deux projets avancèrent de concert, tandis que février s'achevait. À l'approche du mariage, prévu pour avril, les frères Montgomery – aidés de quelques ouvriers de l'équipe – consacrèrent plusieurs week-ends à la maison de Beckett.

Un dimanche après-midi, une brusque remontée des températures transforma la neige en gadoue. Mais, à l'intérieur de la maison, les sols rutilaient de chaque côté des cartons boueux qui faisaient office de passages improvisés. Les trois frères parcoururent du regard la cuisine presque terminée.

— Ça en jette, commenta Beckett. Ça en jette même drôlement. Les installateurs viennent demain pour les plans de travail, ici et dans les salles de bains. On va peut-être y arriver, en définitive.

— Aucun doute là-dessus, assura Owen qui avait le planning et refusait de se laisser décourager.

— Si tu n'avais pas laissé cette maison à moitié terminée en plan tout ce temps, on ne serait pas là à courir comme des dingues, fit remarquer Ryder.

— On apprend à tout âge, rétorqua Beckett. Et puis, de cette manière, Clare peut y apposer sa marque. Ce sera notre maison au lieu de la mienne.

— Écoute-toi un peu. Un vrai toutou.

— Un homme qui s'apprête à épouser l'amour de sa vie, tu veux dire, corrigea Beckett en pivotant sur lui-même. Bon éclairage, beaucoup d'espace. Ce sera génial de prendre de nouveau ses aises. Chez Clare, il n'y a plus un centimètre carré disponible. Je suis toujours en train de marcher sur un gamin ou un chien.

— Et tu crois que ça va changer ici ? risqua Owen.

Beckett réfléchit un instant.

— Non, reconnut-il en riant. Et ça ne me dérange pas. J'ai hâte de marcher sur les gamins et les chiens ici. Plus qu'un mois à peine avant le mariage.

— C'est sympa que les filles organisent la fête en l'honneur de Clare à l'hôtel, observa Owen. Peut-être une autre source de revenus à envisager pour l'avenir.

— Plus important, l'enterrement de ta vie de garçon, Beckett, ajouta Ryder, les pouces coincés dans sa ceinture à outils. Il faut qu'on t'envoie dignement vers le grand inconnu.

— J'y travaille, lui rappela Owen.

— Ouais, c'est ça. Pourquoi tant de tralalas ? Pourquoi on ne va pas tout simplement dans un bar à strip-tease ? Ce n'est pas un grand classique sans raison.

— Poker, cigares et whisky – le choix du marié.

— Et pas de strip-teaseuse, précisa Beckett. C'est trop bizarre.

— Bon sang, tu me brises le cœur, déclara Ryder.

— Quand ton tour viendra, il y en aura.

— Je serai trop vieux pour apprécier. Le temps que je convole, j'aurai l'âge de la retraite. Cela dit, un homme n'est jamais trop vieux pour apprécier les femmes nues. Prends note.

Les bras chargés, Justine frappa avec le coude à la porte vitrée du patio. Owen lui ouvrit et lui prit des mains un grand sac isotherme et une énorme Thermos.

— Regardez-moi ça ! s'exclama-t-elle. Beckett, c'est magnifique.

— Il n'a pas fait ça tout seul, lui rappela Ryder.

— Tous pour un, murmura-t-elle. Tu vas avoir une maison superbe. Vous avez énormément avancé depuis mon dernier passage, il y a quelques semaines.

— Je vais te faire visiter, proposa Beckett. Le grand tour.

— Avec plaisir. Mais d'abord, le déjeuner. Minestrone, sandwich jambon-fromage, tarte aux pommes.

— La meilleure mère du monde, commenta Ryder en ouvrant le sac isotherme.

Owen posa la main sur son estomac.

— Je me contenterai de la soupe. Je mange comme un goinfre depuis qu'Avery m'utilise comme cobaye, et avec les travaux ici, je fais moins d'exercice.

Justine sortit les assiettes en carton, les bols et les cuillères de son énorme sac.

— C'est drôle que tu parles d'exercice. J'ai justement quelque chose à vous raconter à ce propos.

Elle disposa la vaisselle sur le contreplaqué qui couvrait les placards pour l'instant.

— J'ai des boissons fraîches dans la voiture.

— On a tout ce qu'il faut ici, dit Beckett qui ouvrit une glacière.

— C'est du light ?

— Du light ? Quelle idée, s'étonna Ryder.

— Oh, et puis, après tout, donne-moi un normal ! décida Justine. Je reperdrai vite ces calories. Surtout d'ici, disons, neuf mois à un an, quand je pourrai aller transpirer au Boonsboro Fitness Club.

Ryder, qui s'apprêtait à croquer une énorme bouchée de sandwich, se figea.

— Maman.

Posément, Justine versa du minestrone dans un bol qu'elle tendit à Owen.

— J'ai appris que le bâtiment derrière l'hôtel, celui avec lequel nous partageons un parking, était en vente.

Beckett soupira.

— Maman.

— Et il m'est venu à l'esprit qu'il n'y a pas de salle de gym en ville, ni même aux alentours. Les gens doivent prendre la voiture. En outre, Hope m'a signalé qu'un certain nombre de clients de l'hôtel s'étaient renseignés sur les infrastructures disponibles dans les environs.

— Maman, fit Owen, les yeux rivés sur sa soupe.

— Pour l'instant, le bâtiment n'est pas particulièrement attrayant, je vous l'accorde, continua-t-elle d'un ton guilleret. Ce n'est pas une belle vue de la cour intérieure ou des terrasses pour la clientèle. Mais cela pourrait le devenir. Et nous gagnerions en surface de parking.

— Nous n'avons pas fini la boulangerie, fit remarquer Owen. Et les travaux du restaurant sont à peine entamés.

— De mes trois fils, c'est toi qui sais le mieux combien il est important d'anticiper en affaires. Je suis en négociation. Je n'ai pas encore acheté et ne le ferai pas sans vous consulter d'abord. Les négociations prennent du temps, les formalités aussi. Si tout se passe bien, Beckett pourra s'attaquer aux plans à son retour de voyage de noces.

— Tu as mis les pieds là-bas récemment ? s'enquit ce dernier.

Elle lui tendit un bol de minestrone.

— En fait, oui. Il y a des travaux à prévoir, c'est sûr. Beaucoup de travaux. Et par chance, nous possédons le savoir-faire requis. Et puis, ce ne serait pas non plus un chantier de l'ampleur de l'hôtel.

— On devrait acheter cette ruine juste pour la raser, grommela Ryder.

— Garder les murs et refaire tout l'intérieur, d'accord. Raser, non.

— Tu sais déjà ce que tu veux.

Elle sourit à Owen.

— J'ai quelques idées, en effet. Impossible de concurrencer les grandes chaînes, mais nous offririons un centre de remise en forme du XXIe siècle adapté aux goûts d'une petite ville – avec un large choix de cours.

— Même si nous arrivions à transformer cet endroit en paradis de la gym, il faudrait du personnel, intervint Ryder. Des coachs, des animateurs.

— Laisse-moi me charger de cette partie, répondit Justine. Au rez-de-chaussée, l'espace fitness avec tous les équipements de cardio-training, tapis de courses et matériel de musculation, une petite salle de classe, des vestiaires – chacun équipé d'un hammam et d'un sauna. Et pourquoi pas une garderie pour les jeunes enfants et un salon de massage. J'imagine une ambiance très spa. Enfin, nous verrons.

Elle donna une tape sur la joue à Beckett.

— N'est-ce pas ?

— J'imagine. Si tu réussis à l'acheter.

Le sourire de Justine s'élargit.

— Fais-moi confiance. Bon, et cette visite ?

La mine renfrognée, Ryder regarda sa mère s'éloigner en compagnie de Beckett.

— Nom d'un chien, le pire, c'est que l'idée est bonne.

— Comme souvent avec maman, observa Owen. Même si elle ne traîne pas, il faudra attendre le milieu du printemps, ou plus probablement le début de l'été, avant d'obtenir les plans et les permis. C'est surtout Beckett qui va avoir du pain sur la planche.

— Dieu merci, dit Ryder. Quoique, je ne serais pas contre démolir cet endroit. De fond en comble, tu vois. Mais il faut d'abord terminer la boulangerie. Et il faudra trouver quelqu'un pour la faire tourner, à moins que maman ne s'imagine qu'on va se mettre à confectionner des cupcakes.

— J'ai peut-être une idée. Une connaissance d'Avery. Elle a quitté Washington où elle travaillait comme chef pâtissier et cherche à s'installer à son compte.

— Encore une fille de la ville ? marmonna Ryder. Elle est comment ?

— Mariée.

— Tant mieux. Bon, tu réfléchis à la question. Beckett étudie les possibilités pour la salle de gym. Et moi, je gère l'équipe.

— Chacun son job, comme d'hab.

— Elle finira bien par être à court de vieilles baraques.

Owen se mit à rire et craqua pour un sandwich.

— N'y compte pas trop, frérot.

— Un centre de remise en forme ?

— Si elle réussit à acquérir le bâtiment, précisa Avery, qui était assise avec Hope dans la salle à manger où elles mettaient la dernière main à la fête pour Clare. D'après Owen, Justine est emballée par ce nouveau projet.

— Ils repeindraient la façade au moins ? Ils ne peuvent pas laisser ce vert atroce.

— Ça va de soi, je pense. Beckett parle aussi de rehausser le toit, d'en construire un en pente à la place du plat.

— La vue serait plus jolie pour les clients. Et pour moi. J'avoue que ce ne serait pas désagréable de n'avoir que le parking à traverser pour se rendre à un club de fitness flambant neuf. Depuis mon arrivée ici, je suis condamnée aux DVD. J'adorerais un cours de yoga digne de ce nom.

— J'ai toujours voulu faire du yoga. Si je m'étire assez, je grandirai peut-être. Bon, je crois qu'on a fait le tour. Je peux passer prendre le tout à la fin de la semaine quand je ferai mes courses.

— Parfait. Ce sera charmant. Des fleurs, une collation raffinée, du champagne, un gâteau classe – plus quelques jeux amusants avec des lots de qualité. Clare sera contente.

— Et avant d'avoir le temps de dire ouf, nous assisterons à son mariage.

— Ce qui m'amène à la question : pensez-vous suivre leur exemple, Owen et toi ?

— Non, non, répondit Avery en riant. On est très bien comme on est. Et puis, tu sais que je n'ai jamais été très mariage – pour moi, en tout cas. Peut-être en viendrons-nous un jour à vivre dans le péché.

— Je ne suis pas convaincue, avoua Hope. Tu l'aimes.

— Je l'aime. Et je suis peut-être même raide dingue de lui, avoua Avery, étonnée que les mots lui viennent plus facilement qu'elle ne l'aurait jamais imaginé. J'essaie de m'y habituer. Il faut voir si ça dure. Comme je l'ai dit, on est très bien comme on est. Et submergés de boulot – ce qui n'est pas près de s'arrêter, j'ai l'impression.

— Avery, je t'ai toujours connue submergée de boulot et heureuse de l'être – même chose pour Owen, d'ailleurs. Vous êtes ainsi tous les deux.

— C'est un plus.

— Je ne veux pas donner l'impression d'insister, mais chaque fois que je vous vois ensemble, je me dis : Avery a trouvé l'homme idéal.

Mal à l'aise, celle-ci s'agita sur sa chaise et se frotta les mains sur les cuisses.

— Tu me fiches un peu la frousse, là.

— Endurcis-toi, ma grande. Tu as raison de prendre ton temps, mais s'il n'est pas tout aussi amoureux de toi que toi de lui, c'est que je suis nulle en organisation de bureau.

— Si tu continues, je vais me mettre à raconter qu'il y a anguille sous roche entre Ryder et toi.

— Voilà un truc qui fiche *vraiment* la frousse. C'est bon, je me tais. À partir de maintenant, motus et bouche cousue.

18

Avery s'octroya une heure supplémentaire dans le lit d'Owen, qui était parti à 6 h 45 pour la réunion de chantier prévue à 7 heures.

Son chantier à elle, cette fois, songea-t-elle en se pelotonnant sous la couette. Elle l'aurait bien accompagné, par curiosité, mais elle savait sans qu'on le lui dise qu'elle retarderait le travail. Elle passerait plus tard dans la matinée, après ses courses. D'ici là, la démolition serait bien avancée.

Ce serait plus amusant de se laisser surprendre.

Des avancées, il y en avait d'autres. Dans moins d'un mois, sa meilleure amie serait mariée. Le miracle de l'amour. Un miracle auquel elle n'avait jamais trop cru elle-même, mais qu'elle avait vu se réaliser avec Clare et Beckett. Une partie de ses courses de la matinée concernait la fête entre filles qu'elles lui avaient préparée, Hope et elle – elle devait passer chercher les dernières emplettes d'après la liste détaillée imprimée par Hope à son intention.

Après le mariage, Clare et Beckett avaient prévu de partir une semaine en lune de miel sur l'île de Saint-Kitts. Avery s'en réjouissait pour eux. Un jour, elle aussi prendrait des vacances dans un paradis tropical. Un jour, elle prendrait des vacances tout court, se corrigea-t-elle en soulevant une paupière pour regarder le ciel morose par la fenêtre. Elle allait lancer le nouveau restaurant, trouver ses marques, puis se récompenserait par quelques jours de soleil, plages de sable blanc et mer turquoise.

Un endroit où elle n'avait jamais mis les pieds, où personne ne la connaissait.

Owen l'accompagnerait peut-être. Ce serait intéressant de voir comment ils réagissaient, seuls en couple dans un pays étranger, en n'ayant rien d'autre à faire que s'occuper d'eux-mêmes.

Plus tard, au cours de l'été, Clare et Beckett repartiraient une semaine, avec les enfants, cette fois. Une lune de miel en famille, avait-elle entendu le petit Murphy déclarer.

Avery s'assit dans le lit et, les bras enroulés autour de ses jambes repliées, sourit en contemplant le feu qui crépitait dans la cheminée. Elle était touchée par la gentillesse d'Owen qui avait pris la peine de tisonner les braises et d'ajouter une bûche afin qu'à son réveil elle profite de la chaleur d'une bonne flambée par cette triste matinée de mars.

Elle venait de poser les pieds sur la descente de lit, quand son téléphone lui signala l'arrivée d'un SMS. Elle se rallongea pour le lire, espérant que c'était Owen qui lui suggérait de venir assister au début de la démolition. En fait, c'était un message de Clare qui lui demandait de s'arrêter à la librairie avant d'aller faire ses courses à Hagerstown.

Perplexe, elle répondit qu'elle passerait. Et dans la foulée, elle en profiterait pour jeter un coup d'œil à son futur restaurant.

Elle se dépêcha de prendre une douche, sauta dans son jean et enfila un pull par-dessus son tee-shirt – le temps était si changeant. Avec une moue, elle étudia ses cheveux dans le miroir. Sa dernière coloration s'était quelque peu affadie, et elle nota mentalement de jeter un coup d'œil au nuancier pour choisir le ton qui conviendrait le mieux à son humeur du moment.

Dans la cuisine, elle s'aperçut qu'Owen avait fait du café et lui avait laissé un mug près du percolateur. Une autre raison de sourire, se dit-elle. Sur un coup de tête, elle dessina un cœur avec leurs initiales à l'intérieur sur le tableau destiné aux courses.

Après un café et un yaourt avalés sur le pouce, elle enfila ses bottes et enroula son écharpe autour de son cou. Elle se débattait avec son manteau lorsqu'elle découvrit un mot près de la porte.

Prends ceci.

Levant les yeux au ciel, elle s'empara du parapluie pliant posé sur la console de l'entrée. Il aurait de la chance si elle ne l'égarait pas.

À mi-chemin de Boonsboro, les premières gouttes de pluie s'écrasèrent sur son pare-brise. Elle ne put que lever de nouveau les yeux au ciel. C'était si agaçant qu'Owen ait toujours raison.

Quelques minutes plus tard, plongée dans ses réflexions, elle oublia le parapluie dans la voiture et courut sous la pluie jusqu'à la terrasse couverte de la librairie.

Elle frappa à la vitre, puis utilisa la clé que Clare lui avait donnée après ses ennuis avec Sam Freemont, à l'automne dernier. Au moment où elle entrait et secouait ses cheveux humides sur le seuil, Clare descendit l'escalier.

— Il y a du café chaud, annonça-t-elle.

— Je viens d'en boire un, mais… comment refuser un *latte* ?

— Je t'en prépare un. Merci d'être passée.

— Pas de problème. Ça m'offre un prétexte en or pour aller fourrer le nez sur le chantier. Ils commencent la démolition ce matin.

— Il paraît.

Clare fit mousser le lait, tandis qu'Avery parcourait du regard les best-sellers présentés en vitrine.

— Il me faudrait un après-midi de libre – un après-midi pluvieux comme le sera sans doute celui-ci – pour rattraper mon retard en matière de lecture. Ce mois-ci, je n'ai pas réussi à lire le livre du club de lecture. Pourquoi aurais-je envie de me plonger dans les malheurs des autres ? Franchement, ce bouquin était d'un déprimant.

— Je l'ai détesté aussi, confirma Clare. Je l'ai ingurgité comme les choux de Bruxelles que ma mère me forçait à avaler parce que c'était bon pour moi – ce dont je n'ai jamais été convaincue.

Avery s'empara négligemment d'un thriller et lut la quatrième de couverture.

— Et puis, si je m'installe pour lire, j'aurai envie d'une crème brûlée, enchaîna-t-elle, ou d'un bon steak, ou même d'une pizza aux poivrons, voire peut-être d'un *sundae* au chocolat. Et voilà, maintenant j'ai faim.

Elle se retourna et sourit à Clare qui lui tendait son café.

— Merci. Dis donc, tu as une petite mine.

— Je me sens un peu patraque ce matin.

Avery pointa sur elle un index autoritaire.

— Tu te maries dans moins d'un mois. Tu n'as pas le droit d'être malade. Tiens, ajouta-t-elle en lui offrant sa tasse, tu sembles en avoir plus besoin que moi.

Clare refusa d'un signe de tête.

— Pas de café pour moi, merci. Je ne suis pas malade, dit-elle avant d'inspirer un grand coup. Je suis enceinte.

— Quoi ? Là ? Maintenant ?

— Oui, là maintenant, répéta Clare en riant.

Elle posa les mains sur son ventre et son teint un peu pâle s'illumina d'un coup.

— Oh, Clare ! s'exclama Avery. Tu es enceinte et tu es heureuse !

Posant sa tasse, elle contourna le comptoir pour étreindre son amie avec fougue.

— Je suis si contente pour toi ! Quand l'as-tu su ? De combien es-tu enceinte ? Qu'a dit Beckett ?

— Je ne pourrais être plus heureuse. Je l'ai su ce matin, même si hier déjà j'avais des doutes. Je dois être enceinte d'à peu près deux semaines. Et je n'ai encore rien dit à Beckett.

— Pourquoi ?

— J'ai d'abord un service à te demander. Tu vas à Hagerstown ce matin, n'est-ce pas ?

— Oui.

— Pourrais-tu m'acheter un test de grossesse ?

— Tu n'en as pas déjà fait un ? Tu disais l'avoir appris ce matin.

— La nausée, deux jours de suite. Je connais les signes – c'est la quatrième fois. Je suis fatiguée, le matin j'ai mal au cœur, et mon corps est… c'est difficile à expliquer, soupira-t-elle. Je le sens à l'intérieur. Mais je veux en avoir la confirmation avant d'annoncer la nouvelle à Beckett, juste au cas où je me tromperais. Et je ne veux pas aller à la pharmacie ici ou à Sharpsburg.

— Les rumeurs vont vite.

— Tu as tout compris. Et puisque tu vas à Hagerstown…

— Mince alors ! Mariage, voyage de noces, lune de miel en famille et bébé… quel programme ! C'est Beckett qui va être content.

— Ravi, approuva Clare qui sortit un soda au gingembre du petit réfrigérateur sous le comptoir. Nous voulions un autre enfant, même si nous comptions attendre quelques mois. Ce n'était pas prévu, mais à l'évidence pas non plus imprévu. Si j'ai bien calculé, nous serons six en janvier prochain, pour le premier anniversaire de l'Hôtel Boonsboro.

— Je peux en parler à Hope ? Je dois la voir plus tard, mais je jure de me taire si tu préfères.

— Je préviendrai quand j'aurai fait le test. Tu pourras le lui dire quand j'aurai annoncé la nouvelle à Beckett.

— D'ici là, motus et bouche cousue. Quelle merveilleuse nouvelle, s'enflamma Avery qui serra de nouveau Clare dans ses bras. Je ne vais pas passer sur le chantier. Trop risqué. J'aurais peur de vendre la mèche. Je préfère ne parler à personne. Je serai de retour d'ici à deux heures. Mince alors, c'est génial !

— À qui le dis-tu ! répondit Clare en riant. C'est idiot, je sais, mais j'adorerais avoir une fille cette fois.

— Pour penser en rose. Bon, je file, dit Avery après une ultime embrassade. Je vais faire le plus vite possible.

— Merci. Attends, il tombe des cordes. Je vais te chercher un parapluie.

— Ça va aller, j'en ai un dans la voiture.

Avery courut jusqu'à sa voiture. Le temps de se glisser derrière le volant, elle était trempée.

Mais, durant tout le trajet, elle sourit aux anges.

Owen laissa l'équipe s'occuper de la démolition et fit un saut sur le chantier de la boulangerie. À peu près dans les temps, nota-t-il. Avec Ryder et Beckett aux commandes, il était libre d'aller à Hagerstown chercher des matériaux et faire quelques courses personnelles – en plus de celles que ses frères avaient ajoutées à la liste.

Dommage qu'il n'ait pu s'y rendre avec Avery, mais leurs itinéraires étaient trop différents, ils perdraient du temps. Il espérait qu'elle avait pensé à prendre le parapluie. Si la météo ne s'était pas trompée, ils étaient partis pour de la pluie jusqu'au lendemain. Avery avait prévu de travailler cet après-midi et de faire la fermeture. Il pourrait dîner à Vesta et finir sa paperasse chez elle.

Et y passer la nuit.

« Ne t'impose pas », se conseilla-t-il. Même si au stade qu'ils avaient atteint dans leur relation – plutôt confortable, il devait l'admettre –, il en avait plus qu'envie et entendait qu'elle réagisse de même, il ne pouvait s'empêcher de marcher sur des œufs. Pas question de la brusquer.

Il s'arrêta au magasin de matériaux pour passer une commande de bois, acheter de la quincaillerie, choisir la peinture et les échantillons de moquette pour les appartements au-dessus de la boulangerie. Suivant sa liste, il fit ensuite un circuit et termina par une étape au drugstore. À ses propres courses, il ajouta la crème à raser de Ryder, du paracétamol pour Beckett, ainsi que deux jeux de cartes – en plus de celui illustré de femmes nues qu'il avait déjà acheté pour l'enterrement de vie de garçon de Beckett.

Au détour d'une allée, il aperçut Avery au rayon pharmacie. C'était tellement inattendu que son cœur bondit dans sa poitrine. Elle avait les cheveux mouillés, remarqua-t-il aussitôt en secouant la tête.

Et le parapluie, alors ?

Il allait s'approcher discrètement et la saisir par-derrière. Il imaginait déjà son cri de surprise, suivi d'un éclat de rire. Elle ne risquait pas de le voir, occupée qu'elle était à choisir… un test de grossesse.

Toute pensée cohérente l'abandonna, tandis qu'il la regardait prendre une boîte sur le rayonnage et l'examiner attentivement de chaque côté avant de l'ajouter à son panier.

Pétrifié, il la vit s'éloigner d'un pas tranquille dans l'autre direction et disparaître au bout du rayon.

Un test de grossesse ? Mais elle prenait la… il utilisait des…

Avery, enceinte ? Comment était-ce possible ? Elle n'avait pas fait la moindre allusion à une telle éventualité.

Elle avait jeté un test dans son panier comme s'il s'agissait de n'importe quel article banal sur sa liste de courses ?

Il voulut la rattraper, lui demander des explications. Ce n'était ni le moment ni l'endroit, réalisa-t-il. Et pas non plus le bon état d'esprit – quel qu'il fût.

Owen fixa les courses dans son propre panier, incapable de penser. Les jambes flageolantes, il le posa sur le sol et fonça vers la sortie.

Il retourna sur le nouveau chantier et se lança dans la démolition avec énergie. Pour évacuer la tension, il n'y avait pas mieux qu'abattre des cloisons. Il transporta des gravats et des amoncellements de moulures brisées jusqu'à la benne, cassa à lui tout seul un vieux comptoir.

Pourtant, il était encore secoué, contrarié, tendu comme un arc.

Avery. Enceinte.

Combien de temps prenaient ces tests ? Quel était leur degré de fiabilité ?

Il aurait dû prendre le temps de se renseigner sur la question, histoire d'avoir au moins quelques bases.

Pour commencer, réfléchit-il, elle devait avoir une bonne raison de penser qu'elle pouvait être enceinte. Les femmes n'achetaient pas ce genre de truc sur un coup de tête. Et si elle ne lui en avait pas parlé, c'était sans doute qu'elle était paniquée.

Sauf qu'elle ne lui avait pas paru le moins du monde paniquée. Au contraire. Elle avait même esquissé un petit sourire en mettant le test dans son panier.

Avait-elle *envie* d'être enceinte ?

Quoi qu'il en soit, si elle l'était, il supposait qu'elle l'en informerait quand elle l'aurait décidé. Qu'Avery le laisse ainsi dans l'ignorance l'exaspérait au plus haut point. Après ce que sa mère avait fait, elle était bien placée pour comprendre que le père (Seigneur, il allait peut-être être père !) avait le droit de savoir. Ils étaient deux dans cette histoire, bon sang.

Dans un couple digne de ce nom – et il pensait en former un avec Avery, même si maintenant il ne savait plus trop où il en était – la confiance et l'honnêteté étaient essentielles. Elle lui avait déjà fait le coup avec la visite de sa mère. Si elle s'imaginait pouvoir l'exclure à nouveau de sa vie dans un moment aussi crucial, elle se fourrait le doigt dans l'œil jusqu'au coude.

— Saloperie ! jura-t-il en balançant un tas de planches en contreplaqué dans la benne.

Beckett s'approcha de lui.

— Apparemment, il y a un truc qui te tracasse et le boulot ne t'a pas calmé. Alors vas-y, crache le morceau.

Furieux, Owen flanqua un coup de pied dans la benne.

— Tu veux savoir ce qui me tracasse ? Je vais te le dire, ce qui me tracasse. Avery est enceinte, figure-toi.

— Merde.

Un des ouvriers sortit et Beckett lui fit signe de s'éloigner avant d'entraîner Owen sous l'auvent, à l'abri de la pluie.

— Quand l'as-tu appris ?

— Ce matin. Et tu sais comment ? Pas parce qu'elle me l'a dit, non. Je l'ai découvert en tombant sur elle par hasard à Hagerstown. Elle était en train de choisir un test de grossesse.

— Bon sang, Owen ! Il est positif ?

De plus en plus remonté, Owen se mit à arpenter le dallage en béton tel un lion en cage.

— Je ne sais pas. Elle ne me dit rien. Au lieu de m'en parler, elle achète en douce un de ces trucs sur lequel on pisse ! J'en ai ma claque !

Beckett se planta sur son passage et leva les mains.

— D'accord, calme-toi un peu. En fait, tu ne sais pas si elle est enceinte.

— Vu son attitude, je serai le dernier averti, ironisa Owen, à la fois blessé et en proie à une rage noire. J'en ai plus qu'assez.

— Qu'a-t-elle dit quand tu lui en as parlé ?

— On n'en a pas parlé.

Beckett dévisagea son frère en silence, puis se frotta le visage.

— Tu ne lui as pas demandé pourquoi elle avait acheté ce test ?

— Non. J'étais pétrifié, d'accord. Elle a lâché ce truc dans son panier comme un paquet de bonbons – avec un petit sourire en prime. Tu aurais réagi comment à ma place ?

Beckett contemplait la pluie qui tombait par-delà la pente du toit, drue et régulière.

— Pour Clare et moi, ce n'est pas pareil. Nous désirons un enfant. Nous en avons parlé. J'imagine que tous les deux, vous n'avez pas discuté de ce que vous feriez au cas où.

— Non. Je ne l'ai même jamais envisagé. Elle aurait dû m'en parler, Beckett, point final. Pourquoi veut-elle toujours tout régler elle-même ? Je ne peux pas vivre ainsi.

Impossible, en effet, songea Beckett. Aux yeux d'Owen, l'esprit d'équipe, c'était sacré. Il était un ardent défenseur du partage des tâches et du partenariat. Pour lui, les secrets étaient réservés à Noël et aux anniversaires, pas à la vie de tous les jours.

— Tu dois lui parler, c'est sûr. Mais pas maintenant, par pitié. C'est le coup de feu à Vesta. Et puis, tu dois te calmer un peu.

— Je ne crois pas que ce soit possible. Plus j'y réfléchis, plus je suis furax.

— Alors réfléchis. Si elle est enceinte, qu'est-ce que tu fais ?

— Si elle était enceinte, il faudrait qu'on se marie.

— Je ne te demande pas ce qu'il faudrait faire, mais ce que tu voudrais, toi ?

Owen laissa le temps à son cerveau de s'adapter à ce changement aussi subtil qu'essentiel.

— Si nous avons un enfant, j'aurai envie qu'on se marie.

— D'accord. Alors prends une heure pour y réfléchir. Tu trouveras la solution. Trouver les solutions, c'est ton truc, Owen. D'ici là, ce sera plus calme à la pizzeria. Va la voir et demande à lui parler en privé. Et là, par pitié, tu lui poses la question avant de flipper encore plus que maintenant. Ensuite, tu agiras en conséquence.

— Tu as raison. Bon sang, je me sens un peu...

— Mal ?

— Non, pas vraiment. Plutôt... dépassé. Je ne m'attendais pas du tout à un truc comme ça. C'est complètement en dehors de...

— L'Ordre des Choses voulu par Owen. Adapte-toi, frérot, suggéra Beckett avant de lui décocher un coup de poing fraternel dans l'épaule.

— M'adapter. Oui, je peux, mais je ne serai pas le seul, crois-moi, déclara-t-il sombrement.

Owen attendit une heure, décida qu'il était suffisamment calme, et prit son courage à deux mains. Il traversa la Grand-Place sous une pluie battante et s'engouffra dans la pizzeria.

Occupée à encaisser une addition, Avery lui adressa un clin d'œil coquin. Il sentit aussitôt son sang s'échauffer. Ce n'était vraiment pas le moment pour les clins d'œil.

— Tu tombes bien, lui dit-elle. Il y a moins de monde et j'allais en profiter pour passer voir où vous en êtes.

— Il faut que je te parle.

— Bien sûr. Assieds-toi. Je vais demander à Franny de prendre la relève. Tu veux une pizza ?

— Non. Et il faut qu'on parle en haut. En privé.

— Ah, mince ! Il y a un problème avec le chantier ?

— Ça n'a rien à voir avec le chantier.

— Alors qu'est-ce…

— Avery. En haut, tout de suite. En privé.

Surprise par l'agacement qui perçait dans sa voix, elle fronça les sourcils.

— C'est bon, c'est bon, mais tu gâches ma super bonne humeur. Franny, je dois m'absenter un instant, lança-t-elle depuis le seuil des cuisines tout en dénouant son tablier qu'elle accrocha à une patère. J'ai vraiment hâte de voir le chantier, enchaîna-t-elle.

— Tu iras après si ça te dit.

— Pourquoi es-tu si énervé ? demanda-t-elle dans l'escalier. Je n'ai rien fait. Tu me pourris franchement ma bonne humeur, répéta-t-elle en poussant la porte de son appartement. Bon, c'est quoi, le problème ?

L'entrée en matière raisonnable ficelée avec soin par Owen s'évanouit comme par enchantement de son esprit.

— Pourquoi ne m'as-tu pas dit que tu étais enceinte ?

— Pardon ? *Pardon ?*

— Ne fais pas semblant de ne pas comprendre, Avery. Je t'ai vue ce matin acheter un test de grossesse.

Elle se cala les poings sur ses hanches.

— Tu m'espionnais ?

— Ne sois pas ridicule. Je suis passé faire des courses à CVS, et je t'ai aperçue par hasard au rayon pharmacie. Bon Dieu, qu'est-ce qui ne va pas chez toi pour que tu me caches une nouvelle pareille ? C'est tout le respect et la confiance que je t'inspire ? Pourquoi ne m'as-tu pas dit que tu étais enceinte ?

— Parce que je ne le suis pas, tiens.

— Comment ça ?

— Je ne suis pas enceinte, espèce de crétin.

Un sentiment bizarre envahit Owen, une sensation diffuse qu'il ne parvint pas à identifier.

— Ah. Le test était négatif.

— Non, il était positif.

Avery sortit son téléphone de sa poche.

Le cœur d'Owen jouait à saute-mouton.

— S'il est positif, c'est que tu es enceinte. Qui est le crétin ici ?

— Toi.

Elle brandit son portable qui affichait la photo d'un bâtonnet de grossesse indiquant *ENCEINTE*.

— Parce que c'est celui de Clare. C'est le test que j'ai acheté ce matin à sa demande.

— J'ai vu Beckett il n'y a pas dix minutes. Clare n'est pas enceinte ou il me l'aurait dit.

— Il ne le sait pas encore. Elle tenait à lui annoncer la nouvelle en tête à tête, en faire un moment particulier – ce que tu comprendrais si tu n'étais pas complètement idiot. Elle m'avait demandé de n'en parler à personne, et maintenant j'ai failli à ma promesse. Ça me met en rogne.

— Rassure-toi, je saurai tenir ma langue. Pas question de leur gâcher ce plaisir.

Déstabilisé, mal à l'aise, à la limite du vertige, Owen fourra les mains dans sa tignasse juste assez humide pour tenir en mèches raides sur son crâne.

— N'empêche, qu'est-ce que j'étais censé penser en te voyant acheter ce truc ?

— Je ne sais pas, Owen. La meilleure réaction aurait peut-être été de venir me rejoindre et de me dire : « Salut, Avery, quelle surprise ! Tiens, pourquoi est-ce que tu achètes un test de grossesse ? »

— Il faut que je m'assoie.

Ce qu'il fit.

— Tu me dois un pardon, je te rappelle.

Il respira à fond, s'efforçant de se ressaisir.

— J'étais comme tétanisé, incapable d'aligner deux pensées cohérentes. Et toi, tu étais si incroyablement décontractée. Quand tu es partie, je suis resté planté là, sidéré.

Avery l'observa en silence. Jamais elle ne l'avait vu si perplexe, si troublé.

— Tu as pété un plomb.

— Peut-être.

— Et tu as tiré des conclusions hâtives.

— Je… c'est vrai.

— Ça ne t'arrive jamais.

— Je ne t'avais encore jamais vue acheter un test de grossesse – alors que je suis le seul à faire l'amour avec toi.

Elle réfléchit.

— D'une certaine façon, ça se comprend. D'une certaine façon, seulement, répéta-t-elle, laissant s'épanouir le sourire qui venait de naître au coin de ses lèvres. En fait, tu as paniqué à mort.

— À moitié, on va dire. J'étais surtout furax… et blessé que tu ne m'aies rien dit, ajouta-t-il, puisqu'il en était aux confidences. Nous n'avons jamais évoqué la question.

Avery prit une grande inspiration.

— C'est une conversation sérieuse qui ne s'expédie pas en dix minutes, j'imagine. Mais pour l'instant, c'est Clare qui est enceinte, pas moi. Et elle est si heureuse. Beckett va sauter au plafond de bonheur.

— Oh que oui !

— Alors soyons heureux pour eux, et laisse-moi savourer le plaisir de savoir que tu as été un crétin. Nous parlerons un jour des « si jamais », mais là j'ai vraiment envie de voir comment progresse la démolition. Ensuite, j'ai promis à Clare d'aller chercher les enfants à l'école et de les amener à la librairie pour lui laisser le temps d'annoncer la nouvelle à Beckett. Elle ne veut pas les prévenir tout de suite, sans doute après le mariage. Il n'y aura que Beckett et elle à être au courant, et toi et moi, Hope et Ryder, et tes parents et les miens – ce qui fait déjà beaucoup de monde.

Un peu rasséréné, Owen se leva.

— D'accord, mais nous ferions mieux d'y réfléchir quand même sérieusement, au cas où.

— Tu t'inquiètes plus que moi des « au cas où », mais nous en parlerons, promis. Pour l'instant, réjouissons-nous pour Clare et

Beckett. Ils vont se marier et leur famille va bientôt s'agrandir. Leurs souhaits sont exaucés.

— Tu as raison, fit Owen en l'attirant dans ses bras. Réjouissons-nous pour eux. Désolé de m'être fâché contre toi.

— Je ne t'en veux pas, tu m'as donné l'occasion de te traiter de crétin, répondit Avery avant d'éclater de rire et de l'embrasser. Allons voir le chantier. Je pourrai casser quelque chose ?

— Je trouverai. C'est bien le moins que je puisse faire.

19

Hope déplaça le vase de roses blanches de quelques centimètres sur la gauche.

— Voilà, c'est mieux.

Avery ne voyait pas la différence, mais opina.

Elles avaient recouvert d'une nappe en lin blanc la longue table empruntée au Tourne-Page. Avec ce goût qui la caractérisait, Hope avait décoré le buffet des desserts et le bar à champagne d'un bel alignement de petits vases carrés ornés de roses blanches à peine ouvertes alternant avec de minuscules photophores en argent.

— Les cadeaux ici, le buffet salé là, celui des desserts et le champagne de l'autre côté, déclara Hope en arpentant la salle à manger. Tu as fait du beau travail avec le fauteuil.

— Je n'en reviens pas moi-même.

Elles avaient placé un fauteuil à haut dossier face à la pièce, tel un trône. Avery l'avait couronné d'un énorme nœud de tulle blanc dont les extrémités retombaient gracieusement jusqu'au sol. Des guirlandes de fleurs blanches et rose pâle s'enroulaient autour des accoudoirs et des pieds.

— J'oublie à quel point j'adore les trucs de fille jusqu'à ce que je remette le nez dedans.

Perchée sur ses sublimes talons rouges qui cliquetaient sur le parquet, Hope traversa la pièce pour arranger des chandeliers avec minutie.

— Je vais aussi mettre du vin et quelques bricoles à grignoter dans le salon. Ainsi, les invitées pourront se promener et s'installer où elles le souhaitent.

— Elles sont nombreuses à ne pas avoir encore vu l'hôtel. On va te demander des visites.

— J'y ai déjà pensé. Dommage qu'il ne fasse pas assez chaud pour profiter de la cour intérieure. Enfin bon, le décor est magnifique. Quant à nous, ajouta-t-elle en glissant le bras sous celui d'Avery pour admirer leur reflet dans le grand miroir à moulure dorée, nous sommes fabuleuses.

— Entièrement d'accord.

— Alors... un peu de champagne avant l'arrivée des invitées ?

— Comment refuser ?

Elles se rendirent dans la cuisine où Hope servit deux flûtes. Elle porta un toast.

— Aux demoiselles d'honneur et aux marraines !

— C'est nous.

Hope se hissa sur un tabouret.

— Et d'ici environ huit mois, nous donnerons une autre fête en l'honneur du bébé à naître, dit-elle. Combien de temps vont-ils réussir à garder le secret, tu crois ? Ils sont tellement radieux tous les deux.

— Les gens penseront que c'est à cause du mariage, ce qui est en partie vrai. S'ils arrivent à tenir jusqu'après la lune de miel – c'est le but de Clare en tout cas –, cela leur fera un répit.

— Je n'arrive pas à croire que tu aies pu me le cacher une journée entière.

— Je mourais d'envie de te le dire, lui assura Avery qui se percha sur le tabouret voisin et tira sur le bas de sa robe vert tendre. Je comptais me précipiter chez toi dès la fin de ma journée, mais cette histoire avec Owen était trop bizarre.

Hope ne put s'empêcher de rire.

— Franchement, quelle était la probabilité qu'il tombe sur toi à Hagerstown au moment précis où tu achetais le test ?

— Le destin lui a joué un petit tour.

— Le pauvre, imagine ce qu'il a dû ressentir.

— Justement, je n'y arrive pas, pas clairement du moins – alors qu'en général je n'ai aucun mal à déchiffrer ses pensées. Tu l'aurais vu, il était si sérieux. Impossible de dire s'il était furieux ou effrayé.

— Un mélange des deux, je suppose.

— Même après mes explications ? s'étonna Avery que cet épisode continuait de tarabuster. Franchement, je ne sais toujours pas s'il était dans tous ses états parce que j'étais peut-être enceinte ou parce que je ne lui en avais rien dit. Enfin bon, tu connais Owen. Avec lui, tout doit être à sa place, parfaitement planifié. Il est du genre à vérifier la date d'expiration sur une brique de lait avant de l'acheter.

— Moi aussi.

— Voilà pourquoi tu le comprends. Une grossesse imprévue ? fit Avery, les yeux au ciel. Ce serait un véritable séisme qui ébranlerait les fondements mêmes de son projet de vie.

— Qui est… ?

— Je n'en sais rien, mais je parie qu'il en a un.

Hope remplit leurs verres.

— Pas forcément. Je me permets de le dire parce que je pense avoir un certain nombre d'affinités avec lui. Oui, il a sans doute un plan de base, des objectifs à atteindre, mais il est aussi capable de s'adapter. Je l'ai bien fait, ajouta-t-elle avec un geste à la ronde.

— Ça oui, il peut s'adapter.

« Sens de l'organisation et efficacité ne signifient pas rigidité », se dit-elle. Ça manquait juste un peu de… flexibilité à son goût.

— Puisqu'on joue au jeu des « et si ? », continua-t-elle, si j'avais acheté ce test pour moi et si le résultat avait été positif, il se serait adapté. Tu veux savoir comment ? Première étape de son plan : le mariage.

— Ça te dérange ?

— Non. Il considérerait cela comme la chose à faire. Alors que moi, je voudrais me marier parce que j'en aurais profondément envie, parce que je serais prête, amoureuse, enthousiasmée à l'idée de passer ma vie auprès de quelqu'un.

Hope prit une petite pastille de menthe dans un bol sur le bar.

— Tu dirais non ?

— Je ne sais pas.

— Moi, je sais. Tu dirais non par principe et pour ne pas lui mettre un fil à la patte.

Hope observa Avery par-dessus le bord de sa flûte.

— Ta façon de lui dire « je peux prendre soin de moi toute seule et rien ne t'oblige à m'épouser ». Partager les responsabilités vis-à-vis de l'enfant, d'accord, le laisser faire partie intégrante de sa vie, d'accord. Mais sans obligation aucune à ton endroit.

— Voilà qui me paraît un peu dogmatique, non ? risqua Avery.

— Je ne trouve pas. Ça te ressemble assez – fierté, prudence, courage, un passé familial mouvementé.

— Mes parents se seraient-ils mariés si ma mère n'avait pas été enceinte de moi ? Je ne crois pas, déclara Avery avant d'avaler une gorgée de champagne, la mine sombre.

— S'ils ne l'avaient pas fait, tu ne serais pas ici aujourd'hui à te poser la question. Ils ont fait un choix ; tu en es le résultat.

— Approche pragmatique de la logique, par Hope Beaumont.

— En général, c'est plutôt efficace. Écoute, je ne serais pas assise ici avec toi si Jonathan n'avait pas fait son choix – qui a conduit au mien. J'y ai beaucoup réfléchi ces derniers mois. Je suis heureuse ici, plus heureuse qu'avec Jonathan, à l'époque où j'étais persuadée que ma vie suivait le cours de mon imparable logique pragmatique.

Avery demeura songeuse un moment.

— Je comprends ton point de vue, Hope, mais franchement, Jonathan était un enfoiré.

Hope leva son verre en riant.

— C'est sûr, mais je croyais que c'était *mon* enfoiré, répondit-elle. Nous devrions finir de dresser le buffet, ajouta-t-elle après avoir consulté sa montre.

À peine avaient-elles commencé que Clare frappa à la porte principale.

— Je suis un peu en avance, je sais, dit-elle quand Avery lui ouvrit. Je viens de déposer les garçons à la nouvelle maison. Beckett et ses frères ont prévu de les mettre au travail. Les pauvres, ils ne savent pas à quoi ils s'exposent. Dis donc, c'est magnifique, regarde-moi ces fleurs !

— Attends de voir la salle à manger. Donne-moi d'abord ton manteau. On a installé un vestiaire dans la buanderie. Comment te sens-tu ? Il n'y a que Hope et moi. Personne n'est encore arrivé.

Avec un pétillement amusé dans le regard, Clare rejeta ses cheveux blonds en arrière.

— Bien. Quand j'ai vomi ce matin, je n'arrêtais pas de penser : « Beckett et moi allons avoir un bébé. » Alors je me sens bien.

— Ça se voit. Je ne parle pas du bébé, s'esclaffa Avery lorsque Clare porta les mains à son ventre. Viens voir.

Lorsqu'elles entrèrent dans la salle à manger, Hope s'écarta du buffet.

— Alors ? Qu'en penses-tu ?

— Je n'en reviens pas, souffla Clare. C'est superbe. Tout bonnement superbe. Toutes ces fleurs, et les bougies. J'ai même droit à un fauteuil décoré !

Elle battit des paupières pour refouler les larmes qui lui montaient aux yeux.

— Et voilà, je vais encore pleurer comme une madeleine ! Je ne sais pas si c'est le bonheur ou les hormones, sans doute un mélange des deux. Ce matin, j'ai eu les larmes aux yeux quand Beckett a fait la vaisselle du petit déjeuner, c'est dire.

— Une future mariée a le droit d'être émue le jour de sa fête, observa Hope.

— J'espère bien parce que j'ai l'impression que… Merci, merci pour tout. Merci d'être mes amies.

— Arrête, la prévint Avery, ou on va toutes se mettre à pleurer. Je vais accrocher ton manteau.

Elle sortit d'un pas pressé pour aller suspendre le manteau de Clare près du sien. Alors qu'elle retraversait le hall, elle fut comme attirée au pied de l'escalier. Avait-elle entendu quelque chose ? Ressenti, plutôt. Elle monta sans bruit.

La porte d'Elizabeth et Darcy était ouverte, mais c'était aussi le cas de toutes les autres, car Hope avait prévu de faire visiter les chambres à leurs invitées qui en feraient la demande.

Avery pénétra dans la pièce et découvrit que la porte donnant sur la galerie était ouverte, elle aussi. Une senteur de chèvrefeuille portée par l'air vif de mars lui chatouilla les narines. Et elle perçut, presque palpable, un chagrin infini.

— Entrez, je vous en prie, l'invita Avery. Je sais que vous êtes triste. Ce doit être si dur à accepter. Owen cherche Billy. Si quelqu'un peut le trouver, c'est bien lui. Mais en attendant, vous n'êtes pas seule ici. La solitude, je sais ce que c'est. J'en ai souffert aussi.

Elle fit un autre pas vers la porte. Attendit.

— Mais même dans les pires moments, j'ai toujours eu quelqu'un qui veillait sur moi. Pour vous, c'est pareil. Nous sommes là.

Avery hésita, puis choisit de suivre son instinct. La plupart du temps, Elizabeth semblait être une jeune femme heureuse, d'une nature romantique et enjouée.

— J'ai un secret, continua-t-elle. Mais je crois pouvoir vous le confier parce que je parie que vous savez garder un secret. Surtout une bonne nouvelle comme celle-ci. S'il vous plaît, entrez.

La porte de la galerie se referma lentement. Avery en déduisit qu'Elizabeth était là et s'assit au bord du lit.

— Nous donnons une petite fête en bas entre femmes. Pour le mariage de Clare. C'est une tradition, expliqua-t-elle, doutant qu'elle existât déjà à l'époque d'Eliza Ford, en tout cas sous cette forme. Il y a à manger, des jeux, des cadeaux. C'est une occasion de se réjouir ensemble. Seules quelques personnes sont dans le secret, mais Clare ne m'en voudra pas de vous mettre dans la confidence. Vous tenez à elle, à Beckett et aux garçons. Ils forment une si jolie famille. Eh bien, figurez-vous que d'ici à quelques mois, elle va s'agrandir. Clare attend un enfant pour l'hiver prochain.

Les effluves d'été redoublèrent, réchauffant l'atmosphère.

— C'est formidable, n'est-ce pas ? Vous les avez vus tomber amoureux. C'est à l'hôtel que tout a commencé, je crois. Et maintenant, ils vont se marier. Ici même. Ils sont si forts, si confiants en leur amour. C'est rare, vous ne trouvez pas ? C'est rare de trouver quelqu'un qui puisse, je ne sais pas comment dire… vous combler, être tout pour vous.

Avery réalisa qu'elle serrait entre ses doigts la petite clé que lui avait offerte Owen. Et que des larmes gouttaient sur le dos de sa main.

— Les hormones de Clare doivent être contagieuses. Je ne suis pas triste.

Elle sentit comme une caresse sur ses cheveux et ferma les yeux, émerveillée du réconfort que ce simple effleurement lui procurait.

— Je ne suis pas triste, répéta-t-elle. Je ne suis pas aussi forte et confiante que j'aimerais l'être, voilà tout. Où trouve-t-on le courage de prendre un risque pareil ? Vous avez dû en prendre autant pour Billy ? Comment avez-vous fait ?

Une légère buée couvrit la vitre de la porte extérieure. Et le dessin d'un cœur y apparut.

— Ça semble si simple, murmura Avery. Pourquoi ça ne l'est pas ?

Des voix et des rires lui parvinrent d'en bas.

— La fête commence. Il faut que j'y aille.

Elle se leva, s'assura d'un coup d'œil dans le petit miroir qu'il n'y avait plus trace de larmes dans ses yeux.

— Vous devriez venir. C'est une invitation officielle. Rien ne vous oblige à rester seule, dit-elle avant de gagner le couloir pour rejoindre ses amies, consciente qu'elle s'adressait tout autant à elle-même qu'à la revenante.

Avery se plongea avec enthousiasme dans la fête. Oui, elle aimait les trucs de fille quand elle en avait le temps. Les jolies robes, la nourriture raffinée, les papotages insouciants sur le mariage, les hommes, la mode, les derniers potins…

C'était amusant de penser qu'elle partageait un potin de choix avec seulement quelques personnes présentes – plus le fantôme de la maison.

Elle but du champagne et remplit les flûtes, dégusta les délicieux canapés et porta les plateaux à la cuisine. Tandis que Hope organisait avec maestria la distribution des cadeaux, elle-même rassembla les emballages déchirés, et Carol-Ann confectionna un joli bouquet avec les rubans et les nœuds des paquets.

Entre deux gorgées de champagne – en réalité, du soda au gingembre servi dans une flûte –, la future mariée déclencha rires et sifflets lorsqu'elle sortit du paquet qu'elle venait d'ouvrir une nuisette noire presque transparente.

Au milieu du tapage, Justine étreignit brièvement Avery.

— Vous vous êtes bien débrouillées, les filles. Cette fête est une réussite.

— On a adoré chaque minute.

— Ça se voit. Clare sait choisir ses amies.

— Je pense la même chose à mon sujet.

— Ça se voit aussi. Il faudrait aller ouvrir une autre bouteille de champagne. Tu m'accompagnes ?

— Bien sûr.

— En fait, je voulais juste te parler une minute en tête à tête, avoua Justine lorsqu'elles entrèrent dans la cuisine.

Elle s'empara de la bouteille qu'Avery sortit du réfrigérateur et la posa sur le plan de travail. Son expression s'adoucit tandis qu'elle lui caressait les cheveux.

— Tu sais, je t'ai toujours considérée un peu comme ma fille, même avant le départ de Traci.

— Oh, Justine…

— J'ai toujours pensé que tu le savais, mais je ne te l'ai jamais dit. J'aurais peut-être dû.

Émue jusqu'au tréfonds, Avery secoua la tête.

— J'ai toujours su que je pouvais compter sur vous, aller vous trouver.

— Je l'espère, et j'espère bien qu'il en sera toujours ainsi. Avery, tu es un des soleils les plus éclatants que je connaisse. Et je me désole de voir que ces dernières semaines son éclat a parfois des hauts et des bas.

— J'y travaille.

— Rien ne t'y oblige. Les sentiments ne se commandent pas.

Comme une caresse sur les cheveux, c'était réconfortant.

— Je profite de l'occasion pour te confier quelque chose que je veux te dire depuis pas mal d'années. Traci était, et est encore, une femme frivole et égoïste qui voulait toujours plus que ce qu'elle avait et rejetait la faute sur autrui si elle ne l'obtenait pas. Quand elle l'obtenait, ce n'était encore pas assez – et c'était, là encore, toujours la faute de quelqu'un autre. Tu ne lui ressembles pas du tout. Je t'ai regardée grandir et je sais qui tu es.

— Croyez-vous qu'elle m'ait jamais aimée ?

Justine pressa la main d'Avery.

— Oui, répondit-elle sans hésiter. À sa façon. Et je pense qu'elle t'aime encore aujourd'hui. Mais pas assez.

— Pas assez, c'est peut-être pire que pas du tout, murmura Avery.

— Peut-être, mais ce n'est pas ta faute, chérie. Tu n'y es pour rien. J'aime à penser qu'au fond de toi, tu le sais. Mais tu n'as peut-être pas encore fait ce cheminement. Dans l'intervalle, tu peux compter sur tes amies. Malgré tout, une fille a parfois besoin d'une mère. Je suis là.

Avery se jeta dans ses bras et l'étreignit avec force.

— Je l'ai toujours su, mais c'est un grand réconfort de vous l'entendre dire. Je ne veux pas que vous vous tracassiez à mon sujet.

— Ça fait partie du métier, mais je ne m'en fais pas trop pour toi, répondit Justine avec un sourire. Mon soleil a toujours su trouver sa voie.

Après les festivités et le ménage, et tandis que Carol-Ann s'occupait des deux invitées qui avaient réservé une chambre pour la nuit, Avery convainquit Hope de l'accompagner chez elle pour faire une pause.

— Les pieds sur la table, ordonna-t-elle, joignant le geste à la parole. Félicitations pour l'organisation.

— Je te retourne le compliment. Mon Dieu, je suis épuisée.

— C'est pour moitié la chute d'adrénaline. Tu t'es donnée à fond.

— Je sais, mais la fête a été un succès.

— Et le mariage le sera tout autant.

Avec satisfaction, Avery s'étira et se délassa les épaules.

— Je nous prépare du thé dans une minute, et ensuite nous parlerons de Janice. Qu'est-ce qui lui a pris de choisir ce pantalon ? Son postérieur ressemblait à une tomate géante.

La tête en arrière, les yeux clos, Hope pouffa de rire.

— C'est vrai. Et tu as vu comme Laurie était jolie. Et si excitée par son mariage. Dommage qu'ils aient déjà réservé leur salle avant la fin des travaux de l'hôtel.

— Tu es vraiment masochiste, Hope.

— Peut-être. Charlene m'a prise à part. Avec les autres vendeuses de la librairie, elles veulent organiser une fête en l'honneur de Laurie pour son mariage. Et du coup, elles envisagent de la faire à l'hôtel. Je dois en parler à Justine. Il nous faut un tarif officiel pour ce genre d'événement.

— Et moi qui pensais être un bourreau de travail, commenta Avery.

Elle se leva et envoya valser ses chaussures d'un coup de pied sur le chemin de la cuisine avant de faire un détour parce qu'on frappait à la porte.

— Pourvu qu'il n'y ait pas de problème en bas, marmonna-t-elle. Owen ! s'exclama-t-elle en ouvrant.

— J'ai vu la lumière. Je me suis dit que je pouvais… Bonsoir, Hope.

— Bonsoir. J'allais partir.

— Non, c'est faux. Elle allait boire un thé bien mérité. Carol-Ann a pris la relève à l'hôtel pour une ou deux heures. Tu veux un thé ? Sinon j'ai de la bière.

— Plutôt une bière. Nous avons aussi une longue journée derrière nous. Je peux la prendre à emporter si tu préfères…

Avery le poussa vers un fauteuil.

— Assieds-toi. Toutes ces politesses me font mal aux dents. Et j'ai déjà mal aux pieds.

— Toujours aussi accueillante, plaisanta Owen qui préféra le canapé au fauteuil. Aujourd'hui, on a mis le paquet chez Beckett.

— Les travaux avancent ?

— On touche au but. Il reste pas mal de peinture, mais sinon, juste les finitions.

— Ça me rappelle des souvenirs, commenta Hope avec un sourire.

— Je suis en train de réfléchir au planning du…

— Ça aussi, ça me rappelle des souvenirs, lança Avery depuis la cuisine.

— Ça va être juste, mais on devrait réussir à boucler le chantier et à régler les formalités d'achèvement des travaux pour le mariage. Je me suis dit qu'on pourrait se charger de l'emménagement pendant leur lune de miel. Pas les petits détails comme les cadres ou les bibelots, mais les meubles, l'équipement de cuisine, ce genre de choses.

Avery revint avec deux mugs de thé et une bouteille de bière sur un plateau. Elle le posa, puis se pencha vers Owen pour l'embrasser.

— C'est tout toi d'avoir ce genre d'idée.

— Ce serait agréable pour eux de pouvoir s'installer dès leur retour.

— C'est une super-idée. Je t'aiderai de mon mieux, promit Hope. Je sais où Clare prévoit d'installer beaucoup de choses. Nous en avons parlé.

— Hope a une mémoire d'éléphant, commenta Avery.

— Mais pas un popotin comme une tomate géante.

Owen haussa les sourcils, perplexe, quand Avery pouffa dans son thé.

— Petite blague entre filles, expliqua-t-elle.

— D'accord. À propos de filles, comment s'est passée votre fête ?

Hope replia les jambes sous elle.

— Tout était parfait. Et nous avons eu une invitée surprise. J'ai senti son parfum au cours de l'après-midi. Et vous n'allez pas me croire, mais j'ai l'impression qu'elle a bu du champagne – si une telle chose est possible. J'ai trouvé une flûte vide dans la chambre Elizabeth et Darcy *après* mon passage derrière les dernières invitées.

— Je l'avais invitée, annonça Avery avant de boire une gorgée de thé. J'ai fait un tour en haut et j'ai eu l'impression qu'elle était triste. Je lui ai parlé du bébé, de la fête.

— C'est tout toi d'avoir ce genre d'idée, murmura Owen. J'aurais dû lui accorder davantage d'attention. J'ai quand même trouvé le temps de faire quelques recherches sur sa famille. Elle avait deux frères plus âgés et une sœur cadette. Un des frères est mort à la guerre. L'autre en est revenu, s'est marié et a eu quatre enfants – des pistes supplémentaires, si nécessaire. La sœur s'est mariée un ou deux ans après la guerre. Elle a eu cinq enfants, dont un est mort en bas âge. D'après mes informations, elle a vécu jusqu'à plus de quatre-vingt-dix ans. Un peu après le mariage, le couple s'est installé à Philadelphie. Tu pourrais peut-être te renseigner de ton côté, Hope, vu que c'est la ville d'où ta famille est originaire.

— Pas de problème.

— As-tu déjà entendu parler de la Liberty House School ?

Hope afficha une expression étonnée.

— Il se trouve que oui. Pourquoi ?

— En fait, comme cela arrive parfois, je suis partie sur une voie annexe et je suis tombée sur la Liberty House School, une institution pour jeunes filles fondée en 1878. La sœur faisait partie des membres fondateurs. L'établissement a joué un rôle majeur dans l'éducation des filles, à une époque où l'on en faisait peu de cas. Aujourd'hui, c'est mixte, mais c'est toujours une école privée très réputée.

— En effet. J'y ai suivi ma scolarité.

— Vraiment ? s'exclama Owen. Décidément, le monde est petit.

— Je ne te le fais pas dire, approuva Hope qui fixa sa tasse, le front plissé. Comment s'appelait la sœur ?

— Euh… Catherine.

— Son nom d'épouse ?

— Darby. Catherine Darby. J'ai lu que la bibliothèque de l'école porte son nom.

— Oui, et le monde est si petit que ça fiche franchement la trouille. La Catherine Darby qui a contribué à fonder La Liberty House School était ma trisaïeule.

Avery en resta bouche bée.

— Mais c'est complètement dingue ! Si c'est vrai, tu es parente avec Elizabeth. Tu es son arrière-arrière-arrière-petite-nièce !

— Tu es sûre de ce que tu avances, Hope ? intervint Owen.

— Je suis allée à Liberty House de la maternelle à la fin du primaire. Tout comme ma grand-mère maternelle, ma mère, mon oncle, mon frère et ma sœur. C'est une tradition familiale. Et avant que tu poses la question, je ne sais pas grand-chose de l'histoire familiale – pas aussi loin dans le passé en tout cas. J'imaginais Catherine Darby comme la vieille dame – vieille pour un enfant – représentée sur le tableau dans la bibliothèque à l'école. J'ignorais qu'elle avait une sœur décédée. Je ne connaissais même pas son nom de jeune fille.

— Penses-tu que quelqu'un dans ta famille en saurait davantage – des détails plus personnels qui risqueraient de ne pas apparaître dans les recherches ?

— Franchement, je ne saurais pas te dire, mais je vais me renseigner. C'est… tellement bizarre.

Si bizarre qu'elle en ressentait un picotement au fond de la gorge.

— Il faut que je digère tout cela. Pour l'instant, je n'arrive pas à penser de manière cohérente. Je vais y aller.

— Veux-tu que je vienne avec toi ? s'enquit Avery. Que je passe la nuit là-bas ?

— Non, non, je n'ai pas peur.

— Je t'accompagne, si tu veux, proposa Owen.

— Non, reste, insista Hope avec un petit rire sans lui laisser le temps de se lever. Je pense être capable de traverser la Grand-Place. J'ai juste besoin de m'éclaircir les idées. C'est vraiment trop étrange.

Avery raccompagna Hope à la porte.

— Tu m'appelles si tu n'arrives pas à digérer. Promis ?

— Promis. Mais tu sais que j'ai besoin de réfléchir au calme.

— Oui, sinon je ne te laisserais pas partir sans moi. Mais… Hope ?

— Hmm.

— C'est dingue, cette histoire.

— Oh que oui !

Une fois Hope partie, Avery se retourna vers Owen.

— C'est dingue, répéta-t-elle.

— Je ne sais pas pourquoi j'ai suivi la piste de la sœur, en réalité. Je voulais juste compléter mes informations. Encore que je ne voyais pas en quoi nous serions plus avancés pour identifier ce Billy. Et maintenant… je sais qu'il y a des coïncidences dans la vie, mais là, c'est quand même énorme.

— C'est le destin, tu crois ?

— Quoi d'autre ? répondit Owen qui se leva et se mit à arpenter la pièce. Tu es née et as grandi à Boonsboro. Hope est née et a grandi à Philadelphie. À l'université, vous devenez colocataires et amies. Des amies proches, si proches qu'elle te rend visite ici et se lie aussi d'amitié avec Clare. La Clare que mon frère est sur le point d'épouser. Ma mère tombe sous le charme de ce vieil hôtel en ruine, réussit à l'acheter et nous consacrons toute notre énergie à le restaurer. La personne que nous engageons comme directrice tombe enceinte et, du coup, Clare et toi, vous nous présentez Hope.

— Qui cherche justement à changer d'horizon après le sale coup que lui a fait subir son enfoiré de fiancé.

— Elle est parfaite pour le poste, surqualifiée même. Ma mère l'engage sur-le-champ après avoir à peine parlé avec elle. Et Hope accepte dans la foulée …

— C'est vrai que quand tu racontes l'histoire comme ça…

— C'est l'histoire telle qu'elle est, répliqua Owen qui arrêta de faire les cent pas pour se planter devant elle. Un événement qui en entraîne un autre, un choix, puis un autre, qui tous mènent au même endroit : l'hôtel.

— Crois-tu qu'elle est au courant – Eliza ?

— Je n'en sais rien. Si elle l'était, à mon avis, elle aurait fait davantage d'efforts pour communiquer avec Hope. Elle se manifeste plutôt à nous trois – Beckett, Ryder et moi, même si Ryder n'en parle pas beaucoup. À ma mère aussi. Et à toi.

— Et à Murphy. Il est le premier à l'avoir vu.

— Les enfants, fit Owen avec un haussement d'épaules. Ils n'ont pas appris à nier l'impossible. C'est…

— C'est quoi ?

Il la regarda et son visage s'illumina d'un sourire.

— Franchement cool. J'étais distrait, je viens juste de remarquer.

— Remarquer quoi ?

— Tes cheveux.

Il s'approcha d'elle et plongea les doigts dans sa chevelure d'un beau roux mordoré.

— C'est ta couleur naturelle. Les vrais cheveux d'Avery sont revenus.

— J'ai décidé d'essayer d'être moi pendant un temps, voir ce qui se passe.

— C'est comme ça que je te préfère.

— Sérieux ? fit-elle en le dévisageant, intriguée. Pourquoi n'as-tu jamais rien dit ?

— C'étaient tes cheveux avant aussi. La même odeur, la même texture. Mais là, ce sont tes vrais cheveux. Et je suis fou de tes cheveux.

— Arrête de délirer.

— Je ne t'ai jamais fait l'amour avec tes vrais cheveux.

Avery éclata de rire. Et rit de plus belle quand il la souleva dans ses bras. Obligeante, elle enroula les jambes autour de sa taille.

— Je crois que je devrais, insista-t-il. Juste pour voir. Faire une étude comparative.

— Décidément, tu aimes vraiment les recherches.

— Certaines plus que d'autres, avoua-t-il.

Et il la porta jusqu'à la chambre.

20

Paré de fleurs et de lumignons, l'Hôtel Boonsboro scintillait tel un mirage féerique. L'air embaumait la rose et le lys qui décoraient les lieux par brassées, avec ici et là une petite touche de chèvrefeuille. Au-dessus, le ciel sans nuages évoquait une coupole d'un bleu limpide.

Dans le cadre romantique de la chambre Titania et Oberon, Clare enfila sa robe de mariée. Elle prit une inspiration et sourit à sa mère tandis que Hope l'aidait à l'ajuster.

— Ne pleure pas, maman.

— Ma fille est si belle, murmura Rosie qui refoula ses larmes et vint prendre la main de Clare. Et si heureuse.

— C'est parfait, déclara Hope qui recula et se tint auprès d'Avery.

— C'est l'impression que j'ai en cet instant, avoua Clare qui inspira de nouveau un grand coup avant de pivoter face au miroir. Tout est parfait.

— Et dans les temps, en prime. Vite, sur la terrasse pour quelques photos, ordonna Hope, si on veut le rester.

— Tu es sûre que Beckett n'est pas dans le coin ? Je ne veux pas qu'il me voie avant la cérémonie. C'est bête, je sais, mais…

— Pas du tout, coupa Avery. Je vais m'assurer que les hommes restent bien dans leur tanière.

— On a besoin de toi pour les photos, lui rappela Hope.

— Je reviens tout de suite. Je ramène les garçons et Justine. Commencez, et donne-moi cinq minutes, répondit Avery avant de se précipiter dans le couloir.

Au passage, elle remarqua que la porte d'Elizabeth et Darcy était ouverte.

— Je n'ai pas le temps maintenant pour une visite. L'horaire est serré. Mais je reviendrai.

Dans un cliquetis de talons, ravie de l'élégance avec laquelle sa robe couleur champagne voletait autour de ses jambes, Avery gagna l'arrière au pas de course et passa par la galerie.

Le bruit des voix lui parvint avant qu'elle frappe – les accents excités des garçons, un rire grave et sonore.

— Tout le monde est décent ? demanda-t-elle à travers le battant avant d'ouvrir.

— C'est quoi, ta définition de décent ? répliqua Ryder.

Amusée, elle franchit le seuil. Ses cheveux joliment coiffés, Justine étreignait Beckett, joue contre joue. Encore un de ces moments parfaits, songea Avery. Vêtus de costumes sombres, Ryder et les garçons étaient assis sur le lit, des cartes étalées devant eux, apparemment plongés dans une partie marathon de War.

— C'est l'heure ! s'exclama Liam qui voulut descendre du lit, provoquant une ruée.

— Pas encore. Nous allons d'abord prendre des photos, puis le photographe viendra en faire quelques-unes ici. Où est Owen ?

— Corvée de boissons, répondit Ryder.

— Tu es très élégant, le complimenta-t-elle. Tout le monde est très élégant. Bon, je dois vous voler Justine et les garçons pour les photos. Je vous les ramène ensuite. Le reste de la suite du marié est assigné à résidence. Interdit de venir fouiner devant.

— On peut se faire livrer une pizza ? plaisanta Ryder qui faillit déclencher une émeute chez les enfants.

— Après, intervint Justine en décochant aux garçons un regard qui avait dû calmer plus d'une émeute au cours des ans.

En avant, la petite troupe. À tout à l'heure, murmura-t-elle à Beckett en l'embrassant sur la joue.

— Mais j'ai vraiment soif, dit Murphy en adressant un regard implorant et un sourire plein d'espoir à Justine.

— Je m'en occupe. Je vous rejoins tout de suite, promit Avery à Justine.

— Je gagne par défaut.

Harry fit volte-face vers Ryder qui arborait un sourire faussement suffisant.

— Pas vrai !

— Hé si ! La guerre est terminée pour toi, loser.

— Je décrète une trêve, intervint Justine. Une pause dans la bataille, expliqua-t-elle à Harry tout en poussant le trio dans le couloir, non sans adresser un dernier regard assassin à Ryder au passage.

— Tu es vraiment très classe, Beckett, lança Avery, la main sur la poignée. Mais attends de voir Clare.

— Dis-moi juste que je n'ai plus longtemps à attendre.

— On y est presque, promit-elle avant de filer.

Dans l'escalier, elle jeta un coup d'œil dans la cour intérieure où se dressaient d'élégants barnums blancs ornés, eux aussi, de fleurs et de lumignons, qui se découpaient avec grâce sur le bleu du ciel.

« Parfait, dirait Hope, songea-t-elle. Et elle aurait raison. »

Owen sortit, un plateau entre les mains. Leurs regards se croisèrent, elle sur les marches, lui en contrebas. L'instant se prolongea, romantique, merveilleux, et le cœur d'Avery se mit à battre la chamade.

Owen ne pouvait détacher le regard de cette apparition.

— Tu es divine, souffla-t-il.

— Attends de voir la mariée.

Il secoua la tête, admirant les reflets que le soleil accrochait dans sa chevelure flamboyante de princesse des Highlands.

— Divine.

Il la regarda descendre, comme hypnotisé.

— Justine a emmené les garçons faire les photos avec la mariée. Je leur donnerai leurs rafraîchissements.

Owen baissa les yeux sur le plateau. L'espace d'un instant, il l'avait oublié. Oublié le mariage, le monde tout autour.

— Euh… oui. Le Sprite, c'est pour Liam. Il prétend que c'est pareil que le champagne. Le vrai, c'est pour maman.

— Et les bières pour tes frères et toi. Il va nous falloir un petit quart d'heure – si je me fie au planning terrifiant de Hope. Ensuite, le photographe s'occupera de vous.

— Nous serons prêts. J'ai le planning.

— Évidemment.

Il porta le plateau jusqu'à la galerie et fit le transfert de boissons.

— Extraordinairement divine, la complimenta-t-il encore, tandis qu'elle s'en allait en riant.

Il regagna la chambre du marié.

— Si Avery avait été enceinte, j'avais dit que je l'épouserais, vous vous souvenez ?

— Mon Dieu, Avery est enceinte ? plaisanta Ryder en attrapant une bière sur le plateau.

— Non.

Maintenant, Owen comprenait la sensation bizarre qu'il avait éprouvée en apprenant que le test était celui de Clare. Une petite pointe de déception.

— En fait, je viens de comprendre. J'ai eu comme un déclic…

— Crache le morceau, lui conseilla Ryder, ou tu vas exploser le planning.

— J'ai juste envie de l'épouser, voilà, avoua Owen.

Un peu sidéré, il regarda ses frères tour à tour.

— J'ai envie d'épouser Avery MacTavish.

— Eh bien, buvons à cette bonne nouvelle, suggéra Beckett qui prit sa bière et tendit la sienne à son frère.

Ce dernier fixa sa bouteille, les sourcils froncés.

— Tu n'es même pas un peu surpris ?

— Non. Même pas.

— Attendez, intervint Ryder qui recula d'un air méfiant. Tu as dit *épouser* ? D'abord Beckett et maintenant toi ?

Il examina la bouteille avec suspicion.

— Si ça se trouve, il y a un truc dans la bière. Une sorte de drogue du mariage.

— Ça n'a rien à voir avec la bière, idiot, fit Beckett avant de sourire à Owen. Tu devrais lui faire ta demande ce soir. Pendant un mariage, c'est censé porter chance.

— Il faut que je réfléchisse. À la façon dont je vais m'y prendre, au moment le plus propice…

Ryder but une gorgée de bière.

— C'est ça, réfléchis. On va bien rigoler.

Après la séance photos, Rosie serra Clare dans ses bras.

— Je vais donner un coup de main avec les garçons, puis je monterai avec ton père.

— D'ici à une vingtaine de minutes, intervint Hope qui brandit son portable. Je communique en direct avec Owen. Nous saurons en temps réel quand Beckett et sa suite arriveront dans la cour.

— Vous vous envoyez des textos ? s'exclama Avery une fois Rosie partie. Il s'agit d'un mariage informel, tu te souviens ?

— Informel ne veut pas dire bâclé. Au fait, les invités commencent à arriver.

— C'est le compte à rebours, dit Avery en s'emparant d'une flûte. Qui veut du champagne ?

— Pas pour moi, répondit Clare, avant de se raviser. Ou alors juste une gorgée. Ça porte bonheur.

— Une gorgée pour la mariée et une flûte pleine pour les demoiselles d'honneur, annonça Avery.

Hope prit son verre.

— À la mariée.

Clare secoua la tête.

— Non. Au mariage. Aux promesses et à l'amour qui dure. Voilà à quoi je veux trinquer.

— Au mariage, alors, acquiesça Hope qui fit tinter son verre contre le sien.

— Et à la famille, ajouta Clare après sa minuscule gorgée. Par famille, j'entends non seulement le couple, les parents, les enfants quand on en a, mais aussi les êtres chers qui rendent votre vie si belle, si riche, si stable. Je veux parler de vous deux, bien sûr.

— Tu as décidé de nous faire pleurer, réussit à articuler Avery, la gorge nouée par l'émotion.

Clare but une autre gorgée et reposa sa flûte.

— Je pensais verser ma petite larme, moi aussi, avoua-t-elle. Mais j'ai les yeux secs. Je suis parfaitement sereine et lucide. J'ai beaucoup pensé à Clint hier soir, et j'ai la certitude qu'il serait heureux pour moi et pour les garçons. Mon plus cher désir maintenant, c'est de marcher jusqu'à l'autel avec ce petit, ajouta-t-elle, les mains sur son ventre, d'échanger nos serments avec Beckett. Ensuite, je danserai avec mon mari et nos fils.

— Quand j'aurai retouché ton rouge à lèvres, intervint Hope.

Tandis qu'elle s'affairait, Avery sortit sur la galerie. Une minute de solitude, se dit-elle. Juste une petite minute.

Elle entendit la porte d'Elizabeth et Darcy s'ouvrir et tourna la tête. Finalement, elle aurait de la compagnie. Ce qui lui allait tout à fait, décida-t-elle.

— J'ai du mal à définir ce que je ressens, commença-t-elle. Je ne suis pas triste, mais je ne sais pas non plus si « heureuse » est le terme qui convient. Pour Clare, si, évidemment. Je suis folle de joie. Mais sinon, je me situe quelque part entre les deux. Je la vois si sûre d'elle, pas le moins du monde nerveuse. Aucun doute, aucune hésitation. Comment fait-on pour atteindre ce stade ? Qu'éprouve-t-on ? Enfin bon, soupira-t-elle. C'est sans importance. Aujourd'hui, c'est le grand jour de Clare.

Alors qu'elle se détournait pour regagner la chambre, elle aperçut quelque chose sur la table entre les portes. Le front plissé, elle s'en approcha et ramassa une petite pierre lisse comme un galet, en forme de cœur. Elle la posa dans le creux de sa paume et découvrit les initiales gravées en son centre :

E. F.
B. R.

— Elizabeth Ford. B pour Billy ? Certainement.

Le cœur battant, elle regarda vers l'autre chambre. La porte était encore ouverte, exhalant son parfum délicat.

— C'est Billy qui vous l'a donnée ? Comment avez-vous fait pour…

— Avery ! appela Hope. Le compte à rebours va bientôt commencer !

— C'est le jour de Clare, répéta-t-elle, refermant la main sur la petite pierre. Je ne peux pas la leur montrer maintenant, mais je la donnerai à Owen. Promis, fit-elle en portant sa main close à son cœur.

— Avery !

— Une seconde, je prends mon rouge à lèvres.

Elle courut droit à son sac et cacha la pierre au fond, se demandant si elle serait encore là à son retour.

Alors que le soleil descendait vers les collines au couchant, Avery assista à l'échange de serments entre Clare et Beckett, puis envers les enfants qui formaient désormais leur famille. Lorsqu'ils se passèrent les alliances au doigt, elles scintillèrent dans la lumière dorée, conférant encore plus de force à leurs paroles.

Ce bonheur simple et immense qui irradiait des jeunes mariés, elle le sentit déferler en elle, bienfaisant et puissant. Et des larmes de joie lui montèrent aux yeux quand ils échangèrent leur premier baiser en tant que mari et femme.

Puis il y eut les applaudissements, les accolades, la musique. Owen la prit par la main et l'entraîna dans l'allée qui séparait les chaises jusqu'à la porte de l'hôtel. Nouvelles accolades, quelques larmes et des éclats de rire quand Murphy annonça très fort avec autorité qu'il devait faire pipi *tout de suite*.

— Pipi d'abord, les photos ensuite, annonça Hope. Les mariés, leurs suites et les parents pour commencer. Ensuite, Clare, Beckett et les garçons. Et pour finir, Clare et Beckett. Quarante-cinq minutes, dit-elle au photographe. Nous devrions rester dans les temps.

— Tu as un chronomètre sur toi ? ironisa Ryder.

— Là-dedans, répondit Avery, l'index sur le front.

— Clare et Beckett doivent avoir le temps de danser, de manger, de s'amuser, rétorqua Hope.

— À mon avis, ce n'est pas leur préoccupation principale, souligna Ryder, alors que les nouveaux mariés s'embrassaient. Relax, mon commandant.

— Relax, toi-même, murmura-t-elle avant de diriger le groupe.

Avery envisagea de prendre Owen à part, mais le moment ne s'y prêtait guère, et elle se laissa emporter par l'atmosphère festive.

Après les photos, le retour des mariés, la première danse et quelques toasts, elle parvint à attirer Owen à l'écart.

— J'ai envie de danser avec toi, déclara-t-il.

— Moi aussi, mais d'abord j'ai quelque chose à te montrer. À l'étage.

— Il y a aussi un buffet qui a l'air délicieux.

— On va manger, boire, danser, pas d'inquiétude, le rassura-t-elle en l'entraînant vers l'escalier. Je te résume l'histoire : j'étais sur la galerie et Elizabeth est sortie. Du moins, la porte d'Elizabeth et Darcy s'est ouverte. Je réfléchissais à Clare et à Beckett, au mariage. Et je me demandais comment les gens trouvent le cran de faire le grand saut.

— Ce n'est pas une histoire de cran.

Elle poussa le battant de Titania et Oberon, et tira Owen à l'intérieur.

— Bref, quand j'ai voulu rejoindre les filles, il y avait ceci sur la table entre les portes.

Elle ferma les yeux, glissa la main dans son sac, et poussa un soupir de soulagement quand ses doigts se refermèrent sur la pierre.

— Un caillou ? Stupéfiant, dis donc.

— Tais-toi, et regarde plutôt, Owen.

Elle lui tendit la pierre, il la prit, la retourna. Son amusement vira à la perplexité, puis à l'émerveillement.

— C'est elle qui t'a donné cette pierre.

— Elle l'a déposée sur la table. Il n'y avait rien quand je suis sortie, j'en suis sûre. Je ne dirais pas qu'elle me l'a donnée, mais elle voulait que je la voie, tu ne crois pas ?

— J'en suis encore à me demander comment elle pouvait l'avoir sur elle, ou comment elle s'y est prise pour la faire se matérialiser. Ou… je ne sais pas.

— Je préfère ne pas trop y réfléchir ou mon cerveau risque d'exploser. C'est Billy qui a dû la lui donner. La forme, les initiales.

— Pourquoi lui donnerait-il un caillou ? Quand on y réfléchit…

— C'est un cœur. Avec leurs initiales à l'intérieur. Romantique, non ?

— Sans doute, oui. B pour Billy. R. Il pourrait s'avérer utile de connaître la première lettre de son nom de famille.

— Comme c'est Hope et toi qui vous chargez des recherches, et qu'elle est occupée, je te la donne. Il faudra la lui remettre après la réception.

— C'est à toi qu'elle l'a donnée.

— Elizabeth ? Non, elle l'a juste laissée là où je l'ai trouvée.

— Je ne vois pas grande différence.

— Elle tient sûrement à ce que ce soit Hope qui l'ait. Elle est sa descendante.

— Elle ne s'est pas arrangée pour que ce soit Hope qui la trouve, fit remarquer Owen en la lui rendant. Tu dois la garder.

— Je ne trouve pas ça normal.

— J'imagine qu'il y a une raison pour qu'elle te l'ait laissée. Si tu la gardes un peu, tu la découvriras peut-être. Dans l'intervalle, je ferai des recherches sur Billy R. Nous mettrons Hope au courant après la réception.

— D'accord, mais ça me fait bizarre, avoua Avery, qui suivit les initiales de l'index avant de ranger la pierre dans son sac. Et si elle décide de la reprendre, tant pis.

— T'ai-je déjà dit que tu étais divine ?

Le regard d'Avery pétilla.

— Il me semble que tu l'as mentionné en passant.

— C'est la pure vérité. Et je...

Non, se dit-il. Pas sur un coup de tête. Pas le jour du mariage de son frère, même si c'était censé porter bonheur.

— Il faut qu'on redescende. Mon frère ne se marie pas tous les jours.

— Tu as raison.

— Que voulais-tu dire par cran tout à l'heure ? demanda-t-il dans l'escalier.

— Pardon ?

— Tu as dit qu'il fallait du cran pour se marier. À mon avis, il en faut plutôt pour, je ne sais pas, aller à la guerre, frauder le fisc ou sauter en parachute.

— J'entendais par là qu'il faut quand même avoir de la ressource pour se jurer fidélité « jusqu'à ce que la mort ou le divorce nous séparent ».

Les paroles d'Avery le dérangeaient. Le dérangeaient franchement.

— As-tu toujours été aussi cynique ?

— Je ne suis pas cynique, protesta Avery que le mot agaça. Juste réaliste – et curieuse. Une réaliste curieuse, voilà ce que je suis.

— Regarde, dit Owen alors qu'ils regagnaient l'endroit où les couples dansaient – Clare et Beckett, Justine et Willy B, les parents de Clare et tant d'autres. C'est réel, c'est concret.

Voilà ce qu'il voulait avec Avery.

— C'est un beau moment, je te l'accorde. Mais des moments, il y en a des milliers d'autres après la fête. À propos, tu ne devais pas m'inviter à danser ?

— Absolument.

Il fit de son mieux pour paraître enjoué, mais les paroles d'Avery avaient cassé quelque chose entre eux. Et il savait qu'elle l'avait senti elle aussi.

Avery n'eut guère le loisir de s'appesantir sur cette fausse note. Il ne leur restait qu'une semaine pour régler les derniers détails dans la maison, rentrer les meubles, équiper la cuisine.

Cela lui rappelait la dernière ligne droite avant l'ouverture de l'hôtel, mais cette fois, avec Beckett et Clare en voyage de noces, il leur manquait deux paires de bras.

Cependant, cet air de déjà-vu persista tandis que Hope et elle rangeaient la vaisselle, les casseroles et autres ustensiles dans les placards.

— Elle ne va pas être déçue de ne pas s'en être chargée elle-même, dis-moi ?

Hope secoua la tête.

— J'y ai réfléchi, tu t'en doutes, et plutôt trois fois qu'une. À son retour de vacances, il y aura la librairie, les enfants, un nouveau rythme, et la grossesse en prime. À mon avis, elle sera soulagée de ne pas avoir à transporter les cartons, à les déballer et tout le reste.

— Je le crois aussi, mais parfois je m'interroge. C'est chouette que les enfants passent quelques jours chez les parents de Clint. C'est un moment d'échange important pour eux tous, mais j'avoue qu'ils me manquent. Et aussi de pouvoir profiter de leurs petites jambes infatigables pour leur confier des courses.

— Nous avons presque fini. Avec Justine et Rosie qui rangent les vêtements et le linge, Owen et Ryder qui rentrent les meubles, le plus gros sera fait pour leur retour.

Hope s'arrêta et sortit son téléphone.

— Je vais m'assurer que Carol-Ann a bien commandé les fleurs.

— Tu sais qu'elle l'a fait. Relax, mon commandant.

— S'il m'appelle encore une fois comme ça, il n'est pas exclu que je lui flanque un coup de pied où je pense, menaça Hope.

Elle s'octroya une pause et fit jouer les muscles de ses épaules.

— Quelle maison magnifique, s'extasia-t-elle. Le bois, le sens des détails, les volumes.

— Les Montgomery font du bon travail.

— C'est vrai. À propos des Montgomery, que se passe-t-il entre Owen et toi ?

— Rien.

Hope jeta un coup d'œil vers l'escalier.

— Justine et Rosie sont là-haut. Les garçons sont ressortis chercher un chargement. Il n'y a que toi et moi.

— Je ne sais pas exactement, commença Avery. Il y a quelque chose qui cloche depuis le mariage. C'est ma faute, j'imagine. Quand je lui ai montré la pierre, j'ai fait un commentaire sur le mariage ; j'ai déclaré qu'il fallait avoir du cran pour se jurer fidélité « jusqu'à ce que la mort ou le divorce nous séparent ». Résultat, il me trouve cynique.

— Je me demande bien pourquoi…

— Je ne le suis pas.

— Non, tu ne l'es pas. Mais tu trimballes dans tes placards les bagages de ta mère. Il va bien falloir que tu finisses par t'en débarrasser.

— Je ne trimballe pas… enfin, si peut-être, admit Avery, fâchée contre elle-même. Mais « bagages », c'est exagéré. Juste un petit sac de voyage, je dirai. À présent, c'est un peu bizarre entre nous, et c'est la dernière chose que je souhaite. Nous sommes amis depuis tellement longtemps. En fait…

Elle jeta un regard à la ronde pour s'assurer qu'elles étaient bien seules.

— L'autre soir, j'ai trouvé ceci dans ma boîte à souvenirs.

Elle ouvrit son sac à main, et en sortit une bague en plastique en forme de cœur.

— Il me l'a offerte quand j'avais six ans et le béguin pour lui.

— Oh, Avery, c'est si mignon !

— Une bague du distributeur de chewing-gums. En réalité, il voulait juste entrer dans mon jeu, mais moi, j'étais aux anges. C'est tout Owen, cette gentillesse.

— Tu l'as gardée tout ce temps.

— Ma première bague de fiançailles ? Évidemment.

Pour leur plus grand amusement à toutes les deux, elle l'enfila à l'annulaire et agita les doigts. Mais, bizarrement, elle ressentit un petit pincement au cœur.

— Et maintenant, il y a ce malaise entre nous, reprit-elle en l'ôtant. J'ai peur qu'il ne veuille faire machine arrière et…

La porte d'entrée s'ouvrit soudain, et elle se tut, l'index plaqué sur la bouche, avant de fourrer en hâte la bague au fond de son sac.

Tandis que Nigaud faisait sa sieste sur le carrelage de la cuisine, visiblement épuisé, Avery aida à arranger les tables, lampes et coussins. Quand le devoir rappela Hope à l'hôtel, elle s'attaqua au déballage des serviettes de toilette qu'elle répartit avec les savons entre les trois salles de bains, le cabinet de toilette du rez-de-chaussée et celui du niveau inférieur.

Il faisait nuit lorsqu'elle remonta. Elle s'arrêta pour admirer le séjour avec un sourire satisfait. À la fois douillet et élégant, décida-t-elle. Le bruit sourd d'un marteau l'attira dans la salle de jeux. Sa ceinture à outils autour des hanches, Owen suspendait un poster encadré des X-Men.

— Tu as monté les rangements pour les bacs à jouets, nota-t-elle.

Il lui lança un regard par-dessus son épaule.

— C'est Ryder qui s'en est occupé avant de rentrer.

— Il est parti ?

— Tout est pour ainsi dire fini. Ma mère m'a demandé de te dire que Rosie et elle repasseront demain avec des courses de produits frais.

— Excellente idée. Tu as raison, je suppose. Je ne vois plus grand-chose d'autre à faire. Je n'étais pas sûre qu'on y arriverait, et pour finir, on a un jour d'avance.

— Tout le monde a mis la main à la pâte.

— C'est aussi grâce à vos check-lists, à Hope et à toi. Cette pièce est magnifique. Gaie, joyeuse. Comme le reste de la maison, d'ailleurs.

— C'est vrai.

— Tu veux une bière en récompense du travail accompli ?

— Je ne serais pas contre.

Avery alla chercher deux bouteilles et les décapsula. Qu'est-ce qui leur prenait d'être si affreusement polis, à la limite de la froideur ?

Ça suffit, décida-t-elle en posant les bouteilles sur le plan de travail. Elle attendit qu'il eût défait sa ceinture à outils, et lâcha :

— Tu es fâché contre moi ?

Le regard bleu d'Owen se posa sur elle.

— Non. Pourquoi le serais-je ?

— Je ne sais pas... Depuis le mariage, ce n'est plus tout à fait comme avant entre nous.

Il but une gorgée de bière sans la quitter des yeux.

— Tu as peut-être raison.

— Si ça ne marche pas pour toi, ce serait...

— Pourquoi pars-tu toujours du principe que ça ne va pas marcher ? Que notre relation ne va pas durer ?

— Ce n'est pas ce que je veux dire. Je...

Il l'interrompit d'un geste agacé et s'exila devant la fenêtre la plus éloignée.

— Tu vois, tu es fâché, dit-elle, les mâchoires crispées.

— Je vais finir par l'être.

Il but à la bouteille, revint vers Avery et planta son regard dans le sien.

— Que ressentirais-tu si je te disais que ça ne marche pas, nous deux ? Pas de faux-fuyants, Avery. La stricte vérité. Que ressentirais-tu si je te disais, là maintenant, que nous deux, c'est fini ?

Elle eut beau les serrer, ses mâchoires se mirent à trembler. Et tout le reste à l'intérieur.

— Tu me briserais le cœur. C'est ce que tu veux entendre ? Tu as besoin de savoir que tu as ce pouvoir ?

Il ferma les yeux et soupira longuement.

— Oui, c'est exactement ce que je voulais entendre. Ce que je voulais savoir.

— Pourquoi voudrais-tu me faire souffrir ainsi ? Tu n'es pas quelqu'un de méchant ou de froid. Si tu veux rompre, tu peux le faire sans être cruel.

— Arrête, dit-il avec une patience infinie dans la voix. Je n'ai pas envie de rompre. Il n'en est pas du tout question. C'est juste que tu ne crois pas en moi, en toi. En nous.

— Bien sûr que si ! Qu'est-ce qui te fait penser un truc pareil ? s'offusqua Avery qui, les mots à peine prononcés, comprit. C'est vrai, je dis des bêtises parfois. J'en pense aussi. Mais tu devrais me connaître assez pour en avoir l'habitude.

— Je te connais, Avery. Je sais que tu es loyale et généreuse, tenace et ambitieuse.

Depuis le mariage de Beckett, Owen avait retourné le problème dans tous les sens. Il pensait tenir la réponse.

— Tu doutes trop de toi-même, poursuivit-il. Tu passes ton temps à avoir peur d'être quelqu'un que tu n'es pas. Mais vous n'avez rien de commun, elle et toi, rien du tout. Tu ne lui as jamais ressemblé. Ça m'énerve que tu ne t'en rendes pas compte.

— Je fais des efforts.

— D'accord, dit-il en posant sa bouteille. Non, pas d'accord. On va encore tourner en rond et se retrouver au même point. Pas d'accord, parce que je t'aime.

— Owen.

— Je t'ai sans doute toujours aimée. Il m'a fallu du temps pour le réaliser, alors j'imaginais que toi aussi, tu avais besoin de temps. Mais là, ça suffit. Tu vois cet endroit ?

— Oui. Owen…

— Ce n'est pas juste une bête maison – même si elle est très belle par ailleurs. C'est un lieu de vie où on s'épanouit, où on revient, sur lequel on compte. Moi aussi, j'ai une maison et tu devrais y être avec moi. Y bâtir une vie avec moi, y revenir avec moi. Compter sur elle – et sur moi.

— Tu veux que j'emménage chez toi ?

Le planificateur qu'il était avait l'impression de brûler méchamment les étapes. « Oublie ce que tu avais prévu, se conseilla-t-il, et jette-toi à l'eau. » Le moment était venu de risquer le tout pour le tout.

— Je veux que tu m'épouses.

Avery en resta bouche bée. Après un ou deux hoquets en guise de réponse, elle baissa les yeux.

— Je ne sens plus mes pieds.

— Tu as le chic pour avoir les réactions les plus frustrantes.

— Désolée, laisse-moi une minute pour encaisser.

— Non, bon sang. Le cran n'a rien à voir là-dedans. C'est une question d'amour et de foi. Et d'espoir, j'imagine. Au mariage de mon frère, j'ai compris que c'était mon vœu le plus cher, à moi aussi. Je l'ai toujours voulu, mais je me disais que j'avais le temps, qu'un jour je me caserais, je fonderais une famille. Ce que je sais aussi maintenant, Avery, c'est que ce jour ne serait jamais venu sans toi. Tu es celle que j'ai toujours aimée. Ma première petite amie.

— J'ai besoin de m'asseoir une minute.

Elle se laissa glisser carrément sur le sol, les doigts serrés sur la petite clé qu'elle portait au cou. Il y avait des serrures à déverrouiller, se dit-elle. Et il se trompait. Du cran, il en fallait. Mais elle n'avait rien d'une mauviette.

— Que ressentirais-tu si je disais non ?

Il s'accroupit devant elle et la regarda droit dans les yeux.

— Tu me briserais le cœur.

— Jamais je ne ferais une chose pareille.

— Tu m'épouserais pour ménager mes sentiments ?

— Je t'aime assez pour en être capable, oui. Tu as toujours fait palpiter mon cœur, Owen. Je m'y suis habituée, et du coup, je n'y ai peut-être pas accordé assez d'importance. Quand nous avons commencé à sortir ensemble, c'était bien plus que des papillons dans le ventre, et je ne savais pas trop quoi faire de ce que je ressentais. Jamais personne n'avait fait naître en moi des sentiments aussi forts. Longtemps, avant, j'ai cru que je n'étais pas capable d'aimer assez. Alors qu'en fait, tout ce qui me manquait, c'était toi.

Owen s'assit à son tour sur le sol.

— Maintenant, il ne nous manque plus rien, ni à l'un ni à l'autre. Dis oui.

— Attends...

Elle venait d'avoir une illumination.

— Mon Dieu, le cœur de pierre. C'était peut-être ce qu'elle essayait de me montrer. Il est dur, résistant. Jamais je n'aurais imaginé que tu aurais des sentiments pour moi, alors j'ai juste fermé mon cœur à double tour. Et pour l'ouvrir, je te garantis qu'il faut du cran, ajouta-t-elle, chassant une larme d'un brusque revers de main. Et je viens de le trouver.

Il lui prit la main.

— Je t'aime, Avery. Dis oui.

— Je serai sans doute nulle comme épouse.

— Ce sera mon problème, tu ne crois pas ?

Elle contempla son visage, si familier, si précieux à ses yeux. Non, rien ne leur manquait, ni à l'un ni à l'autre.

— J'ai besoin de mon sac.

— Maintenant ?

— Oui, s'il te plaît.

— C'est ce qui s'appelle rompre le charme, grommela Owen.

Il s'exécuta et lâcha ledit sac sur les genoux d'Avery.

Et écarquilla les yeux lorsqu'elle en sortit la bague en plastique rose.

Elle la lui tendit.

— Je veux être ton problème, Owen. Jusqu'à la fin de mes jours.

— Tu l'as gardée, murmura-t-il, touché.

Avec un sourire, il voulut la lui passer au doigt, mais elle ferma le poing.

— Arrête de me torturer, Avery. Dis oui.

— Juste une seconde. Tu es bien conscient que je ne possède ni la sérénité de Clare ni l'efficacité de Hope ?

— Ce sont elles que je demande en mariage ?

— Non, et tu n'as pas intérêt. Et je n'ai pas la patience qu'heureusement tu as. Je vais faire beaucoup d'efforts – mais tu le sais déjà.

— Je le sais déjà. Dis oui.

— Je t'aime. Tu es mon ami, mon amour, l'homme de ma vie, déclara Avery, le sourire aux lèvres, avant de l'embrasser sur la joue. Mon premier petit ami sera le dernier.

Elle lui tendit sa main gauche.

— C'est oui. Un oui ferme et définitif.

Il glissa la bague à son annulaire.

— Elle te va. Enfin, à peu près.

— La première fois, elle était bien trop grande. Elle me va beaucoup mieux maintenant.

Elle vint se blottir sur ses genoux.

— Il t'en a fallu du temps, observa-t-il.

— De mon point de vue, juste le temps qu'il fallait, répliqua-t-elle.

Elle agita les doigts. La tristesse avait disparu. Elle était enfin heureuse.

— Je t'en offrirai une vraie, promit Owen.

Il lui prit la main et lui embrassa le doigt au-dessus du cœur en plastique.

— Un diamant ou ce qui te fera plaisir.

— Celle-ci est vraie, mais je veux bien un diamant. Et toi avec, Owen. Et, Dieu merci, tu veux de moi.

Il la serra étroitement contre lui et captura ses lèvres, submergé par l'émotion.

— Toi et moi, enfin.

— Toi et moi, répéta Avery dans un murmure. À présent, je comprends ce que Clare voulait dire.

— À quel propos ?

— Juste avant la cérémonie, elle nous a confié qu'elle se sentait parfaitement sereine et lucide, expliqua-t-elle en s'écartant un peu pour prendre le visage d'Owen entre ses mains. Moi aussi, je me sens sereine, lucide, et confiante en l'avenir. Rentrons à la maison, et commençons à bâtir cet avenir.

Owen l'aida à se relever. Ensemble, ils éteignirent les lumières, verrouillèrent les portes et quittèrent la maison, main dans la main.

Avery songea à la clé qui pendait à son cou, au cœur en pierre à l'abri dans son sac. Et à l'attendrissante bague en plastique à son doigt.

Autant de symboles de secrets révélés et d'amour éternel.

Composition Nord Compo
Achevé d'imprimer en France
par Normandie Roto Impression s.a.s.
le 10 septembre 2012.
Dépôt légal septembre 2012.
N° d'impression : 123368
EAN 9782290056196
OTP L21EDDN000354N001

Éditions J'ai lu
87, quai Panhard-et-Levassor, 75013 Paris
Diffusion France et étranger : Flammarion